FIDELIDAD

Thomas Perry

Fidelidad

Traducción de Eduardo G. Murillo

Umbriel Editores

Argentina • Chile • Colombia • España
Estados Unidos • México • Perú • Uruguay • Venezuela

Título original: *Fidelity*
Editor original: Doubleday, a division of Random House, Inc., New York
Traducción: Eduardo G. Murillo

1.ª edición octubre 2010

ISBN: 978-84-89367-88-3
Depósito legal: B.38.438 - 2010

Fotocomposición: A.P.G. Estudi Gràfic, S.L.
Impreso por Romanyà Valls, S.A. – Verdaguer, 1 – 08786 Capellades (Barcelona)

Impreso en España – *Printed in Spain*

Para Jo, Alix e Isabel, mujeres de las que me siento orgulloso

1

Phil Kramer caminaba por la acera bajo los grandes árboles en dirección a su coche. Reinaba el silencio en la calle, y las luces de casi todas las casas estaban apagadas. Las enredaderas en flor que abrían sus brotes en noches calurosas de verano como ésta proyectaban un olor potente y dulzón. Glicinia, supuso, o algún tipo de jazmín. Era imposible ponerles coto, porque en el sur de California crecía de todo. Supuso que esa noche tenía los sentidos aguzados. Durante los últimos veinticinco años se había entrenado para ser muy consciente de su entorno, sobre todo cuando iba solo de noche. Sabía que un gato le estaba observando desde la seguridad de la barandilla del porche de su derecha, y sabía que un hombre caminaba por la acera a media manzana detrás de él. Le había visto al doblar la esquina. No era tan alto como él, pero sí corpulento, y llevaba chaqueta en una noche demasiado calurosa para utilizarla. Oía los pasos justo por encima del ruido de los coches que circulaban por el bulevar.

Suponía que el hombre tal vez fuera el último intento de que se sintiera inquieto. No se trataba de una burda estratagema para asustarle, sino una forma de recordarle que podían vigilarle, seguirle y estudiarle tan bien como a cualquiera. Podían seguir sus movimientos, y por tanto era vulnerable. El hombre quizás había salido a pasear por algún motivo que no guardaba la menor relación con los asuntos de Phil Kramer.

Phil se acercó al lugar donde había aparcado el coche (demasiado cerca ahora para que le impidieran llegar), y el hombre ya le era indiferente. Apretó el botón de su llavero para abrir las puertas, y la luz del techo se encendió. Abrió la puerta y se sentó en el asiento del conductor, y después extendió la mano hacia la puerta para cerrarla.

En el aire calmo y tibio de la noche oyó el ruido de algo al deslizarse, acompañado de un leve chirrido, y se volvió para ver qué era. Con una sola mirada, comprendió que había calculado mal todas las complejidades: vio la furgoneta aparcada al otro lado de la calle, la ventanilla medio abierta con la pistola apoyada sobre ella y el destello del cañón.

La bala penetró en su cráneo, y el impacto encendió mil pensamientos en un instante, los quemó y desintegró mientras las sinapsis se apagaban. Apareció su hermano Dan, un momento fortuito en un partido de béisbol, la bola que botaba a sus pies, el impacto en la palma de la mano cuando golpeó su guante, incluso un destello de la franela blanca de su uniforme cubierto de polvo. El orgullo y miedo que sintió cuando vio a su hijo por primera vez. Una sensación insoportablemente agradable de las mujeres a las que había tocado, la cual resumía una impresión destilada de la feminidad. Profundo pesar. Emily.

Emily Kramer despertó a las cinco y media, como cada mañana desde hacía veintidós años. El sol teñía apenas la habitación de un tono azulino, pero el pecho de Emily ya albergaba una sensación de alarma, y fue incapaz de expandir del todo los pulmones para respirar. Se volvió a la izquierda para mirar, consciente antes de hacerlo de que ese espacio estaba vacío. Un espacio que pertenecía a algo, el corpachón de su marido. Debería estar allí.

Era demasiado temprano para llamar a alguien. Incluso mientras continuaba sopesando la idea, tecleó un número que se sabía de memoria. Sonó una, dos, tres, cuatro veces. Sonó su voz: «Soy Ray Hall. Deje su mensaje si quiere». Debía estar durmiendo, pensó. Pues claro que estaba durmiendo. Todas las personas sensatas del planeta estaban durmiendo. Confió en no haberle despertado. Se quedó parada con el teléfono en la mano, aliviada de que no se hubiera enterado de la estupidez de haberle llamado a las cinco y media de la mañana.

Pero aquella sensación se invirtió al instante. No se alegraba de no haberle despertado. No estaba de humor para pensar en por qué le importaba la opinión de Ray Hall. Sólo sabía que no debía importarle, de modo que volvió a marcar el número. Dejó que sonara la grabación.

—Ray —dijo—, soy Emily Kramer. Phil no ha vuelto a casa esta noche. Son las cinco y media. Si pudieras llamarme, te lo agradecería. —Vaciló, mientras esperaba a que descolgara, y entonces se dio cuenta de que no tenía nada más que decir—. Gracias.

Colgó.

Mientras hablaba, se le ocurrieron varias ideas más. Dejó el teléfono sobre la encimera y recorrió la casa de nuevo. Carecía de motivos para pensar que Phil fuera a suicidarse, pero también para imaginar que era inmune a la depresión y la decepción. Y a la gente le pasaban cosas malas sin que hablaran de ello..., sobre todo a gente como Phil.

Emily volvió a atravesar con cautela la sala de estar. Miró la pulida mesa de cerezo contigua a la puerta principal, bajo el espejo, donde a veces se dejaban notas. Se obligó a bajar al cuarto de baño de invitados y echar un vistazo a la bañera. No había ningún cuerpo. Se recordó que no debería buscar su cuerpo. Un hombre que portaba un arma se suicidaría de un tiro, y ella no había oído nada. En caso de suicidarse, seguro que habría dejado una nota. Continuó moviéndose y entró en el pequeño despacho donde Phil se ocupaba de pagar facturas y Emily confeccionaba listas o utilizaba el ordenador, entró en el cuarto de estar donde se sentaban a ver la televisión.

No había ninguna nota. Sabía que no la había pasado por alto porque sabía cuál sería el aspecto de la nota. Estaría apoyada en vertical contra un libro o algo por el estilo, con EM impreso en mayúsculas. Para las ocasiones de gala, como cumpleaños o aniversarios, él siempre utilizaba un sobre. El suicidio merecería un sobre.

Volvió al teléfono y llamó a la oficina. Llamar a la oficina fue una idea de último momento, pero sabía que habría debido probar antes. El teléfono sonó cuatro veces, y después se conectó el buzón de voz. Reconoció la voz dulce y aterciopelada de April Dougherty. Era una voz telefónica artificial, y a Emily no le gustaba. «Ha llamado a las oficinas de Investigaciones Kramer. Lamentamos no poder atender su llamada en este momento. Para servicios personales, haga el favor de llamar entre las nueve de la mañana y las seis de la tarde, todos los días laborables. Puede dejar un mensaje después de oír la señal.»

Emily había escrito y grabado aquel pequeño discurso hacía veintidós años, y recordó el momento de repente. Recordó haber estado a punto de bautizar como la «Oficina Central del Mundo» al espantoso apartamento sin ascensor de Reseda Boulevard. Phil la había abrazado y reído a carcajadas, y hasta llegó a decir que las palabras «oficina central» constituían una exageración.

Emily alejó el teléfono de su oído, tecleó el número del buzón de voz, y después el código para reproducir mensajes. «Lo sentimos, pero su código no es válido. Inténtelo de nuevo, por favor.» Contempló el teléfono y repitió el código. «Lo sentimos, pero...» Desconectó. Pensó en telefonear otra vez y dejar un mensaje diciendo a Phil que la llamara, pero sabía que la idea era ridícula. Era imposible que no supiera que estaba esperando recibir noticias de él. Tomó la decisión de no perder más tiempo pensando en el hecho de que Phil había cambiado el código de recuperación de mensajes. Tal vez ni siquiera había sido él quien había cambiado el código. Tal vez la pequeña April había puesto un código nuevo cuando había grabado el nuevo mensaje. Sería muy propio de Phil ignorar que Emily querría saber cuál sería el nuevo código, o que no decírselo heriría sus sentimientos.

¿Cómo era posible que Ray Hall continuara durmiendo después de ocho timbrazos? Tal vez estaba con Phil. Fue el primer pensamiento positivo que se le ocurrió. Después se recordó que el sonido del timbre era una señal, no un sonido real. Si Ray hubiera desconectado el timbre, la compañía telefónica continuaría enviando aquella señal al teléfono de Emily.

Pensó en Bill Przwalski. Sólo tenía veintidós años, nacido más o menos en la época en que Phil y ella se habían casado y fundado la agencia. Estaba intentando trabajar sus dos mil horas por año, durante tres años, para conseguir su licencia de investigador privado. ¿Estaría trabajando con Phil? Le adjudicaban todos los aburridos trabajos de vigilancia nocturna y las misiones de seguir a alguien de un lado a otro de la ciudad. Echó un vistazo a la lista del cajón cercano al teléfono y probó su número, pero escuchó un mensaje que sonaba como si un colegial estuviera leyendo en voz alta en clase. «En este momento no puedo ponerme al teléfono, pero le llamaré en cuanto me sea posible. Haga el favor de esperar a la señal para dejar su mensaje.»

—Billy, soy Emily Kramer, la esposa de Phil —dijo—. Me gustaría que nos llamaras a casa lo antes posible. Gracias.

¿Nos? Lo había dicho sin haberlo decidido, impulsada por un instinto de protección al sentirse tan sola.

La siguiente llamada era más difícil, porque no le conocía tan bien como a Ray, y no se trataba de un aprendiz como Billy, pero en una época anterior llamar a los demás le había ayudado a vencer su timidez y reticencia. Ya había llamado a Ray y a Billy, de modo que ahora debía llamar a Dewey Burns. Si no le llamaba, Dewey tal vez se sentiría intrigado, y se preguntaría si le había dejado de lado por ser negro. Hizo la llamada y sólo necesitó un timbrazo.

—¿Sí?

—¿Dewey?

—Sí.

—Soy Emily Kramer. Siento llamarte tan temprano.

—No pasa nada. Estoy levantado. ¿Qué ocurre?

—Acabo de despertarme, y Phil no está. Esta noche no ha vuelto a casa. Me puse a llamaros para ver si alguien sabe dónde está, y tú eres el primero que ha contestado.

—Lo siento, pero no sé dónde está Phil. Me puso a trabajar en un caso, y no me cuenta lo que está haciendo. ¿Has llamado a Ray?

—Sí, y a la oficina, y a Billy. Nadie se ha levantado todavía.

—Es temprano. Déjame hacer un par de llamadas. Iré a la oficina y echaré un vistazo. Te llamaré desde allí.

—Gracias, Dewey.

—Te llamo enseguida.

El hombre colgó.

Emily se quedó de pie sujetando el teléfono. La voz de Dewey había sonado brusca, como si tuviera prisa por quitársela de encima. Pero tal vez su laconismo se debía a la época que pasó con los marines: habla deprisa y actúa. Hacía un par de años que se había licenciado, pero iba tan tieso que daba la impresión de estar custodiando algo, y conservaba su corte de pelo militar. Phil había contado a Emily que aún hacía ejercicios y corría ocho kilómetros al día, como preparándose para entrar en combate. De todos modos, tuvo la impresión de que deseaba quitársela de encima. Además, dijo que iba a hacer unas llamadas. ¿A quién iba a llamar, aparte de a los hombres que trabajaban para Phil?

Se recordó que no era el momento de ponerse celosa. Dewey tendría números de Ray Hall y Bill Przwalski que ella desconocía, padres, novias o quienes fueran. Pero lo que había dicho en concreto era que iba a hacer un par de llamadas. ¿A qué números podía llamar cuando Phil Kramer no volvía a casa una noche? Confió en que todo se redujera a que Dewey tenía cierta idea sobre el tema de la última investigación de Phil, o al menos sabía quién era el cliente.

No sabía gran cosa sobre Dewey, y siempre albergaba la sensación de que Phil debía saber más sobre él de lo que decía. Nadie parecía saber cómo se habían conocido Phil y Dewey. Daba la impresión de que siempre hablaban en clave, en voz baja, como si sostuvieran largas conversaciones cuando ella no estaba delante.

Tenía que llamar a una persona más. Miró la hoja que había en el cajón abierto, marcó el número y descubrió que estaba comunicando. Echó un vistazo al reloj de pared. Las cinco y cuarenta minutos. ¿Se habría parado? ¿Sólo llevaba diez minutos llamando?

Colgó y volvió a marcar. Esta vez, el teléfono sonó un instante y alguien descolgó.

—¿Qué pasa?

April Dougherty contestó con voz irritada.

—¿April? Soy Emily Kramer, la mujer de Phil. Siento llamarte a esta hora.

La voz adoptó un tono dócil y sereno.

—Da igual.

—Estoy llamando a toda la gente de la agencia. —Emily reparó en que April no había preguntado qué estaba pasando. ¿Cómo no iba a fijarse? Contestó a la pregunta que April no había formulado—. Phil no ha vuelto a casa esta noche, y estoy intentando averiguar si alguien sabe adónde ha ido, en qué estaba trabajando, o si está con alguien.

—No —dijo April.

—¿No?

—A mí no me dijo nada. Me fui a casa a las seis, y él aún continuaba en la oficina.

—¿Te acuerdas de si Ray estaba, o Billy?

—Mmm..., creo que estaban los dos cuando me fui. Sí, estoy segura. Pero estaban a punto de marcharse también.

—¿Te acuerdas de qué estaba haciendo Phil cuando te fuiste? ¿Estaba ocupado con un expediente, guardando aparatos de vigilancia o grabadoras en un maletín, o algo por el estilo?

—No me fijé. Es posible. Quiero decir, es su oficina. Pudo recoger cualquier cosa que necesitara después de que yo me fuera. Creo que estaba sentado a su mesa. Sí, eso es.

—¿Tenía el ordenador encendido?

—Siempre está encendido.

Emily se sentía frustrada.

—Escucha, April, sé que es muy temprano. No haría esto si no estuviera muerta de preocupación. Durante veintidós años, Phil siempre ha vuelto a casa por la noche, o al menos ha llamado para decirme dónde estaba.

—No sé por qué no ha vuelto a casa. —La voz de April era queda y tensa—. Estoy segura de que debe tener buenos motivos.

Emily se quedó estupefacta. No había dicho nada crítico acerca de Phil, y esta chica le estaba defendiendo.

—Si te llama —dijo—, dile que me telefonee a casa enseguida. Voy a llamar a la policía. Si conoces algún motivo para que no lo haga, me gustaría saberlo.

—Si me llama, se lo diré.

—Gracias.

—Adiós.

April colgó.

Emily marcó de nuevo el número de móvil de Phil y escuchó el mensaje. «El abonado al que ha llamado se encuentra fuera de cobertura en este momento.» Devolvió el teléfono a su soporte. El frío que sentía en los pies le recordó que seguía descalza y en camisón. Cogió el teléfono y corrió a la escalera para vestirse. De camino, miró la pegatina que estaba adherida al aparato y marcó el número de la policía.

2

Emily Kramer salió corriendo del ascensor en dirección a la puerta de la oficina, con la mirada clavada en el pasillo. Hacía cinco años que no lo pisaba, como mínimo, pero no había cambiado desde los días en que Phil y ella habían trasladado la agencia a este edificio, veinte años atrás. Había una rozadura en la pared de la derecha, encima del zócalo, y estaba segura de haberla visto antes.

Llegó a la puerta con las letras doradas que anunciaban: «INVESTI-GACIONES KRAMER», intentó introducir la llave en la cerradura y fracasó. Phil no le había dicho que habían cambiado los cerrojos. Era una dificultad sencilla y habitual, pero que le impedía llevar a cabo sus intenciones, y de momento no se le ocurrió otra manera de continuar adelante. Gente como los administradores de edificios tendían a aparecer hacia las diez o las once, y apenas eran las seis y media. Se sentía aturdida.

La puerta se abrió y apareció Dewey Burns.

—Emily. ¿Qué estás haciendo aquí?

—Lo mismo que tú.

Entró como una exhalación, como si fuera a cerrarle la puerta en las narices. Avanzó unos pasos y se detuvo. Ray Hall y Bill Przwalski estaban apoyados en uno de los escritorios de la oficina exterior.

—¿Ray? ¿Billy? —dijo—. Intenté llamaros.

Ray Hall le devolvió la mirada.

—Dewey nos localizó.

Tendría unos cuarenta años de edad, y sus ojos grises inquisitivos hacían que aparentara mucha más edad, como si se hubiera llevado tantas decepciones que ya era incapaz de sorprenderse.

Aquella mañana vestía una chaqueta deportiva negra, camisa azul claro y tejanos.

—Phil no ha vuelto a casa esta noche —dijo ella.

—Lo sabemos —dijo Hall—. Lo siento, Emily. Supongo que ya aparecerá.

—Pero tú llevas trabajando para él desde hace diez años. Sabes que nunca lo había hecho.

Ray Hall suspiró y clavó la vista en el suelo un momento, y después alzó los ojos.

—Creo que está bien.

—¿Qué significa eso?

—La gente desaparece de dos maneras: involuntaria o voluntariamente. En el caso de un hombre que mide metro noventa, ha peleado algunas veces y va armado, es difícil llevarle a un sitio al que no desee ir.

—¿Crees que se largó sin decir nada a nadie?

—Es posible, pero todavía no lo sé.

—¿Y si te equivocas?

—No puedo equivocarme, porque aún no he decidido nada —replicó Ray—. Hemos de mantener la calma y averiguar lo que podamos antes de extraer conclusiones.

Emily se sentó a la mesa de la recepcionista, porque notaba que sus rodillas empezaban a temblar. Al cabo de un momento, cayó en la cuenta de que la mesa y la silla eran las mismas que había utilizado veinte años antes. La familiaridad le confirió cierta energía. Intentó no hacer caso de las plantas enanas en macetas del tamaño de tazas que April Dougherty tenía sobre la mesa, ni del pequeño mono de peluche con imanes en las manos que se agarraba a la lámpara de mesa. Había papel secante blanco con dibujos garabateados de chicas larguiruchas con el pelo largo caído sobre sus grandes ojos, y el nombre April con un corazón como punto de la i. Emily reparó en que Bill Przwalski la estaba mirando y parecía nervioso, como si tuviera miedo de que fuera a registrar el escritorio.

Tenía ganas de hacerlo. Se le iban las manos hacia los cajones, pero reprimió la tentación.

—He llamado a la policía —dijo a Ray Hall.

—Yo también —comentó Dewey Burns.

—¿Sí?

El hombre frunció el ceño.

—Te dije que iba a hacerlo.

—No exactamente. Dijiste que ibas a hacer algunas llamadas. ¿Qué dijeron?

—No le han detenido ni ingresado en un hospital. Están investigando ahora si ha cometido alguna infracción desde ayer por la tarde... Si se saltó un *stop*, o algo por el estilo.

—Eso me dijeron a mí también.

Emily se volvió hacia Ray Hall, pero éste evitó su mirada.

Se levantó y se dirigió hacia la puerta acristalada del despacho de Phil. Cuando la abrió, vio que el cerrojo de seguridad continuaba corrido y la madera estaba astillada. Giró en redondo alarmada.

—He sido yo —dijo Ray Hall—. Sólo él tiene llave.

Ella asintió y entró. El despacho de Phil tenía el mismo aspecto de siempre. Se dio cuenta de que había esperado algo diferente. Tendría que haber encontrado algo que destacara, algo que tal vez no fuera visible para otras personas, pero sí para ella. Y eso le revelaría lo que estaba pasando. El escritorio estaba reluciente y olía a limón, con un juego de bandejas de entradas y salidas que albergaban un listín telefónico y una perforadora. Phil no era una persona muy pulcra. El poco orden que guardaba era producto de su época militar, cuando le habían entrenado para ordenar y sacar brillo a las superficies que se encontraban a plena vista.

Abrió los cajones y archivadores, en busca de algo que no fuera rutinario ni corriente. Descubrió fichas con anotaciones de su puño y letra del día anterior. Encontró la copia de una carta que había firmado, exigiendo el pago de una última factura de lo que parecía un caso de divorcio. Se la enseñó a Ray Hall.

—¿Ves esta carta? Todavía ayer estaba interesado en que esta mujer le pagara. Si ella recibe la carta mañana y envía por correo el cheque al instante, no llegará hasta dentro de dos días. Él esperaba estar de vuelta.

—Marilyn Tynan —dijo Hall. Los tres hombres intercambiaron una mirada sin decir nada. Bill Przwalski empezó a vaciar las papeleras en una caja de cartón.

—¿Qué? —preguntó Emily.

—No es ninguna novedad. Es un caso de divorcio que llevamos hace tres años. Phil ordenó a April que le enviara una factura a ella, y a unos cuantos más, cada mes, además de todas las actuales. Esa mujer nunca pagará. ¿Phil firmó la carta?

Ella se volvió y la levantó para que Ray Hall pudiera verla.

—Sí.

Hall se encogió de hombros.

—A veces ni se molesta.

La caja de cartón de Bill Przwalski estaba llena de basura. La levantó.

—Baja eso, Billy —dijo Emily. El muchacho la dejó sobre su escritorio—. A ver, que alguno de vosotros me diga cuál es su opinión sobre lo que está pasando.

Los demás miraron a Ray Hall, que respiró hondo y después expulsó el aire.

—No me gusta decirte esto, Emily. Tuve una intuición, y cuando entré en el despacho de Phil, busqué los números de las cuentas bancarias de la oficina y llamé por teléfono. El ordenador del banco dice que Investigaciones Kramer tiene ciento cincuenta dólares en una cuenta y doscientos en la otra.

—¿Dólares? —preguntó Emily—. ¿Estás hablando de ciento cincuenta dólares?

—Sí.

Sus ojos resbalaron sobre los rostros de los tres hombres, que sostuvieron su mirada. Emily introdujo la mano en el bolso, sacó su talonario, se acercó al escritorio de April, descolgó el teléfono y marcó el número de sus cheques. La risueña voz del aparato le pidió su número de cuenta, y luego las últimas cuatro cifras de su número de la Seguridad Social. Después de teclear los números, el aparato empezó a recitar una lista de elecciones. Oprimió el cuatro para obtener el saldo. «El saldo de su cuenta es de... setenta y tres dólares y... diecisiete centavos. Para volver al menú principal, pulse ocho. Para hablar con un delegado, pulse cero.»

—Oh, Dios mío —murmuró Emily. Apretó el cero y esperó.

«Espere, por favor —dijo la voz—. Todos nuestros delegados están ocupados en este momento, pero su llamada es importante para nosotros.»

Mantuvo el teléfono apretado contra el oído.

—El dinero también ha volado de nuestra cuenta.

Los hombres no parecieron sorprenderse.

Oyó que las puertas del ascensor se abrían y cerraban. Sujetó el teléfono y miró hacia la puerta de la oficina como los demás. Cuando se abrió, se fijó en que los ojos de todos estaban dirigidos a la altura de los ojos de Phil, pero no fue él quien entró. Sus ojos descendieron treinta centímetros hasta el rostro de April Dougherty. Cuando entró, todos permanecieron inmóviles, mirándola, pero nadie la saludó. Ella miró a los hombres sin sorprenderse, y después se volvió hacia Emily.

—Buenos días.

—Hola, April.

Emily seguía con el teléfono apretado contra el oído.

—Sólo será un momento —dijo April—. Quiero recoger algunos objetos personales, y ya no os estorbaré más. ¿Ha llegado ya la policía?

—Todavía no.

April se encaminó a su escritorio y empezó a abrir los cajones y a dejar cosas sobre la cubierta de la mesa. Eran escasas y patéticas: una taza de café con una flor encima, un pequeño zángano revoloteando sobre ella y una pequeña abeja escondida detrás del tallo. Al lado había un dispensador de plástico con pastillas de sacarina, una cajita con una lima de uñas y seis frascos de esmalte de uñas, y un par de cepillos para el pelo. El último objeto fue un estuche de maquillaje barato.

—La policía no va a incautarse de tu cepillo —dijo Ray—. Si te da vergüenza dejar tampones tirados por ahí, cógelos. Pero es mejor que tu escritorio no se quede vacío, no vayan a pensar que estás escondiendo algo.

—¡No lo hago! —replicó ella.

—Pues actúa en consecuencia. Vuelve a guardar tus cosas en la mesa, siéntate en tu silla y piensa en qué puedes hacer para ayudarnos a encontrar a Phil.

April le miró, se sentó y sacó un expediente del cajón derecho inferior del escritorio.

—Ésta es la hoja de ruta, lo que todo el mundo ha estado haciendo esta semana.

Los ojos de Emily se abrieron de par en par. Dio la vuelta para leerla.

—Por Dios, no le has incluido.

—Claro que no. Es el jefe —dijo April.

Emily sabía que, en parte, estaba agradecida a April por no hablar de Phil en pasado.

—¿Has guardado registros de las llamadas recibidas y las citas?

—Claro.

April enseñó a Emily una libreta de papel rayado con dos columnas de nombres y números. Después sacó una agenda encuadernada con una página para cada día.

Emily vio que constaban montones de llamadas, montones de personas que acudían a la oficina. También vio días enteros en que Phil no había ido al despacho, y April había trazado una diagonal sobre su cuadrado y escrito «No hay citas» con su letra pulcra y parsimoniosa. Indicó la más reciente.

—¿Qué es esto? ¿Anunció por anticipado que no aceptaras citas, o sólo llamó desde alguna parte y dijo «Hoy no iré»?

—Ambas cosas —contestó April—. Muchas veces, alguien viene y se marcha, y he de cancelar lo que está concertado. A veces, uno de los hombres llama para decir que está en Pomona, Irvine o donde sea, y no puede regresar.

Emily observó a los tres hombres con el rabillo del ojo mientras April hablaba. Reparó en que ninguno de ellos se sorprendía por su explicación.

—Todos sabéis lo que estoy buscando —dijo—. Hemos de saber en qué estaba trabajando Phil, y en dónde. Podría encontrarse en un apuro.

La voz grabada del teléfono repitió: «Espere, por favor. Todos nuestros delegados están ocupados en este momento, pero su llamada es importante para nosotros». Emily colgó, introdujo la mano en el bolso, encontró la hoja de papel en la que había anotado el número que el agente de policía le había dado en su anterior llamada y lo marcó de nuevo.

—Agente Morris —dijo una voz.

—Agente Morris, soy Emily Kramer. He hablado con usted hace poco sobre mi marido. Bien, acabo de descubrir que ha desaparecido el dinero de sus cuentas de empresa y de nuestras cuentas personales. Temo que alguien se haya apoderado de su identificación, le tenga retenido o...

—Espere, señora Kramer. He estado intentando localizarla. Acabo de llamar a su casa, y estaba a punto de probar en la oficina. Temo que hemos encontrado al señor Kramer. Siento muchísimo comunicarle que ha muerto.

Emily se sintió agradecida por el hecho de que el hombre no hubiera prolongado la revelación, obligándola a escuchar durante un largo rato, mientras rezaba para que no dijera lo que sabía que iba a decir.

—Gracias —dijo.

Entonces se puso a llorar.

3

Jerry Hobart y Tim Whitley estaban atrapados en la carretera de Las Vegas. La interestatal quince era siempre la primera parte del placer, el cielo límpido y el brillante sol amarillento de la mañana que caía sobre la calzada provocaba que las diminutas partículas diamantinas empotradas en el asfalto brillaran. Daba igual que, en realidad, los diamantes fueran fragmentos de cristal hundidos en el asfalto caliente por el peso de coches que pasaban a ciento veinte o ciento treinta kilómetros por hora. Eran como las lentejuelas de los sucintos atavíos de las camareras y chicas de los espectáculos. Tampoco eran diamantes, y el brillo de su maquillaje no era polvo de oro, pero a Tim Whitley no le importaba. Eso sólo habría logrado encarecer el precio. Pensar en las mujeres aumentó sus ganas de llegar a la ciudad.

Cuando habían salido por la mañana, los coches en dirección a Las Vegas parecían rozar la calzada sin apenas tocarla. El aire era caliente, seco y limpio. Whitley había ocupado el asiento del pasajero y contemplado el desierto, mientras miraba las colinas rocosas en las que crecían yucas y las inmensas planicies con más yucas desplegadas como hileras de hombres, que debido a la velocidad del coche parecían moverse.

Pero ahora pasaban de las cuatro de la tarde, habían avanzado a paso de caracol, y después habían estado parados unos minutos, para luego continuar avanzando centímetro a centímetro durante casi siete horas.

—Jesús —dijo—. Esto es terrible.

Jerry Hobart había vuelto la cabeza hacia él muy lentamente, como la torreta de un tanque. Tenía los ojos entornados como rendijas.

—El día aún no ha terminado.

—Si al menos aceleraran, o se detuvieran del todo —se lamentó Whitney—. Joder, ojalá se detuvieran. Podríamos apagar el motor, ahorrar gasolina para más tarde y mear a gusto en la cuneta.

Hobart no dijo nada. Tensaba y destensaba los músculos de la mandíbula.

—Vamos subiendo desde hace una o dos horas. Tal vez pueda encontrar una emisora con noticias sobre el asunto.

Whitley se inclinó sobre el salpicadero, pese al hecho de que los altavoces estaban en los paneles de las puertas, y movió con delicadeza la línea vertical de una emisora a otra. En una ocasión logró localizar tenues voces que cantaban en español, las cuales le recordaron una fiesta en una casa, mucho tiempo atrás. Sonaba una mariachi, y oyó que un locutor decía algo acerca de narcotraficantes.

—Todo el puto mundo se está convirtiendo en México.

Hobart no dijo nada, y el silencio molestaba a Tim. Hobart era mayor y más experto, uno de esos hombres autosuficientes y solitarios, con una energía de la que Tim sabía que carecía. Cada vez que hablaba, se arrepentía después. Sabía que era indecoroso quejarse, y era inútil lloriquear a un hombre que, al menos, había guiado el coche cuando los vehículos de delante se movían.

Pero Tim se sentía frustrado. Hacía cuatro días habían alquilado una *suite* en el Venetian, y ayer habían ido a Los Ángeles a trabajar. Habían hecho el trabajito anoche, recogido la paga, hecho las maletas y regresado a Las Vegas por la mañana. Hobart había establecido una coartada muy bien pensada: registrarse en un buen hotel de Las Vegas Strip, salir cada día y cada noche, y una noche salir y trasladarse en coche a Los Ángeles para cometer el asesinato y volver. Su *suite* estaba ocupada oficialmente durante su ausencia, y nadie les iba a controlar. Hobart había llamado al hotel en un par de ocasiones. En una se había quejado de que la presión del agua de la ducha no era lo bastante fuerte, y había pedido que la repararan mientras jugaba en el casino. Hobart había dejado los móviles de ambos en la habitación y había llamado a los números, para que quedara constancia de que habían recibido llamadas desde un repetidor de señal que estaba en Las Vegas al cabo de pocos minutos del asesinato.

Pero Tim Whitley se sentía cada vez más nervioso. Habían esperado estar de vuelta en el hotel a las diez o las once. Ya pasaban de las cuatro, y no habían recorrido ni un kilómetro durante la última hora. ¿Quién se esperaba un embotellamiento de tráfico en medio del desierto? Era el peor embotellamiento que Whitley había visto en su vida, y ni siquiera estaban en una ciudad. Se encontraban a setenta y cinco kilómetros de una ciudad de verdad, prácticamente en el borde del Valle de la Muerte. El indicador de gasolina daba la impresión de anunciar que el depósito estaba casi vacío. Confió en que fuera el ángulo desde el que miraba el que diera esa impresión. No lo tenía delante como Hobart, que era el que conducía.

Alguien les ayudaría si se quedaban sin gasolina, por supuesto (la interestatal quince estaba muy concurrida hoy), pero eso estropearía su bonita coartada: alguien les habría visto a los dos atascados en la carretera de Los Ángeles a Las Vegas cuando no debían. Si paraban, eran vulnerables. Y llevaban doscientos mil dólares en metálico en el maletero. No era anormal que cada día acudiera gente a Las Vegas con doscientos mil dólares en metálico, pero sí que un par de ganapanes a bordo de un Hyundai de seis años llevaran tal cantidad encima. Si sucedía algo que les separara de la interminable y anónima corriente de tráfico (si tenían que bajar para empujar el coche hasta la cuneta y quedarse sentados, mientras todo el mundo les miraba compadecido), era probable que acabaran hablando con el conductor de una grúa o con un policía. No era justo. Tendría que haber sido más sencillo.

Al principio, todo había sido rápido y fácil. Hobart y él llevaban trabajando juntos más o menos un año, y formaban un equipo compenetrado. No se produjo la menor vacilación cuando vieron a Philip Kramer salir de la casa después de la reunión. Hobart dijo:

«Le cazaremos en su coche, así no tendremos que arrastrar un cadáver para esconderlo. Ve a buscar un lugar desde el cual disparar sin problemas hacia el lado izquierdo de su vehículo».

No fue tan fácil como parecía. Un coche aparcado ha de detenerse con el lado derecho dando al bordillo y el izquierdo a la calle. Eso no sugería un montón de escondites. Pero Tim sabía que Hobart nunca hablaba en vano, y no hacer lo que Hobart deseaba era como negarse a hacerlo.

Tim Whitley recorrió la calle en direccion al lugar donde Phil Kramer había dejado su sedán Toyota y buscó. El único escondite que encontró a la izquierda del coche de Kramer era la furgoneta aparcada al otro lado de la calle. Tim era un ladrón de coches, y llevaba la ganzúa encima. Cuando Kramer se acercó por la calle a oscuras, Tim Whitley estaba acuclillado en la parte posterior de la furgoneta, detrás del asiento del conductor. Cuando la puerta de Kramer se abrió, Tim la oyó. Se acercó a la ventanilla de la furgoneta y disparó.

Le gustó la sensación. Esta vez no había sido Hobart, que dejaba a Tim la tarea de robar un coche para hacer el trabajo y conducir después. Esta vez, fue Tim quien disparó. Hobart sólo se había ocupado de seguir a Kramer para que se sintiera preocupado, convencido de que debía temer por su vida.

Tim Whitley intuyó un cambio en Hobart, que se estaba removiendo en el asiento mientras intentaba ver qué pasaba más adelante.

—¿Qué ves?

—Los coches se están desviando.

—Eso debe ser bueno, ¿no? —dijo Whitley—. Habremos llegado al motivo de la retención. Tiene que ser un accidente. En cuanto pasemos de largo, estaremos fuera de peligro.

Seguía esperando la reacción de Hobart.

—Yo no veo ningún accidente. Están saliendo. Como si hubiera un desvío.

Tim lo vio. Había una rampa de salida más adelante, y los coches se desviaban a la derecha para tomarla, todos no, pero sí uno de cada diez. Subían a una carretera estrecha, giraban a la izquierda para cruzar un paso elevado, y se desviaban de nuevo a la izquierda hacia las colinas rocosas.

Sabía que Hobart iba a tomar esa carretera sólo por la expresión de su cara. Nueve de cada diez conductores se quedaban en la interestatal, pero el uno por ciento que tomaba la decisión de desviarse por una carretera de sólo dos carriles en el punto más ancho incluiría seguramente a Hobart. Poseía la peculiaridad de estar seguro por completo de sí mismo, y sentía un profundo desprecio por el resto del mundo.

Hobart tomó la rampa de salida y aceleró pendiente arriba en dirección a la otra carretera. Sólo se detuvo un instante, no porque tuviera que mirar a la derecha (nadie venía desde esa dirección, al menos desde que Whitley había visto la salida), sino para contemplar el desierto desde allí arriba.

—¿Jerry?

—¿Qué?

—¿Sabes adónde lleva esto?

—No, pero puedes ir a cualquier sitio desde cualquier otro sitio, siempre que sigas en movimiento. Esa gente de atrás está parada.

Tim sabía que no era una buena idea hacer más preguntas de momento. Sabía que no era viril seguir expresando incertidumbre, continuar exigiendo información que no se había ganado a base de tan sólo esperar y mirar. No quería despilfarrar el preciado respeto que se había granjeado al abatir a Phil Kramer de un solo disparo desde la furgoneta. Había demostrado serenidad y valor.

De todos modos, deseaba verbalizar su preocupación acerca de que aquella carretera tal vez no corriera en la dirección que Hobart imaginaba. Recordó haber oído que la gente se desviaba de la interestatal por una carretera que desembocaba en el lado norte del Gran Cañón, el lado donde no vivía casi nadie. Y sabía que otra carretera en dirección norte se internaba en el Valle de la Muerte.

Tim continuó manipulando el sintonizador de la radio. Se trataba de una actividad improvisada, y lo hacía para cambiar el número del indicador digital, con el fin de que Hobart pensara que estaba trabajando en algo, como el hombre encargado del sonar en una película de submarinos, donde todo el mundo se congregaba sudoroso a su alrededor mientras escuchaba a los barcos enemigos. La radio debería sintonizar algo inteligible, pero no funcionaba bien.

Hobart continuaba conduciendo entre las colinas rocosas y resecas. A medida que transcurrían los minutos y las personalidades se reafirmaban, las distancias entre los coches que habían huido del embotellamiento aumentaban. Algunos conductores pisaban el pedal del acelerador y atravesaban el desierto como si el embotellamiento les persiguiera. Otros daban la impresión de preguntarse si se habían equivocado al abandonar la única autopista importante del desierto y tomar el desvío, con la esperanza de que la nueva carretera les conduciría como por arte de magia a Las Vegas, el lugar donde deseaban estar. Iban despacio, miraban la interestatal siempre que podían con la esperanza de detectar alguna mejora y dar marcha atrás.

Hobart adelantó a una docena de esos coches y continuó conduciendo durante media hora, hasta que Tim Whitley pensó que debería decir algo. Repasó varias opciones, pero las rechazó todas. Cualquier referencia al tiempo transcurrido, la distancia o el tráfico sonaría a queja, y Hobart no soportaba las quejas. Ya había atajado cualquier conversación sobre su destino. Había dicho que no sabía adónde conducía la carretera, pero al parecer pensaba que les llevaría hasta Las Vegas, aunque no pasara por allí.

Whitley dejó que los kilómetros se sucedieran. Mientras contemplaba las formaciones rocosas, los colores y el resplandor, admitió que el desierto era hermoso. Pero era igual de hermoso que el mar, de una forma hostil y traicionera. Si el barco hacía agua o el coche se averiaba, el paisaje ya no sería pintoresco, sino una inmensa desolación. En uno reinaba un frío mortífero y en el otro un calor mortífero, y ambos eran demasiado enormes para que una persona pudiera menospreciarlos de esta forma irreflexiva. Era casi mala suerte no sentir por el desierto el miedo que merecía.

Notó que el motor del coche dejaba de funcionar.

—Mierda —susurró Hobart en el nuevo silencio.

Whitley vio que los músculos de sus brazos se tensaban mientras el vehículo avanzaba en punto muerto. La dirección asistida había dejado de funcionar, y cada movimiento que Hobart imprimía a las ruedas delanteras significaba una pugna con el mecanismo averiado. Dirigió el coche hacia la cuneta, subió a la grava y paró. Un segundo después, la nube de polvo que habían levantado se elevó sobre el auto y derivó hacia la lejanía.

Tim sabía que se habían quedado sin gasolina, pero de todos modos tuvo que verbalizarlo.

—¿Nos quedamos sin gasolina?

—Ajá.

Hobart le miró a los ojos.

—¿Qué vamos a hacer?

—Ir a buscar gasolina a pie.

Tim Whitley se volvió y miró hacia la larga y vacía carretera que habían recorrido, una delgada superficie negra que se disolvía en charcos brillantes de agua inexistente bajo el sol implacable. Intentó calcular. Llevaban en el coche media hora. No, más. Tres cuartos de hora, como mínimo. No sabía a qué velocidad había conducido Hobart, pero habrían sido noventa por hora, como mínimo. Eso significaba un kilómetro y medio por minuto.

—No podemos volver atrás a pie. Son más de sesenta kilómetros.

—No, no podemos —dijo Hobart—. Iremos en la otra dirección. Hay una ciudad ahí delante.

—¿Cómo lo sabes?

—Lo vi en un plano. Creo que estaba en el salvamanteles de aquella cafetería de Baker. Sé que la carretera conduce al norte. A la izquierda está el Valle de la Muerte, y la carretera gira a la derecha, en dirección a la ciudad. Compraremos una lata de tres galones de gasolina y pagaremos a alguien para que nos conduzca de vuelta aquí.

—¿Sabes a qué distancia se encuentra?

—Bien, si caminas por la carretera, podrían ser quince kilómetros, pero la carretera gira a la derecha, de modo que podemos atajar campo a través. De esa forma podrían ser seis kilómetros, quizá sólo tres.

—Jesús, Jerry —dijo Tim—. ¿Atravesar el desierto así? —El aire acondicionado del coche se había parado junto con el motor, de manera que las ventanillas estaban recalentando el estrecho espacio como un invernadero—. Hará más de cuarenta grados ahí fuera.

—Pues claro que estamos a más de cuarenta. ¡Es el puto desierto!

Hobart puso el freno de mano, movió la palanca de cambio automático para asegurarse de que estaba en la posición de estacionamiento y giró el volante para bloquearlo. Cogió las llaves, bajó y cerró la puerta de golpe.

La idea de esperar solo en el coche intentó formarse en la mente de Tim, pero no pudo retenerla. Quedarse allí era impensable. No era que fuera a ocurrirle algo terrible, lo terrible era estar solo. Abrió la puerta y bajó. El aire era tan caliente que golpeó los nervios de su piel como algo afilado. Se quedó mirando el pavimento negro, sobre el que la arena remolineaba.

La carretera era una simple capa de asfalto que alguna partida de obreros había tirado desde un camión y aplanado después. No transmitía seguridad. Tan sólo era una señal de que algunos hombres habían pasado por aquí años atrás.

Tim empezó a alejarse de la calzada en dirección a Hobart. Después de dar algunos pasos sobre la tierra, ya no se sintió tan apegado a la carretera, y comenzó a trotar. Cuando alcanzó a Hobart, ya estaba sudando. Siguieron caminando hacia el noreste entre colinas que no eran más que amontonamientos de rocas. Tim sabía que necesitaba ser listo y utilizar las escasas ventajas con que contaba. Tenía el sol, y estaba bajando, de modo que podía identificar el oeste con los ojos cerrados. Sabía que el tiempo era importante.

Se concentró en no quedarse rezagado de Hobart. No debería ser difícil, porque tenía las piernas más largas y era más joven. Pero a veces Hobart no parecía ser del todo humano. No era que no hubiera empezado humano, sino que ya no era débil como un hombre. Se había desprendido de la blandura hacía mucho tiempo. Hobart continuaba andando en línea recta, como si estuviera siguiendo la línea de un topógrafo. Tim supuso que era una buena noticia. Si iban en línea recta, llegarían más lejos y encontrarían pronto la curva de la carretera.

Después de caminar hasta que los zapatos se le llenaron de arena, observó que tenía la cara seca. El aire era tan caliente y seco que le secaba el sudor antes de que formara gotas. Consultó su reloj.

—Llevamos andando tres cuartos de hora. A este ritmo, calculo que ya habremos recorrido unos cinco kilómetros.

—Estamos lo bastante lejos —dijo Hobart. Sacó una pistola de debajo de la camisa y le disparó a Tim en el pecho, después se acercó y le pegó un tiro en la frente.

Volvió a guardar la pistola en el cinto, debajo de la camisa, agarró los tobillos de Tim y arrastró el cadáver hasta una de las innumerables pilas de rocas. Apartó unas cuantas para practicar un hoyo y tiró el cadáver dentro. Lo cubrió con rocas y después volvió a la carretera.

Cuando llegó al coche, abrió el maletero, sacó la lata de gasolina y vertió los tres galones en el depósito. Puso en marcha el motor, conectó el aire acondicionado y abrió las ventanillas para expulsar el aire caliente del vehículo, mientras aceleraba en dirección a la gasolinera de Amargosa Valley. Con el depósito lleno, volvería a Las Vegas en un par de horas.

4

Emily pasó tres horas en compañía del detective Gruenthal, el agente de policía al que habían asignado el asesinato de Phil. Era un hombretón de rostro encarnado y pelo ralo que se encontraba en el proceso de cambiar de rubio a blanco. Le habló de las costumbres de Phil, y de sus súbitas desapariciones. Del dinero esfumado, de que no le contaba dónde había estado por las noches. Gruenthal tomó notas, unos constantes garabatos ininteligibles en una libreta que parecía más pequeña que su gruesa mano, y después le dijo que lo primero que debían hacer era seguir el rastro del dinero.

Como un signatario había muerto, Emily no estaba autorizada a abrir la caja de seguridad que Phil y ella habían alquilado. Tuvo que reunirse con el detective Gruenthal y una mujer llamada Zia Mondani, quien representaba al estado de California en el banco, donde el director les estaba esperando. Ella y el director del banco entraron en la cámara acorazada para recuperar la caja, Emily cargó con ella, y todos entraron en una pequeña habitación, en lugar del cubículo que Emily y Phil siempre habían utilizado.

Se sentaron a una mesa vacía y abrieron la caja metálica gris, larga y estrecha. Mientras sacaba las pertenencias, las iba dejando delante del detective Gruenthal. Había la escritura de la casa. Las partidas de nacimiento y las tarjetas de la Seguridad Social de Phil, Emily y Pete.

Gruenthal recogió de inmediato los papeles de Pete.

—¿Qué es esto?

—Son de nuestro hijo Pete. Murió hace cinco años en un accidente de tráfico. Supongo que ninguno de los dos pensó en sacarlos de aquí.

Vio una copia del certificado de defunción de Pete, y también lo dejó delante de Gruenthal.

En la caja también guardaba su licencia matrimonial, y cuando la vio, tuvo que hacer un esfuerzo para no ponerse a llorar delante de aquellos desconocidos. Para distraerse, se apresuró a sacar la póliza de seguros de la casa y la póliza de los dos coches, y después los papeles de los vehículos. Había el licenciamiento con honores de los marines de Phil, algunas fotografías de la casa a efectos del seguro, una copia de su licencia de investigador privado, por si algo le pasaba a la que colgaba en la pared de la oficina. Y nada más.

—¿Eso es todo? —preguntó Gruenthal.

—Sí —dijo ella.

—¿Falta algo?

—Creo que no... No.

La señorita Mondani, la mujer que representaba al Estado, se levantó.

—Gracias, señora Kramer —dijo, y salió de la habitación.

Emily empezó a devolver los papeles a la caja. Intentó recordar las cosas que habrían debido estar, pero no estaban. Phil había guardado el broche de diamantes de su madre, el collar de perlas auténticas que la abuela de Emily había regalado a su nieta y los bonos de ahorro. Ni siquiera estaba segura del valor de los objetos. Nunca habían tasado las joyas porque él había dicho que era absurdo asegurar algo que estaba ingresado en un banco. Los bonos habían sido un regalo de los padres de Phil cuando Pete nació, una cuenta que abrieron para el día que el chico se matriculara en la universidad.

Mientras el director y ella devolvían la caja a la cámara acorazada, se reprendió. Tendría que haber contado al detective Gruenthal que habían desaparecido cosas, pero no logró decidirse. No tenía ni idea de por qué las había sacado Phil. ¿Existía alguna necesidad que le había ocultado? Siempre odiaba preocuparla. Tal vez había hecho alguna inversión que consideraba arriesgada. No podía revelar al detective Gruenthal algo tan personal sin conocer la explicación. ¿Cómo podía aquel desconocido comprender lo que le estaba diciendo, cuando ni siquiera ella lo comprendía?

Una vez guardada bajo llave la caja, observó que Gruenthal se estaba impacientando. Había perdido el tiempo.

—Señora Kramer, he de volver a la comisaría. Si recuerda algo, o si puedo hacer algo por usted, haga el favor de llamar.

—Gracias —contestó ella, y le vio partir.

El director del banco también aprovechó la oportunidad.

—¿Puedo hacer algo más por usted?

—Sí —contestó Emily, y el hombre se quedó algo sorprendido—. Me gustaría que me facilitara un listado de todos los cheques extendidos contra nuestra cuenta durante el año pasado.

—Por supuesto. ¿Por qué no viene a mi despacho y se pone cómoda, mientras yo voy a conseguirle esa información?

Cuando Emily tuvo las copias en una pulcra carpeta guardada dentro de un sobre grande, fue a casa para estudiarlas. La cuenta corriente estaba vinculada con la de ahorros, y ambas cuentas habían sido vaciadas de una forma discreta y metódica. De vez en cuando depositaban dinero en la cuenta corriente, pero todos los reintegros eran mayores que los ingresos. Phil había extendido uno o dos cheques grandes una vez al mes durante todo el año. Todos se habían cobrado en metálico. Mientras los miraba, lágrimas de frustración se agolparon en sus ojos, de modo que tuvo que secarlos para poder ver.

—Jesús, Phil —susurró una y otra vez—. ¿Qué estabas haciendo? ¿En qué coño estabas pensando?

Fue al ordenador y buscó información sobre las tarjetas de crédito y prestamos. Lo que estaba intentando hacer era conocer la magnitud del desastre económico. ¿Existían tarjetas de crédito que ella no había visto, o Phil había pedido prestado dinero a sus espaldas? Transmitieron los informes de créditos y los leyó con un escalofrío en la columna vertebral, pero no vio nada que no supiera ya. Nada le reveló el estado mental de Phil, o qué había estado haciendo la noche que le asesinaron.

Emily se puso más frenética todavía. Empezó a registrar la casa. Buscó por toda la oficina comprobantes o recibos de tarjetas de crédito, y después examinó las pilas de facturas pagadas y archivadas. Leyó las dos últimas declaraciones de renta, que había firmado cuando Phil se lo pidió, sin molestarse en examinarlas. Las cifras parecían normales, pero ignoraba si eran exactas. A las tres de la mañana se quedó dormida en el sofá del cuarto de estar.

Los camiones de la basura que subían por la calle levantando cubos con sus garras hidráulicas la despertaron a las seis y media. Guardó los papeles y evaluó los daños. Phil había sacado todo el dinero de ambos, y o bien lo había gastado, o lo había guardado fuera de su alcance. No daba la impresión de haberles endeudado más de lo que estaban con la hipoteca de la casa y los pagos del coche de Phil. Pero ¿por qué había vaciado sus ahorros? Phil nunca había sido jugador.

Pensó que tal vez estaba enfermo y no se lo había querido decir. Eso explicaría sus misteriosas ausencias del trabajo. Tal vez había consultado a médicos. Llamó al doctor Kalamian, el médico de cabecera, le contó lo sucedido y preguntó si Phil había estado enfermo.

—Creo que no —contestó el doctor Kalamian. Consultó el historial—. Le visité el veintisiete de abril pasado. Estaba bien. Las analíticas eran correctas, incluso buenas para un hombre de su edad. Existían escasas posibilidades de que padeciera alguna enfermedad, porque los análisis lo habrían revelado. Y de haber padecido algo grave, me habría pedido que le derivara a un especialista, y no lo hizo. Escucha, Emily, éste debe ser el momento más angustioso de tu vida. ¿Quieres que te recete algo para ayudarte a dormir, quizás un antidepresivo?

—No, gracias.

—No te creas que lo tienes superado —insistió el doctor Kalamian—. Recuerda que te podría ayudar a soportarlo mejor. Cuando no estoy en la consulta, siempre está de guardia un miembro de mi equipo.

—Me encuentro bien.

No se encontraba bien. No podía dormir más de tres horas seguidas, y se sentía deprimida y angustiada. Pero la angustia provocaba que se mantuviera alerta y activa.

El tercer día, el detective Gruenthal la llamó.

—La autopsia ha concluido y el médico forense la ha firmado —dijo—. Le vamos a entregar el cadáver del señor Kramer.

Emily inició los preparativos del funeral. Empezó dirigiéndose a la funeraria Greenleaf para tramitar los papeles. Phil había trabajado en una ocasión para el propietario. Sospechaban que uno de los directores o agentes funerarios estaba robando anillos y brazaletes a los cadáveres antes de enterrarlos. Phil había descubierto que todos eran honrados, una conclusión a la que llegaba pocas veces cuando investigaba a empleados. Había investigado todos los aspectos desagradables del negocio.

—Si muriera, me gustaría acabar aquí —dijo.

El propietario reconoció el nombre de Phil y le hizo un descuento sobre el precio del ataúd.

Emily se sentía un poco nerviosa por tener que improvisar casi su funeral. Recordó que había experimentado la misma sensación de incompetencia cuando Pete había muerto. Su funeral habría debido ser enorme, hermoso y solemne, pero sólo había sido triste, solitario y desgarrador. Había acudido mucha gente, y todo el mundo había interpretado su papel, pero descubrió que eso no era importante. Lo que importaba era el hecho de enterrar a un chico de diecisiete años. Ahora era el turno de Phil, y estaba sola.

Necesitaba reservar una parcela cercana a la de Pete en Forest Lawn. Tenía que localizar a algún pastor presbiteriano. Le costó medio día encontrar al reverendo Massey, de la Séptima Iglesia Presbiteriana de San Fernando. Pasó la tarde con él eligiendo los fragmentos de las Escrituras de una lista que apenas reconoció de su infancia, y le resumió quién había sido Phil. Muchas cosas importantes de él no podían revelarse.

Phil Kramer era un ex marine. Medía metro noventa y, en su madurez, asustaba un poco a los desconocidos, cosa que utilizaba con frecuencia para conseguir sus propósitos. Era un agudo observador de las peculiaridades y tics de la gente susceptibles de revelar mentiras o puntos débiles. Phil podía contar un chiste de una manera que hiciera reír a Emily. Aunque fuera uno de aquellos estúpidos chistes de adolescentes sobre sexo, él siempre lo encontraba tan divertido que ella no podía evitar reírse también. No podía decir al ministro que contaba chistes verdes, de modo que se limitó a apuntar que tenía sentido del humor.

No podía decirle que había sido un amante aceptable, que le dedicaba una cantidad de atención razonable antes de y durante el acto amoroso, pero se quedaba dormido nada más terminar. No podía decir al ministro que había llegado a comprender que era mejor para ella que un virtuoso del sexo, ni por qué echaba de menos aquellas ocasiones con él.

Una vez terminados los trámites, llamó a su prima Marlene, la que había heredado de su madre, tía Rose, el papel de organizadora, y le pidió que diera la noticia a su familia, y después pidió a Nancy, la hermana de Phil, que llamara a sus parientes.

El funeral se celebró al cabo de tres días, siete días después del asesinato. Mientras Emily hablaba con amigos y familiares en el vestíbulo de la capilla de Forest Lawn, a medida que iban llegando, tomó conciencia de lo sola que se sentía. La condujo a recordar que, cuando Pete había muerto, había tenido a Phil a su lado. Ahora no tenía a nadie.

Cuando llegaron cuatro amigos de Pete del instituto, se quedó boquiabierta porque ahora parecían mucho más mayores. Dos venían acompañados de sus esposas, y le enseñaron fotografías de sus hijos. Verles no consiguió que echara de menos a Pete, porque desde hacía cinco años cada día de su vida había estado consagrado en parte a echarle de menos. Sólo le recordó que ciertas fases de la vida de su hijo habrían empezado ahora.

Cada persona que llegaba la abrazaba, una sensación de lo más desagradable, dominada por olores de perfumes, tónicos capilares o lavado en seco, torpes movimientos de brazos y cuellos, miradas de compasión y una sucesión de las típicas frases de condolencia: «Lo siento muchísimo», «Mi más sincero pésame» o «Le echaré de menos». Se le antojó muy extraño que, después de tantos siglos, nadie hubiera inventado algo diferente.

Cuando vio que Sam Bowen entraba por la puerta, tuvo que contener las lágrimas. Saber que había venido desde Seattle habría debido bastar para que se sintiera mejor, pero no fue así. Verle sólo le recordó la noche de su fiesta de jubilación, cuando pensó que la próxima vez que le viera sería en su funeral. Nunca se la había ocurrido que le vería en el funeral de Phil dos años después.

El reverendo Massey ofició un servicio apropiado. En su breve discurso mencionó que Phil y Emily habían estado casados veintidós años, que había muchos amigos presentes en el funeral y que había sido un detective privado dueño de su propia agencia. Massey no pudo resistir la tentación de conjeturar que Phil había sido un fervoroso creyente, devoto del Señor. Emily notó que se le erizaba el vello de la nuca al escuchar aquella falsedad involuntaria. Esperó que la gente comprendiera que era cosecha propia del pastor. Miró subrepticiamente a los presentes y vio que Billy Przwalski y uno de los chicos de la empresa de fianzas intercambiaban una mirada de escepticismo.

Ray Hall y Dewey Burns estuvieron sentados durante toda la ceremonia en un silencio sepulcral, ni emocionados ni sorprendidos, como un par de jugadores de póquer. Los dos habían ido acompañados de mujeres. Emily se alegró de que Dewey Burns no fuera la única cara oscura de la multitud. Su chica era alguien a quien nunca había visto, pero se la veía muy delgada y elegante con su vestido negro, y habría sido casi tan alta como Dewey de no haber tenido el detalle de desechar zapatos de tacón para ir a un cementerio. Ray Hall tenía aspecto de encontrarse en plena borrachera. Tenía los ojos inyectados en sangre y la cara cansada. Su pareja era demasiado joven para él y no tan atractiva como le había

parecido al principio, una vez dedicó tiempo a estudiarla. Ni siquiera era sexi. Tenía aspecto de universitaria empollona.

Junto a la tumba, mientras el reverendo Massey recitaba una oración, los ojos de Emily se desviaron hacia April Dougherty y no se
movieron de ella. Estaba sentada en la primera fila del otro lado del
pasillo, entre los dos grupos de sillas plegables que la gente de
Greenleaf había dispuesto, apoyaba un pañuelo de encaje contra la
cara y lloraba en silencio. Emily la contempló unos segundos con los
ojos secos. Después se fijó en cada coche que abarcaba su campo de
visión y trató de detectar uno en el que hubiera sentada una persona.
Miró hacia el extremo superior del cementerio, y a los otros dos
grupos de gente congregados ante sendas tumbas. Uno asistía a un
funeral, y el otro consistía en una familia de cuatro miembros (madre, padre y dos hijos) que ponía flores en un jarrón junto a una lápida. Nadie parecía portar un objeto provisto de una lente.

Era frustrante porque estaba convencida de que el asesino debía estar observando, pero no podía verle. Si ella hubiera asesinado
a Phil, habría acudido a su funeral para ver a todos los asistentes.
Hombres como su marido podían tener amigos y parientes dispuestos tal vez a perseguir a su asesino. Confió en que la policía se
encontrara en lo alto de la colina, invisible pero vigilante, y en que
se fijara en alguien que ella hubiera pasado por alto.

El pastor finalizó sus comentarios y rezó la última oración.

—Aquí concluye el servicio —dijo con solemnidad el hombre
de Greenleaf—. Los asistentes están invitados a comer en casa de
la señora Kramer nada más abandonar el cementerio.

Emily dio las gracias en silencio al reverendo y al director de la
funeraria, y aceptó algunos abrazos y palabras de consuelo. Antes
incluso de que las primeras personas llegaran a sus coches, los efi-
cientes sepultureros del cementerio habían quitado las coronas de
flores del ataúd y empezaron a bajar a Phil Kramer. Emily se detuvo y contempló el ataúd mientras descendía.

—Siento que tuviera que terminar así, cariño —susurró—. El
resto fue estupendo.

Cuando Emily llegó a su casa, sus primas Marlene y Betty ya habían abierto la puerta y dispuesto el bufé sobre el aparador y la mesa del comedor. Los asistentes se habían dividido en tres grupos, con platos de comida en equilibrio sobre sus rodillas, y trataban de encontrar lugares socialmente aceptables donde dejar sus bebidas mientras comían. Estaban los Kramer, todos ellos más altos del metro ochenta, salvo Nancy, la hermana de Phil, que sólo medía metro setenta y cinco con zapatos de tacón bajo. Estaban los McCall, la familia de Emily, todos unos treinta centímetros más bajos que los Kramer, y rubios o pelirrojos, salvo Emily y Marlene. Y estaba le gente que conocía a Phil de la agencia de detectives, mucho más variada, todos de pie, que parecían más interesados en beber que en comer, y que hablaban entre sí en voz muy baja, con la mirada fija en algún punto del otro lado de la sala.

Se le ocurrió que ésta sería probablemente la última vez que los Kramer y los McCall se reunirían en un mismo lugar. Ahora que Phil había muerto, la relación se debilitaría, y después se disolvería. El único punto en común había sido su matrimonio, y eso había terminado. La gente olvidaría. Eso convertía en más dolorosos los abrazos y las palabras solícitas de los Kramer, porque sabía que nunca volvería a verlos.

Nancy, la hermana de Phil, la estrechó en un abrazo de oso que la dejó sin aliento, después la tomó por los hombros y la miró a los ojos de una forma que la incomodó.

—¿Quién lo ha hecho?

—Todavía no lo sabemos —contestó Emily—. La policía está trabajando en ello, pero aún no han descubierto ninguna pista.

Nancy sacudió la cabeza, miró desesperada a su cuñada durante varios segundos y se alejó.

Toni, la tía de Phil, acorraló a Emily y le dijo que debía hacer un esfuerzo y acudir al *pic-nic* familiar de los Kramer en septiembre, pero en sus ojos había una mirada distante que confirmó la sensación de Emily de que todo ya había empezado a cambiar. Después, Bill, el tío de Phil, la interceptó.

—Es terrible —dijo—. Terrible. Hace años le dije a ese hijo de la gran puta que ganarse la vida husmeando en las vidas ajenas era peligroso. No me hizo caso.

—Lo sé —dijo Emily—. Él era así. Le gustaba su profesión.

—Bien, supongo que si quieres ganar mucho dinero, has de correr algunos riesgos. Supongo que te ha dejado suficiente, ¿no?

—¡Bill! —dijo tía Toni.

—¿Qué pasa? Era como un hijo para mí.

—Siempre hablaba bien de ti —dijo Emily, y se alejó.

Intentó hacer la ronda de amigos y parientes, dar las gracias a la gente por venir e intentar sentirse agradecida por su presencia. Hizo un esfuerzo por hablar con los detectives, la gente de la empresa de gestión de fianzas, los abogados y los agentes de policía fuera de servicio. Había mucha gente a la que no conocía, pero descubrió que podía abarcarla hablando con ella en pequeños grupos, por lo visto la configuración favorita, y después continuar la ronda.

A las cuatro, cuando sus primas Marlene y Betty estaban empezando a guardar cazuelas y bandejas de entremeses, así como a recoger tazas y vasos de lugares precarios diseminados por la sala de estar, Emily se dio cuenta de que se había quedado sin fuerzas. Se sentó en el extremo del sofá bajo la ventana de delante, y entonces Sandy, la mujer de su primo Dave, tomó asiento a su lado. Dave se quedó de pie junto a ellas unos segundos, y después acercó una silla, de manera que sus rodillas casi tocaban las de Emily.

—Todos lo sentimos muchísimo, Emily —dijo Sandy—. La suerte no te ha sonreído mucho en esta vida.

—No lo sé —dijo ella—. Es difícil precisarlo.

—Bien, Dave y yo sólo queríamos decirte que siempre te apoyaremos. Si podemos hacer algo por ayudarte, o por facilitarte las cosas, estamos dispuestos.

—Exacto —dijo él.

—Bien, gracias.

—No, lo decimos en serio —insistió Sandy.

Parecían tan sinceros, y tan sensatos y unidos como pareja, que Emily pensó en su oferta. Recordó que Dave era un abogado de éxito (tía Lily había estado presumiendo durante quince años de su gran casa, su segunda residencia, y de lo poderosa que era la firma de Dave), y Sandy tenía un empleo importante en publicidad.

—Bien, no sé qué decir. Sois muy amables.

—Venga ya.

Sandy le acarició la espalda, como si fuera un gatito.

—Bien, si podéis hacerlo, con los gastos del funeral y todo eso, voy un poco apurada. Me pregunto si podríais hacerme un pequeño préstamo, hasta que las cosas se enderecen. Aún no he podido desentrañar el estado de nuestras finanzas. Phil no me dijo algunas cosas que yo habría debido saber, y me cuesta avanzar.

Al pronunciar la palabra «préstamo», notó que la mano de Sandy se paralizaba sobre su espalda, y luego se retiraba.

—Eso es la especialidad de Dave —dijo. Emily percibió por su voz que estaba mirando a su marido para ordenarle que se encargara del asunto.

—Me encantaría, Emily —dijo Dave—. Ahora vamos un poco justos, pero podría darte algunas ideas. Supongo que Phil tenía un seguro de vida.

—Lo hicimos en un momento dado, una póliza de seguro temporal para los dos, pero en realidad era para Pete, y cuando él murió, creo que Phil dejó de pagar las primas.

Dave insistió.

—Recibirás su pensión, por supuesto, y no pagarás impuestos porque eras su mujer.

Por lo visto, la perspectiva parecía alegrar a Dave.

Emily no le dijo que el plan de pensiones de Phil había volado. Sólo quería dar por concluida la conversación.

—Además, tienes la casa.

—No había pensado en mudarme.

—Bien, pues piénsalo ahora. Si vives sola, no necesitas tres habitaciones, un cuarto de estar y un estudio. —Paseó la vista a su alrededor—. Incluso casas como ésta han subido de cotización en los últimos años. Creo que te llevarás una sorpresa.

—Supongo. Lo miraré. Estoy segura de que todo saldrá bien.

Emily se arrepentía fervientemente de haberles pedido ayuda.

—Además, está el coche de Phil.

—¿Su coche?

—Bien, una mujer no necesita dos coches, y supongo que venderás el de él. ¡Escucha! He estado buscando un buen coche de segunda mano para que Charlotte vaya al colegio. Apuesto a que llegaremos a un acuerdo positivo para ambos.

Emily vio de reojo que Sandy se encogía y negaba con la cabeza.

—Aún se encuentra en poder de la policía —dijo Emily—. Dispararon a Phil en el coche.

—¡Oh! —exclamó Dave.

Sandy se levantó.

—Hemos de irnos, Emily. Como ya he dicho, llámame si necesitas algo.

Se agachó, le palmeó el hombro y se encaminó hacia la puerta, sin mirar atrás para ver si Dave la seguía.

Una vez que abandonaron la casa algunos invitados, los demás parecieron pensar que se sentían liberados. Empezaron a caminar hacia la puerta en pequeños grupos. Si habían sentido alguna obligación hacia Phil Kramer, daba la impresión de que ahora se sentían dispensados. Y si sentían alguna pena por la viuda, habían llegado a la conclusión de que lo más compasivo que podían hacer por ella era concederle la oportunidad de descansar.

Cuando estuvo sola, se acostó en su cama y cerró los ojos.

Se incorporó con brusquedad. No podía estar tumbada como si tal cosa. Tenía que hacer lo imposible por averiguar qué le había pasado a Phil. Se quitó el vestido negro, se puso unos tejanos y un jersey, vertió el contenido de su pequeño bolso negro en el de correa larga que utilizaba cada día y bajó al coche. Ya descansaría cuando le llegara a ella el turno de morir.

5

Emily estaba en la oficina, sentada a la mesa de Phil examinando expedientes. Recordaba el peculiar sistema de archivo de su marido de los viejos tiempos, cuando trabajaba con él. Reservaba el cajón inferior de cada archivador para armas y municiones, basándose en la teoría de que, si algún día necesitaba un arma de fuego a toda prisa, ya se habría agachado detrás de su escritorio de acero. Los cajones de arriba eran lo que él llamaba cajones «elevados»: contenían facturas y documentos de pago de empresas de servicios públicos, la hipoteca del edificio, las tarjetas de registro horario y las nóminas. Las guardaba sólo para que alguien que viniera a husmear encontrara algo concreto, pero inútil. El siguiente conjunto de cajones era una mezcla confusa de carpetas de facturas antiguas entremezcladas con expedientes falsos, carpetas repletas de correo basura. Si un intruso llegaba hasta este punto, ya estaría demasiado cansado y exasperado para enfrentarse a la segunda hilera de cajones del fondo, que no se diferenciaban en nada de los demás, pero que contenían historiales de casos reales, tanto pasados como actuales.

Phil había sido reservado.

Emily había examinado la docena más reciente de casos, cuando oyó el sonido de una llave en la puerta de la oficina exterior. Se quedó aterrorizada. El asesino debía saber que hoy era el día del funeral. ¿Qué quería? Era demasiado tarde para apagar las luces, de modo que se agachó detrás del escritorio de Phil, abrió el cajón inferior del archivador que tenía detrás y sacó la pistola que su marido había dejado allí. Oyó que la puerta vibraba un poco, mientras miraba la pistola desesperada, localizaba el seguro y lo quitaba. Asomó la cabeza por un lado del escritorio y vio que la puerta se abría.

Ray Hall entró en la oficina y paseó la vista a su alrededor con una expresión perpleja en la cara. Introdujo la mano en la chaqueta.

—Soy yo, Ray —dijo—. Emily.

Se levantó del suelo, se sentó en la silla de Phil y escondió la pistola en un cajón inferior del escritorio para que no la viera.

—Ah. Me has asustado. Estaba convencido de que había apagado las luces.

—Lo hiciste —dijo ella.

—¿Por qué no estás en casa?

Se acercó a la puerta del despacho de Phil y no se movió.

—¿Por qué no estás tú?

—Voy a reunirme con los demás aquí. Hablamos en el funeral, y quedamos así.

Mientras hablaba, Dewey Burns y Billy Przwalski aparecieron en la puerta, se detuvieron y miraron a Emily y Ray. Un momento después, llegó April Dougherty.

Susurraron entre sí en la oficina exterior, y después se acercaron a la puerta del cubículo de cristal de Phil. Ray Hall entró con Emily, y los demás se apretujaron tras él.

Ella levantó la docena de casos del archivador y los dejó sobre el escritorio de Phil.

—Gracias. Agradezco a todos que hayáis venido.

—Hablamos después del funeral, y decidimos que vendríamos a recoger las cosas de Phil para dártelas. No esperábamos encontrarte aquí. Pero ya que has venido, tal vez podamos terminar el trabajo hoy y cerrar la oficina.

—¿Cerrar la oficina? —preguntó Emily.

Ray se encogió de hombros.

—Sí.

—Gracias por vuestra oferta. Todos habéis sido muy amables, y sé que la situación tiene mal aspecto en este momento. No tengo dinero para pagaros esta semana, pero mi intención es solucionarlo todo lo antes posible.

—De acuerdo —dijo Dewey Burns. Los demás asintieron, sin moverse, con aspecto incómodo.

—Veo que todos estáis esperando cortésmente oírme decir gracias por todo y buena suerte en vuestro próximo empleo. No he venido para eso. He venido a trabajar.

—¿Qué? —dijo Dewey Burns.

—He dicho que he venido a trabajar.

—¿Aquí? —preguntó Bill Przwalski—. ¿En la agencia?

—Phil ha muerto, Emily —observó Ray Hall con delicadeza—. La agencia está arruinada.

—Temo que no puedo dejarlo así, Ray. Phil no sólo hizo desaparecer los fondos de la oficina, sino que también vació nuestros ahorros, perdió su seguro de vida y, por lo que yo sé, se pulió el dinero que había reservado para la jubilación. No sé por qué. No sé por qué le mataron. Pero considero que lo único que me queda es este negocio. He de intentar llevarlo adelante.

—No puedes dirigir una agencia de detectives sin licencia —intervino Dewey Burns.

—Tú y Ray tenéis licencia, y Billy está a mitad de camino.

—Emily —dijo Ray Hall—, puede que no sea una buena idea. Es verdad que, técnicamente, la agencia todavía existe, y como eres la heredera de Phil, es tuya. Pero dirigirla es una historia diferente. No es tarea fácil, y con las cuentas bancarias vaciadas, los bienes son escasos: algunos ordenadores de última generación, algunos archivadores de acero y una reputación que dependía de la credibilidad de Phil. Lo más sensato sería venderla.

—No soy una inexperta —dijo Emily—. Trabajé con mi marido en los viejos tiempos, cuando fundamos esta agencia. No soy detective, pero sé dirigir una oficina.

—¿Cuándo fue la última vez que trabajaste? —preguntó Dewey Burns.

—Me fui cuando estaba embarazada de siete meses.

Los cuatro intentaron disimular su escepticismo.

—Eso fue... ¿hace veinte años? —dijo Ray Hall.

—Voy a mantener abierta la agencia. No porque desde peque-ña me gustara desenmascarar a mensajeros que presentan falsas solicitudes de invalidez, sino porque mi marido ha muerto y yo aún he de pagar la hipoteca. Me gustaría que los cuatro os quedarais.

Los labios de April se movieron mientras contaba a los demás: uno, dos, tres. No había nadie más.

—¿Se refiere también a mí?

Los hombres miraron a Emily fijamente.

—Pues claro que me refiero también a ti —dijo.

—Oh.

April parecía incapaz de dilucidar por qué la había incluido. Estaba absorta en sus pensamientos.

—No es una buena idea, Emily —insistió Ray Hall—. Aún no tenemos ni idea de por qué asesinaron a Phil. Ha pasado una sema-na, y parece que la policía tampoco maneja ninguna teoría. No existe la menor garantía de que el asesino no intente matar a al-guien más de la agencia. Esto podría ser más que poco rentable. Podría ser peligroso.

—Ya te lo he dicho, Ray. No me queda otra alternativa. Tienes razón en que podría ser un psicópata resentido con la agencia, o alguien que odia el mundo y quiere matar a todos sus habitantes. No culparé a nadie que no desee seguir trabajando aquí, pero me gustaría mucho que os quedarais. El que no quiera quedarse que venga dentro de un par de semanas y veré qué puedo hacer para pagarle lo que se le debe. De momento, no tengo dinero.

—Sólo te estaba dando el consejo que considero más adecuado —dijo Ray Hall—. Si quieres intentar mantener en funcionamiento la agencia, me quedaré y trataré de echarte una mano.

—De acuerdo —dijo Dewey—. Yo también.

—Necesito otro año en horas para mi licencia —añadió Bill.

Emily entró en la oficina exterior y dejó la pila de expedientes sobre el escritorio de April.

—April, si te quedas, éste será tu trabajo: éstos son todos los casos cerrados en que el cliente debe dinero. Quiero que los llames a todos y digas lo siguiente: el señor Kramer ha fallecido y su heredera está negociando la venta de la agencia. Como el material resultante de cualquier investigación que no se ha pagado continúa siendo propiedad de la agencia, los expedientes se incluirán en cualquier venta. Si no puedes recordarlo al pie de la letra, escríbelo y se lo lees.

—Pero ¿y si pagan? —preguntó April.

—En ese caso, los expedientes son de ellos. Cuando cobremos el cheque, se lo enviaremos por FeDex.

Emily volvió al despacho de Phil.

April miró los expedientes con escasa convicción.

—¿Qué va a hacer?

—Voy a ver qué más dinero podemos reunir. Si recojo suficiente, todos recibiréis el cheque de la paga esta semana. —Se detuvo ante la puerta del despacho de Phil—. Si los demás os quedáis, encargaos de terminar las investigaciones en marcha, para poder enviar la factura.

Ray Hall vaciló, y después se sentó a su mesa y sacó un expediente del cajón de la derecha.

—Tú no, Ray. Acabas de terminar el caso Stevens, ¿verdad?

—Casi. Sólo he de enseñarle lo que tenemos y entregarle la factura.

—Hazlo mañana por la mañana, y después te asignaré otro caso.

—¿Quién es el cliente?

—Yo. Quiero que encuentres al hombre que asesinó a Phil.

6

Jerry Hobart llevaba cinco días en Las Vegas. Había dicho a Tim Whitley que cargara la cuenta del hotel a su tarjeta de crédito, y así, si a Hobart le apetecía, podría quedarse hasta que la tarjeta de Whitley se agotara. Pero presentía que había llegado el momento de marcharse del Venetian.

Era importante saber cuánto debían durar las cosas largas. Las fiestas terminaban, y el último en marchar tal vez se demoraba dando explicaciones sobre el desastre. Abrió las cajas fuertes de los dos roperos, recogió sus doscientos mil dólares y guardó el dinero en la maleta. Firmó el formulario de salida como Tim Whitley, dijo que cargaran los gastos a la tarjeta de crédito, y después la tiró en el buzón cuando salió del hotel a las once de la mañana.

Se sentía mejor hoy que desde hacía meses. Se había hartado de la cháchara insulsa de Tim Whitley, y tuvo que ponerle fin. Desde que iba al colegio, se había sentido asombrado por la capacidad de algunas personas de ser débiles e irritantes. Si no se les ponía freno, sus necesidades se incrementaban de manera gradual y exigían todo cuanto su imaginación era capaz de abarcar, y su cháchara aumentaba de volumen hasta asfixiar todo silencio e imposibilitar pensamientos y sentimientos.

Hobart era consciente de que no todas las personas a las que conocía podían ser como él. Pero sí era de esperar que cargaran con su peso y encontraran formas de darse ánimos y consolarse sin exigirle demasiado. Un hombre con el que viajas debería ser capaz de limitar la cantidad de atención que necesita para distraerse de la tarea que se lleva entre manos. Debería ser capaz de reprimir sus lloriqueos. Debería ser capaz de hacer lo que los bebés aprenden, o sea, echarse a dormir sin dar la tabarra hasta bien avanzada la noche.

Abandonar a Tim Whitley debajo de un túmulo de rocas en el desierto había sido lo correcto. Tener doscientos mil dólares era el doble de bueno que tener cien mil, y la falta de autodisciplina de Whitley le había convertido en un socio peligroso. Un hombre ansioso por contar historias sobre sí mismo para impresionar a un compañero no sería capaz de resistir la tentación de contar a alguien lo del asesinato de Philip Kramer.

Hobart salió a la puerta del hotel, entregó su tique al empleado del aparcamiento y se encaminó a la zona de espera, al otro lado del camino de entrada. Permaneció inmóvil con los ojos cerrados y los músculos relajados, y saboreó las corrientes de aire caliente del desierto que remolineaban bajo el gran dosel, y acariciaban su cara y brazos. Reconoció el silencioso motor del Hyundai, abrió los ojos y vio que el empleado del aparcamiento guardaba su equipaje y el de Whitley en el maletero. Dio al joven diez dólares, subió al coche y salió al Strip.

A Hobart le daba igual el tráfico del Strip. Estaba a salvo, bien alimentado, descansado y al mando de un vehículo con el depósito lleno de combustible. Era más o menos la cumbre más alta que un ser de este planeta podía alcanzar. Los incentivos y estímulos de escasa importancia que algunas personas anhelaban no le interesaban. Una vez que un hombre ha estado en la cárcel, su mente es receptiva a pequeñas mejoras en su bienestar físico, pero él era capaz de reconocer la vacuidad de la posición social y la naturaleza ilusoria de la seguridad.

Hobart conducía por el Strip como los demás, invisible porque su coche no despertaba envidias y su conducción no estimulaba el miedo, y porque era difícil estar en la ciudad y no contemplar los edificios fantásticos y los letreros luminosos. Al cabo de un cuarto de hora, se encontraba al sur de la ciudad en la interestatal quince, inmerso en la corriente de coches que se dirigían a Los

Ángeles. Tomó la salida a la interestatal noventa y cinco y se desvió hacia el sur a través del desierto, donde la congestión se calmaría.

El mundo se estaba poblando en exceso. Cuando era niño, cerca de Cabazon, la gran atracción para los forasteros era el gigantesco dinosaurio de hormigón que se cernía sobre la autovía de Palm Springs. Ahora, los indios habían construido un gran hotel de lujo con casino, y había dos enormes centros comerciales. La gente casi nunca entendía de qué iba el rollo. Un dinosaurio o un centro comercial aislados resultaban más o menos interesantes. Dos o tres juntos, construidos uno al lado del otro en pleno desierto, era estrafalario.

Volvió sobre sus pasos por la carretera noventa y cinco, atravesó Needles y Blythe, siguió la frontera de Arizona hasta la interestatal diez, y se desvió hacia el oeste por Palm Springs, Indio y Cabazon. Era de noche cuando Hobart ascendió las colinas que dominaban la salida de la autovía y se detuvo en el camino de entrada a un rectángulo de asfalto del tamaño de un campo de fútbol. Había hileras paralelas de dos caravanas a los lados del cuadrado, y en algunos lugares de tres. Había un conjunto de cables eléctricos colgados de postes que trepaban a la colina, y cables más pequeños conectados a los postes para que las caravanas se conectaran a la electricidad, de modo que había luz en muchas ventanas. Las barbacoas que humeaban por todas partes conseguían que el lugar pareciera un campamento, una comitiva de personas que acababa de llegar al ponerse el sol y se marcharía por la mañana, pero no era así. Valerie, la novia de Hobart, llevaba viviendo allí veinte años, como mínimo.

Los padres de ella, Connie y Ralph, habían ido al desierto espoleados por la irritación. Daba la impresión de que habían perdido la tolerancia a rozarse con la gente, hasta que sus nervios fueron como cables antiguos cuyo aislante de plástico se hubiera desgastado y agrietado. Pasaban los días comportándose como si aún vivieran en Los Ángeles. La madre acompañaba a Valerie al colegio, y después volvía a casa para regar las flores de las macetas que descansaban sobre el asfalto, al lado del remolque. Su marido conducía setenta y cinco kilómetros cada día hasta Palm Springs para reparar coches. Había sido mecánico en Los Ángeles, y el trabajo le resultaba sencillo. Nunca tenía que hablar con los clientes. Los padres de Valerie podían comportarse como si vivieran en un lugar imaginario, pero su hija vivía en un mundo exterior a sus mentes. Iba al colegio con los demás críos del desierto y dedicaba su tiempo libre a recorrer los inmensos lugares vacíos en compañía de Jared Hobart.

Se acercó al remolque, aferró el marco de la ventana, se izó y miró por la ventana. Vio dos platos limpios sobre la mesa, dos vasos y un jarrón con flores, como las que su madre plantaba en macetas.

Rodeó el remolque hasta la parte de atrás. Había una tenue luz en la ventanilla situada encima de la cama. Hobart miró a su alrededor, encontró una maceta grande vacía, le dio la vuelta y se subió a ella. Sólo vio un fragmento de la cama, pero parecía hecha, y estaba seguro de que no se movía. Oyó que se acercaba un coche, y después vio los faros que brillaban en el asfalto a su derecha. Bajó de la maceta, la enderezó y la dejó en el pavimento, más o menos donde la había encontrado. Dio la vuelta hacia el lado izquierdo del remolque y esperó cerca de la puerta, con un pie apoyado sobre la escalerilla.

Valerie bajó de su coche, subió la escalerilla, le estrechó entre sus brazos y le dio un beso rápido. Después abrió la puerta con llave y le invitó a entrar.

—Vuelvo dentro de un momento —dijo, y desapareció en la oscuridad.

Al cabo de un minuto, entró en el remolque y cerró la puerta.

—¿Estás celoso, Hobart?

—¿Por qué lo dices?

—Has movido mi maceta para mirar por la ventana del dormitorio.

—Era para no despertarte si estabas durmiendo.

—Claro.

Él sostuvo su mirada un momento.

—¿Dónde estabas?

—Fui al cine con Maria.

Maria Sandoval era una de las personas que se habían criado con ellos en el desierto. Miró por la ventana en dirección al remolque de los Sandoval. Cuando miró de nuevo a Valerie, ella le sonrió.

—Tengo teléfono. Si tienes ganas, llámala.

Se fue hacia la parte trasera del remolque.

—¿Adónde vas?

—A la cama. Supongo que tú no vendrás.

—Bien, tal vez sí. El viaje ha sido muy largo, y estoy muy cansado.

—Si estás cansado, quizá deberías llamar a Maria.

Lo dijo sin mirar atrás, pero la delantera que llevaba no fue suficiente, porque Hobart era rápido. Antes de llegar al diminuto dormitorio, la alzó en volandas. Se agachó para pasarla por la puerta, cayó en la cama con ella, y al cabo de un momento se estaban arrancando mutuamente la ropa.

Más tarde, contemplaba el techo tumbado en la cama de Valerie. Había una capa de dos centímetros y medio de grosor de aislamiento antiguo arriba, pero el techo era metálico, y oyó que el viento del desierto lanzaba las partículas de arena y tierra contra las paredes, con un tintineo que solía calmarle y ayudarle a dormir.

Esta noche, no funcionaba.

Hobart era consciente de que había desperdiciado su vida, pero muy pocas veces dedicaba tiempo a arrepentirse de ello. Podría haberse casado con Valerie cuando eran jóvenes. Ella siempre había deseado casarse en aquellos tiempos, y sólo dejó de desearlo cuando él fue a la cárcel.

Habrían tenido algunos críos y construido una casa en las afueras de Palm Springs, en las colinas. Era allí donde la gente rica de verdad había construido residencias de invierno desde entonces, de modo que ahora era demasiado tarde. En cualquier caso, era demasiado tarde. Después de que Hobart saliera de prisión, habían transcurrido cinco años, y Valerie era diferente. Cuando él decía algo acerca de casarse con ella, Valerie lanzaba una carcajada, sacudía la cabeza y cambiaba de tema. Si él se lo permitía, ella decía: «¿Para qué comprar el toro si ya tengo la mierda de toro gratis?», «Me reservo para Jesús» o alguna chorrada por el estilo, con el fin de comunicarle que el momento ya había pasado. Había quemado su vida. No podía decir que era por culpa de los demás. Se había quemado a sí mismo por ningún motivo en particular, salvo que en una ocasión pensó que podría conseguir más de todo si lo tomaba.

Ahora, cuando pensaba en el pasado, era siempre en los viejos tiempos, cuando Valerie y él eran críos. Intentaba proyectarse hasta allí y anclarse, para que los dos no abandonaran el sendero cauteloso. Cerraba los ojos y la veía a los quince años, paseando con él en el desierto después del colegio. Era esquelética, y su largo cabello rubio estaba blanqueado por el sol, y su piel siempre estaba bronceada. Paseaban juntos, pero separados por tres metros, porque la tierra estaba desierta y silenciosa en kilómetros a la redonda.

En el desierto reinaba un silencio casi absoluto, porque el viento necesitaba chocar contra algo para hacer ruido, y no había ramas de árboles ni hierba. El único sonido que podía crear era cuando soplaba sobre sus oídos. A veces, cuando Valerie hablaba, era como si apoyara la cabeza sobre su hombro, no, como si sus pensamientos consiguieran introducirse en su cabeza. En aquellos días, los niños no hablaban mucho con los adultos, ni siquiera con sus padres. Éstos habrían pisoteado muchas cosas de sus vidas.

Había un grupo de críos que vivían en los remolques al norte de la interestatal, y se encontraban en el desierto después del colegio: Maria Sandoval y su hermano Augustin, Nancy DuVal, Bill Skinner, Mike Zellner, Hobart y Valerie. De vez en cuando, otros chicos se integraban en el grupo durante un tiempo, porque habían caído en desgracia temporal dentro de sus grupos habituales, o porque se habían enterado de que algo especial estaba pasando. En una ocasión, Augustin compró unos petardos en un viaje a Guadalajara, y el grupo aumentó de número durante un tiempo. En otra ocasión, Hobart robó una caja de cervezas de un camión parado en una cafetería cerca de Indio. Pero casi siempre eran cuatro o cinco los que se reunían en el desierto para fumar cigarrillos.

Hablaban poco, elegían las palabras con gran premeditación, con el fin de transmitir y disipar angustias, o las empleaban como un cebo para obtener admisiones o concesiones reveladoras del sexo opuesto. Las respuestas también eran espectaculares, y a veces los miembros de un sexo las discutían entre susurros antes de decidir cuál era la mejor. Los oradores eran representantes y ejemplares de media parte de la humanidad. Mientras la tarde languidecía, se marchaban de uno en uno o de dos en dos, hasta que, la mayoría de días, sólo quedaban Jerry y Valerie.

Era imposible que la mente de Hobart reconstruyera el pasado, porque los cambios, los daños, eran tan profundos, y los miles de días tan plagados de otros lugares y personas, que casi se había olvidado de todos. Y durante las épocas intermedias, para según qué personas era un tipo diferente de hombre, ninguno menos real que cualquiera de ellos. Cuando seguía este hilo (el novio de Valerie Putnam), aparecían grandes huecos en que esta persona no existía. Había oído decir a alguien en una ocasión que, mientras las esperanzas de un hombre fueran superiores en número a sus remordimientos, aún seguía con vida. Pero según esa medida, él había muerto hacía años.

No conseguía relajarse, cerrar los ojos y apretar el gatillo.

7

Ray Hall encontró aparcamiento cerca del complejo del palacio de justicia, en Van Nuys Boulevard, pasó ante las oficinas de la empresa de gestión de fianzas y las tiendas de las que salía música mexicana por las puertas abiertas, y bajó por la calle Delano hasta la comisaría de policía. Iba a ver a Al Campbell, el policía de homicidios. Hablaron de la mujer de Campbell, que creció en el barrio de Ray Hall, y de la estrategia de los Dodgers, que eran derrotados una y otra vez por jugadores a los que habían educado, entrenado, y después vendido a otros equipos. Después Hall le preguntó si conocía a Gruenthal, el detective que se encargaba del caso Kramer, y Campbell acompañó a Hall al despacho de al lado para presentarles.

Gruenthal y Ray tomaron café y se sentaron en lados opuestos del escritorio del detective para hablar. Éste le enseñó los dibujos y fotografías de la escena del crimen y le formuló las preguntas obvias: en qué caso estaba trabajando Phil, qué casos antiguos habían irritado a alguien, qué vicios tenía, cómo eran sus relaciones con las mujeres.

Cuando acabaron de contarse todo lo que sabían, quedó claro que no sabían gran cosa.

—Te informaré si me entero de algo —dijo Hall, pero Gruenthal no hizo la misma promesa.

La conversación agotó las ganas de hablar de Ray Hall. Arrastraba una buena resaca, con dolor de cabeza y los ojos sensibles a la luz, que habían dejado de producir humedad y se pegaban a los párpados cuando los movía. Se había propuesto hacer acto de aparición en la oficina tan sólo el tiempo suficiente para recoger sus pertenencias y volver a casa para acostarse, pero ahora se veía obligado a pensar.

Decidió buscar un lugar para pensar en que el sol no le diera en los ojos. Tenía que ser uno en el que la gente hablara en inglés, porque no tenía ni idea de cómo decirle a alguien en español que cerrara la boca, y le dolía la cabeza. Paró en un restaurante llamado The Sea Grill, en Van Nuys, no lejos de la agencia, y se sentó a la barra. El camarero era un hombre de edad madura que parecía convencido de que el aspecto más importante de su trabajo era sacar brillo al latón, la madera y el cristal en vistas a la noche, pero logró servir a Ray Hall un güisqui.

Bebió la mitad de un trago, dejó que quemara su garganta, y casi de inmediato empezó a notar sus virtudes anestesiantes. Después tomó pequeños sorbos y pensó en Phil Kramer. Hacía diez años que le conocía y su muerte se le antojaba realmente absurda.

Phil Kramer era inmenso y agresivo, el tipo de detective que sonreía cuando se acercaba a un hombre con el que deseaba hablar, y después, cuando le hacía preguntas, se acercaba demasiado a él. Pero no era un matón, ni tampoco un hombre capaz de olvidar que una bala podía matarle. Ray Hall le había acompañado en cierto número de investigaciones, y Phil siempre se había comportado con cautela. Si dejaba su coche en un barrio peligroso, regresaba por una ruta diferente y procuraba observar si alguien le estaba vigilando.

Pese a su tamaño, era un experto en pasar desapercibido. Elegía colores sosos para vestir, y por lo general llevaba una cazadora de nailon, y en raras ocasiones una chaqueta deportiva, porque solían utilizarlas policías y detectives privados. Podía fundirse con una multitud de desconocidos, analizar su actitud y expresiones faciales, e imitarlos. Con frecuencia, iniciaba una conversación con el fin de aparentar pertenecer al grupo, en lugar de ser un intruso.

Era un mentiroso creíble. Nunca utilizaba mentiras sencillas, siempre una historia. Cuando fingía ser mensajero, actuaba como si estuviera cansado e irritado, un hombre de edad madura obligado a trabajar en un segundo empleo para pagar una deuda. Cuando fingía ser abogado, interpretaba el papel de un profesional falto de ética y muy bien pagado, con la cantidad perfecta de arrogancia y autoestima. Éste era su secreto: el dominio de la credulidad. Dejaba que la gente diera por sentadas las cosas que él quería que creyera. No lanzaba una afirmación falaz, para luego mirar a los ojos de la persona sin parpadear, como un mal jugador de póquer. A la mayoría de la gente no le gustaba ese tipo de mirada. Querían sentirse relajados y cómodos, y Phil Kramer se lo permitía.

Siempre había sido demasiado cauteloso para caer asesinado en una emboscada. ¿Por qué querrían matarle? No tenía enemigos. Era un mercenario. Nadie contrataba a un detective privado hasta estar muy seguro de lo que el detective descubriría. Sus clientes eran esposas que ya sabían muy bien que sus maridos se estaban tirando a otra, abogados deseosos de reafirmar las pruebas en demandas que ya habían sido presentadas, hombres de negocios sabedores de que alguien estaba desplumando la caja. Matar a Phil no significaba acabar con los problemas de alguien. Phil Kramer trabajaba en el negocio de demostrar lo que la gente ya sabía.

Hall había ocultado algo a los investigadores. Se había comportado como si creyera la teoría de que Phil estaba trabajando en un caso cuando le asesinaron. Eso era lo que toda la gente ajena suponía: el detective Gruenthal, Emily... Pero en el fondo de la mente de Ray Hall acechaba la sensación de que la idea no era correcta.

El pensamiento le condujo a una maraña de complicaciones. Después de que Phil abandonara los marines, más de veinte años antes, fue a trabajar de aprendiz a la agencia de Sam Bowen hasta que obtuvo la licencia, y después fundó su propia agencia. Al principio, había trabajado en los casos sin más ayuda. Emily contestaba al teléfono, se ocupaba de la facturación y el archivo, y era probable que redactara los informes para los clientes.

Cuando Sam Bowen cerró su agencia, Phil ya había contratado a Sam para que trabajara con él. Un par de años después, contrató a Ray Hall. En aquella época, éste carecía de experiencia, y al principio había acompañado a Phil o Sam, hasta que, con el tiempo, había aprendido a trabajar solo. A medida que el negocio florecía, Phil contrató a más gente. Siempre eran hombres jóvenes de físico corpulento y un nivel razonable de inteligencia por pulir. Dejaba que trabajaran tres años como aprendices, y los ponía a prueba adjudicándoles los peores trabajos. Eran los que vigilaban un edificio de apartamentos durante setenta y dos horas, o recorrían un barrio cada día a las tres de la madrugada, anotando la matrícula de los coches aparcados, y después pasaban el resto del día en la jefatura de tránsito rellenando formularios para obtener los nombres de los propietarios. Cuando los aprendices estaban preparados, les pasaba casos y contrataba a nuevos aprendices. Phil dirigía la agencia con un esquema piramidal.

A medida que pasaban los años, los jóvenes detectives iban mejorando, y Phil Kramer se hizo más perezoso y cauteloso a la hora de acudir a lugares peligrosos. En primer lugar, dejó de adjudicarse los casos más difíciles. A la larga, dejó de trabajar en casos con los aprendices jóvenes para enseñarles cómo se hacían las cosas. Confió la tarea a Hall o a Dewey Burns. Durante el año anterior, daba la impresión de haber perdido todo interés por la agencia. Había permitido que cinco detectives se independizaran y no los había sustituido. Bill Przwalski era ahora el único aprendiz, aunque cada semana April recibía una docena de solicitudes por teléfono, pidiendo la oportunidad de trabajar para conseguir la licencia.

Phil todavía aparecía cada día en la oficina, pero muy a menudo se marchaba sin decir a nadie adónde iba. La idea de que se dedicaba a trabajar en casos cuando no estaba en la oficina nunca se le había pasado por la cabeza a Ray Hall. Cuando se enteró de que le habían matado de un disparo, había tardado uno o dos minutos en admitir que su muerte tal vez estaba relacionada con algún caso.

Existían otras complicaciones en la tarea de investigar el asesinato de Phil Kramer. Mientras Hall bebía su segunda copa, imaginó a Emily en la fiesta de jubilación de Sam Bowen, la noche antes de que se trasladara a Seattle. Sam caía bien a todo el personal de la agencia, y todo el mundo se había beneficiado de su inmenso círculo de rateros, policías, abogados, fiadores judiciales y periodistas. Emily se sentía agradecida a Bowen porque durante los primeros años había llevado los libros de contabilidad, y sabía hasta qué punto había contribuido a los ingresos de Phil y ella.

La fiesta había sido ruidosa, jovial, y en algunos momentos caótica, pero en otros se había sumido en periodos de charla seria y queda sobre el pasado y el futuro. Estas conversaciones encerraban cierta tristeza, porque Sam Bowen decía que tenía sesenta y ocho años, pero era mayor. Los asistentes a la fiesta sabían que, una vez que Sam Bowen viviera a mil quinientos kilómetros de Los Ángeles, no era muy probable que volvieran a verle.

Ya avanzada la velada, Ray estaba en un pasillo con un grupo de gente, y dio la impresión de que todo el mundo se iba a buscar una nueva copa al mismo tiempo, salvo Ray y Emily Kramer. Era una mujer que no iba muy maquillada, ni se tomaba demasiadas molestias con el pelo y la ropa durante el día. Durante años había sido ama de casa y madre de un hijo al que debía acompañar cada día en coche para practicar uno u otro deporte. Pero aquella noche se había puesto un vestido rojo muy escotado, hecho de una tela que se ceñía a su cuerpo algo más de lo que ella creía. Apoyó la mano sobre el antebrazo de Ray Hall. Notó su mano ligera, casi como si la estuviera imaginando. Pero ella le cerró el paso, muy cerca de él, y le miró a los ojos.

—Dime, Ray. Necesito saber la verdad. ¿Phil me está engañando?

La mente de Ray se paralizó. Le había gustado Emily Kramer desde la primera vez que la vio. Siempre parecía despierta y veloz, y era divertido oírla hablar. Pero era su elegancia física y la forma de su cuerpo lo que le impedía desviar la vista de ella, aun cuando sabía que era peligroso mirar. Y sabía que ella también pensaba en él. No estaba seguro de la naturaleza de sus pensamientos, porque la mente de él albergaba quimeras, y la amistad entre hombres y mujeres siempre incorporaba alguna atracción sexual, aunque fuera leve, pero estaba seguro de que sentía algo más por él.

Preguntarle si su marido la estaba engañando le reveló tanto que fue incapaz de analizar en aquel preciso instante toda la nueva información. Estaba revelando a Ray que las cosas no iban bien entre Phil y ella, y que confiaba en que él no traicionaría su confianza. Esperaba que no albergara pensamientos poco halagadores hacia ella por la indiscreción de la pregunta, o por su incapacidad de mantener el interés de su marido por ella. Estaba insinuando que se sentía tan cerca de Ray que él le diría la verdad, sólo porque ella se lo pedía. Y él intuyó, sin ser capaz de analizarlo, que si su respuesta era afirmativa ella encontraría una forma de acostarse con él aquella noche. Pero también sabía que sería por despecho, no por deseo. En los años transcurridos desde entonces, había pensado mil veces en aquel momento.

Al cabo de un segundo, le dedicó una sonrisa irónica y divertida.

—Por Dios, Emily. Mírate. ¿Cómo podría engañarte?

Pero la mano que ella le había apoyado sobre el brazo aumentó su presa, de modo que él tuvo miedo de derramar su bebida y llamar la atención sobre ellos.

—Necesito saberlo, Ray —insistió ella—. Es importante.

—No lo sé.

Era la única respuesta que no necesitaba defenderse o apuntalarse con pruebas.

Emily le miró fijamente. Tal vez ya sabía que, con independencia de cuál fuera la verdad, él nunca podría confirmarle que Phil la engañaba. Retuvo su brazo unos segundos más.

—Gracias —dijo entonces, dio media vuelta y fue a reunirse con el grupo en la oficina principal.

Diez minutos después, fue a buscarla, pero descubrió que tanto ella como Phil se habían marchado. Nunca supo si se habían ido juntos o por separado, porque ella había llegado en su coche, después de que la oficina cerrara, para llevar algunas bebidas.

Ahora, Phil había muerto, y Emily había elegido a Ray Hall para que averiguara lo sucedido. Levantó su vaso y contempló el líquido ambarino de su interior, pensó en la peculiar belleza del güisqui iluminado por detrás, y dejó el vaso sobre la barra. Sacó un billete de veinte dólares, lo deslizó bajo el vaso y salió del restaurante a la luz del sol.

Había dejado aparcado el coche en la calle. Cuando se acercó a él, una mujer bajó del vehículo estacionado junto al bordillo, delante del suyo: Emily Kramer. Se apoyó en la puerta del coche de Ray, con los brazos cruzados, hasta que él estuvo a su lado.

—Hola, Ray.

—Tienes razón —dijo él—. Estaba en el bar. Me has pillado.

Sacó las llaves del coche.

Ella no se movió.

—Podrías contarme una mentira tranquilizadora. Estabas entrevistando a alguien. Lo aceptaría incluso ahora.

—Tal vez es por eso que no te voy a mentir.

Ella alzó la vista.

—¿Has averiguado algo?

—Hablé con Gruenthal, el detective de homicidios, hace un rato. Tenía el informe de la autopsia y el material de la escena del crimen.

—No quiero estar parada en mitad de la calle mientras hablamos de esto. ¿Por qué no me llevas a dar un paseo?

—De acuerdo. —Oprimió el botón del llavero para abrir las puertas, y luego vaciló—. He estado bebiendo.

—Lo sé. ¿Quieres que conduzca yo?

—No. Sólo he pensado que debía decírtelo.

—Gracias.

Ella se sentó en el asiento del acompañante y cerró la puerta.

Ray subió y tomó Van Nuys Boulevard.

—Coincide con lo que ya sabíamos. Después de la una de la mañana, Phil estaba caminando por la acera de la calle Shoshone, dos manzanas al norte de Victory. Su coche estaba aparcado en un tramo tranquilo y oscuro. Abrió la puerta, se encendió la luz del techo y se sentó al volante. Había una furgoneta aparcada al otro lado de la calle. Conociendo a Phil, yo diría que debió fijarse en ella cuando llegó, y no observó ningún cambio, así que supuso que era inofensiva. Pero el tirador había forzado la cerradura, se escondió dentro y le esperó. El único disparo alcanzó a Phil en la cabeza, así que no sintió nada.

—No hace falta que hagas eso —dijo ella.

—¿El qué?

—Decirme cosas sobre la forma en que murió para que me sienta mejor. He de saber qué estaba haciendo cuando le dispararon.

—¿Por qué?

—Un millón de motivos. Soy la esposa de Phil..., su viuda. Le quería. Y le debo ésa. Todo el mundo tiene derecho a que alguien le quiera cuando muere. Tiene derecho a que alguien haga preguntas: quién le hizo esto y por qué.

—¿Qué más?

—¿Qué quieres decir?

—Dijiste que había un millón de motivos.

—No dije que te los fuera a contar todos.

Hall recorrió una manzana en silencio.

—Estaba al norte de Victory a eso de la una, pero hasta el momento nadie sabe en qué estaba trabajando. Es una calle residencial, pero también hay grandes edificios de apartamentos, así como un campo de golf, un par de patios de recreo de buen tamaño y Balboa Park, todos ellos sitios estupendos para encontrarse con alguien de noche.

—No creerás que fue a reunirse con un informante. Crees que era una mujer, ¿verdad?

Ray respiró hondo, y después exhaló el aire despacio.

—Yo no he dicho eso. ¿Eso era lo que querías?

—Venga ya, Ray. ¿Lo dudabas? Mi marido resultó muerto de un tiro en una emboscada, en una calle residencial a la una de la mañana. He examinado todos los casos actuales que he podido encontrar, y no he descubierto ninguno relacionado con la calle Shoshone. No he visto nada en vuestras agendas u ordenadores que explique por qué fue allí. ¿Y tú?

—Hasta el momento no.

—¿Has descubierto algo revelador que te indicara que estaba trabajando en un caso, al menos?

—Todavía no. ¿Y tú? ¿Has registrado tu casa?

—Por supuesto. Conociendo a Phil, pensé que habría dejado algo donde yo pudiera encontrarlo, tal vez entre los papeles que has de mirar cuando alguien muere. He buscado por todas partes, pero hasta el momento no he descubierto nada, ni direcciones cercanas al lugar donde le mataron, ni números de teléfono misteriosos, nada. Ahora estoy buscando escondites.

—¿Y los coches?

—He registrado el mío. La explicación de que no haya hecho lo mismo con el de Phil es que la policía aún lo retiene.

—Aún no sé por qué llevaba esto en secreto —dijo Ray.

—Porque tenía algo gordo que ocultar. Llévame de vuelta al coche. Los dos tenemos trabajo que hacer.

8

Jerry Hobart subió la pendiente que conducía al altozano situado sobre el aparcamiento de remolques en compañía de Valerie. Miró hacia la autovía. Desde arriba se podía ver la larga extensión de edificios modernos que componían las galerías comerciales, y al lado de la entrada de la autovía, el pequeño cuadrado verde y blanco de los almacenes Hadley Date Farms, que ya existían cuando Hobart nació. En la otra dirección se encontraba el alto y estrecho edificio del Morongo Casino Resort, que los indios habían construido. Al otro lado de los edificios se veía la línea gris de la autovía, que se extendía desde la playa de Santa Mónica hasta Jacksonville, Florida, atravesando todo el país. Llegaron a la meseta y caminaron unos minutos.

—¿Qué fue del tipo que trabajaba contigo la última vez que te vi? —preguntó Valerie—. Ese tal Whitley.

Hobart subió unos pasos más la pendiente.

—No era bueno, así que nos separamos.

—¿Cuándo?

—Hace poco. Una o dos semanas. ¿Por qué?

—Simple curiosidad, supongo —dijo ella—. No te veo muy a menudo, y me gusta estar al corriente. A veces, hago predicciones. No me caía muy bien, y me preguntaba cuánto tiempo tardarías en decidir que a ti tampoco.

—Era un vendedor muy bueno, porque hablaba por los codos, se lo concedo. La gente empezaba pensando que veinte pavos era mucho por una ristra de bombillas, pero al cabo de un rato opinaba que merecía la pena pagarlos para lograr que se callara y se fuera. Las bombillas eran una estupenda bonificación.

Valerie lanzó la carcajada que solía utilizar a modo de comentario, apenas «¡Ja!» una sola vez. Cuando Hobart estaba ausente, aunque fuera durante mucho tiempo, siempre oía esa carcajada. Al cerrar los ojos por la noche y tratar de imaginarla, la veía empezando a sonreír, después oía la carcajada, los brillantes ojos azules dilatados y la boca entreabierta para exhibir sus perfectos dientes blancos de arriba. Cuando eran jóvenes, los dientes de Valerie no eran tan estupendos. Recordaba que eran pequeños y algo separados entre sí. Pero a los veinte años, mientras Hobart estaba en la cárcel, se puso fundas para que parecieran dientes de estrella de cine.

Hobart había supuesto que se casaría con otro durante su estancia en prisión, y pensar en ello cada día en su celda se convirtió en parte del castigo. En cambio, ella invirtió muchos esfuerzos en embellecerse, y mucho tiempo en ir en coche hasta Phoenix o Los Ángeles con un par de amigas, o al menos eso afirmaba. Probablemente había tenido un montón de novios, pero ya no podía remediarlo, ni entonces ni ahora. Estaba en su derecho de hacer lo que le diera la gana, y tal vez lo había hecho.

En ocasiones, dejaba caer vagos comentarios para herirle. Una vez dijo que era una puta con «fecha de caducidad» expirada. Eso fue un par de años antes. Sucedió ya avanzada la noche, cuando él se estaba poniendo sentimental, y experimentó la sensación de que le habían apuñalado. Sintió tal dolor que se enfureció, consultó su reloj, farfulló una burda excusa de que tenía que coger un avión y se fue. Lo había hecho para que ella pensara que estaba mintiendo y tenía una cita con otra. Se querían desde hacía tanto tiempo que conocían la mejor forma de hacerse daño mutuamente. Ella era lo bastante lista para saber que podía volverle loco recordándole que se había acostado con otros hombres, tal vez con más de unos cuantos. Pero también daba la impresión de temer que, si mencionaba un nombre, se enteraría más adelante de que el hombre había muerto de repente. Había sucedido una vez, diez años antes. Después él no había deseado que ella se enterara de que el tipo había muerto y se creyera poseedora de un poder inmerecido (que con sólo pronunciar un nombre un pobre desgraciado podía morir), de modo que procuró no volverla a ver hasta al cabo de mucho tiempo. Transcurridos seis meses, encargó a un servicio postal que imprimiera algunas tarjetas informando de que tenía un número de móvil nuevo, y que le enviaran una a ella como si formara parte de una larga lista de correos. Desde entonces, cuando ella deseaba castigarle por lo que había sido de sus vidas cuando fue a la cárcel, sólo insinuaba que había estado con otros hombres. Pero decía que la experiencia no había sido positiva, que la habían echado a perder, y que le consideraba culpable de todo ello.

Pasearon durante media hora o más sin hablar, subiendo hacia las colinas, donde los demás apenas iban, y no se veía ni la interestatal diez ni los edificios construidos al lado. Caminaron con piedras abrasadoras bajo los pies, el ardiente sol sobre sus cabezas, mientras el viento que soplaba desde el este les resecaba. El viento era constante en aquel lugar, así que había enormes parques eólicos siguiendo la interestatal, con grandes aerogeneradores blancos provistos de palas que parecían piezas de aviones, las cuales giraban al unísono y daban la impresión de pivotar un poco cuando el viento cambiaba de dirección.

El silencio era un componente más del ritual de pasear juntos por el desierto. Paseaban y pensaban en cosas básicas. No era un rato para charlar de que había que reparar la lavadora, de que el gobierno lo hacía cada vez peor, o de que el coche emitía ruidos raros. Cuando estaban juntos allí arriba, pensaban en el otro y en la pareja que formaban, y tal vez un poco en las otras veces que habían subido a lo largo de los años, y en la sensación que producía volver.

El teléfono de Hobart emitió su irritante tono musical. Miró a Valerie y frunció el ceño. Ella le estaba observando mientras andaba, a la espera de ver lo que hacía. Desconectó el teléfono y lo guardó en el bolsillo de la camisa sin mirar el número.

Continuaron andando, pero la sensación ya no era la misma. Hobart sabía que ella estaba pensando que había violado las normas al llevar encima un teléfono móvil. Estaba pensando que lo había desconectado, no para proteger la relación que compartían, sino para esconder la llamada de alguien con quien no podía hablar delante de ella. Estaba pensando que se trataba de una mujer.

Hobart se dio cuenta de que su sorpresa se estaba convirtiendo en resentimiento. Era un sentimiento más profundo que la ira que sentía cuando apretaba la mandíbula. Cuando se ponía así, los músculos que rodeaban su boca se relajaban de nuevo, de modo que su cara quedaba achatada. Desconectar el teléfono no había restablecido la santidad de su paseo por el desierto. Ahora ella sólo podía pensar en que le ocultaba un secreto. Tenía otra vida lejos de allí, lejos de ella. En cuanto el teléfono había interrumpido su intimidad, sólo podía pensar en el hecho de que estaba ausente casi todo el tiempo, y que cuando no era así, le ocultaba cosas. Hobart tenía que solventar el problema del teléfono.

—Espera un momento —dijo.

Ella se detuvo a unos tres metros de él, se volvió a medias y fingió que clavaba la vista en algo situado a kilómetros de distancia, pero le observaba con el rabillo del ojo.

Hobart procuró dejar patente que no marcaba otro número, ni tampoco utilizaba el botón de navegación para localizar un teléfono guardado. Oprimió el botón de llamada perdida, para que el móvil recuperara la que le acababan de hacer.

Ella desistió de fingir que no escuchaba, porque habría resultado imposible. No existían otros sonidos que pudiera fingir escuchar. Hasta el viento era flojo y constante.

—Hola —dijo—. Me ha llamado. —Escuchó unos segundos, con la vista clavada en el suelo, mientras movía algunos fragmentos de grava con la bota—. De acuerdo. El mismo precio de la última vez. —Volvió a escuchar—. No regateo ni hago descuentos. Si no quiere aceptar el trato, es su problema. —Escuchó de nuevo—. De acuerdo. En ese caso, me ocuparé del asunto. Adiós.

Cerró el teléfono y lo guardó, y después se acercó a Valerie.

Pensó que parecía menos enfadada, algo más ablandada. Eso le condujo a recordar un día, cuando estaban en el instituto, y habían salido a pasear así. Ya habían practicado el sexo varias veces, de noche entre las grandes rocas de las colinas, sobre una manta extendida en el suelo todavía tibio. Aquella tarde llevaban andando dos horas, se habían adentrado tanto en el desierto que no existía la menor posibilidad de que nadie les viera, aunque estaban al aire libre. Se detuvieron a pleno sol y empezaron a besarse. Ninguno de los dos interrumpió los besos, y fueron a más, y no tardaron en despojarse de toda la ropa, salvo las botas. Al principio, intentaron tumbarse sobre la ropa dispersa por el suelo caliente y arenoso. Nada era lo bastante grueso, salvo los tejanos de Hobart, pero el sol localizó los diminutos remaches de cobre y los botones metálicos, y los calentó de tal modo que quemaban la piel. Por fin, Valerie se puso a cuatro patas sobre la tela de los tejanos para que él pudiera arrodillarse y penetrarla por detrás.

Mientras recordaba, la imaginó bajo el sol brillante, la persona más desnuda e indefensa que había visto hasta entonces, tan asombrosa y bella. Incluso entonces se había quedado admirado por su generosidad y valentía. La amaba, incluso amaba a la persona que él había sido aquel día, debido a lo jóvenes, desmañados, estúpidos y sinceros que eran entonces.

Hobart se acercó a Valerie con la mano extendida, pero ella dio media vuelta para alejarse de él.

—Se está haciendo tarde —dijo—. He de pasar por el banco antes de ir a trabajar.

Se quedó quieto con la mano extendida y sintió que el viento soplaba en su palma. Después bajó la mano y la siguió. Ella le llevaba ventaja, y Hobart pensó que ahora andaba con mayor celeridad que antes, y eso le hirió.

Cuando llegaron al borde del altozano y ella inició el descenso, decidió no perseguirla, de modo que cobró aún más ventaja. La vio perderse en la lejanía, hasta que se convirtió en una figura diminuta y ya no oyó sus pies al desplazarse sobre las piedras y la grava.

Siguió bajando la pendiente a su propio ritmo. Vio que Valerie llegaba al pie, levantaba la mano para protegerse los ojos y le miraba uno o dos segundos. Después se volvió y caminó hacia el remolque donde vivía, entró y cerró la puerta.

Hobart llegó al pie de la loma y caminó con parsimonia por el sendero que conducía hasta el rectángulo de asfalto. Pasó de largo del remolque de Valerie sin detenerse, en dirección a su coche aparcado. Subió al auto, se puso el cinturón de seguridad y vio que la puerta del remolque de Valerie se abría al instante. Salió y avanzó hacia él. Puso en marcha el motor y vio que caminaba más deprisa. Fingió que no la veía, volvió la cabeza y dio marcha atrás para enfilar la salida.

Ella apareció a su lado y llamó con los nudillos a la ventanilla, de modo que él apretó el botón que la bajaba.

—¿Adónde vas?

—Dijiste que tenías que ir a trabajar, así que he pensado que yo también debería ponerme en marcha.

—¿Eso es todo?

Hobart clavó la vista en el salpicadero, y después levantó la cabeza para mirarla.

—¿No te has preguntado nunca qué habría pasado si nos hubiéramos abstenido de castigarnos mutuamente?

—No sé de qué estás hablando —mintió ella—. Yo no te hago eso. —Le miró con los músculos del cuello tensos—. Me sentí insegura cuando recibiste esa llamada. Estaba intentando superarlo. Lo habría conseguido. Lo he hecho.

—Estupendo —dijo Hobart con voz inexpresiva—. Un asunto de negocios. Que te vaya bien esta noche en el restaurante. Que te den muchas propinas.

—Lo he superado, y ahora te estás portando mal.

Hobart vaciló.

—Creo que es una pena que, siempre que intento tocarte,

me rechaces, y después me alejes más de ti. Es una pérdida de tiempo.

—Porque es demasiado tarde.

—Estamos aquí y ahora. Los dos estamos vivos y tenemos treinta y ocho años. Tengo suficiente dinero para que puedas llamar al restaurante y decir que no volverás. Podríamos vivir juntos, como deseábamos cuando éramos jóvenes.

—Eso sucedió hace veinte años, Jerry. De haberlo deseado, lo habrías tenido. Han sucedido demasiadas cosas desde entonces. Sabemos demasiado, hemos hecho demasiado.

—Lo estás volviendo a hacer. Te estás negando la oportunidad de ser feliz sólo para vengarte de mí.

—¿Por qué crees que estar contigo es lo que me haría feliz?

—Hasta la vista, Valerie.

Hobart se volvió en el asiento, el coche retrocedió un poco más y luego cambió de marcha.

Ella siguió a su lado.

—¿Cuándo? ¿Cuándo volverás?

—No lo sé —contestó él—. Tampoco sé si es importante.

Salió del aparcamiento de remolques a la carretera de acceso, pasó ante Hadley's hasta llegar a la señal de *stop*, entró en la interestatal y se dirigió al oeste, hacia Los Ángeles.

9

Emily estaba sentada al lado de April, ante el escritorio de recepción, y le estaba explicando pacientemente una vez más el procedimiento.

—La compañía financiera presta dinero a la gente para comprar cosas, por ejemplo, un televisor. La compañía ofrece a este cliente un periodo de doce meses sin pagos. Cuando el año termina, el cliente ha de empezar a pagar los tres mil pavos que debe por un televisor de pantalla plana de alta definición. Entretanto, su mujer se ha largado con un vecino que no estaba sentado delante de la televisión todo el día. La compañía financiera quiere que el cliente empiece a pagar los plazos, pero ha vendido la casa y se ha mudado a otro sitio. La compañía financiera confecciona una lista de estas personas y nos la envía. Eso es todo. Repasamos la lista y averiguamos dónde vive ahora esa gente.

Emily vio una expresión de elaborada concentración en el rostro de April, pero mantuvo una expresión calma e insulsa. Tenía que disimular sus sentimientos, para que los demás no descubrieran su incertidumbre, y tal vez así no percibirían con qué desesperación necesitaba su ayuda. Tenía que seguir llevando a cabo cada una de las pequeñas e irritantes tareas, porque si la agencia moría, lo mismo sucedería con sus posibilidades de averiguar qué le había pasado a Phil.

—No me parece justo.

—Muy bien. —Emily sonrió—. Es admirable el sentido de la justicia en alguien tan joven.

—¿Se está burlando de mí?

—No se trata de divertirse, sino de sobrevivir. Estoy intentando pagar la nómina de la semana, y localizar el paradero de una persona es algo que sé hacer. La gente que debe dinero a la compañía financiera suele ser buena gente que no intenta joder a nadie. Pero debe dinero.

—De acuerdo —dijo April—. Es que me siento rara, persiguiendo a gente normal por dinero.

—Nosotros no nos ocupamos de ese aspecto, y espero que nunca sea necesario. Vamos a investigar un par de nombres de la lista.

Emily giró el teclado del ordenador y escribió el nombre, el número de la Seguridad Social y el número del permiso de conducir en el formulario en blanco de la pantalla, y después clicó en «Buscar».

—Es usted una buena mecanógrafa.

—Gracias. La mecanografía era lo que pagaba el alquiler.

Se le ocurrió a Emily que April debía pensar que la mujer del jefe era una mujer rica y mimada que se pasaba los días haciéndose tratamientos faciales, la pedicura y yendo al gimnasio. Al cabo de un instante, cayó en la cuenta de que no había trabajado en la oficina desde que April debía ir a la guardería. No era mucho mayor de lo que su hijo Pete habría sido ahora.

El resto de los espacios en blanco del formulario empezaron a autorrellenarse con celeridad: dirección actual, empresa actual, vehículos registrados.

—Ah —dijo Emily—. Éste se ha mudado a Oregón. Guárdalo, imprímelo y busca el siguiente. Volveré dentro de un rato para ver cómo te va. Yo contestaré a las llamadas.

Volvió al despacho de Phil y se sentó a la mesa.

Había estado casada con un detective el tiempo suficiente como para saber cuándo finalizaba el esfuerzo policial. Si los detectives de homicidios no descubrían alguna cosa la primera semana, lo más probable era que ya no descubrieran nada. Tenían demasiados asesinatos para invertir todo su tiempo en una investigación que había dejado de producir nueva información. Durante uno o dos años, el expediente de Phil seguiría al alcance del detective Gruenthal, y después lo archivarían para dejar sitio a casos más recientes. Emily tenía que hacer lo necesario para mantener vivo el caso, y lo primero era mantener en funcionamiento la agencia.

Si tenía que cerrar la agencia, ya no podría pedir a los detectives que siguieran pistas del asesinato de Phil, y ya no podría poner a prueba su memoria para recordar cosas que tal vez hubieran observado durante las semanas anteriores a su muerte. Nadie explicaría las anomalías que había descubierto en los expedientes de los casos, recibos de pagos y registros telefónicos. No habría oficina y los teléfonos serían desconectados. Cualquiera que supiera algo sobre la muerte de Phil creería que sólo le quedaba la posibilidad de acudir a la policía.

Había pedido a Bill y Dewey que investigaran a dos hombres que no habían pagado la fianza solicitada por la Open Bars Bail Bond Company. Ninguno de los dos sospechosos era violento, pero ambos habían cometido delitos lo bastante graves como para merecer fianzas superiores a cien mil dólares. La recompensa por cada uno mantendría abierta la agencia durante uno o dos meses más.

Emily devolvió la atención a los archivadores que había detrás del escritorio de Phil. Había estado examinando los expedientes durante una semana, desde el mismo día de la muerte de su marido, empezando con los que parecían más recientes y continuando con los más antiguos.

Nunca había oído los nombres que ahora estaba leyendo en los expedientes, y ningún caso presagiaba el menor peligro. Casi todos eran demandas civiles, en las cuales una de las partes había contratado a la agencia para investigar a la otra. Al parecer, ninguna investigación había revelado nada especialmente perjudicial. Ningún expediente contenía papeles amenazadores. No había ninguna anotación de que alguien estuviera enfurecido o insatisfecho.

En ocasiones, la agencia Kramer se había encargado de casos relacionados con crímenes auténticos. De vez en cuando, algún abogado defensor había contratado a Phil para descubrir pruebas exculpatorias que la policía hubiera pasado por alto u ocultado. Pero no había podido localizar casos durante los dos últimos años relacionados con cargos criminales, ni siquiera un expediente en que se mencionara con frecuencia a la policía. Continuó examinando la documentación, retrocediendo en el tiempo, sin saber muy bien qué estaba buscando.

Entonces presintió que había alguien en la puerta detrás de ella. Levantó la vista del expediente que había sacado del archivador, compuso una expresión maternal para no asustar a April y se volvió en la silla.

Ray Hall la estaba observando.

—Hola —dijo ella.

—¿Tienes a Dewey y Bill buscando a la gente que no ha pagado la fianza?

Emily asintió.

—Estamos arruinados, Ray. Se trata de resolver los casos más sencillos para que todos podamos pagar las facturas este mes.

Hall cerró la puerta.

—¿Qué está haciendo April?

—Le he enseñado a localizar morosos desaparecidos. Lo hará en el ordenador mientras contesta a los teléfonos.

—Me ha dicho que eras tú la que contestaba al teléfono.

—Si ella te lo ha dicho, también habría podido decirte lo que estaba haciendo.

—¿Qué hay en los archivos?

—Estoy intentando encontrar casos que no nos hayan pagado.

—¿Has encontrado alguno?

—Todavía no.

—Me lo imaginaba.

—Hay otra cosa que no he encontrado, y me tiene desconcertada —dijo Emily.

—¿Qué?

—Los casos de Phil. —Miró a Ray—. He estado repasando los casos de los últimos dos años, y he encontrado trozos de papel en los que había escrito algo, pero se trata tan sólo de facturas y correspondencia. No aparece como investigador en ningún caso. ¿Tienes idea de qué hacía con los casos en que trabajaba?

Ray Hall la miró, y ella se preguntó si la complejidad que creía percibir en su rostro existía, o si sólo lo estaba imaginando.

—Es algo que todavía no he descubierto —dijo al cabo de unos segundos—. Hace uno o dos años que no sé de ninguna investigación que haya llevado en persona.

—¿Ninguna?

—Que yo sepa.

—¿Por qué?

Ray se encogió de hombros.

—No es raro que el propietario de una agencia decida que la mejor forma de utilizar sus conocimientos y experiencia no sea tomar fotos a distancia de trabajadores de baja por accidente laboral jugando a baloncesto.

—¿Cómo creía que debía utilizar sus conocimientos y experiencia?

—No lo sé.

—Pero ¿te lo has estado preguntando, intentando encontrar la respuesta?

—Sí.

—Pero no me lo dijiste.

—No reparé en que estuviera trabajando en casos, pero tiene que haberlo hecho. No he descubierto todavía la forma de averiguar en qué estaba trabajando. Registré ese escritorio la mañana después de que muriera, antes de que tú llegaras, pero no encontré nada. No apuntó nada de lo que estaba haciendo en los lugares habituales.

—¿Sabes el motivo de que no lo hiciera?

—No. Todavía no.

El teléfono sonó, y vio a April a través del cristal, comprobando si Emily se ocupaba en efecto de contestar. Ésta alzó un dedo para indicar a Ray Hall que se quedara un momento.

—Investigaciones Kramer —dijo con su mejor voz de recepcionista—. Sí, detective Gruenthal, soy yo —añadió al cabo de un momento.

Ray Hall salió.

Emily le miró a través de la pared acristalada. Creyó ver que sus ojos se encontraban con los de April un momento, pero siguió caminando hacia la puerta sin variar el paso. Por un momento, sintió una opresión en el pecho. ¿Estaría liado con la pequeña April? No estaba segura de por qué la idea le importaba tanto. Tuvo ganas de salir tras él y obligarle a quedarse mientras se deshacía del detective Gruenthal, pero era demasiado tarde para hacerlo con elegancia.

Cerró los ojos y escuchó al policía contarle las mismas cosas que Ray Hall le había dicho la noche del asesinato de su marido. Se quedó sorprendida por la cantidad de frases que empezaban con «No sabemos si», «No sabemos quién» o «No sabemos qué». Cuando sus pausas empezaron a transmitir el mensaje de que ya había cumplido con su responsabilidad hacia ella, habló.

—Gracias. Me alegro de que me haya llamado. Haga el favor de informarme si surge algo nuevo.

Colgó y se encaminó al escritorio de recepción, donde April estaba trabajando en la lista de morosos. Reparó en las hojas que había impreso.

—Muy bien, April. ¿Por qué no te vas a comer?

—De acuerdo.

La chica se levantó, sacó el bolso del cajón del escritorio y desapareció por la puerta.

Emily fue al despacho de Phil y cogió su bolso, esperó un momento para conceder tiempo a April de bajar en el ascensor, cerró con llave la puerta de la oficina y bajó por la escalera. Sabía dónde había aparcado Ray Hall en el garaje del sótano, y pensó que tal vez podría alcanzarle. Cuando llegó, vio que el espacio de Ray estaba vacío. Aún le quedaba April.

Fue a su coche, subió y puso en marcha el motor. Bajó la ventanilla y oyó que otro coche subía la rampa desde el piso de abajo. Emily se agachó hasta que oyó pasar de largo el vehículo, se incorporó y miró. El Honda Civic rojo de April estaba avanzando hacia la salida.

Se dirigió también a la salida, giró a la derecha y se encontró a una manzana de distancia del Honda rojo de la chica. Emily se sintió culpable, pero tenía que hacerlo. Todo lo sucedido durante la semana anterior había constituido un misterio para ella, y cualquier cosa que observara sería importante. Si había algo entre April y Ray Hall, no podía pasarlo por alto.

Mantuvo la distancia. Concedió abundantes oportunidades a April de perderse de vista, pero siempre que pensaba haberlo conseguido, divisaba el pequeño Honda rojo. La siguió hasta la autovía, y después hasta la salida de Forest Lawn Drive, la que Emily tomaba cada vez que iba al cementerio. La joven siguió un rato la carretera paralela a la autovía, y Emily decidió que la seguiría hasta Griffith Park. Esperaba que April fuera a comer al parque, en lugar de encontrarse con Ray Hall en uno de los moteles de Barham o Ventura.

La chica giró a la derecha en la gran entrada del Forest Lawn Cemetery. Emily aminoró la velocidad, le concedió tiempo, y también giró. Aparcó en el solar que había al lado de la capilla, donde su coche no se veía desde el cementerio. Bajó y caminó hasta el extremo del edificio, y después se detuvo en una esquina para ver adónde había ido April. Al principio, supuso que iría a una sección diferente, tal vez a visitar la tumba de un pariente, pero no fue así. Apagó el motor del Honda, bajó, atravesó el césped verde y permaneció inmóvil.

Emily tardó un minuto en llegar a la tumba recién excavada. Cuando se acercó, pensó que April no la había visto llegar, pero en ese momento la joven se dio la vuelta.

—Me ha seguido.

—No era mi intención. He venido muchas veces. Sola, por lo general.

—Pensaba que yo estaría sola —replicó April—. Imaginé que seguiría a Ray Hall. Me pareció que quería decirle algo cuando se marchó.

—En efecto, pero recibí una llamada. De todos modos, creo que Ray y yo habíamos terminado nuestra conversación.

—¿Qué le dijo Ray?

—¿A qué te refieres?

—Sobre mí.

—Nada. Si hubiera querido saber algo de ti, te lo habría preguntado. —Miró a April con pesar—. ¿Quieres decirme algo acerca de Ray y tú?

—¿Yo y Ray? —La chica la fulminó con la mirada—. ¿Ray Hall y yo? ¿Cómo ha podido pensar eso?

—Creo que he malinterpretado lo que estabas diciendo.

—Estoy segura de que él se lo contará pronto. Lo sabe todo, y presta atención a todo.

Emily miró fijamente a April, perpleja.

—Dime, ¿se trata de algo que Ray te haya dicho?

—No —respondió la chica frustrada—. Sé que si no se lo ha contado todavía, lo hará, porque es su deber. Así que digamos que dimito, con fecha del viernes pasado. Olvide el trabajo que haya hecho desde entonces. De todos modos, sé que no puede pagarme.

—La verdad —dijo Emily—, no sé qué crees que va a contarme, pero no ha dicho nada. Creo que nada de lo que me diga me impulsará a desear que te vayas. Es importante para mí que toda la gente que trabaja en la agencia se quede. Una vez que os hayáis marchado los cuatro, mis probabilidades de averiguar qué le pasó a Phil también se habrán desvanecido. Te necesito.

—Lo siento, Emily. El motivo es que Phil y yo estábamos...

Se quedó parada con el bolso y empezó a llorar. Sollozó, y sus hombros se estremecieron.

—¿Estabais qué?

—Enamorados.

—Oh. —La voz de Emily era casi un susurro—. Oh. Estás...
Oh, Dios.

—¿No me crees?

—Ojalá no te creyera.

Emily también se puso a llorar. En lugar de odiar a April, se sintió preocupada por ella, como si estuviera contemplando a un niño extraviado. Pero al mismo tiempo que deseaba abrazarla y aplacar su dolor, deseaba abofetearla. No tendría que haber visto a esta jovencita llorar por Phil.

—Lo siento, Emily. He de irme.

Se alejó de la tumba.

—¡Espera! —gritó Emily.

April se detuvo con expresión contrita.

—Sé que más adelante las dos necesitaremos hablar. Cuando me sienta preparada, te llamaré.

—De acuerdo.

April subió a su coche y se dirigió hacia la salida.

Emily contempló la tumba de Phil. Aún no había lápida, y pasarían semanas antes de que la tierra se asentara para quedar a la altura de la hierba.

—Habría muerto antes que hacerte esto —susurró—. Que te den por el culo, Phil.

Dio media vuelta, bajó la colina hacia su coche, subió y se marchó.

10

Emily entró en la oficina, depositó con cuidado los expedientes que había estado leyendo en el cajón inferior derecho del gran escritorio de acero de Phil, lo cerró con llave y dejó caer el llavero en el bolso. En aquel momento, le daba igual lo que fuera de los expedientes. Guardarlos fue un impulso instintivo de la parte de su cerebro a la que desagradaba el desorden. Cerró con llave la puerta del despacho de Phil, atravesó la oficina exterior, apagó las luces y cerró con llave la puerta. Caminaba sin tener la sensación de tocar el suelo, y por un momento se preguntó si aquello significaba que estaba a punto de desmayarse. Después decidió que no podía desmayarse en el pasillo, así que no lo hizo. Quería estar lejos de allí. Al pensar en que alguien pudiera estar mirándola en aquel momento, experimentó la sensación de que la cara le ardía. Mientras caminaba hacia el ascensor, empezó a moverse con mayor rapidez, con la intención de salir de aquel lugar donde era tan vulnerable. Pasó de largo del ascensor porque no quería verse atrapada con alguien que la mirara, y bajó por la escalera.

Mientras bajaba los peldaños, intentó que sus pasos no se oyeran, como si eso protegiera su privacidad. Trató de mantener su mente alejada de Phil. Cuando llegó al pie de la escalera, abrió la puerta unos centímetros para ver si había alguien en el vestíbulo, antes de abrirla de par en par. Después salió del edificio al aparcamiento.

Subió al coche y lo puso en marcha. Estaba empezando a avanzar cuando Bill Przwalski entró en el edificio en su sucio Toyota Corolla verde. Saludó con la mano y sonrió como si el hecho de cruzarse en el aparcamiento significara una gran suerte, de modo que ella le devolvió el saludo camino de la calle. Se preguntó si lo sabría.

Salió afuera de una forma relajada y automática. Pues claro que Billy lo sabía. Si April estaba tan segura de que Ray Hall lo sabía, Billy también lo sabía. Debía estar en compañía de Phil mucho más a menudo que Ray, porque era un aprendiz y Phil era su tutor. Además era joven, prácticamente un adolescente. Estaría muy interesado en cualquier cosa relacionada con April. La idea le provocó una oleada de náuseas tan potente que Emily empezó a acercar el coche al bordillo. Oyó un bocinazo, y se dio cuenta de que casi había cerrado a un joven que iba en una camioneta blanca.

Cuando éste avanzó por su derecha, ella le miró, se encogió y dijo «Lo siento» moviendo los labios. El conductor frunció el ceño, extendió el puño cerrado hacia ella, levantó el dedo medio y pisó el acelerador.

Cuando llegó a casa, Emily entró en el garaje y permaneció inmóvil un momento. Mientras se acercaba, había tomado conciencia del bonito jardín con los dos altos árboles, los amplios doseles de hojas que protegían la casa del sol del verano. La belleza del conjunto se debía en parte a las mejoras introducidas por Phil: tejado nuevo, pintura, la pequeña ampliación. Ahora, ver la casa ya no le proporcionaba placer.

Reparó en que todavía no había apagado el motor. Lo único que tenía que hacer era oprimir el botón del mecanismo que abría la puerta del garaje, mirar por el retrovisor para ver la puerta cerrarse detrás de ella y quedarse sentada un rato en paz y tranquilidad. Phil se había asegurado de que el garaje no tuviera goteras, para dotarlo de calefacción y aire acondicionado, además de convertirlo en su taller de carpintería, pero siempre estaba demasiado cansado o demasiado ocupado. Casi todas las herramientas eléctricas del mundo debían descansar en garajes de las zonas residenciales. Examinó las junturas cuidadosamente ensambladas de la fibra prensada que cubría el material aislante. Aquí no se tardaría mucho en morir.

A modo de experimento, Emily apretó el botón y vio que la puerta descendía y ocultaba el cielo de la tarde, como un párpado que se cerrara. Continuó inmóvil unos segundos, a la espera de algo, y después bajó la ventanilla del coche. Percibió el olor de los gases de escape, pero no sintió nada diferente. Se cansó de esperar alguna sensación. Cayó en la cuenta de que podía conectar la radio. Al fin y al cabo, el motor estaba en marcha, de modo que la batería no se agotaría. Phil siempre había tenido miedo de gastar la batería de un coche.

La radio se encendió y reconoció la voz de un locutor. Una vez más, estaba echando pestes contra la supuesta mala influencia de los profesores universitarios, reporteros, abogados, miembros de las minorías y obreros, que estaban hipotecando el futuro del país. Masculló: «¡Cierra tu puta boca!» y oprimió el botón. Las palabras la sorprendieron, pero expresaban a la perfección lo que sentía, de modo que se quedó satisfecha. Apagó el motor, abrió la puerta del coche para bajar y se dio cuenta de que había olvidado el experimento del suicidio. Entró en la casa y cerró la puerta con llave.

Emily se sentó a la mesa de la cocina y miró por la ventana el gran árbol del patio lateral. Había una mancha en la ventana. Abrió el armario que había debajo del fregadero, sacó el limpiacristales y una toalla de papel, se acercó a la ventana con los ojos clavados en la mancha para no perderla de vista y limpió el cristal. Carecía de temperamento para suicidarse. Había demasiadas cosas que hacer.

Guardó el limpiacristales y entró en la sala de estar para sentarse en el sofá. Empezó a pensar: «¿Cómo pudo...?», pero se refrenó. Sabía cómo. Phil era un hombre de edad madura, alto, delgado y atractivo, y era el jefe. April era bonita y dulce, pero descerebrada, y estaba delante de él todo el día. ¿Cómo no iba a poder? La chica debió prendarse de un hombre como Phil, debió ser lo bastante ingenua como para pensar que existía un bonito futuro en una relación con un hombre lo bastante mayor para ser su padre, y que estaba engañando a su mujer.

Emily se corrigió. Menuda era ella para llamar estúpida a April. Ésta tenía veinticinco años de edad. Lo deseara o no, su infortunada equivocación con Phil Kramer había terminado. Tenía toda la vida por delante. Ahora estaba triste, pero no había perdido nada importante. Emily tenía cuarenta y dos. Había invertido veintidós años de su vida (sus atractivos años fértiles) en amar a Phil Kramer. A fecha de hoy, no había forma de fingir que había hecho lo correcto, que había elegido con tino. Había dedicado su vida a un hombre que, en realidad, no la había amado, aunque no se había tomado la molestia de decírselo, a engendrar y criar a un hermoso y fuerte muchacho al que habían llamado Pete por el padre de ella, para que luego el chico se empotrara con su coche contra un camión que remolcaba un tractor. Era un momento difícil para descubrir que Phil había estado con otras mujeres.

Mujeres. En plural. Lo había sospechado durante años. April no había sido la primera, desde luego. Las sospechas que Emily había empujado al fondo de su mente tantas veces eran ciertas. Había existido un centenar de mujeres a lo largo de los años, cuando el único motivo que poseía para confiar en su fidelidad era que quería creerlo.

Se dio cuenta de que estaba llorando, y aquel sonido se le antojó el más triste del mundo. Phil estaba muerto, Pete estaba muerto. Daba igual que llorara en voz baja o a grito pelado. Estaba tan sola como una persona que flotara en mitad del mar.

Había trabajado frenéticamente para averiguar el motivo del asesinato de Phil y descubrir al culpable, porque estar ocupada en la investigación le permitía estar cerca de su marido. La conexión era tenue y débil, construida con memoria, intelecto e intención, pero algo era algo. Ahora que la verdad sobre April se había grabado en su mente, la conexión era dolorosa y amarga. No podía convencerse de que Phil mereciera su lealtad y devoción. Ni siquiera podía afirmar que él habría hecho lo mismo por ella.

Emily no podía estarse quieta. Se levantó y empezó a pasear de un lado a otro de la sala de estar. Tuvo que parar de decirse a sí misma que era mejor para ella haber descubierto la infidelidad de Phil, porque saberlo la ayudaría a romper el vínculo con él. Era un impulso cobarde excusarse en las circunstancias. Las cosas no sucedían por un motivo, y la gente que pensaba así era idiota. Saberlo no era mejor, ni tampoco facilitaba las cosas. Se sentía tan mal ahora por su infidelidad como se habría sentido un año antes. Ahora, ni siquiera podía hablar con él y preguntarle por qué, o decirle que se sentía herida y furiosa, o hacer algo. Era un hecho inmutable.

Oyó el ruido de un motor de coche y a continuación que se detenía. Entonces se cerró la puerta de un vehículo. Se acercó a la ventana delantera justo cuando sonaba el timbre. El sonido se le antojó increíblemente alto y molesto. Se quedó inmóvil unos segundos, y después apartó la cortina a un lado un centímetro.

Ray Hall estaba en el porche, mirándola a los ojos. No podía fingir que no estaba en casa, o que pensaba que se trataba de un vendedor o un abogado. Cerró los ojos y suspiró, y después abrió la puerta.

—Lo siento, Ray, No estoy de humor para visitas en este momento. ¿Puedo llamarte mañana?

—April me lo ha contado.

—De acuerdo. Entra.

Ray entró y Emily cerró la puerta. El hombre se quedó en la entrada hasta que ella se encaminó a la cocina, y entonces la siguió. Ella se paró junto a la encimera y se puso a preparar café mientras él se sentó a la mesa.

Emily sólo miró la cafetera mientras hablaba.

—April dijo que lo sabías, y que me lo ibas a contar. ¿Estaba en lo cierto?

—No exactamente. Si lo hubiera sabido con seguridad, te lo habría dicho.

—¿Por qué?

—Porque me pediste que descubriera quién había matado a Phil y por qué. He observado que, a veces, una relación extramatrimonial está relacionada con esas preguntas. —Hizo una pausa—. No podía decir nada porque cabía la posibilidad de que estuviera equivocado.

—Pero no lo estabas. ¿Cuándo empezaste a sospecharlo?

Las preguntas de Emily no eran nada sutiles. Él no había olvidado que le había formulado la misma pregunta un par de años antes. Ray eligió contestar a una pregunta más concreta que la planteada por ella.

—Hace unos meses, reparé en que April se quedaba con Phil después de que todos los demás se fueran. No había tanto papeleo.

—Continúa.

—Oh, vamos, Emily. No creo que quieras saberlo. April dijo que ya te lo había confesado. Acepta su palabra.

Ella se encogió de hombros.

—Supongo que tienes razón. Es probable que ya conozca todas sus estrategias. Debe ser que estoy sorprendida. —Lanzó una triste carcajada—. Aunque no sé por qué. Recuerda que sostuvimos una conversación sobre el mismo tema hace dos años, antes de que apareciera April.

—Me acuerdo.

Emily cruzó los brazos sobre el pecho. Ray cayó en la cuenta de que se estaba protegiendo de una manera inconsciente de lo que se avecinaba.

—Dime, Ray, ¿mentiste entonces?

—No lo sé. Creía que salía con alguien. No estaba seguro, y no podía decirte que te engañaba si carecía de esa certeza. No me pareció que te estuviera mintiendo.

—Después de que yo hablara contigo, ¿intentaste averiguarlo?

—No.

—¿No te parecía honorable hacer eso a tu amigo?

—No. Vámonos, Emily. Creo que es hora de irnos.

—¿Irnos adónde? ¿De qué estás hablando?

—Voy a llevarte a cenar.

—No. No estoy de humor para ponerme elegante.

—Ya estás elegante. Te pusiste elegante para ir a trabajar.

—No puedo salir. Mi marido acaba de morir, y quiero estar sola.

—Mi amigo acaba de morir, y yo no quiero estar solo. —Tomó su mano y tiró de ella con dulzura, recogió su bolso y la condujo hacia la puerta—. Todo el mundo quiere ser útil en un mal día, Em. Incluso yo.

—No voy a ir, Ray. No puedo.

El hombre estudió su cara y se dio cuenta de que hablaba en serio. Dejó el bolso en una silla próxima a la puerta.

—Ojalá pudieras. Si cambias de opinión, o sólo deseas hablar, llámame.

—De acuerdo.

Emily miró el pomo de la puerta.

Ray se dio cuenta, abrió la puerta y salió. La vio cerrar la puerta y oyó el ruido de la cerradura, y después sus pasos, que se alejaban hacia el interior de la casa. Experimentó una punzada de dolor, un impulso de protegerla. Era como si estuviera perdiendo una oportunidad, permitiendo que sucediera algo indebido. Caminó hacia su coche. Mientras se alejaba por la calle de Emily, miró por el retrovisor varias veces, pero no se le ocurrió ninguna excusa para parar o dar media vuelta.

11

Jerry Hobart consultó el listín telefónico, y después fue en el Hyundai azul hasta los grandes almacenes de los Veteranos Inválidos Norteamericanos, situado a unos kilómetros al norte de Los Ángeles, en Sun Valley. Allí, negoció donar el coche a cambio de una deducción de impuestos. El documento de propiedad iba a nombre de David Finlay, de modo que la deducción de impuestos no servía de gran cosa a Jerry Hobart, quien no había pagado impuestos desde antes de su encarcelamiento, hacía casi veinte años. No existía una necesidad inmediata de deshacerse del coche, pero le gustaba desembarazarse de todo lo que estuviera relacionado con un asesinato. Aceptó dar un paseo en el Huyndai con el hombre que se hallaba al mando de la oficina, un voluntario llamado Don que pisaba los pedales con el pie izquierdo, porque la pierna derecha estaba hecha de plástico lustroso. La parte que Hobart podía ver por encima del calcetín parecía la pierna de una muñeca.

No habló mucho con Don porque no le gustaba dejar huella. Se las arregló para hacer saber al tipo que era de Texas y estaba divorciado. Cuando trabajaba, procuraba mentir en todo momento. Don lo dejó delante del complejo de apartamentos que había dado como dirección.

Cuando Don se alejó con el coche donado, Hobart caminó varias manzanas y tomó un autobús hasta la estación de metro de Universal City. Cruzó la calle bajo la gran marquesina electrónica y subió la colina hasta el hotel Hilton, donde se alojaba. Se quitó los zapatos, puso el letrero de «NO MOLESTAR» en la puerta y durmió una larga siesta. Cuando se despertó, supo que había soñado con Valerie, pero no consiguió recordar los detalles. Recordó que en el sueño estaban casados, y ella tenía varios hijos con su mismo pelo rubio. Supuso que también debían ser de él.

Mientras se duchaba y vestía, sintió la presencia de Valerie en la habitación, y continuó la discusión que había sostenido con ella en su mente. La tarde ya estaba avanzada cuando salió a recoger el equipo que necesitaría. Cuando estaba en Las Vegas, había encargado por teléfono una versión Kimber de la ACP 1911 del calibre cuarenta y cinco. Había una pequeña tienda en Burbank donde había comprado varias armas más bajo el nombre de Harold Keynes, y se alegró de saber que, una vez más, el señor Keynes había superado la investigación de sus antecedentes. Como Keynes llevaba muerto seis años, no había podido meterse en ningún problema, pero era bueno saber que todavía no habían encontrado ni identificado su cuerpo.

Hobart también había encargado un equipo de limpieza para la pistola y un rifle Remington con visor modelo 700.308. Ignoraba si su trabajo exigiría disparar desde lejos, pero contar con el rifle le tranquilizaba. Por unos cuantos cientos de dólares, había comprado suficiente alcance y precisión para atravesar con una bala una taza de té desde quinientos metros de distancia.

Había aprendido a ser un experto tirador cuando era adolescente. Se había acostumbrado pronto a la retícula táctica Mil-Dot inventada para francotiradores militares. Leer los puntos en las retículas se había convertido en algo automático para él antes de cumplir trece años. A quinientos metros, el espacio entre dos puntos de las retículas de un visor de diez aumentos era de 53,34 centímetros. Podía calcular el alcance de un disparo comparando el volumen o dimensión de los objetos, de modo que memorizaba el tamaño de las cosas. Una matrícula de coche medía treinta centímetros. Una mesa normal medía unos setenta y seis centímetros de altura. Casi todas las puertas exteriores medían noventa y un centímetros de anchura y dos metros de altura. A esa distancia, una mujer de un metro cincuenta y siete medía tres puntos de altura.

Pasaba días solo en el desierto, recorriendo las distancias y disparando hasta que podía hacerlo como si fuera un acto reflejo. En aquellos días, tenía muy poco dinero y una caja de municiones era cara, así que necesitaba mucho más medir, apuntar y pensar que disparar.

Hobart guardó su rifle nuevo en el maletero del coche de alquiler, pero dejó la pistola recién comprada en su caja, que descansaba en el suelo a su lado. Después fue al hotel y aparcó en el garaje. Dejó el rifle en el maletero, pero se llevó la pistola, el equipo de limpieza y la munición porque en la bolsa de la compra pasaban desapercibidos. En la habitación se calzó unos guantes de látex, abrió la caja, sacó la pistola, la desmontó, la limpió a conciencia y dejó una fina capa de aceite sobre las piezas.

Había gente que prefería munición de punta hueca con una pistola del calibre cuarenta y cinco porque la bala se desintegraba un poco al alcanzar su objetivo, y en teoría causaba tremendos estragos a la víctima sin atravesarla ni perforar paredes y puertas. Pero Hobart había comprobado que la munición normal siempre detenía a su objetivo, y no consideraba una desventaja que una bala atravesara una pared o una puerta. Había comprado un par de cajas de veinte balas normales, de modo que abrió una con los guantes puestos, y empezó a sacar las balas de su bandejita de plástico y a introducirlas en uno de los dos cargadores que iban con la pistola.

Siempre que tocaba las partes internas de una pistola o introducía las balas en un cargador, utilizaba guantes. Jerry Hobart había sobrevivido mucho tiempo en un mundo peligroso a base de mantener el punto de vista de que, si él no era estúpido, muchas personas tampoco lo eran. Algún policía podía ser lo bastante emprendedor como para examinar una superficie desacostumbrada.

Ocultó la pistola en el bolsillo interior de la chaqueta, recogió las cajas y las bolsas y fue al coche. Cuando abrió el maletero y tiró la bolsa dentro, echó un vistazo al rifle. Lo dejaría en su caja, y también el visor, hasta que los necesitara. Le gustaba el modelo setecientos. Era todo lo preciso y fiable que necesitaba, y habían vendido muchos miles. Contaba con todo lo necesario para el tipo de disparos que efectuaba en los últimos tiempos. En una ciudad, pocas veces disparaba desde distancias superiores a doscientos metros. Los edificios se interponían.

Hobart bajó con el coche la empinada colina del complejo de Universal City, dejó atrás los terrenos del metro de la Línea Roja y salió a Ventura Boulevard. Iba a echar un vistazo a la casa. Ya le habían dado la dirección antes, pero no había entendido la ventaja de ir y correr el riesgo de llamar la atención. Cuando alguien moría debido a un incidente, la gente que se había encontrado en las proximidades se devanaba los sesos hasta convencerse de que había visto alguna señal de lo que se avecinaba. Mientras rebuscaban en su memoria señales y portentos, no quería que nadie topara con la imagen de Jerry Hobart. Pero esta vez, la situación era diferente. Era probable que tuviera que echar una ojeada a la casa.

Condujo hacia el oeste durante unos cinco kilómetros hasta Van Nuys Boulevard, y después hacia el norte un kilómetro y medio más, hasta un barrio llamado Valley Glen. Recorrió algunas calles importantes que iban de este a oeste (Vanowen, Victory, Sherman Way, Burbank Boulevard, Oxnard) para ver en cuáles estaban haciendo obras y en cuáles había embotellamientos de tráfico. Durante el año anterior, habían levantado muchas calles de esta parte de la ciudad para instalar drenajes de hormigón de aguas pluviales, de metro y medio de diámetro, en zanjas profundas. Un hombre que planeaba algo, pero descuidaba la forma de escapar a continuación, no merecía escapar.

Hobart pasó de largo de la casa y la estudió desde la calle. Había letreros clavados en el jardín que anunciaban: «SEGURIDAD HAMMER», y uno más pequeño que rezaba: «RESPUESTA ARMADA». Eso significaba que debería examinar puertas y ventanas en busca de un fallo. Todos los sistemas electrónicos de estas instalaciones de seguridad eran iguales. Los aparatos eran fiables y difíciles de derrotar, pero Hobart no tenía que derrotar a aparatos, sino a personas:

el instalador que dejaba algún punto de acceso a la casa sin proteger porque era demasiado difícil, y el propietario que no se tomaba la molestia de conectar el sistema. Desde donde se encontraba Hobart veía dos casetas rectangulares de cemento a cada lado de la casa que permitían el acceso de los obreros al espacio angosto situado debajo y un conducto de ventilación en el tejado que podría desatornillar para acceder al desván. Estaba seguro de que no estarían protegidos. En algunas casas, las ventanas del segundo piso ya no lo estaban.

No había ni rastro de un perro, lo cual agradó a Hobart. Seducir o matar a un perro antes de que ladrara era una tarea que prefería evitar. La estructura de la casa también le facilitaría el trabajo. Los dormitorios estarían en la parte de atrás del segundo piso, con la sala de estar en la planta baja. La sala de estar era el lugar por el que resultaba más fácil entrar en estas casas de San Fernando Valley, porque con frecuencia tenían puertas cristaleras dobles o grandes ventanales deslizantes que se abrían al patio y la piscina. Siempre valía la pena echar un vistazo a la sala de estar, porque este tipo de ventanas transformaban la estancia en un diorama de museo: los habitantes como piezas de caza disecadas, colocadas detrás del cristal para facilitar su inspección.

A Hobart le gustó que el garaje estuviera situado en la parte posterior de la propiedad, detrás de la casa. Podría apostarse en la esquina de atrás y vigilar sin ser visto. Aceleró, satisfecho. La casa no suponía ningún obstáculo para él. Prácticamente, podía atravesar las paredes.

No obstante, se preguntó por qué un hombre como Forrest le contrataría para esto. Hobart se había limitado a aceptar la idea de que un detective privado sabía o estaba a punto de descubrir algo desagradable sobre él, de modo que le quería muerto.

Pero tenía que preguntarse qué podía temer Forrest de la viuda del detective. Tal vez (antes de matarla) valdría la pena averiguarlo.

12

La noche estaba avanzada, y el tráfico era escaso cerca de la oficina del detective. Jerry Hobart llevaba una gorra de béisbol negra con la visera bajada sobre los ojos, mientras caminaba por el lado del edificio de oficinas. Había cámaras de seguridad montadas a cierta altura, en parte para gozar de una vista mejor y en parte para estar fuera del alcance. No confiaba en su pericia para localizarlas todas, de modo que mantuvo la cara oculta con la visera. Vio que la entrada y la salida del aparcamiento subterráneo estaban cerradas con rejas de hierro, de modo que continuó caminando.

Tardó unos segundos en descubrir la manera de entrar: las ventanas del primer y segundo piso estaban bordeadas por delgadas cintas de alarma plateadas, pero no había cinta en las de más arriba. Los caseros siempre intentaban ahorrar dinero, y pagar por proteger todas las ventanas del tercer y cuarto piso se les habría antojado un gasto inútil. Hobart sabía que habría otras formas de entrar, de modo que siguió buscando la más fácil.

Caminó hacia la parte posterior del edificio, donde otros edificios más altos le ocultaban a la vista, y alzó los ojos hacia la escalera de incendios. Se hallaba a unos tres metros del suelo, articulada de tal forma que, cuando una persona bajaba, la escalerilla descendía. Hobart se quitó el cinturón, saltó y pasó la hebilla por encima del último peldaño de la escalera, hasta que se enganchó en la esquina, en el punto donde el peldaño se soldaba con el marco. En cuanto la hebilla se encajó, su peso bastó para que la escalera bajara.

Hobart subió por la escalera hasta el último piso del edificio. Mientras ascendía, miró por las ventanas y echó un vistazo al pasillo de cada planta, de modo que empezó a forjarse una idea de la estructura del inmueble. Estaba construido siguiendo una pauta anticuada, pues cada piso consistía en un solo pasillo con una escalera en cada extremo, oficinas a ambos lados y los pozos de los ascensores subiendo por el centro. Cuando llegó arriba, se izó para apoyar los codos sobre el borde del tejado y mirar. En la azotea había un puñado de tuberías, una caja grande para el aire acondicionado y conductos de ventilación de listones. También había una estructura triangular recta que se proyectaba hacia arriba, provista de una puerta. Eso era lo que esperaba encontrar.

Hobart subió y caminó hacia la puerta. Trató de abrirla, pero estaba cerrada con llave. Sacó su navaja, la abrió y la introdujo entre la puerta y la jamba para ver cómo era el mecanismo de la cerradura. Al cabo de uno o dos segundos, comprobó que la cerradura no era difícil. Justo lo suficiente para impedir que los inquilinos accedieran a la azotea. Retiró la navaja, introdujo la hoja en el punto exacto y forzó la cerradura. Esperó por si escuchaba una alarma, pero no oyó nada. No tenía prisa, de modo que desmontó la cerradura y cerró la puerta para que nadie que pasara por el pasillo de abajo se fijara en que estaba abierta. Luego se sentó al lado.

Jerry Hobart había descubierto en el pasado que sus encargos gozaban de mayor éxito cuando dedicaba tiempo a pensar, escuchar y observar. Este método también proporcionaba tiempo para que sucedieran cosas a su alrededor. Esta noche, si había calculado mal y disparado una alarma silenciosa, podría oír y ver los coches de la policía que se acercaban al edificio. Mientras los esperaba, reflexionó sobre lo que debía hacer y lo que debía buscar.

Forrest era un hombre de posición social importante. Si había tenido un problema con Phil Kramer, el detective privado, habría sido de dinero (conseguirlo o conservarlo) o de reputación. Era probable que no existiera conexión social, ni relación de negocios, que fuera pública. Eso significaba que Jerry Hobart tenía que descubrir la información secreta que llevaba el nombre de Forrest, o los entresijos de un negocio tan grande que Forrest se había sentido arrastrado hacia él.

Hobart consultó su reloj. Sólo eran las ocho y veinticinco. Había iniciado su recorrido de reconocimiento preliminar al atardecer, para ver el aspecto de la gente y las casas, cómo estaba el tráfico en un día elegido al azar, cuáles eran los puntos de entrada a edificios importantes. Ahora que se hallaba dentro del perímetro de seguridad del edificio de la agencia de detectives, quería asegurarse de que estaba solo. Había concedido un cuarto de hora a la policía para que llegara, y no había visto ninguna oficina con las luces encendidas mientras subía.

Fue al otro lado de la azotea y se asomó al borde para mirar la calle. Había coches aparcados en el bordillo, y mientras miraba, uno frenó y aparcó. Se abrieron las dos puertas de delante, y un joven de pelo moreno bajó del asiento del conductor, mientras una chica de pelo negro muy largo salía del asiento del acompañante. Esperaron a que pasaran un par de coches y cruzaron corriendo la calle, cogidos de la mano. Hobart les vio recorrer a toda prisa media manzana y pararse ante la taquilla de un cine.

Se volvió y entró en el edificio. Bajó con cautela la escalera y esperó unos segundos, y después se asomó al pasillo. Estaba desierto. Se acercó a la escalera y bajó con sigilo al cuarto piso. Escuchó y abrió la puerta unos centímetros para comprobar que el pasillo estuviera despejado, y después entró.

Avanzó por el corredor, leyendo las puertas hasta que llegó a la que anunciaba: «INVESTIGACIONES KRAMER» en letras doradas. Probó con la navaja de nuevo, pero esta vez la cerradura era resistente. Hobart era un hombre paciente, de modo que se puso a trabajar con la navaja en la madera en la que estaba insertada la cerradura. Se abrió paso hasta los dos tornillos que sujetaban el cerradero, cortó la madera que la rodeaba y después abrió la puerta de un empujón. Recuperó el fragmento de madera de dos centímetros cuadrados que había cortado de la jamba, lo embutió en el marco, recogió las virutas, entró y cerró la puerta.

Hobart encendió las luces y examinó la oficina. Calculó que, además del jefe, trabajarían en ella cuatro personas. El escritorio de Phil Kramer debía estar en el despacho privado de los ventanales, y el que contaba con un teléfono grande cerca de la puerta del despacho tenía que ser el de la secretaria o recepcionista. Los otros tres debían pertenecer a los detectives. Vio que había archivadores en el despacho de dentro. Supuso que la habitación estaría cerrada con llave, pero podría romper el cristal sin hacer mucho ruido. Cuando llegó a la puerta, vio que no sería necesario. Ya habían abierto la puerta de una patada, y astillado el marco.

Hobart se sentó a la mesa y miró a su alrededor. Siempre era una buena idea identificar lo que la otra persona veía cuando ocupaba su posición habitual, porque allí debía ser donde habría elegido el escondite. Vio las paredes (sobre todo de cristal) del despacho interior. Había un par de sillas para visitas junto a la pared, un ordenador y una impresora sobre una mesa, además de los archivadores. Los muebles eran escasos. Ni siquiera había un sofá. Le recordó las diversas oficinas de la prisión estatal. Le habían asignado la limpieza de oficinas algunas veces, cuando ya estaba a punto de cumplir su sentencia, al cabo de cinco años y cuando ya había perdido todo interés en robar cosas.

Hobart dio la vuelta poco a poco en la silla hasta describir un círculo completo. Existía la probabilidad de que estuviera escondido en uno de los escritorios de los detectives, o sujeto con cinta adhesiva debajo de un cajón. Al cabo de un momento, decidió que sería uno de los últimos lugares donde buscar, porque Kramer habría sabido que confiar algo valioso a otra persona era una mala idea.

Hobart suponía que existían al menos dos escondites. Con independencia de la forma que adoptara la información (hojas de papel, un disco de ordenador, una cinta de vídeo o audio, fotografías), habría una copia para enseñar, comentar y negociar, y una escondida a modo de garantía. En este edificio habría un escondite, y sólo uno. Si Phil Kramer tenía la información que Forrest deseaba, habría tomado precauciones para que éste no pudiera apoderarse de la única copia.

Hobart alzó la vista, se subió al escritorio y levantó una de las placas del techo falso. Introdujo la cabeza en el hueco por encima del marco para ver si había algo oculto sobre una de las demás placas. Sacó su linterna para iluminar el espacio a oscuras y descubrió que no había nada.

Bajó del escritorio sin saltar, para que nadie oyera el ruido desde el piso de abajo. Después continuó su registro. Miró dentro y debajo de los escritorios, los cajones, las mesas y las sillas, en busca de algo que pareciera escondido más que guardado. Movió de sitio los pesados muebles y examinó el suelo en busca de baldosas que hubieran sido levantadas. Entró en el almacén y miró en los armarios de suministros. Sabía que una buena manera de esconder algunas hojas de papel era abrir el envoltorio de una resma nueva, poner la hoja en medio y volver a pegar el envoltorio, de modo que abrió todos los paquetes de papel que encontró.

Al cabo de tres horas había reducido la búsqueda a los archivadores de la oficina interior. Tardó unos segundos en admitir que Phil Kramer tenía un sistema de archivo muy peculiar. Los archivadores obvios, aquellos a los cuales podía acceder un hombre de estatura normal sin arrodillarse, estaban llenos de tarjetas de registro horario, facturas de teléfono y recibos del alquiler antiguos. Los cajones del fondo contenían armas y municiones. Los expedientes del año en curso estaban en la parte posterior de los cajones de en medio, detrás de lo que parecía correo basura, abierto, alisado y guardado en carpetas.

Aquello intrigó a Jerry Hobart. Demostraba que Phil Kramer había sido suspicaz y reservado, hasta el extremo de esconder cosas que interesarían a muy pocos intrusos. Si el detective hubiera querido esconder unas cuantas hojas de papel en aquellos archivadores, las habría mezclado con el correo basura, o grapado en mitad de uno de los innumerables contratos e informes guardados al fondo de cada cajón. Le llevó a preguntarse cómo era posible que alguien tan suspicaz y reservado como él se hubiera colocado solo delante de un arma en una calle oscura. Hobart consultó su reloj.

Pasaban de las doce de la noche y calculó que debería salir del edificio a las cinco. Le quedaban menos de cinco horas para los archivadores. Inició la tarea de hojear cada expediente, sin encontrar nada que considerara importante, para después devolver el contenido a su sitio y sacar el siguiente expediente. Al cabo de dos horas, oyó un leve ruido en el pasillo.

Volvió a oírlo. Sonaba lejos, pero cerró el archivador con sigilo, atravesó a toda prisa la habitación y apagó la luz. Se quedó inmóvil al lado de la puerta y escuchó. Oyó de nuevo el mismo sonido, esta vez más alto. Era el crepitar de una radio. Un escalofrío recorrió su espina dorsal. No era el momento adecuado para sacarse de encima a un par de policías con cualquier excusa. Era un ex presidiario con una automática del cuarenta y cinco, dentro de una oficina que pertenecía a un detective al que habían pegado un tiro en la cabeza una semana antes.

Hobart sacó la pistola, quitó el seguro y esperó a que el hombre que se acercaba por el pasillo se fijara en la jamba forzada de la puerta. Oyó pasos que se aproximaban, el siseo de la radio y la voz de una mujer que hablaba como una telefonista. Se paró de repente. La puerta se abrió hacia Hobart. Sujetó la pistola a la altura del pecho y vio que el hombre uniformado entraba en busca del interruptor de la luz.

Hobart se quedó sorprendido. No se trataba de un policía. Era un joven hispano de unos veinte años, vestido con un uniforme abolsado azul marino, con un parche en el hombro que decía algo así como Ready Security. El pulgar de Hobart volvió a poner en su sitio el seguro del arma, que dejó en la maceta que había junto a la puerta.

El oído del joven captó el sonido del movimiento, y lanzó la mano hacia la pistola enfundada, pero Hobart ya se había puesto en acción. Su mano izquierda agarró la muñeca del muchacho, mientras la derecha extraía la pistola de la funda y la arrojaba detrás de él. Rodeó el cuello del joven con el brazo izquierdo y apretó.

El muchacho probó los movimientos predecibles que le habían enseñado: patear con el talón lo que creía que era el empeine de Hobart, intentar golpear la cara de su atacante con la cabeza, propinarle un codazo en el estómago, intentar golpearle la ingle... Sus movimientos eran veloces y desesperados, pero carecía de la fuerza suficiente. Hobart aumentó su presa, el forcejeo se hizo más intenso, paró, y las manos del chico trataron de aferrar el grueso antebrazo para alejarlo de su garganta, con el fin de poder conservar la conciencia y respirar unos cuantos segundos más. Por fin, las manos dejaron de moverse, y el muchacho quedó inconsciente en brazos de Hobart.

Aflojó su presa un momento para ver si el chico estaba fingiendo, pero no se produjo el menor movimiento. El joven había perdido el conocimiento a causa de la asfixia. Hobart lo depositó con delicadeza en el suelo. Recogió su pistola y la del muchacho y las guardó en los bolsillos de su chaqueta. Después desenchufó el teléfono de la recepcionista de la pared, además del auricular, y utilizó el cable para atar de pies y manos al chico inconsciente. Le cogió la radio y las llaves, cerró la puerta de la oficina, recorrió el pasillo hasta el ascensor y bajó a la planta baja. Salió por la puerta de atrás con las llaves. Mientras Hobart apretaba el paso hacia su coche aparcado, aceptó la realidad de que esta noche tendría que hacer una parada más.

13

Hobart volvió por Ventura Freeway. Aunque el trayecto era breve, siempre resultaba más seguro ir de noche por la autovía que por una calle residencial, o incluso un bulevar importante. De noche, la proporción de policías por ciudadanos era más elevada, y la policía estaba convencida de que sólo policías y ladrones estaban fuera de casa.

Salió de la autovía en Reseda a regañadientes, pero ahora que había irrumpido en la agencia de detectives, toda la gente relacionada con la empresa sabría dentro de pocas horas que alguien estaba buscando algo. Tenía que intentar dar por zanjado el asunto esta noche. Mañana por la noche, a esta misma hora, ella estaría asustada, y sería muy difícil localizarla.

Si los periódicos publicaban la noticia de su visita a la oficina, era casi seguro que Forrest o alguien que trabajara para él deduciría qué había ocurrido y por qué. Cuanto más lo pensaba, mejor le parecía su decisión de dejar con vida al joven guardia de seguridad. Matarle habría catapultado la irrupción con escalo en la oficina a los telediarios y al *Los Angeles Times*. Tal como estaban las cosas, no había gran cosa que informar, y la agencia de detectives, la empresa de seguridad y el casero preferirían ocultar la información.

Hobart subió por Reseda Boulevard y después siguió hacia el oeste por Vanowen hasta la calle cuya casa en particular había estudiado a primera hora de la noche. Dio la vuelta a la manzana y aparcó en la calle de al lado. Se quedó sentado en el coche unos minutos, mientras pensaba en lo que estaba a punto de hacer. Había traído un pasamontañas de punto con agujeros para los ojos y la boca, por si lo necesitaba cuando saliera de la agencia de detectives, pero lo había dejado en el coche al comprender que era mejor irrumpir a primera hora de la noche. Esta vez, lo guardaba debajo de la chaqueta. Pasaban de las cuatro de la mañana (una buena hora para ir de visita), pero lamentaba no tener más tiempo. Sólo quedaban dos horas para el amanecer, cuando habría montones de coches en la calle y la gente saldría a trabajar. Unas cuantas personas del barrio, como mínimo, se levantarían antes para preparar el desayuno.

Hobart bajó del coche, subió a toda prisa por la calle, dobló ambas esquinas y se detuvo ante la vivienda de los Kramer. Caminó en paralelo a la casa hasta el patio de atrás y continuó hasta la siguiente esquina. Miró por encima de la verja posterior para ver su coche y comprobar que había aparcado donde creía. Después contempló la parte trasera de la casa.

Examinó las grandes puertas deslizantes que había visto antes. Habían dejado una lámpara encendida en la sala de estar, de modo que pudo ver con claridad la distribución: dos sofás y dos sillones dispuestos unos frente a otros, separados por una mesita auxiliar ovalada alta hasta la rodilla, y aparte de eso, algunas sillas y mesas con lámparas arrimadas contra la pared entre las ventanas. En el segundo piso, encima de la sala de estar, vio luz en una de las habitaciones de la parte trasera, y el resplandor oscilante y cambiante de un televisor que iluminaba el techo. Debía costarle dormir.

Las luces le inspiraron una leve esperanza. Hobart se acercó más a las ventanas de atrás y buscó en el interior el teclado del sistema de alarma. Estaba al lado de la puerta principal. Se protegió los ojos con la mano y estudió el resplandor electrónico de la pantalla de cristal líquido. Había tres letras rojas: RDY. Ready. La alarma no estaba conectada. Ella habría pensado activarla cuando se fuera a dormir, pero no lo había hecho.

Hobart abrió la navaja y se puso los guantes de goma y el pasamontañas. Tiró de la puerta de cristal deslizante hasta que el mecanismo de cierre en forma de gancho encajó en su cerradero, a continuación deslizó el cuchillo bajo la tira de marco de aluminio que protegía la cerradura y la convertía en impermeable, la dobló hacia fuera, introdujo la hoja para levantar el gancho del cerradero, dobló la navaja y la guardó.

Sabía que debería subir la escalera con mucho sigilo, de lo contrario ella le oiría. Sacó la pistola del bolsillo y la sujetó mientras subía. Llegó al piso de arriba y escuchó. Oyó lo que parecía la banda sonora de una película antigua. La siguió hasta la habitación iluminada al final del pasillo y asomó la cabeza.

Ella estaba tumbada en la cama vestida, con una falda y una chaqueta corta. Era evidente que se había quedado dormida con la televisión encendida. En la pantalla se veía una película en blanco y negro de la década de 1930, con hombres con esmoquin y mujeres con traje de noche, intercambiando diálogos a gritos en una habitación provista de puertas dobles enormes, flanqueadas de columnas y pedestales.

Hobart propinó una patada a la cama para sacudirla y vio que se despertaba. Parpadeó, levantó la cabeza unos centímetros y miró la televisión con los ojos entornados. Él observó que era una mujer muy hermosa, de pelo oscuro largo hasta los hombros, tez clara y grandes ojos color avellana. Parecía una niña, intentando recordar por qué estaba tumbada vestida sobre la colcha. Fuera lo que fuera lo que estaba recordando, no parecía hacerle gracia.

Se incorporó, se volvió hacia la mesita de noche para coger el mando a distancia y le vio. Lanzó una exclamación ahogada, y Hobart vio que cambiaba la dirección de su movimiento, hacia un punto más bajo que el mando a distancia.

—Si busca un arma, puede darse por muerta —dijo.

La mano de la mujer se detuvo y su cuerpo se puso rígido.

—Yo... no. —Su voz sonó ronca a causa del sopor. Estaba aterrorizada y le miraba con incredulidad—. Es el teléfono —añadió al cabo de un par de segundos.

Hobart entró en el dormitorio y se paró al lado de la cama. Vio que no había extendido la mano hacia un cajón. Era un estante, y sobre él descansaba un teléfono. Se tranquilizó, porque no deseaba matarla.

—Entiendo —dijo—. Tampoco es una buena idea.

—¿Qué..., qué quiere? Mi bolso está encima del tocador.

—He venido a hablar. Si colabora, me iré y usted seguirá con vida. En caso contrario, la mataré en un abrir y cerrar de ojos. ¿Me ha comprendido?

Suponía que se pondría a chillar. Debía procurar no matarla cuando la silenciara.

—Lo comprendo —dijo ella con calma—. Quiero vivir.

Hobart le dio una bofetada con la mano derecha. Su cabeza fue a parar contra la cabecera de la cama, y un reguero de sangre brillante empezó a manar desde la comisura de su boca. Pegarle había sido necesario. Había intentado manipularle al seguirle la corriente, de modo que se sentía menos asustada. Necesitaba que tuviera miedo. Miedo de que fuera impredecible y de que estuviera loco.

—Está viviendo de prestado —dijo—. No haga planes, no crea que sabe lo que quiero hasta que yo se lo diga.

Ya tenía la mejilla enrojecida donde la había golpeado, y ella se pasó la mano por encima mientras le miraba con los ojos abiertos de par en par, anegados en lágrimas. Hobart decidió que ya era suficiente de momento.

—Quiero saber por qué ordenaron matar a su marido.

—No lo sé.

Hobart levantó la pistola con la mano izquierda y la apuntó a su cabeza.

—Su marido tenía algo, cierta información que un hombre poderoso pensaba que no debía poseer. El hombre la quería. Puede que su marido haya entregado una copia y creído que así terminaba todo. En ese caso, estoy seguro de que no entregó la única copia.

—Nunca he oído algo semejante. Nunca dijo nada.

—¿Y no lo buscó? ¿Matan de un tiro a su marido, y ni siquiera investiga lo que causó su muerte?

—No.

—Quítese la ropa.

—Oh, no, por favor.

Parecía asqueada, horrorizada.

Hobart le propinó un revés, y después volvió a apuntarle con el arma. Esta vez, amartilló el percusor con el pulgar.

Emily se levantó de la cama, se puso en pie y se desvistió sin perder un momento, como una mujer que tuviera prisa por darse una ducha. Después se quedó inmóvil por completo, con la vista clavada en el suelo.

Hobart permaneció al otro lado de la cama, a la espera de detectar señales de que la humillación, la vulnerabilidad y el miedo habían llegado a ser insoportables. Mientras miraba, las rodillas de la mujer empezaron a perder su rigidez. Una de ellas se puso a temblar. Emily comenzó a llorar y movió las manos para cubrirse.

—¿Es que no se da cuenta de la diferencia que existe entre nosotros? —dijo él en voz baja—. Si consiguiera ocultarme la información, ¿qué haría con ella? Nada. El hombre que quiere la información que obraba en poder de su marido es poderoso. Usted no es lo bastante fuerte para hablar con él y conseguir que le perdone la vida. Yo puedo utilizarla. Puedo conseguir que el hombre que ordenó matar a su marido pague el precio que vale esa información. Usted no puede hacer nada.

—No tengo nada.

—No diga eso. Puedo hacer con usted lo que me dé la gana, hacerle daño, desfigurarle la cara, asesinarla, lo que se me ocurra. Si usted no tiene nada, no puede negociar conmigo para que la deje en paz.

Ella murmuró algo, en voz demasiado baja para que él la entendiera.

—¿Qué?

—Mi marido me estaba engañando.

Hobart se quedó sorprendido al comprender a qué se refería.

—¿Quiere decir que no le contó nada porque estaban a punto de separarse?

—Quiero decir que me estaba engañando, me ocultaba cosas, cosas importantes, montones de cosas, y lo que usted quiere tal vez era una de ellas. Justo hoy he descubierto que me estaba engañando. No, fue ayer. No sé si nos íbamos a separar. Sólo sé que guardaba secretos.

Hobart la miró. Había pensando que, a estas alturas, ya le habría entregado el papel que le haría rico. Se había esforzado por asustarla, por conseguir que se sintiera aterrada e indefensa. Ahora se sentía desorientado, desequilibrado. Necesitaba marcharse y pensar antes de hacer algo irreversible. Por encima de todo, tenía que recuperar el control.

—¿Qué coño se cree? ¿Piensa que eso me importa? Le aseguro que el hecho de que haya venido a verla es lo peor que le podía suceder a una mujer como usted.

Avanzó un paso hacia el extremo de la cama.

Ella se acuclilló a medias, asustada y temerosa.

—Por favor —dijo—. No. No haga esto.

—Si me hubiera dado lo que he venido a buscar, ya me habría marchado.

—No se me ocurrió que eso existiera hasta que usted me lo pidió. No he tenido tiempo de pensar.

—Le daré montones de tiempo para pensar qué es y en dónde podría estar. Dese la vuelta, poco a poco y con mucho cuidado. Sus movimientos van a ser muy lentos y prudentes. Si comete una equivocación, o se mueve con demasiada rapidez, no tendré otro remedio que suponer que quiere coger un arma. Sé que su marido tenía montones por todas partes. Si cree por un segundo que va a conseguirlo, la mataré de un tiro. ¿Me ha oído?

—Sí.

—Quiero que se vista ahora mismo.

—¿Qué quiere que me ponga? —preguntó ella con cautela.

Hobart percibió en su voz una insinuación de sorpresa, mezclada con el terror que había intentado inspirarle.

Ella deseaba vestirse con desesperación, odiaba la vulnerabilidad y la humillación de estar desnuda delante de un desconocido, y confiaba en que poder vestirse significaba que el peligro de ser violada había pasado. Pero también albergaba teorías de lo más contradictorias: que aquélla era la peor señal posible, porque significaba que él iba a matarla, o que abrigaba fantasías sobre poseer a una mujer semidesnuda, o que era un sádico que le gustaba insuflar esperanza a sus víctimas y disfrutaba despojándolas de dicha esperanza.

—Unos tejanos, un jersey y unas sandalias.

Ella se agachó, recogió las bragas y el sujetador que acababa de quitarse y se los puso.

—Voy al ropero para coger los tejanos. —Se acercó al armario, sacó unos tejanos de una percha, dejó la percha sobre la cama y se los puso—. Voy al tocador para coger un jersey.

Hobart sabía que estaría pensando en los sitios donde guardaba las armas, calculando el ángulo para saber si podría coger una pistola, volverse y disparar antes de que él apretara el gatillo. Tenía que estar pensando en eso. Dio unos pasos a un lado al instante para cambiar de perspectiva y ponerla a prueba, y ella se detuvo. Se quedó inmóvil, con las manos extendidas delante de ella y los dedos abiertos, para que viera que no sostenía nada. Se quedó así, con los ojos clavados en el tocador.

—De acuerdo —dijo él—. Continúe.

Ella introdujo la mano en el tocador y sacó un fino jersey rojo de manga larga. Se lo puso.

—Voy a volver al ropero para coger unas sandalias.

Caminó hasta el armario, se calzó unas sandalias y esperó.

—De acuerdo —dijo él—. Venga conmigo.

—¿Con usted? ¿Me va a raptar?

Parecía estupefacta.

—Podría matarla ahora mismo, o concederle tiempo para recordar algo que me ayude a encontrar lo que quiero. De momento, eso parece mejor que matarla.

Ella estaba aterrorizada. Hobart supuso que hasta ahora había evitado derrumbarse a base de recordar que estaba en su casa. Hiciera lo que él hiciera, en algún momento todo habría terminado y se marcharía. Ella se quedaría viva en su casa.

—¿Me va a secuestrar?

Él la fulminó con la mirada, y ella rodeó la cama para ir a su encuentro con docilidad, los hombros algo hundidos para protegerse del golpe que esperaba sentir cuando pasara cerca de él. Hobart se apartó y ella salió de la habitación al pasillo.

Él no se movió de la habitación. Subió las persianas para mirar por la ventana, y lo que vio confirmó su sensación de que había pasado demasiado tiempo. La luz estaba empezando a iluminar el cielo hacia el este, y a cada segundo que transcurría los contornos de los objetos estaban adquiriendo, aunque fuera de una manera casi imperceptible, más claridad y definición. Si esperaba más tiempo, se encontraría intentando raptar a una mujer al inicio del caos matutino, rodeado de gente que se dirigía al trabajo en su coche.

Salió a toda prisa hacia la escalera y la asió del brazo.

—Deprisa.

Un sonido que se produjo ante la casa rompió el silencio. Era el motor de un coche, y Hobart supuso que estaba aminorando la velocidad para girar. Entonces vio que los faros delanteros barrían las ventanas cercanas al pie de la escalera y pasaban de largo.

Arrastró a Emily escaleras arriba, y después por el pasillo hasta el dormitorio de la parte delantera de la casa. Era un cuarto de invitados, amueblado con una cama, un tocador, una mesita de noche, una lámpara y una mullida butaca. Hobart la sujetó por la muñeca mientras se acercaba a la ventana. Miró entre las persianas el exterior de la casa, tiró de su brazo, la agarró por la nuca y la obligó a mirar.

—¿Quién es ése?

—Uno de los chicos de la agencia.

—¿Cómo se llama?

—Dewey Burns.

—¿Qué está haciendo aquí a esta hora?

—No lo sé. Sé que se levanta temprano cada día, y sabe que yo también.

—Muy bien —dijo Hobart.

Sacó una navaja enorme, la abrió y cortó las cuerdas de las persianas. La tiró de un empujón sobre la cama, inmovilizó sus muñecas a la espalda y se las ató. Después las ató a sus tobillos. Las cuerdas estaban muy apretadas, pero ella no se atrevió a hablar. Hobart cortó dos tiras de tela de una almohada, le metió una en la boca y sujetó otra detrás de su cabeza para que la mordaza no se moviera. Acercó la cara a su oído.

—Si ese tipo me sigue, le mataré. Si entra antes de que yo me vaya, les mataré a los dos.

Ella se quedó inmóvil en la cama y oyó que sus pasos se alejaban. Finalmente la puerta del pasillo se cerró.

14

El hombre se había ido. Emily estaba tumbada en la cama con las cuerdas de las persianas que cortaban sus muñecas y tobillos. Dobló las rodillas para acercar más los tobillos y aliviar la presión, pero el esfuerzo no tardó en fatigar sus piernas.

Oyó de nuevo el timbre de la puerta, que retumbó en la casa vacía. Intentó liberar las muñecas de las cuerdas, pero el hombre las había atado muy fuerte. Volvió a intentarlo, pero sólo consiguió apretar más los nudos. Sabía que la siguiente fase sería dolorosa, pero empezó a mecerse. Se meció hasta sentarse sobre una cadera, con las rodillas dobladas y los pies a su lado.

En esta desmañada postura, el peso de su cuerpo mantenía las rodillas dobladas lo máximo posible, y la cuerda se aflojó en parte. Consiguió tocar el nudo de los tobillos con las yemas de los dedos.

El timbre sonó por tercera vez y ella trató de gritar, pero la mordaza estaba muy apretada, y el chillido se convirtió en un leve resoplido a través de la nariz. Se dedicó a deshacer el nudo.

Al fin, lo consiguió. Sus piernas se enderezaron y la cuerda se soltó de los tobillos cuando tiró.

Emily bajó las piernas de la cama, corrió hacia la puerta y después descendió a toda prisa la escalera que conducía a la puerta principal. Le propinó una patada para avisar a Dewey de que ella estaba detrás. Se puso de espaldas a la puerta para intentar girar el pomo. Apenas podía alcanzarlo con las manos atadas. Se esforzó por girarlo y, tras un par de intentos, lo logró.

Dewey empujó la puerta hacia dentro.

—¡Emily! —Tiró de la mordaza, hasta que quedó colgada de

su cuello como un pañuelo, y ella se inclinó para escupir la tela al suelo. Él le estaba desatando las muñecas—. ¿Qué ha pasado? ¿Quién te ha hecho esto?

—Un hombre. Un desconocido. Me desperté y estaba en mi dormitorio. Llevaba una pistola y un pasamontañas. Intentó secuestrarme, pero en ese momento llegaste tú.

Mientras hablaba, experimentó la sensación de que estaba conjurando al hombre y sus palabras le traerían de vuelta. Se apartó de Dewey y avanzó con cautela hacia la entrada de la sala de estar, en busca de un lugar donde aquel desconocido hubiera podido esconderse.

Dewey había sacado el móvil y estaba marcando.

—Me llamo Dewey Burns. Voy a pasarle a la señora Emily Kramer. Ha sido atacada por un hombre con una pistola y un pasamontañas, en el nueve mil quinientos cincuenta y tres de la avenida Sunnyland, en Van Nuys. El sujeto acaba de marcharse. Ella se lo describirá.

Puso el teléfono en la mano de Emily, desenfundó la pistola que llevaba debajo de la chaqueta y se encaminó hacia la gran puerta corredera de la sala de estar. La movió a un lado con la pistola preparada en la mano.

—¿Hola? —dijo Emily.

—Sí, señora. —La voz de la mujer era distante, como si estuviera hablando por un manos libres—. Los agentes ya van de camino, pero en este momento necesito que me facilite una descripción.

—Mide alrededor de un metro ochenta, y pesa unos ochenta kilos. Es musculoso, pero sin exagerar. Llevaba un pasamontañas, pero advertí que era blanco y tenía los ojos azules.

—¿Color del pelo?

—No lo vi.

—¿Qué más vestía?

—Una chaqueta azul, como una cazadora, de nailon. Hacía un ruido como un susurro cuando se movía. Tejanos negros. Azules no, negros. Y una camisa azul oscuro.

—¿Llevaba gafas?

—No.

—¿Se fijó en sus zapatos?

—Eran de piel negra con suelas de goma.

—¿Reparó en alguna cosa más llamativa?

—Llevaba una pistola. Grande, automática. De color gris oscuro.

—¿Le hizo daño?

—Me abofeteó un par de veces, pero creo que me encuentro bien.

—¿Ha habido violación?

—No... —Emily miró a Dewey Burns, se sintió avergonzada de hablar delante de él, y después se dio cuenta de que era ridículo—. Me obligó a quitarme la ropa, pero no me hizo nada. Creo que sólo estaba intentando asustarme para impedir que le diera problemas. No me tocó... de esa forma, ya sabe.

Vio que Dewey Burns volvía a pasar por la puerta corredera. Algo empezó a trabajar en su mente: una idea comenzó a cobrar forma. Dewey Burns sostuvo su mirada, se encogió de hombros y negó con la cabeza para comunicarle que el hombre se había ido.

—¿Puede decirme su nombre completo, por favor? —preguntó la mujer.

—Emily Jean Kramer, con ka.

—¿Ka, erre, a, eme, e, erre?

—Sí.

—Y la dirección es avenida Sunnyland, nueve mil quinientos cincuenta y tres, en Van Nuys.

—Sí.

—¿Su número de teléfono?

Facilitó a la mujer la información que pedía y se quedó esperando en el vestíbulo, mientras Dewey iba de habitación en habitación empuñando la pistola, comprobando puertas y ventanas. Entró en la cocina. Cuando se volvió hacia ella con la luz previa al amanecer detrás de él, la idea que se había estado formando en la mente de Emily adquirió absoluta claridad.

—Señorita —dijo—, haga el favor de decir a los agentes que, al parecer, el hombre se ha ido, y que estoy acompañada de un amigo. He de dejarla ahora.

Interrumpió la llamada y entró en la cocina. Miró a Dewey Burns mientras caminaba, sin apartar los ojos de él al tiempo que examinaba la puerta de atrás, iba a la puerta del cuarto de la lavadora para encender la luz y regresaba.

Dewey se percató de que ella le estaba mirando de una manera rara.

—¿Qué pasa?

—Ahora me doy cuenta.

—¿Qué quieres decir?

—Tú. Hace un momento, cuando estaba hablando por teléfono, tan asustada y confusa que debía estar medio loca, te vi llegar desde fuera y pensé que era una alucinación. Cuando abriste la puerta corredera y te inclinaste a un lado para cerrarla después de entrar, fue como si viera hacerlo a Phil. Lo hiciste exactamente como él. Te mueves como él.

Dewey evitó su mirada y aparentó no hacer caso de lo que estaba diciendo. Entró en el comedor, pero ella le siguió.

—Tal vez fue porque me sostuviste cuando entraste y me desataste. Me resultó familiar. Al principio, pensé que era porque los dos erais altos y grandes, pero no era sólo eso, ¿verdad? Eres su hijo.

El hombre no reaccionó, no demostró sorpresa ni negó su afirmación. Siguió caminando, echó un vistazo a las puertas acristaladas que comunicaban el comedor con el jardín.

—No sé por qué nunca me había fijado —continuó Emily—, con lo evidente que me resulta ahora. Tal vez permitirme observar un leve parecido habría sido demasiado peligroso. Me habría impulsado a pensar en la posibilidad de que saliera con otras mujeres.

El hombre permaneció inmóvil.

—¿Estás esperando a que te dé la razón o qué?

—Lo siento, Dewey. No. Es que acabo de darme cuenta de la verdad, y lo he soltado porque... No lo sé. Acabo de sufrir una experiencia horrible, y no estaba pensando, entonces te miré y lo supe, y lo dije. La verdad, hasta ayer por la tarde no supe que Phil me había sido infiel.

Se sentó a la mesa de la cocina. Al cabo de un momento, se dio cuenta de que estaba temblando. Dewey se sentó al otro lado de la mesa y apoyó su mano sobre la de ella.

—¿Puedes contarme qué te pasó?

—Me asustó. Me pegó un par de veces, y pensé que iba a violarme. Pero lo que quiere es información. Cree que Phil poseía cierta información, tal vez papeles o algo por el estilo, que un hombre poderoso desea. Pensó que yo estaría enterada, y que podría asustarme o hacerme el daño suficiente para que se la entregara. La verdad es que durante todo este tiempo he estado intentando cada día descubrir algo así, algo que explicara por qué Phil no está aquí conmigo.

Hizo una pausa y miró a Dewey a los ojos.

—No sé de qué se trata —dijo él—. No me hacía confidencias. Sólo compartíamos ese secreto.

Ambos oyeron la sirena de los coches de la policía que avanzaban por la calle a toda velocidad, y después se detuvieron. Un par de puertas se cerraron de golpe y a continuación oyeron el ruido de las radios de la policía.

15

Ted Forrest estaba ante el hoyo dieciocho y se ajustó la visera de la gorra para proteger sus ojos, mientras contemplaba la larga franja de calle verde intenso. Había jugado en este campo desde niño. Conocía bien los quinientos metros, la curva cerrada a la derecha que empezaba a unos doscientos metros y el bosquecillo de altos eucaliptos que convertían un tiro recto a la derecha siguiendo la curva en una fantasía. Sabía que debía intentar colocar la pelota en el centro de la calle, lo más lejos posible, con el fin de poder ver el *green* antes de su segundo lanzamiento. Todo el día se había fijado en el hecho de que no había demasiado espacio para que la pelota rodara por la calle, porque el generoso riego había causado que la hierba creciera con exuberancia.

Forrest plantó los pies en el suelo, clavó los ojos en la pelota y empezó a practicar el *swing*. En el momento decisivo, su brazo izquierdo quedó recto y las manos asieron con fuerza y comodidad el palo. Entonces lanzó la pelota con un ágil movimiento de cadera y vislumbró el perfecto destello plateado del palo. El limpio sonido cuando el impacto provocó que la bola saliera volando hacia la lejanía, como algo disparado con un lanzacohetes.

No necesitaba mirar, porque por la sensación que experimentó y el sonido dedujo que la pelota iba directa al punto que había elegido, pero miró porque le encantaba el espectáculo. La trayectoria era baja, recta y precisa, la pelota conservó su aceleración en todo momento, hasta que el aire al fin disminuyó su velocidad lo bastante para que cayera. Había acertado en lo referente a la hierba. La pelota rebotó una vez, hizo un extraño y rodó una escasa distancia. Pero supo que había dejado atrás el bosque de eucaliptos.

—Perfecto —dijo Cameron Powers—. Casi será mejor que te paguemos ahora.

Forrest extendió la mano.

—Estoy dispuesto a ahorrarte la molestia de pagarme delante del club, si prefieres cederme este agujero.

—Muy amable —dijo Dave Collier—, pero pagar deudas de juego en público cimenta una reputación de buen deportista y caballero. De modo que te den por el culo.

—Palabras dignas de un buen deportista y caballero. Buena suerte con esa reputación. —Forrest se volvió hacia los demás—. ¿Alguien más quiere aprovechar mi magnánima oferta? Ni siquiera tendréis que humillaros dando el primer golpe.

—Gracias, pero no —dijo Owen Rowland.

Cameron Powers se limitó a sacudir la cabeza sin hablar, porque Collier estaba practicando el *swing*. Todos miraron en silencio cuando golpeó la pelota, que voló con perversa inteligencia hacia el bosque, rebotó en un árbol alto y cayó al suelo, donde provocó una pequeña explosión de hojas de eucalipto secas y corteza desmenuzada. Sus compañeros rieron a carcajadas.

—¿Qué pasa? —preguntó—. Estaba apuntando a ese árbol.

Los demás tiraron por turnos. Ningún *drive* fue tan bueno como el de Forrest o tan malo como el de Collier. Así había sido durante toda la mañana, y durante la mayor parte de los últimos cuarenta años. Siempre era Ted Forrest el autor del mejor *drive* o, cuando iban al instituto, el que daba el pase para el *touchdown* o el que ganaba la carrera. Era el orden natural de las cosas. Los demás competían con entusiasmo, pero cuando uno de ellos ganaba, siempre se mostraban de acuerdo en que había sido una rareza, en que el desarrollo del partido no era lo que había favorecido al ganador, sino lo que había impedido ganar a Ted Forrest.

Los cuatro amigos tenían más o menos la misma edad. Todos se encontraban en las últimas fases de los mejores años de su vida. Ya habían cumplido los cincuenta, pero todavía parecían cuarentones, y cada uno era consciente del patetismo de las partidas que jugaban juntos, pero sólo lo expresaban con pullas y humildad risueña. Todos habían nacido en el seno de una clase que consideraba la sinceridad entre los hombres algo de mal gusto, salvo en el campo de batalla o en el hospital, pero las chanzas sobre la edad se habían suscitado más de una vez durante esta partida y habían temperado en parte la exuberancia del grupo.

Forrest caminó con Cameron Powers hacia el punto del segundo lanzamiento. El club Los Ochos era uno de los campos privados a la vieja usanza, en que los cochecitos de golf estaban prohibidos. Los miembros cuyas dolencias físicas o laxitud moral les impedían cargar con sus palos podían alquilar *caddies* en la tienda de artículos deportivos, pero los cuatro amigos no lo hacían nunca. En parte porque presumían de estar en buena forma, pero también porque la presencia de otra persona habría violado la exclusividad del cuarteto y coartado las conversaciones. Cargaban con sus palos, del mismo modo que eran patrones de sus barcos en verano y cargaban con sus esquís en invierno.

Todos trabajaban con denuedo, aunque ninguno de los cuatro había prestado servicios a cambio de dinero. Cuando hablaban de trabajo, se sobreentendía que se referían a alguna forma de práctica regular para mejorar sus aptitudes o su forma física.

—Has estado trabajando tu *drive* —dijo Cameron Powers.

—Exacto —dijo Forrest—. He estado trabajando con Dolan, el nuevo monitor. Creo que ya hemos llegado al punto más alto. Bromeamos sobre la edad, pero se va a convertir en un factor. La fuerza y la flexibilidad declinan. A la larga, hasta la resistencia se convierte en un problema. A partir de ahora, todo será cuestión de técnica. Quien entre en la madurez con la mejor técnica será aquel al que habrá que batir.

—¿Entrar en la madurez? ¿Es que ya no somos maduros?

Forrest miró a Powers con una expresión de preocupación exagerada, alzó la mirada desde los zapatos de golf de su compinche, recorrió los pantalones planchados, se detuvo un segundo en el polo que se tensaba en la cintura y continuó hasta su frente.

—Supongo que tú sí. Lo siento, tío.

—Venga ya. Tenemos más de cincuenta años. Si no recuerdo mal, cumpliste cincuenta y dos el mes pasado. De hecho, ¿no eran los cincuenta el final de la madurez?

—Sí. Estamos prácticamente muertos.

—No es mi intención deprimirte, pero joder, Ted, los que no tenemos técnica a estas alturas tendremos que aceptar la noticia de que ya no hay vuelta atrás.

—Como quieras —dijo Forrest—. Yo me resisto todavía.

—No, me refería a que yo ya estoy en posesión de la técnica perfecta —dijo Powers—. Sólo lo siento por ti.

—Habrá que ver si eso está justificado, o se trata de una neurona extraviada de tu anciano cerebro.

Llegaron a la parte de la calle donde estaban sus pelotas. El *drive* de Forrest había situado la suya cincuenta metros más lejos, como mínimo. Eligieron los palos para el segundo lanzamiento y esperaron con paciencia a que los demás jugadores tiraran.

Cuando llegó su turno, Forrest culminó su *green* en dos golpes. Powers lanzó la pelota a un búnker de arena situado a la izquierda del *green*, alzó la bola con el *wedge* y salió disparada por encima del *green* hacia el *rough* del otro lado. El juego cauteloso de Rowland consiguió que terminara el *green* en cuatro y un breve *putt* le colocó en segundo lugar detrás de Forrest.

Después los cuatro se encaminaron al club y comieron juntos. Ser socio de Los Ochos costaba ahora oficialmente doscientos cincuenta mil dólares, pero se susurraba que el precio había ascendido a un millón, porque los estatutos exigían que un nuevo miembro fuera propuesto por un socio y apoyado por otros dos. Corrían rumores de que algunos infortunados habían intentado hacer negocio con las nominaciones para poder seguir pagando, hasta que se produjo un escándalo. A los cuatro les era indiferente el escándalo, porque no solían relacionarse con los nuevos miembros, y les daba igual el precio porque los habían inscrito al nacer. El club había sido construido sobre unos terrenos donados por los bisabuelos de Owen Rowland y Ted Forrest, y la parte de falso adobe del club, más antigua, había sido construida por un consorcio de miembros fundadores, incluidos algunos apellidados Powers y Collier.

Cuando terminó la comida, los tres perdedores entregaron con grandes aspavientos a Ted Forrest los cien dólares de la apuesta sempiterna. Como siempre, el ganador se encargó de pagar la cuenta para celebrar su victoria, de manera que con las copas del bar y las propinas, los cuatro se dirigieron al aparcamiento en igualdad de condiciones. Forrest cargó los palos en su BMW, se despidió de los demás con un ademán y volvió a casa.

Durante los quince kilómetros que separaban el club de su casa, atravesó varias extensiones de tierra que todavía pertenecían a la cooperativa de su familia. En la actualidad, eran sobre todo campos en barbecho, y tan sólo un par de las propiedades más grandes estaban ocupadas por vigilantes, utilizadas para que los caballos pastaran y para tirar al blanco. Únicamente codornices y ciervos iban a consumir las plantas salvajes que habían sido cosechas en otros tiempos. Cuando Forrest era adolescente, cultivaba pequeñas parcelas de marihuana de gran calidad en partes alejadas de los terrenos.

Le habría costado decir qué crecía ahora en cualquiera de las propiedades de los Forrest. Antes de las cosechas de marihuana, habían transcurrido cuarenta años como mínimo desde que habían plantado algo en ellas.

Dos generaciones antes, la agencia de desarrollo del río Colorado había adjudicado de manera permanente a las tierras de labranza de la familia miles de acres-pies de agua federal por año. A lo largo de las décadas, el agua se había convertido en algo demasiado valioso para encerrarlo en tuberías y regar arroz, lúpulo y cebada que ya nadie podía vender para obtener beneficios. El negocio de la familia Forrest consistía en vender agua federal, y el negocio había ido a mejor año tras año. La costa de California, desde México a Oregón, estaba poblada, la cuenca de Los Ángeles estaba atestada y seguían construyéndose casas, cada vez más hacia el interior, hacia Las Vegas. Había que comprar toda aquella agua para tanta gente en el mercado libre.

Llegó a la puerta situada al final del largo camino de entrada, oprimió el botón del mando a distancia instalado en el coche para abrirla y volvió a apretarlo para cerrarla después de pasar. La casa estaba construida sobre lo que había sido un rancho comprado a la familia Hardin. Eso había proporcionado a Caroline, la esposa de Forrest, la excusa para llamar al lugar Hardinfield. Cuando veía el letrero de bronce, envejecido artificialmente, sobre la columna ornamental de la puerta siempre se le hacía un nudo en el estómago.

Forrest se había visto obligado a tolerar a Caroline y sus pretensiones durante tantos años que casi nunca podía recordar cómo eran las cosas cuando la había conocido. Ella tenía diecisiete años y él treinta. Gracias a un esfuerzo consciente, podía reproducir la escena y la sensación, porque años de intentar no mirarla, ni siquiera cuando hablaba con ella, habían debilitado su memoria.

Recordó el momento. Era una fiesta, por la tarde, en la bodega de la familia Sheffield. El sol poseía aquel tono dorado peculiar que, a veces, adoptaba al atardecer en Napa. Ella había sido compañera de clase de una de las Sheffield en Moorhead School (¿era Mary Ellen o Jennifer?). Aquella tarde había cinco o seis chicas, todas ataviadas con vestidos de verano ligeros que les daban aspecto de muchachas salidas de un cuadro impresionista francés. No es que la eligiera de forma premeditada, es que Caroline, que ocupaba el centro del grupo, atraía su mirada constantemente, sin que él pudiera evitarlo. Aquel verano estaba guapa. Ahora, sabía que se debía a que la belleza era uno de los atributos de la juventud, sólo imputado a gente mayor de forma retroactiva mediante un acto de la imaginación. Al cabo de unos diez minutos, parte de los cuales había aprovechado para ir a pedir otra copa de vino a uno de los camareros, y escuchar un chiste espantoso de labios de Collier, había decidido conocer a Caroline Pacquette.

Desde entonces, cientos de veces se había esforzado por reproducir la lógica del momento: *Primero advertí su belleza y su vitalidad, después escuché su voz y descubrí que su sonido era agradable y después pensé... Pero ¿qué pensé?* No había forma de recordarlo. Ya no tenía treinta años, ni ella diecisiete, y por lo tanto no había manera de recuperar la sensación de aquel momento.

Ella había cambiado. Forrest sospechaba que, en aquel tiempo, le había resultado deseable porque era muy joven. A esa edad debía ser dulce y sincera, y si iba a la Moorhead School debía ser lo bastante lista para ser buena alumna: ella y Mary Ellen Sheffield habían sido admitidas, pero Don Sheffield y Ted Forrest habían sido rechazados muchos años antes. Conservaba su belleza natural. Ésa era la expresión que andaba buscando. El cinismo y el egoísmo no la habían estropeado, como era el caso de casi todas las mujeres de su edad. Al solicitar su mano, podría protegerla del rechazo y la decepción que arruinaba a las mujeres en edad de ir a la universidad, y así permitir que se convirtiera en la esposa perfecta.

Vigiló subrepticiamente hasta que Mary Ellen Sheffield y ella atravesaron el jardín, se las arregló para que su camino se cruzara con el de ellas y obligó a Mary Ellen a presentarles. Ahora, experimentaba la sensación de que sólo habían transcurrido unos escasos momentos hasta el día de su boda, pero tuvieron que pasar cuatro años para que ella alcanzara una edad aceptable para la sociedad. Para entonces, casi había terminado la universidad.

Fue el caso más atroz de matrimonio contraído con insidias del que había oído hablar. Todo el mundo había dado por sentado, puesto que ella era una Pacquette, que aportaría bienes significativos a la unión. La apariencia era engañosa, y ese engaño, Forrest estaba seguro ahora, era la raíz del problema. Los Pacquette habían conseguido declinar muy lentamente, sin dejar que el cambio se hiciera visible. En lugar de vender las parcelas de tierra situadas a la orilla del río Sacramento, o el gran caserón de San Francisco, cosa que hubiera causado habladurías, habían hipotecado sus propiedades de una en una, de manera que año tras año las grandes posesiones que les habían pertenecido cien años antes estaban minadas por las deudas. Caroline había podido ir a la Moorhead School y Princeton porque habían ido hipotecando la casa para pagar las matrículas a plazos.

Incluso a la edad de diecisiete años, Caroline era muy consciente del desastre económico en el que vivía. Durante al menos una generación, los Pacquette habían vivido en una especie de desesperación, quemando los muebles para impedir que la gente se enterara de que no podían pagar la leña. Los padres de Caroline le habían enseñado a entender el juego. Se estaban empobreciendo a marchas forzadas para conseguir que ella accediera a los estratos más exclusivos de la sociedad de la California central. Estaban diezmando su fortuna para darle una educación, ropa y suficiente dinero para mantener la imagen entre los hijos de los muy ricos. Pero era una carrera, una pugna por lograr que los fondos y el crédito duraran hasta que ella se hubiera establecido. Las extravagancias en público exigían una frugalidad brutal en privado. Más tarde, Ted Forrest calculó que, si Caroline Pacquette no se hubiera casado con un hombre rico a la edad de veintitrés años, a sus padres no les habrían quedado suficientes bienes para mantener el engaño. Su familia y ella se hubieran visto obligados a abandonar su hogar ancestral para mudarse a algún suburbio y buscar trabajo. Tal como fueron las cosas, al cabo de pocos días de regresar de su luna de miel en Europa, Ted Forrest descubrió que cierto número de facturas de la opulenta boda habían sido desviadas a sus cuentas mediante la firma de su flamante esposa.

Caroline ganó. Detectó la vulnerabilidad de Ted Forrest, la debilidad que sentía por su delicada belleza y el aire de elegancia inocente que había cultivado bajo la dirección de su madre desde que supo andar y hablar. Su padre había contratado a Dun & Bradstreet para que llevaran a cabo una auditoría de la salud económica de Ted tan sólo unos meses antes de conocerse, pero también practicó investigaciones personales, al igual que lo hizo su esposa. Hablaron en secreto con gente cercana a los Forrest para enterarse de cualquier escándalo relacionado con la familia, o de vicios de Ted que le convirtieran en una pobre perspectiva de futuro.

En cuanto finalizaron las pesquisas, Caroline inició su campaña. Forrest suponía que el hecho de elegirle, cuando habría conocido a cientos de hombres entre los diecisiete y los veintiún años, era una especie de amor a primera vista. Estaba claro que tenía en mente el matrimonio desde el primer momento, y lo consiguió de la manera más sencilla y prosaica.

Contó a un par de amigas (incluida la hermana de Don Sheffield, después de obligarlas a jurar que guardarían el secreto) que estaba tan enamorada de Ted Forrest que casi sufría vahídos cuando él se acercaba. Después averiguó dónde estaba. En cuanto salieron una o dos veces, se las ingenió para lograr que la siguiente culminara con sexo. Lo hizo de una manera muy oportunista. Él la había invitado a cenar en un restaurante de Sonoma. Cuando la recogió, ella dejó claro que pensaba pasar la noche en casa de una amiga (Emma, la prima de Owen Rowland, si no recordaba mal), y no pensaba volver a casa. «¿No sería divertido que esta velada no terminara?», había preguntado durante la cena. Él alquiló una habitación en un hotel, y después sugirió que llamara a Emma por teléfono para decirle que no iría.

Caroline le manipuló con destreza. Consiguió convencerle de que la intimidad más recatada era algo que no había ocurrido con frecuencia en su vida. Le dijo que, al compartir una habitación con él, estaba sacrificando sus escrúpulos y arriesgando su reputación e intereses debido a la extrema devoción que sentía por él. Más tarde, mientras hacían el amor y también después, tuvo que halagarle para que creyera que había cambiado su punto de vista sobre la práctica amorosa, y que estaba ansiosa por repetir el evento a menudo durante el resto de su vida, postulándose así como la esposa ideal. Eso era más de lo que podía comunicar en una sola noche. Hicieron falta algunas veladas más por el estilo para convencerle, pero ella lo logró.

Casi inmediatamente después de la boda Caroline dejó de ser tan atenta con Forrest y dedicó más tiempo a ser la señora Forrest, beneficiaria del dinero y la posición de su marido. Se pasaba las mañanas en pijama sentada ante el ordenador, enviando correos electrónicos a sus amigos del este y buscando anuncios de objetos que más tarde iría a comprar en persona. Después hacía ejercicio. Dedicaba la hora de comer y las tardes a las amigas (las mismas seis o siete que la acompañaban el día que Forrest la conoció en casa de los Sheffield, y un par más), y las noches a él, para que la acompañara a cenas, obras teatrales y fiestas. Cada vez con más frecuencia se iba a dormir temprano y sola para recuperar fuerzas y al día siguiente volver a repetir sus rutinas. A finales del tercer año, la admiración y deseo de él que había expresado hacía poco tiempo se habían disipado.

Cuando él trataba de mostrarse afectuoso, la indiferencia de Caroline lograba que sus intentos resultaran patéticos. Cuando le preguntaba acerca de su falta de interés por él, ella se ponía a la defensiva. Sacar a colación el deterioro de su relación era poco delicado y ofensivo para sus sentimientos. Insinuar que la responsabilidad recaía sobre ella era injusto y cruel. Ella no había dicho que sus sentimientos hacia él hubieran cambiado, de modo que ¿cómo podía afirmar que era culpa suya? Eran sus interrogatorios los causantes de sus problemas, sus críticas implícitas conseguían que se sintiera vigilada, y por tanto practicar el sexo se le antojaba insoportable.

Él aún alimentaba la ingenuidad de que ella era sincera, de modo que siguió intentándolo durante mucho tiempo. Logró que transigiera y se acostara con él una vez cada uno o dos meses, y se engañó diciéndose que la relación estaba mejorando y el matrimonio seguía adelante. Pero la verdad era que estaba momificado, como un cadáver disecado al que hubieran extraído las vísceras. Estaba seguro de que desde fuera debían verlo igual: Caroline era una experta en comunicar al mundo que todo iba bien. Lo había hecho durante toda su vida.

Forrest jamás descubrió el menor indicio de que Caroline le engañara con otros hombres, aunque se esforzó en averiguarlo. Como muchas mujeres incapaces de mantener vivo el matrimonio, era excesivamente amable cuando recibía a amigos del sexo masculino, pero Forrest no pudo detectar ninguna señal de que traspasara esa barrera. También era muy cordial con sus amigas, pero no daba la impresión de que se sintiera atraída sexualmente hacia las mujeres. Y siempre tenía muchas mascotas, y hablaba con cada una con más afecto del que demostraba cuando estaba con él. Apartaba la cara para que no le estropeara el maquillaje, pero luego se arrodillaba para dar un beso a un perro o un gato en la boca.

No tuvo otro remedio que engañarla con otras mujeres, y ella jamás pareció darse cuenta. A veces, Forrest pensaba que era puro desquite: ¿qué mayor prueba de su insignificancia que no reparar en sus adulterios? En otros momentos, pensaba que ella se comportaba siguiendo oscuros planes, tal vez una relación consumada cuando él se ausentaba para huir de sus atenciones.

Se aguantaban así. Les convenía a ambos ocultar la verdad. Para ella, el divorcio significaría una degradación: bien volver a la clase social de su elegante pero empobrecida familia, bien vivir a medio gas como una mujer madura que contaba con algo de dinero, aunque en realidad no era de ella, una persona que todavía podía utilizar el apellido Forrest, pero que ya no era bienvenida en ninguna propiedad de los Forrest, y a quien los parientes y amigos de la familia considerarían un engorro, alguien olvidable. Para Ted Forrest, el divorcio acarrearía consecuencias económicas, y concedería a los mismos parientes que condenarían al ostracismo a Caroline la excusa para tratarle con condescendencia. Durante años, cualquier mujer con la que saliera sería etiquetada como «ésa», la mujer a la que Caroline habría sorprendido fornicando con Ted Forrest.

Caroline y él vivían en Hardinfield, pero se evitaban lo máximo posible. No proporcionaban a los criados nada tangible que pudieran repetir. No proporcionaban a sus amigos ninguna pista de que, cuando volvían juntos a casa después de una fiesta, tardaban uno o dos días en volver a dirigirse la palabra, siempre que existiera algún motivo práctico para hablar.

Ted Forrest había cometido una equivocación mayúscula en una ocasión, pero había logrado mantenerse a flote y evitar que Caroline se enterara. Había ocurrido ocho años antes, y había sobrevivido. Había salido con la cabeza bien alta, comportándose como si nada le preocupara, y nadie había sospechado la agonía que estaba padeciendo. Había sido el mismo Ted Forrest de siempre día tras día, un hombre que escuchaba las cuitas de los amigos como si él no sufriera ninguna, o se reía de un chiste que giraba en torno a él.

Pero no había logrado superar una parte de la equivocación con una simple reafirmación de su autocontrol, y era la referida al detective privado Philip Kramer. Forrest se había propuesto hacerlo todo de la forma más cautelosa y premeditada posible, para que ninguno de sus problemas se prolongaran o reprodujeran más tarde. Contratar al detective había sido un ejemplo de esa cautela. En circunstancias normales, jamás se le habría ocurrido contratar a una persona semejante sin que se lo recomendara alguien en cuyo buen juicio confiara. Por lo general, habría pedido a uno de sus abogados que se encargara de buscarlo, para que después actuara como intermediario en sus tratos con el detective. Esta vez no. Se había desplazado en coche a Los Ángeles, había elegido a un investigador privado mediante el listín telefónico y luego le había llamado. Había decidido por anticipado escoger a uno que fuera propietario de su propia agencia, cuyo anuncio detallara que llevaba en el negocio más de diez años, además de incluir su número de licencia. Eso le condujo hasta Phil Kramer. Se citó con él en su despacho, le contó la historia que había inventado y le pagó un adelanto en metálico. Aquel día había desencadenado una serie de sorpresas tan monstruosas que a veces le costaba recordar que lo había hecho por amor. Todo cuanto Ted Forrest había sufrido era por amor.

Detuvo el coche al final del camino que conducía a la casa,

donde se convertía en un círculo, y luego avanzó para no bloquear la entrada principal. Le daba igual. El paseo le concedería medio minuto más, antes de tener que afrontar el muro de resentimiento que Caroline había erigido entre ellos.

Forrest abrió el maletero, sacó la bolsa de golf, se la colgó al hombro y pasó bajo el pórtico elevado. Atravesó el patio y se encaminó hacia las grandes puertas delanteras. Caroline detestaba que entrara por delante cuando volvía de jugar a golf. Estaba convencida de que arrastraría hojas de hierba y abrojos hasta el vestíbulo, aunque se hubiera quitado los zapatos de golf e hiciera tres horas que hubiera abandonado el campo.

Abrió la puerta y entró. El suelo de mármol brillaba tanto que el reflejo reprodujo una réplica cegadora de la araña. Oyó un potente suspiro.

Ella estaba de pie, justo enfrente y a su izquierda, en la entrada de la biblioteca.

—¡Ted! ¿Cuántas veces te he pedido que entres por el otro lado?

—No estoy seguro. Es mi casa, y si me da la gana puedo dejar que la atraviese una partida de ganado, de modo que no presto mucha atención.

—No, claro que no. Acabo de sacar brillo al suelo.

—Pues que alguien le vuelva a sacar brillo, o no. No he traído ningún ser vivo.

—Dentro de dos horas celebro una fiesta, ¿te acuerdas?

—La verdad es que no. Recuérdame cuál es la excusa.

—Es la fiesta en honor de los donantes de la orquesta de cámara —dijo ella—. ¿Te suena?

—Vagamente. Estoy seguro de que tienes montones de cosas que hacer, de modo que subiré a ducharme.

Subió la escalera, y ella tuvo el sentido común de quedarse donde estaba y hacer lo que una mujer con media docena de criados y otra media docena de proveedores de *catering* tuviera que hacer.

Llegó a lo alto de la escalera y le dio uno de sus momentos (ataques, en realidad). Se sintió algo mareado y débil, clavó la vista en el suelo para conservar el equilibrio, y cayó en la cuenta de que estaba desorientado porque había lágrimas en sus ojos. Entró en el dormitorio principal, cerró con llave la puerta y guardó los palos en el armario. Sacó un móvil de la bolsa de golf, entró en el cuarto de baño, cerró también con llave la puerta y abrió la ducha.

Marcó un número que no estaba guardado en la memoria del teléfono.

—¿Nena? Soy yo. Tenía que escuchar tu voz. Acabo de volver del club, y este lugar horrible ha podido conmigo. Dios, me cuesta tanto estar sin ti. Es una cuestión de amor. Siempre ha sido una cuestión de amor.

16

Emily Kramer se pasó toda la mañana repitiendo la historia de lo ocurrido aquella noche a los primeros policías que llegaron y después a los demás. A partir de las nueve de la mañana, un ejército de policías invadió la casa, cubriendo de polvillo negro paredes, muebles, pomos de puertas y cristales. Dedicaron especial atención a las ventanas, porque conservaban las huellas dactilares mejor que cualquier superficie.

Pasó casi todo el rato con una policía de su misma edad. Emily supuso que era la que siempre debía ocuparse de los casos de violación, porque había desarrollado un comportamiento maternal muy entrenado. La policía le formuló preguntas sobre cosas que, por suerte, no habían sucedido durante la noche, pero que recordaron a Emily lo que habría podido ocurrir si el hombre hubiera conseguido llevársela a algún lugar solitario en las afueras de la ciudad.

A primera hora de la tarde, Dewey Burns se fue y Ray Hall ocupó su lugar. Los policías no lo consideraron un amigo de la familia que acudía a prestar su apoyo, sino otra fuente de información. Dos de ellos se lo llevaron al estudio junto a la sala de estar y le hicieron un montón de preguntas. De vez en cuando, si ella miraba en aquella dirección, le veía. Sus ojos se encontraban un momento, pero uno de los dos los desviaba enseguida. Sabía que era mejor así, porque si un agente pensaba que se estaban comportando de una manera rara, tratar con la policía se haría más difícil. Todavía era una mujer cuyo marido había sido asesinado en plena noche en un lugar en el que no tenía nada que hacer. Emily sabía que cualquier amigo de la viuda sería siempre un sospechoso muy conveniente.

Por la tarde, los policías se fueron, y Emily y Ray se quedaron solos.

—Gracias por venir —dijo ella—. Ha sido estupendo ver una cara cordial.

—Lamento haberte abandonado anoche, sin quedarme a ver si estabas bien. Me he sentido fatal desde que me enteré.

—No seas tonto. Para empezar, yo te dije que te marcharas. Para continuar, el hombre no llegó hasta eso de las cuatro de la mañana. Tendrías que haberte pasado la noche sentado fuera.

—Al menos Dewey se presentó.

—Probablemente me salvó la vida. ¿Por qué siento alguna duda? Me salvó la vida. Fue un accidente afortunado. Había ido antes a la oficina y descubrió...

—Me lo contó —confirmó Ray—. Fui allí después de que me llamara. Por lo visto, el tipo no rompió nada, salvo las puertas, pero no cabe duda de que lo registró todo. Tendremos que instalar puertas ignífugas de acero. Tal vez podamos convencer al casero de que comparta los gastos.

—¿Fue la policía?

—Sí. Fueron los primeros en descubrirlo. Dos de los agentes que fueron a la oficina vinieron aquí también. Están intentando confirmar que es el mismo individuo. Creo que nadie lo pone en duda.

—No dijo que hubiera entrado en la oficina, pero está buscando algo que Phil tenía, y supongo que ahora ya ha estado en los dos lugares más lógicos —dijo ella.

—No quiero asustarte, Emily —prosiguió Ray con cautela—, pero como no lo encontró, hemos de...

—Lo sé. Volverá a por mí.

—Quizá sólo para registrar la casa, pero...

Se encogió de hombros.

—¿Qué crees que debería hacer?

—Hemos pensado en ello mientras estabas aquí con la policía. Tú y yo podemos recoger todo cuanto te interese, joyas, papeles, etcétera. Después irás a dormir a otro sitio, un lugar diferente cada noche. Esta noche puede ser mi casa, y Dewey y Billy se quedarán aquí y vigilarán por turnos. Después irás a casa de Dewey, y Billy y yo nos quedaremos aquí.

—¿Piensas tenderle una emboscada?

—No abrigo grandes esperanzas de que la policía le eche el guante. Tal vez dejó huellas y tenga antecedentes. Pero lo único que podemos hacer es esperar a que aparezca donde sabemos que irá.

—No sé, Ray. Es peligroso, probablemente está loco. Consiguió que me sintiera indefensa e impotente. Eso no es una buena señal. Tampoco se comporta con lógica. Cree que Phil tenía algo que significaría un montón de dinero para él, pero dejó claro que no sabe lo que es. Creo que no deberíais hacerlo.

—¿Qué te preocupa?

—¿Qué va a ser? Que mate a uno de vosotros.

—Y a nosotros nos preocupa que te mate a ti.

Emily sacudió la cabeza.

—Pensemos con lógica.

—¿Qué quieres decir?

—Lo único que he deseado desde que Phil murió es averiguar por qué sucedió. Ahora lo sé casi todo. Phil tenía en su poder información acerca de un hombre poderoso. Tal vez sabía lo que era, y tal vez no, pero ese tipo creía que sí lo sabía, y pagó a alguien para que esperara a Phil y le matara en plena calle.

—¿Te contentas con eso?

—Por supuesto que no. Pero es mucho más de lo que sabía ayer. Tal vez no vayamos a averiguar nada más.

—Es una oportunidad —concedió Ray—. Nos da una pista, algo que buscar y un par de lugares que registrar. Es nuestro primer avance.

—Todo lo contrario. Nos da una forma de salir de esto. Hay gente horrible que busca esta información, y no tenemos ni idea de qué es. Es algo que el tipo que entró en mi casa cree que podría utilizar para conseguir dinero, ya sea del hombre poderoso o de sus enemigos. ¿No lo entiendes? Es algo que incrimina a alguien que nos es indiferente. Si pagó para que asesinaran a Phil, no es amigo mío. Lo que sabemos con certeza es que no vale la pena arriesgar nuestras vidas para protegerle.

—¿Estás insinuando que no hagamos nada?

—¿Y si lo hiciéramos? ¿Y si me llevo de esta casa lo que me interesa y me largo? Entonces el hombre que ha entrado esta noche podría volver y buscar la información hasta que la encuentre. Después hará con ella lo que le dé la gana. ¿Vale la pena morir por ese hombre poderoso que mató a Phil?

—No, pero por ti sí.

—Pero acabo de decirte...

—Tú eras la que quería pensar con lógica sobre esto, así que hazlo. ¿Y si nos largamos?

—Todo el mundo se queda contento, salvo el hombre que ordenó asesinar a Phil.

—El otro tipo, el intruso del pasamontañas, ya ha registrado la oficina de la agencia. No encontró nada, de modo que vino a tu casa. Supón que abandonamos la casa y dejamos que la ponga patas arriba mientras busca lo que Phil escondió. Y también la oficina. ¿Y si busca por todas partes y no lo encuentra?

—Yo creo que sí lo encontrará —dijo Emily.

—Tú y yo llevamos más de una semana buscando..., buscando algo capaz de explicar lo sucedido. Yo no encontré nada incriminatorio sobre un hombre poderoso. ¿Y tú?

—No sabía qué debía buscar. El tipo que ha entrado en mi casa sabe quién es ese hombre.

—Conocíamos a Phil y hemos podido mirar en todos los lugares donde haya podido esconder algo.

—De acuerdo —concedió Emily—. Digamos que lo registra todo y no tiene más suerte que nosotros. ¿Qué hace? Se da cuenta de que es una causa perdida y desaparece.

—Pero no lo ha hecho. No vino de día, cuando estabas fuera, para registrar la casa. Vino de noche, cuando sabía que estarías sola, y te puso una pistola en la cabeza. Y no pensaba atarte y dejarte en el cuarto de invitados cuando se fue. Lo hizo porque Dewey apareció inesperadamente. Había planeado llevarte con él.

—Pero...

—Y si le dejamos registrar tu casa y largarse sin más, habremos perdido una gran oportunidad. ¿Dónde aparecerá la próxima vez? Estés donde estés, en cuanto vuelva a encontrarte sola.

Emily le miró fijamente unos segundos.

—De acuerdo —dijo por fin—. Iré a buscar una maleta.

Subió al dormitorio. Le costó mirar la habitación. Ya no era un refugio, porque era el lugar donde había corrido el mayor peligro de su vida. Ni siquiera era un lugar privado, después de que diez policías lo hubieran allanado para examinar la ropa que había dejado en el suelo cuando el hombre la obligó a desnudarse y espolvorear los muebles en busca de huellas y de cualquier cosa capaz de demostrar más adelante que un sospechoso había sido el intruso.

Emily experimentaba una necesidad asfixiante de huir, de no volver a estar sola en aquella casa nunca más. Pero antes necesitaba recoger las cosas que no podía permitirse abandonar. Sacó dos maletas grandes de la habitación que había al final del pasillo, abrió una sobre el suelo de su dormitorio y empezó a llenarla. Embutió ropa en la primera, después abrió la otra y la llenó también. Había declaraciones de renta, recibos de tarjetas de crédito y estados de cuentas que ese desconocido podría utilizar para desvalijarla. Había agendas y cartas que podría utilizar para localizarla. Y cuando hubo sacado todas las cosas prácticas que se le ocurrieron, guardó el álbum de fotos con las fotografías de su marido y su hijo fallecidos. Y aún quedaba el problema de la caja fuerte atornillada a la pared del armario, detrás de la ropa de Phil. Había pensado en ella un centenar de veces, mientras el hombre la retenía en aquella habitación.

Entró en el ropero y tropezó con una caja de cartón que había dejado en el lado de Phil. Estaba llena de zapatos que había pensado regalar a obras de caridad. Al otro lado estaba la caja fuerte. Utilizó la combinación que su marido le había dado. Era el número de la dirección de casa de sus padres cuando le había conocido.

El hecho de que ahora estuvieran muertos (al igual que él) consiguió que se sintiera extraña cuando tecleó las cuatro cifras, pero la puerta metálica se abrió.

Dentro estaba la enorme pistola Springfield Armory ACP del calibre cuarenta y cinco. Le recordó a la pistola que el hombre del pasamontañas había utilizado para apuntarle hacía unas horas. La sacó de la caja, nerviosa. Localizó el cierre que liberó el cargador en su mano y lo sostuvo unos segundos. Era ligero, una cáscara hueca de metal con un muelle dentro. No contenía balas. Volvió a colocar en su sitio el cargador y sacó la otra pistola de la caja. Era una Glock Sub-Compact de nueve milímetros. Encontró también el cierre del cargador, contuvo el aliento y lo oprimió. Sostuvo el cargador en la mano. Notó que era liviano porque estaba vacío, bajó la vista y cayó en la cuenta de que se habían formado lágrimas en sus ojos.

Si hubiera logrado entrar en el ropero, abrir la caja y sacar una pistola, ahora estaría muerta. Cada vez que había notado desfallecer la atención del hombre, cada vez que apartaba los ojos de ella, se había animado a aprovechar la oportunidad. Se había acusado de cobardía. Desde el primer momento había sabido que, en cuanto estuviera sola, iría a abrir la caja y miraría dentro.

Emily se quedó inmóvil, y entonces se dio cuenta de que había algo diferente. No había entrado tan sólo para descubrir si se había equivocado. Había abierto la caja fuerte porque el hombre que había irrumpido en su dormitorio en plena noche con un pasamontañas le había inducido un profundo cambio. Antes de que apareciera, albergaba montones de dudas sobre la prudencia y la paranoia, qué era defensa propia y qué era asesinato. Ahora ya no tenía dudas.

Buscó más al fondo de la caja y encontró un paquete de balas de nueve milímetros. Guardó la Glock y la munición en su bolso y metió la pistola del cuarenta y cinco en la maleta. Después se acercó a la barandilla.

—¿Me echas una mano con la maleta? —gritó—. Estoy preparada.

17

Ted Forrest había recibido una buena educación. Sus padres le habían inculcado los valores de la clase alta de la vieja California. Aunque apenas asistía a conciertos de cámara, era uno de los mecenas más generosos de la orquesta. Había ido a la galería de arte de Golden Gate Park, en San Francisco, exactamente dos veces (una cuando estudiaba primaria y otra para asistir a una fiesta de caridad que se celebraba allí), pero había placas en la pared de la entrada y en una de las galerías agradeciendo el apoyo de la Fundación Theodore y Caroline Forrest. También firmaba cheques cada año para museos de San José, Santa Cruz y Napa, así como para dos zoológicos. Ayudaba a patrocinar festividades anuales que celebraban la fundación de cuatro ciudades en el Valle Central, cercanas a propiedades de la familia. De vez en cuando asistía a dichas celebraciones, en parte porque le gustaba la alegría injustificada. Siempre había buena comida, libaciones generosas de vinos locales y una especie de fiesta que terminaba con la coronación de una reina. Le gustaba echar un vistazo a la joven y a su corte, que siempre eran los ejemplos más impresionantes del ganado local, criadas a base de sol, ejercicio, aire puro y verduras frescas.

Esta noche se veía obligado a desperdiciar su encanto con los amantes de la música de cámara. Entre los que se encontraban huesudas profesoras jubiladas, bibliotecarias y otros seres ajenos por completo a él, pero también asistían algunas personas que eran como Ted Forrest. Había hombres y mujeres de su clase a quienes apetecía muy poco pasar las veladas escuchando a violinistas, pero opinaban que no tener una orquesta disminuiría su reputación de refinamiento. Collier y Rowland habían ido con sus esposas rubias casi idénticas, que eran primas. Powers y su mujer no podían asistir, supuestamente debido a un compromiso previo. Ted Forrest sospechaba que Janice Powers no podía soportar la idea de pasar una velada en poder de Caroline Forrest. Había observado años antes que Jan deseaba por lo general ir a lugares donde su esposa y ella estuvieran en igualdad de condiciones y hubiera gente suficiente para poder evitarse mutuamente, pero estas veladas de Caroline exigían a Jan pasar demasiadas horas con la cara fija en una sonrisa que acababa por agarrotarle los músculos.

Ted Forrest opinaba lo mismo sobre los eventos de su mujer. Al mismo tiempo, sentía cierto alivio por el hecho de que se tomara tal interés por causas cívicas y filantrópicas, porque sabía que le daba prestigio y mantenía la reputación de la familia Forrest en la región. Como el sustento de la familia dependía por completo del favor continuado (o al menos la aprobación tácita) de los políticos, era esencial continuar proyectando una imagen de poder, influencia y benevolencia condicional.

Se irguió en la cabecera de la gigantesca mesa del majestuoso comedor, miró las cuarenta y dos caras y alzó su copa de vino.

—Como siempre, brindo en primer lugar por nuestros soberbios músicos, procedentes de todos los rincones del mundo, por nuestro brillante y prestigioso director musical, Aaron Mills, y por nuestro incansable y devoto equipo. —Bebió vino entre aplausos, pero no se sentó—. Cuidado, estáis aplaudiendo entre movimientos, ya que aún no he terminado. Esta noche también quiero ofrecer un brindis por nuestros numerosos voluntarios, liderados por nuestro hábil presidente, el doctor David Feiniger, y por nuestros generosos donantes, que han apoyado a la orquesta durante todo el año. Que vuestro entusiasmo nunca desfallezca.

Bebió de nuevo y los aplausos fueron mucho más entusiastas y prolongados, como él sabía que sucedería, porque al fin y al cabo se estaban aplaudiendo a sí mismos.

Como de costumbre, Ted Forrest se había cubierto de gloria con escaso esfuerzo. Era como sacudir un árbol cargado de flores.

Los pétalos caían a su alrededor. Los miembros de la orquesta eran fáciles, porque estaban adiestrados para no permitirse jamás pensamientos críticos acerca de las alabanzas relacionadas con la institución. Estaban satisfechos con la orquesta de cámara porque era un entretenimiento caro que concedía a sus mecenas la reputación de altos principios, inteligencia y solidaridad.

Camareros con chaqueta blanca de la empresa de *catering* elegida por Caroline se desplazaban por detrás de los invitados sentados a la larga mesa, servían platos y llenaban copas, y después se las arreglaban para echar una mano a la hora de retirar platos vacíos. Ted Forrest tenía a su izquierda a una dama alemana de edad avanzada. Durante la primera parte de la cena le había dirigido numerosas observaciones agradables, pero como no había asistido a muchos conciertos aquel año, eran vagas. Habló sobre todo de las nuevas instalaciones musicales, en una mansión histórica de piedra remodelada, a escasos kilómetros de allí, y de su afición por la música en general. Repitió un par de comentarios sobre la temporada que había oído en boca de Caroline hablando con sus amigas y que por algún motivo ignoto se le habían quedado grabados en la cabeza.

Era demasiado tarde para preguntar a la dama su nombre, y no conseguía que ella se lo dijera de motu proprio, ni cuál era el motivo de su presencia, o qué opinaba sobre cualquier otra cosa que no fuera la comida, que devoraba con entusiasmo. Forrest suponía que era el apéndice de algún pez gordo de la organización, al igual que él, y que prefería callar.

Durante la segunda mitad de la cena, se volvió a la derecha para hablar con la primera violinista, Maria Chun. Era muy bonita, de largo pelo negro lacio que oscilaba cuando se movía, como si pesara. Tal vez eran imaginaciones de Forrest, pero estaba seguro de que ella le había leído el pensamiento y empezado a despreciarle a los pocos segundos de su llegada. Las mujeres eran propensas a forjarse opiniones de ese tipo sin dejar que transcurriera mucho tiempo, o sin pararse a pensarlo dos veces. Creyó posible que la joven hubiera pasado toda la vida dividiendo su tiempo entre tocar el violín y esquivar a hombres de más de cincuenta años. Pero Ted Forrest era el anfitrión y ella no podía permitirse el lujo de rechazar a nadie o negarse a hablar con quien fuera.

—Me he preguntado a menudo qué hacen ustedes fuera de temporada, cuando no hay conciertos —dijo.

—Oh, un poco de todo —contestó Maria Chun—. Francisco, el otro primer violín, es el concertino invitado de la orquesta sinfónica de Buenos Aires. Otros dan clases en universidades. Algunos se van de gira.

—Me refería a usted, en concreto. ¿Qué hace, le concede descanso al Stradivarius?

—Es un Guarnerius. —No le tomaba lo bastante en serio para ofenderse o sorprenderse—. Descansar no es bueno para el instrumento, ni para mí. Estudio, practico y paso el tiempo con mi marido y mis hijos.

—¿Ah, sí? Hábleme de ellos. ¿Qué edades tienen sus hijos?

—Diez y trece.

—¿Son músicos?

—Más o menos.

—¿Más o menos? ¿Quiere decir que no podemos esperar una siguiente generación de virtuosos?

—Mi hija Simona toca el cello y mi hijo Anthony la guitarra eléctrica.

—Pero usted no está satisfecha. Los padres pueden llegar a ser muy exigentes.

Ted Forrest estaba desconcertado por su propia transgresión, como sucedía a menudo. Ella había hablado de su marido y sus hijos para impedir que la acosara. ¿Por qué esos intentos de esquivarle le excitaban? Siguió insistiendo en averiguar más cosas, introducirse en su vida privada como un *voyeur*. Tenía una esposa y una novia. No tenía tiempo para Maria Chun. ¿Qué estaba persiguiendo?

—Son unos chicos estupendos —dijo ella—, pero no quieren ser músicos profesionales. Y se está haciendo tarde para empezar.

La mayoría de la gente que se dedica a la música está plenamente entregada a los trece años.

—¿Qué opina su marido? Supongo que también será músico.

—No. —Sonrió, como divertida por la idea, y su sonrisa puso celoso a Ted Forrest—. Mi marido es jugador de *hockey* profesional.

—¿De veras? —Fingió regocijo, mezclado con un poco de desprecio—. ¿Cómo se llama?

—Gus Kopcynski. Juega con Los Angeles Kings.

Forrest se quedó estupefacto. Había oído hablar de su marido, y eso le dolió.

—He oído hablar de él.

Su marido era una estrella, un veterano que marcaba goles de vez en cuando, pero era más famoso por sus asistencias y el tipo de cargas corporales que enviaban al contrincante contra los muros con un impacto estremecedor. Tendría unos treinta años. Tenía el cuerpo de un boxeador y una sonrisa no menos atractiva cuando mostraba su impecable dentadura. Era un hombre al que otros hombres respetaban, un hombre especial, tenaz y de destreza alabada en todo el mundo.

Y de repente Ted Forrest se convirtió en nada. En ocasiones, había atraído a mujeres con las mismas cualidades que poseía el marido de Maria, pero nunca había sido como su marido, y ahora ya había dejado atrás la flor de la vida. A veces, casi llegaba a admitir que, para algunas mujeres, su mejor atractivo era el dinero. Tal vez Gus Kopcynski no tuviera tanto dinero como Ted Forrest, pero tenía mucho, el suficiente para que esta mujer no se sintiera atraída por él.

De repente, notó que alguien le asía el brazo con fuerza, como si quisiera pellizcarle. Reprimió el impulso de pegar un brinco, porque no quería que Maria se diera cuenta de que se había sobresaltado. El rostro de Caroline se hallaba a menos de quince centímetros de su oído, entre él y Maria Chun.

—Lo siento, Maria, pero he de robarte a Ted un momento. Cuando vuelva, me gustaría presentarte. ¿Te parece bien?

—Claro. Concédeme tiempo para afinar, y estaré preparada.

Se levantó y se alejó antes de que Ted pudiera ponerse en pie. Él sonrió a la dama anciana de su izquierda.

—Le ruego que me disculpe —dijo, pero ella no dio la impresión de oírle.

Siguió a Caroline a través de las puertas batientes hasta la ajetreada cocina, dejaron atrás cocineros, camareros y pinches, y salieron por la puerta trasera a la entrada de mercancías, junto al camino de acceso. Su mujer se alejó unos metros de la casa, hasta el punto donde habían apiladas cajas de comestibles, pero los encargados del *catering* no estaban visibles. Giró en redondo.

—No has hecho caso alguno a Monika Zellin —dijo—, y se trata prácticamente de la invitada de honor.

—¿Te refieres a la vieja dama?

—Sí, Ted. Me refiero a la vieja dama. La puse a tu lado a propósito, porque pensé que podía confiar en que serías amable con ella.

—Hablé con ella durante una hora. La mitad del tiempo no parecía oírme y la otra mitad no parecía entender el inglés. ¿Quién es, en cualquier caso?

—Es una famosa compositora, una de las pocas compositoras vivas de los años treinta. También fue una heroína de guerra.

—¿En qué bando?

—Muy gracioso. Cuando la coloqué a tu lado, no pensé que te pasarías el rato de cháchara con la asistenta.

—¿Te refieres a Maria Chun?

—Ya sabes que sí. Tal vez la había subestimado. Parecías deslumbrado. No me pongas en evidencia, Ted. Ni se te ocurra.

Giró en redondo y atravesó la cocina a toda prisa. Luego desapareció detrás de un remolino de figuras más altas con chaqueta blanca.

Ted Forrest avanzó un paso hacia la puerta de la cocina, pero después se detuvo. Era la oportunidad perfecta. Se alejó por el jardín de atrás hacia la oscuridad, sacó el móvil y marcó. Esperó cinco timbrazos, y después oyó la voz de Hobart.

—Sí.

Al oírlo, Forrest sintió la boca seca a causa del miedo. Ojalá no hubiera llamado, pero ahora ya se había establecido la conexión. Hobart vería su número en la factura.

—Hola —dijo con la mayor indiferencia posible—. Soy yo. ¿Puede hablar?

—No ha sido una buena idea llamarme.

—Lo sé, pero quería saber si lo ha hecho. ¿Es así? ¿He de enviarle el resto del dinero?

—No. Yo le avisaré cuando haya terminado.

—De acuerdo. No quería que tuviera que esperar, si había llevado a cabo el trabajo.

Era una mentira tan descarada e infantil que se puso a sudar. Oyó la respiración de Hobart, pero éste no se dignó responder.

—No hay nada de este asunto que requiera su atención —dijo al cabo de unos segundos—. Se acabaron las llamadas, a menos que tenga algo importante y urgente que decirme. Es un peligro innecesario.

—Como ya he llamado, ¿puede decirme algo?

—La he localizado. La he visto. Registré la oficina y sé que intenta mantener abierta la agencia. Eso significa que está rodeada de gente casi todo el tiempo, de modo que tardaremos más. Estoy en ello. ¿Satisfecho?

—Pero ¿se está encargando de ello? ¿No he de preocuparme?

—No, mientras no llame la atención.

—De acuerdo, pues. Esperaré a que me telefonee.

—Hágalo.

El teléfono enmudeció. Forrest consultó su reloj y lo acercó a la cara para poder descifrar los puntos y las líneas de radio brillantes. Eran las nueve y media. Mientras volvía hacia la casa, oyó aplausos lejanos. Cuando remitieron, escuchó el tono claro y agudo de un violín.

Atravesó la cocina en dirección al comedor. Los camareros habían cerrado las grandes puertas de roble del otro lado para poder lavar platos sin temor a hacer ruido. Ted Forrest avanzó hacia la puerta del vestíbulo, la atravesó y cerró a su espalda. Se encaminó hacia el alto portal que conducía a la inmensa sala de estar, entró y se detuvo con la espalda apoyada contra la pared.

La única otra persona que estaba de pie era Maria Chun, quien estaba tocando un complicado pasaje. Su mirada resbaló sobre él, pero dedujo que no le había visto. Estaba dirigida hacia dentro, hacia algún recuerdo de la música que estaba interpretando.

Los ojos de Caroline le localizaron. Estaba sentada en su silla habitual, cerca del fondo de la sala, desde donde podía observar todo cuanto sucedía. Había cedido el asiento de su lado (el de Forrest) a una mujer del grupo de mecenas de la orquesta. Adivinó que Caroline había estado vigilando la puerta con los ojos, esperándole. Los entornó y desvió hacia Maria Chun.

Ted Forrest salió de la sala, atravesó el vestíbulo y entró en la biblioteca. Salió por las puertas acristaladas a la rosaleda. Vio que incluso en la parte circular del camino de entrada, delante de la casa, había coches aparcados en la cuneta. Había un par de chóferes cerca del final del camino, de pie entre sus grandes vehículos de color oscuro, fumando cigarrillos.

Forrest recorrió los sesenta metros del camino de grava que subía hasta el garaje. Decidió que le gustaba el sonido del violín de Maria Chun, que gemía y gorjeaba a lo lejos. Tal vez el año que viene intentaría asistir a uno o dos conciertos. Eso dependería hasta cierto punto del estado de su tregua con Caroline, por supuesto. No querría estar sentado a su lado durante horas si había adoptado la actitud de zorra vengadora de aquella noche.

Siguió caminando y empezó a disfrutar del aire de la noche. El garaje estaba lejos de la casa porque en otro tiempo había sido el establo y la cochera, y a los Forrest de entonces no les había gustado la cercanía de malos olores y tábanos. Entró por la puerta lateral y el detector de movimientos encendió la luz. El techo alto y las toscas vigas era lo único que quedaba de la cochera, pero el garaje se le antojó un vínculo con su familia, porque Caroline no había llamado a decoradores y arquitectos para embellecerlo o disfrazarlo. Subió a su BMW, oprimió el mando a distancia para abrir la puerta del garaje y puso en marcha el motor. Salió poco a poco, con el motor al ralentí para que no interfiriera con el recital de Maria Chun, y después dejó que la pendiente del camino de entrada le imprimiera aceleración.

Cuando pasó ante los dos chóferes, les saludó con la mano. No sabía para quién trabajaban, pero le gustaban los criados que sabían lo que hacían. Habían dejado a sus pasajeros ante la entrada principal y después habían aparcado lejos para dejar los espacios más apetitosos a la gente que había llegado conduciendo su coche. Ahora, estaban vigilando la casa por si veían a sus jefes, sin fumar dentro del coche.

Llegó a la verja abierta y salió a la carretera, al tiempo que aceleraba un poco. Correr le reanimó, y se descubrió pensando en Jan, la esposa de Powers. Cuando habían estado liados, veinte años antes, había intuido que sentiría remordimientos. Powers había sido su amigo desde la infancia, y Janice era una recién casada en aquel momento. Acababa de cumplir veinte años. Era cierto que, en ocasiones, pensaba que debería sentirse culpable, pero la sorpresa consistía en que el sentimiento más poderoso y sincero era de alegría por haber poseído a la esposa de su amigo. Era una victoria sobre Powers mejor que cualquier otro tipo de victoria, y aún experimentaba esa sensación cada vez que les veía juntos.

También había intuido la probabilidad de que existiría cierta incomodidad entre Jan y él después de haberse acostado juntos. Puesto que Powers y él siempre serían amigos, la incomodidad podía convertirse en un problema. No se transformó en el tipo de problema que había esperado. Entonces era más joven, y todavía no se conocía muy bien. La incomodidad era real y había durado dos décadas hasta el momento, pero no era exactamente desagradable. A Jan le costaba mirarle a los ojos, si él le tocaba las manos las descubría sudorosas, y ella siempre intentaba evitar quedarse a solas con él, aunque fuera un minuto. Forrest consideraba interesante aquella incomodidad, incluso halagadora.

Lo que no había intuido demostraba la escasa imaginación que tenía cuando era joven. Jamás se le había ocurrido que ser amigo íntimo del marido de su amante significaba que, con el paso de los años, se vería obligado a verla envejecer. Ya no era la hermosa y tentadora recién casada a la que había seducido. Tenía cuarenta años y sus caderas empezaban a ensancharse, algunas arrugas estropeaban su frente y el labio superior, y la piel del cuello se veía un poco fláccida.

La chica que recordaba era mejor. Powers había ido a Nueva York en viaje de negocios. Ted Forrest se acordaba de que se trataba de una reunión relacionada con una propiedad que su amigo había heredado, y debía firmar algunos papeles. Por la mañana, vio que Caroline se marchó a San Francisco de compras, y después telefoneó al hotel de Powers en Nueva York. Había salido, pero el recepcionista confirmó que seguía registrado. Entonces Forrest fue a casa de su amigo para darle una sorpresa a su joven esposa.

Tenía un Corvette nuevo. Cuando frenó ante la casa, lo hizo delante de la puerta principal, para que cuando ella la abriera viera el coche, una imagen reluciente y pulcra de velocidad y libertad. Le dijo que su marido le había pedido que la sacara de paseo durante su ausencia para que se divirtiera un poco. Forrest habló de Powers mientras la llevaba a un restaurante que dominaba el mar en Half Moon Bay. Tomaron una botella de vino con la comida, y él no paró de llenarle la copa mientras contaba anécdotas divertidas. Para entonces, ninguna de las anécdotas incluía a Powers.

Recorrieron unos cuantos kilómetros hasta llegar a un hotel que él conocía, con las mejores vistas al mar. Cuando llegaron, él se atrevió a alquilar una habitación con balcón para que ella pudiera disfrutar del paisaje. Y el panorama era realmente espectacular. La línea del horizonte del Pacífico, de un azul intenso, parecía tan alta que daba la impresión de estar por encima de sus cabezas. Mientras estaban en el balcón tomando unas bebidas que él había sacado del minibar, le rodeó la cintura con la mano. Ella se sobresaltó un poco, al tiempo que respiraba hondo y se ponía algo tensa. Él no movió la mano y esperó. Sabía que ella estaba reflexionando, intentando decidir qué debía hacer, qué debía decir. Le concedió diez segundos y luego la besó.

Cuando pensaba en aquel día, el resto acudía con facilidad. Recordó que ella se había negado un par de veces con escasa convicción. Y recordó que, cuando estaban revolcándose en la cama, él introdujo la mano en un bolsillo de los pantalones tirados en el suelo para sacar el condón y vio la expresión casi airada de su cara.

—¿Has traído preservativos? —preguntó ella—. ¿Sabías lo que iba a ocurrir?

—Lo esperaba —respondió él.

Después ella se comportó de manera diferente, mejor, en realidad, porque tuvo que dejar de fingir que no sabía que no era un accidente. El sexo fue mejor, por supuesto, rencoroso, egoísta, codicioso. Se quedaron tanto tiempo como quisieron. De vuelta a casa, ella dijo que le odiaba y que haría todo lo posible por lograr que su marido y él no volvieran a verse nunca más. Pero la vuelta a casa fue larga, muy larga, y cuando subieron por el camino de entrada a casa de ella, ya estaban de acuerdo en que deberían volver a verse. Duró un par de años, y terminó, también por acuerdo mutuo, cuando ella se quedó embarazada de su primer hijo.

Ted consultó su reloj. Estaba seguro de que el martirio de Caroline duraría un par de horas más como mínimo, tal vez tres. Sacó el móvil y marcó. En esta ocasión sólo sonó una vez.

—Hola —dijo—. Me he escapado.

—Soy tan feliz —oyó que decía la joven voz—. ¿Cuánto tiempo te vas a quedar?

Era estupendo oír a alguien decir esas cosas de nuevo.

18

Jerry Hobart estaba tumbado en la cama de la habitación de su hotel. Las luces del valle, por debajo de Universal City, se habían encendido y el cielo parecía negro. Quería volver a dormir, pero ahora que Forrest le había llamado, no podía. No era la llamada, sino la oleada de profundo odio que se había permitido sentir por el hecho de que Theodore Forrest le hubiera dejado despierto e inquieto, abismado en sus pensamientos. ¿Para qué había llamado? ¿Para que le asegurara que no estaba holgazaneando? Tendría que saber que, si hubiera matado ya a la señora Kramer, le habría requerido el pago correspondiente. Forrest le había telefoneado porque estaba impaciente, e imaginaba que su llamada aceleraría el asunto.

Los ricos pensaban que decir a alguien que hiciera algo era lo mismo que hacerlo. Y Forrest era miembro de la clase que no estaba acostumbrada a esperar. No esperaban por nada que quisieran poner en venta. No ahorraban nada. No hacían cola. Los ricos albergaban una fe extravagante e inmutable en el poder mágico de su necesidad.

Hobart había estado despierto toda la noche, registrando la oficina de la agencia de detectives, maniatando al vigilante nocturno y después atemorizando a la señora Kramer, pero no había logrado conciliar el sueño. Lamentaba que Forrest hubiera interrumpido su breve descanso.

Se había preguntado por qué se preocupaba hasta tal punto por aquel detective de Los Ángeles que lo deseaba muerto. Doscientos mil dólares por cargarse a alguien no debía significar ningún problema para un hombre como Forrest. La gente muy rica tenía finanzas complicadas, de modo que les resultaba fácil pagar dinero sin que nadie más se diera cuenta de su ausencia y se preguntara adónde había ido a parar. Pero ¿qué impulsaría a un hombre como Forrest a correr ese riesgo? Contratar a un asesino a sueldo era una forma peligrosa de solucionar un problema. Si detenían o mataban a Hobart, la policía dedicaría los siguientes meses a examinar todas las llamadas telefónicas que había hecho o recibido con la intención de descubrir el origen de todos los dólares encontrados en su posesión. Investigarían todas las transacciones de sus tarjetas de crédito para seguir todos sus movimientos del año anterior. Harían lo imposible por confeccionar una lista de todas las personas a las que Hobart había visto o con las que había hablado durante ese periodo. ¿Por qué un hombre que no necesitaba correr riesgos aceptaba ése? La única respuesta que se le ocurría a Hobart era que Phil Kramer sabía algo feo y peligroso sobre Forrest, algo que tal vez había decidido revelar.

Hobart había supuesto que, fuera cual fuera el problema de Forrest, sólo estaba en la cabeza de Kramer, no escondido en su casa, en la oficina o donde fuera. De lo contrario, matarle sería absurdo. Pero ahora que estaba hecho, Forrest deseaba de repente que la viuda de Phil Kramer también muriera. Eso lo cambiaba todo. La información que preocupaba a Forrest no habría podido desaparecer con el detective. Seguía existiendo. Y en tal caso, no había motivos para que él no pudiera utilizarla en beneficio propio.

La impaciencia de Hobart iba en aumento. Necesitaba descubrir cuál era el secreto. Ya se arrepentía de haberse decidido a descubrirlo, pero lo había hecho. Si se hubiera limitado a entrar en el dormitorio de la señora Kramer y dispararle un tiro en la cabeza, ahora no tendría ningún problema. Pero en lugar de matarla, se había propuesto descubrir qué era lo que Theodore Forrest estaba tan ansioso por mantener en secreto.

Hobart se sentó en la cama. Cuando había forzado el cerrojo de la puerta de la agencia de detectives, había dado cuerda a un reloj.

No encontró el secreto allí, de modo que tuvo que ir a casa de los Kramer. Había interrumpido el proceso en seco intentando asustar a Emily Kramer para que se lo dijera, y ahora ya no estaba seguro de que la mujer supiera qué era lo que su marido sabía de Forrest.

Hobart no se había portado como un profesional con la señora Kramer. Utilizar un pasamontañas no era lo mismo que ser invisible. Ella conocía su estatura y su peso, había oído su voz, había visto sus ojos y sus manos. Ir a ver a la viuda se le había antojado necesario anoche, pero había metido la pata. No había descubierto nada acerca del secreto de Forrest.

Pensó en diversos planes. Podía abandonar el trabajo y dejar viva a la señora Kramer. Lo que ya había contado a la policía era lo máximo que podría decir. ¿Qué era? Les habría dicho lo que él andaba buscando: información, impresa, grabada o como fuera, embarazosa o acusadora para un hombre poderoso. Ahora pensó que habérselo dicho había sido otra equivocación. Ella, tal vez con la ayuda de la policía, ya estaría registrando la casa y la oficina en busca de algo que Hobart hubiera pasado por alto.

Pero quizás era demasiado inteligente para haber contado eso a la policía. Si sabía que la información era valiosa e ilegal, y que su marido la estaba ocultando, tendría montones de motivos para guardar silencio. Y quizá lo había sabido desde el primer momento. Quizá su marido le había revelado sus planes al principio. No, decidió. Ella no sabía de qué le estaba hablando cuando le pidió que le diera la información.

Hobart se había creado un terrible problema. Había conseguido que Emily Kramer (y tal vez la policía) se pusiera a buscar la información. Si esa mujer o la policía la descubrían antes que él, sabrían que Theodore Forrest era el que había ordenado matar a Phil Kramer. La policía le detendría, o al menos le vigilaría de cerca y hablaría con él. En algún momento, Forrest se enteraría del motivo de que la investigación apuntara hacia él. Cuando esto sucediera, ¿qué probabilidades existían de que no denunciara a Jerry Hobart?

Podía matar a Emily Kramer y cobrar sus honorarios. Eso mantendría silenciados a la mujer y a Theodore Forrest. Pero Hobart todavía continuaba expuesto a riesgos desconocidos. La policía y los detectives amigos de la señora Kramer buscarían con más ahínco todavía la información.

Ojalá hubiera entrado en el dormitorio de Emily Kramer y le hubiera descerrajado un tiro en la cabeza mientras dormía. No habría tenido la posibilidad de describirle o contar a nadie que él estaba buscando algo. Habría dispuesto de un par de horas, como mínimo, para registrar la casa y encontrar la información. Hasta habría podido quedarse todo el día en casa de los Kramer para registrarla, y luego marcharse por la noche.

Hobart se levantó y se vistió a toda prisa. Había puesto en marcha la búsqueda del secreto de Forrest y ahora tenía que ser él quien descubriera de qué se trataba.

19

Ted Forrest consultó su reloj. Todavía era temprano. La noche era oscura, lejos de las luces de la ciudad, y se veían las estrellas, brillantes, resplandecientes puntos blanco azulados en un cielo que parecía negro. En otro tiempo, probablemente antes de que su bisabuelo se trasladara con la familia para ocupar la tierra a orillas del río San Joaquín, habrían podido verse ocho mil estrellas en una noche despejada. Lo había leído en algún sitio, y nunca lo había olvidado. Ahora que en el valle había contaminación lumínica y atmosférica, supuso que sólo se verían unos centenares, pero debían ser las más grandes y brillantes, y brindaban un espectáculo increíble en noches como ésa.

Bajó unos centímetros la ventanilla del coche. El aire se le antojó maravilloso, y apretó el botón de nuevo para bajar más la ventanilla y dejar que el viento revolviera su pelo mientras conducía. En casa tenía la sensación de que un cinturón estrujara su pecho, de manera que apenas podía respirar, y cada vez que exhalaba aire, se ceñía un poco más. Pero ahora se sentía libre, y con cada respiración tenía la impresión de ser más fuerte y joven.

A Caroline no le gustaba la naturaleza. La tierra no era más que una inmensa llanura sin forma, carácter o significado especiales para ella. Durante todo su matrimonio había pasado el máximo de tiempo posible en ciudades (San Francisco una vez a la semana, como mínimo; Nueva York, unas cuatro veces al año; Londres, París y Roma, siempre que podía convencer a alguna amiga de que la acompañara). Él nunca había sido capaz de comprender por qué una mujer tan entregada a disfrutar de la belleza no podía darse cuenta de lo que tenía delante de las narices, encima de la cabeza y debajo de los pies. No era que le disgustara la naturaleza o le diera miedo. Para ella no existía. El color era el tono de una pintura o una tela.

Las tierras que había heredado se encontraban sobre todo en el Valle Central, al sur de San Joaquín, entre Merced y Fresno, algunas propiedades eran granjas pequeñas, no mayores de ochenta hectáreas, y otras eran parcelas contiguas adquiridas más tarde. Muchas oportunidades se presentaron durante la Depresión o la Segunda Guerra Mundial, incluso en años recientes, cuando la agricultura dejó de ser algo que las familias podían administrar sin ayuda. Era una tierra especial. Tres cuartas partes de las hortalizas producidas en todo el país crecían en estos valles. La propiedad era un animal grande y largo en reposo, y la espina elevada de las sierras corría por en medio. El viento del oeste empujaba las nubes desde el mar hasta la muralla de montañas, de modo que llovía, y el agua se dividía en una serie de ríos situados a intervalos regulares como las costillas de un animal: los ríos Yuba, Bear, American, Cosumnes, Calaveras, Mokelumne, Stanislaus, Tuolumne, Merced, Chowchilla, Fresno, San Joaquín, Kings y Kaweah, uno tras otro. El agua transformaba la enorme tierra baja que se extendía entre la costa y las montañas en la tierra de labranza más valiosa del mundo. Su familia había vivido allí durante cinco generaciones.

Puede que no plantara cosechas, pero continuaba la tradición, y dejar la tierra en barbecho, concederle un descanso durante dos generaciones, era casi un acto de patriotismo. La estaba protegiendo y conservando. También estaba controlando el nivel de contaminación atmosférica del Valle Central, sin contribuir al vertido de productos químicos en los ríos y hasta moderando los precios en favor de otras corporaciones agrícolas. Y, por supuesto, el agua que los Forrest no utilizaban había ido a parar a las ciudades mientras crecían; sin ella no habrían sobrevivido. La mitad sur del Estado era sabana y desierto áridos.

Entró en el centro de Merced, siguiendo una manzana de tiendas pequeñas. Pasaban de las nueve, de modo que los comercios que vendían loza y ropa de mujer, así como las peluquerías, habían cerrado, pero los restaurantes continuaban llenos. Forrest dobló por la esquina que había al lado de Marlene's Coffee and Sympathy y encontró un hueco para aparcar en el bordillo, pasado un alto sicomoro. Estaba lejos de cualquier farola y el amplio dosel del árbol arrojaba profundas sombras sobre el coche. Cuando bajó, miró preocupado el cielo nocturno. Con el calor, caían ramas de los árboles viejos, pero no pensaba demorarse mucho.

Dio un par de pasos y vio que la puerta trasera de Marlene's se abría y aparecía una criatura menuda y delgada. Se quedó bajo la luz cerca de la puerta un par de segundos, mirándole. Forrest vio el brillante pelo rubio como la miel cuando se protegió los ojos y miró hacia la calle. Empezó a caminar hacia él, pero en cuanto estuvo lejos del edificio, rompió a correr.

Cuando se adentró en las sombras profundas, lejos de la iluminación de la calle comercial, oyó su voz, una carcajada complacida medio contenida. Dio un saltito y rodeó su cuello con los brazos. Le habló al oído.

—¡Qué sorpresa! Larguémonos de aquí.

Forrest volvió la cabeza cuando le abrió la puerta del coche, para asegurarse de que nadie estaba mirando. Todavía había gente paseando por la calle comercial, pero nadie parecía prestar atención a una pareja más que subía a un coche negro aparcado en la calle lateral de Marlene's. Forrest puso en marcha el motor y se alejaron.

—Dios, Ted —dijo Kylie—. ¡Eres un encanto! Te has escapado de una cena sólo para rescatarme de la esclavitud del bar.

Notó sus labios dulces y húmedos sobre la mejilla, y después su mano izquierda jugueteó con el pelo de la nuca.

Movió la cabeza a un lado para evitar las cosquillas.

—Ponte el cinturón.

Ella se volvió para mirar adelante, se reclinó en el asiento, se cruzó el cinturón por el pecho y abrochó la hebilla.

—No te preocupes. Ningún poli nos pondrá una multa. Terry y Dan entraron en Marlene's hace diez minutos para tomar un café. Luego irán a patrullar las calles nuevas que hay junto a la entrada de la autovía.

—¿Estás segura?

—Por supuesto. Cada noche llegan a la misma hora.

—Si tú sabes que no habrá policías, es posible que también lo sepan borrachos e infractores de los límites de velocidad. Por lo tanto, todavía es más probable que necesites el cinturón.

Ella rió, indiferente, pero Ted Forrest se sintió algo incómodo. Había hablado como un carcamal, como si fuera un padre, o incluso un abuelo. El símil no era una coincidencia. El padre de ella era seis años más joven que Forrest, y su madre al menos quince. Miró a Kylie cuando pasaron bajo una farola y vio los restos de una sonrisa en sus labios. Kylie. Hasta el nombre le recordaba lo viejo que era. Cuando era joven, esos nombres no existían. Las chicas tenían nombres familiares, como sus madres. La mayoría llevaban nombres de la Biblia, como sus abuelas.

Mientras pensara en Kylie y no en él, conservaría el buen humor. Incluso a la escasa luz que arrojaba el salpicadero y las luces que se reflejaban en las ventanillas, el pelo de la joven brillaba, largo, espeso y vivo, y su piel era suave como la leche. Esta generación de chicas parecía diferente. Tenían más músculos y hueso, y no eran gordas, salvo por los pechos y las nalgas redondas, formas que convertían a las muchachas de catorce años en dibujos de mujeres idealizadas obra de un diseñador. Tan sólo mirar a las chicas por la calle le confería esperanza en el futuro de la especie, y Kylie era un trofeo, una gran campeona, aunque no lo supiera. Esa ingenuidad, la aparente falta de conciencia sobre su belleza, era una de las cosas de ella que más amaba. Sabía que las adolescentes eran muy conscientes de sus cuerpos. Dedicaban su más arduo estudio al repaso de sus cinturas-ojos-barbillas-mejillas-cuellos-pelo-dedos-piernas-pies.

Pero Kylie ya había superado eso y había aprendido a tomarse su aspecto físico como todo lo demás, como un regalo recibido años antes en el cual ya no pensaba.

Salió a la autopista.

—¿Cómo ha ido el trabajo?

—Aburrido, como de costumbre, y no ha terminado. Seguiré hasta las once, y después tendremos que limpiar.

—¿Por qué lo haces?

—Por montones de motivos. Me gusta ganar mi propio dinero. Si quiero gastarlo, no me sentiré culpable ni tendré que fingir que lo siento.

—Supongo que no.

—Y, además, me concede libertad para hacer lo que quiera.

—¿De veras? ¿Qué es lo que quieres?

Ella le miró con astucia.

—A ti. ¿Irías a mi casa a recogerme? Ya sabes, ¿esperarías abajo con mi padre mientras yo me maquillo?

—Eres bonita.

—Soy muy bonita —admitió—. ¿Dónde vamos a hacerlo?

—¿El qué?

—No te escaparías en mitad de la gran fiesta de Caroline para que yo no tuviera que lavar la máquina de capuchinos. Quieres desnudarme, como de costumbre.

—Bien, ya que tú lo has sugerido, tal vez se te haya ocurrido algo.

—¿Que yo lo he sugerido? Sé cómo eres. —Su expresión astuta regresó—. Mis padres han salido esta noche. Es probable que no vuelvan hasta las doce, como mínimo.

Forrest negó con la cabeza.

—Tengo una idea mejor. Creo que te enseñaré un lugar en el que nunca has estado.

—Lo que pasa es que no quieres que te pillen. Porque soy menor de edad.

—Un término encantador —dijo Forrest—. Pero sí, creo que es correcto decir que no quiero que me pillen. ¿Y tú? Si nos pillaran, iríamos a juicio. A ti te llevarían a rastras para testificar en público sobre todo lo que hemos hecho con todo lujo de detalles. Puede que hasta saliéramos en la televisión. Tu madre lloraría ante el jurado y tu padre probablemente también. Supongo que eso impulsaría a Caroline a suicidarse por fin. Bien sabe Dios que nada lo ha conseguido hasta ahora.

—Buena idea. Puede que sea yo quien te denuncie.

—Me caerían veinticinco años. —La miró con tristeza—. Ése es el peligro que corro por estar contigo.

—Lo sé. —Ella asió su mano derecha para apartarla del volante—. Te quiero muchísimo.

—Yo también.

En cuanto liberó la mano, agarró el volante con la derecha y alzó la izquierda para consultar el reloj. Estaba dentro del horario previsto. Ella le había estado esperando, de modo que no habían perdido el tiempo. Estaba contento. Aceleró un poco, pero con cuidado de no sobrepasar en ningún momento el límite de velocidad como hacía siempre que Kylie iba con él. Paraba en las señales de *stop*, ponía los intermitentes y miraba por los retrovisores. Hasta una leve colisión con la chica en el coche provocaría que la policía apuntara su nombre y el de la pasajera, y después surgirían problemas.

Recorrieron los quince kilómetros que separaban Espinoza Ranch de la ciudad. Su familia siempre había conservado el nombre original, aunque tenían la casa desde hacía más de cien años y la habían comprado a un hombre llamado Parker. La leyenda familiar afirmaba que Espinoza Ranch era un pedazo increíblemente fértil de tierra de labranza porque era la planicie de aluvión de un antiguo arroyo que brotaba de una fuente situada en la falda de las montañas. Un par de días después de cualquier tormenta de invierno, y dos semanas después de que se fundiera la nieve cada año, el agua crecía e inundaba las vueltas y curvas del arroyo, y anegaba la llanura de barro fresco. En algún momento, habían desviado el arroyo corriente arriba, de modo que ya no se producían inundaciones, pero hacía cincuenta años que no se plantaba nada en Espinoza Ranch. Algún día, Forrest estaba convencido, estaría cubierto de casas. De momento, sólo se alzaba la residencia que su abuelo había construido sobre los cimientos de la antigua vivienda principal, a unos doscientos metros de la autopista, al final de una carretera de grava. Había que fijarse bien para localizar la carretera sin señalizar de la derecha, pero había ido muchas veces. Giró a la entrada del rancho y se detuvo delante del gran portal de acero.

—¿Qué es esto? —preguntó Kylie.

—Es mío. Me apetece enseñártelo.

Bajó, accionó la cerradura de combinación de la puerta y la abrió, después volvió y avanzó con el coche, bajó de nuevo y cerró la puerta a su espalda.

Condujo por la carretera de grava hasta la casa y detuvo el vehículo. El polvo remolineaba delante de él a la luz de los faros. Avanzó lentamente y Kylie vio la casa de dos pisos hecha de tablillas, con un porche cubierto que corría alrededor de los tres lados visibles. No había jardines, pero alguien había utilizado un tractor segador y había trazado círculos alrededor de la casa con el fin de liberarla de maleza y cortar la hierba alta, de modo que ahora parecía un jardín de un verde lujuriante.

—Es bonita —dijo Kylie—. ¿Vive alguien aquí?

—No, de momento no. Una pareja que vive en otra parte viene para encargarse de su mantenimiento.

—¿Para qué sirve?

Forrest apagó el motor y descendió del coche. Después caminó con Kylie hacia la escalera.

—Hay un riachuelo, un arroyo, a medio kilómetro de aquí, justo antes de que la tierra se eleve. ¿Lo ves? Allí. Supongo que en la oscuridad no se ve. Mi abuelo lo llenó de truchas, y esto era en teoría un refugio. Él, y más tarde mi padre, venían aquí con amigos de la ciudad, e incluso a veces se quedaban unos días. Pescaban, jugaban a cartas y todo eso.

—¿Qué pasó? —preguntó ella cuando pisaron el porche.

—Montones de cosas. Tengo la impresión de que algunos de los amigos no eran hombres. Creo que mi madre empezó a sospecharlo a mediados de los cincuenta.

—Supongo que se enfadó bastante.

—Nunca lo supe. Me lo dijo un viejo que trabajaba aquí para mi familia de vigilante, cuando yo era pequeño. Creo que, a estas alturas, las truchas se habrán extinguido.

Sacó una llave de un clavo fijo sobre una de las vigas del techo del porche, abrió la puerta y encendió las luces.

Kylie entró poco a poco y miró a su alrededor.

—¿Esto era un refugio? —Contempló la gran chimenea de piedra, las lámparas de vidrios de colores de las paredes, los muebles antiguos estilo misión. Se asomó a la gran puerta que conducía a la sala de billar—. Es más bonita que nuestra casa.

—Supongo que mi abuelo quería impresionar a las chicas —dijo Forrest. Rodeó su cintura con el brazo—. Y yo también, por supuesto.

—¿Chicas? ¿En plural?

—Chica.

—Así está mejor.

Dejó su bolso en el suelo, rodeó el cuello de Forrest con los brazos y le besó. El beso empezó con dulzura y vacilante, pero se fue haciendo más apasionado. Estaba claro que ella no quería que fuera un simple roce de los labios, sino el principio de una experiencia mucho más larga y profunda.

Ted Forrest correspondió a la demostración de cariño, que pronto empezó a transformarse en excitación, mientras sus manos se movían sobre la ropa de Kylie y después exploraban el interior.

Ella interrumpió el beso.

—Imagino que los dormitorios de arriba estarán sucios y asquerosos.

—No. He pedido que siempre tengan algunas habitaciones preparadas por si quiero pasar un rato solo.

—Enséñamelas.

Ella tomó su mano y tiró de él hacia la escalera.

Forrest subió con ella, abrió la puerta del dormitorio principal y encendió la luz. La habitación tenía pesados muebles de madera a juego con la carpintería y los armarios. La mitad de la habitación era una zona de estar. También contaba con una chimenea de piedra y un pequeño bar. Dio un paso hacia él, pero Kylie volvió a tirar de su brazo y él la siguió hasta la cama.

No dijeron nada sobre el tiempo que iba transcurriendo, pero se hallaba en la habitación como una tercera presencia. No podían permitirse ir despacio o demorarse demasiado. Se desnudaron a toda prisa, impacientes, arrojaron la ropa al suelo y reanudaron el beso interrumpido.

Hicieron el amor febrilmente, y después, cuando terminaron, se separaron y permanecieron inmóviles. Ted Forrest cerró los ojos. Notaba los latidos de su corazón todavía acelerado, mientras su respiración se iba tranquilizando.

Al cabo de pocos segundos, Kylie se acercó a él, agarró su muñeca con ambas manos y le dio la vuelta.

—¿Mmm...?

Él abrió un ojo.

—Ni siquiera te has quitado el reloj.

—Lo siento. Supongo que tenía la cabeza en otra parte.

—Sé en qué estabas pensando. —Besó el dorso de su mano y después la dejó caer—. Pasan de las diez. Deberíamos irnos.

Él se incorporó sobre un codo.

—Supongo.

Aún estaba agotado, pero no quería que ella se diera cuenta de que le costaba más que antes recuperarse. Se levantó y dio la vuelta a la cama.

Ella se levantó también y empezó a vestirse a toda prisa. Cuando Forrest llegó a su pila de ropa, ella ya se estaba abrochando el sujetador. Paró y le abrazó.

—Ha sido bonito.

—Sí.

Forrest empezó a vestirse pensando en la hora. Aún sería posible devolverla a la cafetería antes de que cerrara a las once, pero llegar a casa antes de que los amantes de la música se marcharan sería más difícil.

—¿Has traído aquí a Caroline?

—¿A dormir aquí?

No estaba seguro de que ésa fuera la respuesta que ella esperaba. Tal vez le gustaría usurpar algún territorio de su mujer.

—Ya sabes a qué me refiero.

Él comprendió.

—Jamás. No querría venir a ninguno de estos lugares. Para ella, «rústico» significa que el conserje no hace reverencias.

—Entonces podría ser nuestro lugar. Nuestro lugar especial.

—Nuestro lugar especial. Qué bonita idea.

Hacía semanas que pensaba en llevarla al rancho, pero tenía miedo de que la asustara o de que la deprimiera. No había forma de predecir qué podían pensar las mujeres, incluso cuando eran jóvenes.

Ella se había vestido casi por completo. Se estaba atando las zapatillas deportivas que utilizaba debido a las horas que pasaba trabajando de pie ante las máquinas de café de Marlene's.

—Sí, nuestro lugar. Cuando Caroline nos pille y te eche a patadas, hasta podríamos vivir aquí.

Él coreó sus risas, pero con voz hueca y débil.

—Será mejor que pasen unos cuantos años antes de que suceda algo así. La policía de aquí no me dejaría llegar vivo a comisaría.

—No digas eso —protestó ella—. A mí no me parece divertido.

—Ni a mí.

Kylie se acercó a la cama y empezó a hacerla, pero él asió su brazo.

—No tienes que hacer la cama.

—Pero alguien se enterará.

—No. Los cuidadores vendrán mañana. Su trabajo consiste en

cambiar las sábanas si se han utilizado, no en hacer cábalas sobre el motivo de que estén sucias.

Se puso la camisa y se abrochó los últimos dos botones camino de la puerta, apagó la luz y guió a Kylie abajo. Su bolso estaba tirado en el suelo, donde lo había dejado. La joven lo recogió y salieron. Forrest cerró la puerta y dejó la llave sobre la viga donde la había encontrado.

La eficacia de los movimientos de ambos le resultó tonificante. Subieron al coche y se dirigieron hacia la autopista.

—¿Cuál es la combinación? —preguntó Kylie.

—Ocho, catorce, treinta y dos.

La chica bajó, corrió a abrir la puerta, dejó que Forrest pasara, cerró el portón y subió al coche, que empezó a moverse mientras ella se abrochaba el cinturón de seguridad.

De vuelta a la ciudad, Forrest examinó la expresión de Kylie. Parecía feliz, relajada y confiada. Ella apoyó la mano sobre su muslo y miró por la ventanilla, como si estuviera grabando en su memoria todos los accidentes del terreno.

—¿En qué estás pensando?

—En que te quiero. En que nunca he conocido a nadie que se parezca a ti. En que desearía ser mayor, o que tú fueras más joven.

—Voto por lo segundo —dijo Forrest.

—Yo no. Si fueras más joven, no me querrías. Tendrías cuarenta o cincuenta amigas.

—No.

—Sí, ya lo creo —insistió ella—. Olvidas que lo sé todo sobre ti.

—Bien, estamos empatados a uno. Supongo que da igual. Hemos de vivir con la edad que tenemos y hacer lo que se pueda. —Se sentía intranquilo, y al principio no estaba seguro de por qué, pero después se dio cuenta de que algo de Kylie le molestaba. Parecía demasiado relajada, demasiado confiada—. Por favor, no olvides lo que te dije antes. Eres menor de edad, y yo soy un hombre más vulnerable que otros.

—¿Qué quieres decir?

—El apellido de mi familia es muy conocido en esta parte del Estado y tengo una posición social en el valle. Cuando todo va bien, es una ventaja. Gracias a él, puedo conseguir buenas mesas en los restaurantes. Pero si me pillaran contigo, todo mi mundo se vendría abajo. Si eso sucediera, te convertirías en una gran noticia, y en mi caso sería como si ya estuviera muerto.

—Venga ya. ¿Te aplican la pena de muerte por acostarte con alguien?

—Un hombre como yo se encuentra en la misma posición que una chica como tú. Otras jóvenes oyen hablar de tus buenas notas, ven tus bonitos ojos, pelo y figura, y se ponen celosas. Las compararán contigo, y saldrán perdiendo. Te halagarán para relacionarse contigo. Pero en secreto te envidiarán, y algunas te odiarán.

—Tú sí que me estás halagando. No entiendo nada.

—Lo mismo me pasa a mí. La policía y la mayoría de la gente me mira y cree que mi vida ha sido fácil comparada con la de ellos. Yo tengo más, hago más, no he de fichar cada mañana ni doblegarme ante nadie. Un policía que oiga hablar de mí tal vez desee en secreto que tenga una racha de mala suerte, pero jamás me haría daño. Pero en cuanto me meta en líos con la ley, todo cambiará. ¿Sabes qué hará entonces?

—¿Qué?

—Procurar que no salga bien librado, que no utilice mi nombre, mi dinero o mis amigos para salvarme. Inventará cualquier cosa para deteriorar el máximo posible mi imagen. Y se esforzará por conseguir que no reciba ningún trato especial. Me meterá en una celda con un puñado de delincuentes profesionales que odian a la gente como yo. Si me matan, el policía recibirá alabanzas porque no me concedió privilegios especiales.

Kylie se acercó más a él y apoyó la cabeza sobre su hombro.

—Lo siento, Ted. Nunca permitiré que te pongan en peligro.

Él siguió conduciendo, procurando no rebasar el límite de velocidad. Ahora que le había recordado lo que estaba en juego, empezaba a sentirse más seguro. No podía permitir que se pusiera a chismorrear con alguna amiguita y le confesara que mantenía relaciones con un hombre casado. No podía permitir que se relajara a la hora de ocultar sus citas. Había observado en repetidas ocasiones que la generación de mujeres que hoy tenían treinta años no tenía ningún pudor a la hora de hablar de su vida sexual con cualquiera dispuesto a escuchar. Nadie sabía hasta qué extremos empeoraría la generación de Kylie, pero un retorno a la discreción de buen gusto era esperar demasiado. Tenía que mantenerla asustada.

Entró en la ciudad y siguió las calles apenas iluminadas hasta la manzana de detrás de Marlene's, donde ella le había esperado. Se detuvo junto al bordillo, bajo el mismo sicomoro.

—No hace falta que te preocupes —dijo Kylie—. Te quiero. Llámame cuando puedas.

—Lo haré.

Bajó, cerró la puerta del coche y trotó hacia la puerta trasera de Marlene's. Cuando llegó al edificio, Forrest vio que se volvía a medias en el pequeño semicírculo de luz. Se quedó parada un momento, con la vista clavada en las sombras de la calle. Daba la impresión de que le estaba mirando, aunque sabía que no podría verle con la escasa luz. Después entró corriendo en el local.

Forrest exhaló un audible suspiro de alivio y luego respiró hondo. Era una criatura pequeña y vulnerable, y acababa de ver que había regresado a la seguridad una vez más. Su seguridad apuntalaba la de él, y eso era lo que importaba.

Dio la vuelta y volvió por donde había venido, efectuó dos giros y desembocó en la autopista, a cinco manzanas de Marlene's. En cuanto salió de la ciudad, aceleró todo cuanto se atrevió. Ahora estaba solo, de modo que podía permitirse el lujo de forzar un poco el límite de velocidad. Abrió la ventanilla para que el aire fresco le diera en la cara. Supuso que tal vez se le había pegado un poco del perfume de Kylie, de modo que el viento ayudaría a disiparlo.

Mientras se acercaba a su casa, su corazón empezó a martillear en el pecho. Vio que todavía había coches aparcados a lo largo del camino de entrada. Había regresado a tiempo. Los invitados aún estaban dentro. Subió por el camino de entrada, rodeó la casa y entró en el garaje, salió al sendero y caminó a buen paso. Atajó a través de la rosaleda hasta las puertas acristaladas y entró en la biblioteca. Extendió la mano para tocar el pomo y se sintió aliviado de nuevo. Nadie se había dado cuenta de que las puertas no estaban cerradas con llave, de modo que él las cerró en ese momento.

Entró en el vestíbulo justo cuando la gente empezaba a salir en oleadas de la sala de estar. Sonrió y se reunió con el grupo, como si ya estuviera enzarzado en una conversación. Vio a Collier y a su mujer.

—Suzy —dijo—. Me alegro de que tu marido te haya traído por una vez.

—Es parte de mi programa de adiestramiento —dijo ella—. Estoy intentando relacionar música y buena comida en su subconsciente, para que cuando hable de un concierto empiece a salivar y me lleve.

—Bien, buena suerte. Es lo bastante listo para pillar la idea, pero demasiado leal para dejar que los viejos amigos como yo queden como unos necios.

—Es un gran tipo, ¿verdad?

Ella besó la mejilla de Collier.

Forrest sintió una punzada de celos. ¿Cuándo había dicho Caroline que él era un gran tipo, y lo había besado en público? Palmeó el brazo de Collier para indicarle a la pareja que podía continuar su camino, y así dejar que los siguientes invitados ocuparan su lugar. Uno a uno, le devolvieron la sonrisa, y él dijo algo para demostrar que los conocía y recordaba de la última vez que los había visto. Al menos durante unos segundos, les dedicaba su atención en exclusiva.

Su interés bordeaba el afecto, porque cada uno de ellos reafirmaba su credibilidad como anfitrión. Pero también era consciente de que cada pareja, cuando pasaba de largo, avanzaba hacia la puerta principal y desaparecía en la noche. Cada vez que la puerta se abría, se acercaba el momento en que se quedaría a solas en esa casa con Caroline. A medida que se acercaba ese momento, hablaba con los rezagados algo desesperado, y ellos tenían la impresión de que no deseaba verles marchar.

El último en salir al vestíbulo fue el doctor Feiniger, presidente del grupo. Era un profesor anciano y de aspecto nervudo, casi una cabeza más bajo que Caroline. Feiniger le dio las gracias por una velada tan especial. Forrest centró su atención en su barbita erizada, los pelos de las orejas y las cejas pobladas y despeinadas. El doctor Feiniger no paraba de hablar, y el anfitrión aprovechó la oportunidad para salir del vestíbulo al pasillo que corría por el centro de la casa hasta la escalera de atrás.

—¡Ted!

Pensó en fingir que no la había oído, pero oyó los pasos de Caroline a su espalda. Se había quitado de encima al profesor. Forrest se detuvo, respiró hondo y se volvió.

Ella se encontraba a dos metros de distancia, en el estrecho pasillo. Era la distancia reglamentaria, lo bastante lejos para que él no pudiera tocarla sin previo aviso, pero lo bastante cerca para que él no pudiera huir de ella.

—¿Dónde demonios estabas? ¿Adónde fuiste?

Forrest hizo un esfuerzo por destensar la mandíbula. Habló con cautela y en voz baja.

—Caroline, he hecho lo que he podido por ser amable y colaborar en tu fiesta. Después de la cena, dejaste claro que mi presencia no era deseada. Volví a tiempo de despedirme de tus invitados. Ahora me voy a la cama.

—Ah. ¿De modo que ahora es culpa mía?

—Si quieres, puede ser culpa mía. Buenas noches.

Dio media vuelta y se encaminó hacia la escalera.

—Ted.

Utilizó un tono inesperado. Más suave, quizá conciliador.

Sintió curiosidad y se volvió a mirarla.

—¿Qué?

—Dios mío, Ted. Tendrías que verte. Esa expresión de odio en tu cara. —Extendió ambas manos hacia él, y sus ojos empezaron a llenarse de lágrimas—. ¿No podríamos hablar?

—Esta noche no.

Subió la escalera, entró en el ropero, localizó un pijama y lo llevó al cuarto de invitados más cercano. Después de salir de la ducha, oyó que Caroline cerraba con estrépito las puertas del dormitorio principal, de modo que se trasladó a otro cuarto de invitados más alejado.

20

Jerry Hobart subió a su coche, sacó la pistola, comprobó el cargador y el seguro, y la guardó en el bolsillo de la chaqueta. Era pasada la medianoche de nuevo, así que podía volver en busca de la información desaparecida. Estaba impaciente por encontrarla, pero sabía que tendría que aprovechar esta oportunidad para localizar algunas de las trampas que le habían tendido y ver quién se encontraba a cargo de ellas.

Condujo hasta Van Nuys y se desvió hacia el edificio donde Investigaciones Kramer tenía su sede. Sabía que sería una estupidez entrar ahora, pero quería saber quién estaba esperando que lo intentara. De noche, era hábil en conseguir que nadie le viera lo bastante bien para acordarse de él, pero tal vez podría identificar a algunas de las personas que querían causarle problemas.

Condujo hasta el barrio, aparcó en una calle a tres manzanas de distancia y fue a pie hacia el edificio de la oficina. Se acercó por el lado donde había visto el cine desde la azotea del inmueble. En cuanto llegó al cine, fingió que estaba esperando a alguien mientras estudiaba el edificio de oficinas. No vio ventanas iluminadas en Investigaciones Kramer, ni en ninguna ventana cercana. Inspeccionó los aparcamientos y los bordillos próximos. No había coches de los modelos que la policía utilizaba como camuflados, ni furgonetas sin ventanillas. No vio hombres merodeando en la zona, ninguna señal de que alguien estuviera vigilando la oficina desde un edificio de la vecindad. Abandonó la seguridad de la entrada del cine y se acercó más al edificio de oficinas.

Intentó llamar un poco más la atención, para ver si podía conseguir que quienes vigilaban abandonaran sus posiciones y ocuparan nuevos puntos desde los que poder controlarle. Caminó con determinación en dirección al inmueble, pero no detectó el menor movimiento. Pasó de largo de la entrada, continuó caminando hacia el final de la manzana y giró a la izquierda, lejos del edificio de oficinas. Mientras caminaba por la calle lateral, miró hacia atrás de vez en cuando para ver si alguien le seguía.

No vio nada. Mantuvo la vigilancia en las siguientes dos manzanas, pero no percibió el más mínimo indicio de que la zona estaba sujeta a vigilancia. Aventuró una evaluación de su visita al edificio. Podía tratarse de una buena noticia. Si la policía no consideraba necesario vigilar la oficina de Kramer, quizás entonces no se habían tomado el allanamiento en serio.

La policía no estaría sentada toda la noche con los pies apoyados sobre el escritorio de la oficina para vigilar, por supuesto. Podrían haber colocado una *webcam* sobre uno de los ordenadores para vigilarla desde la comisaría más cercana. Mientras se alejaba del edificio, decidió que el problema ya era bastante complicado y que no podía descartar la posibilidad de que la oficina se hubiera convertido en una trampa. Aunque no distinguía nada inusual, tenía la sensación de que algo iba mal.

Hobart subió al coche y se dirigió hacia la casa de los Kramer. Cuando llegó a la calle, repitió los pasos que siempre seguía para evitar una emboscada. En primer lugar, pasó de largo de la casa para ver si parecía habitada, continuó conduciendo y miró si había alguien en los coches aparcados que tenía a la vista. Después amplió su búsqueda a tres manzanas en todas direcciones, con el fin de detectar alguna camioneta o furgoneta que pudieran contener equipo de vigilancia. Durante todo el trayecto observó las ventanas de los edificios desde los que se podía ver sin obstáculos la casa de los Kramer.

Hobart dedicó media hora a esta operación. Si esta noche había policías vigilando la casa de los Kramer, eran muy expertos y muy pacientes. No detectó nada cuando pasó por segunda vez por delante de la vivienda, ninguna señal de que estuviera habitada o sometida a vigilancia. Si había policías cerca, habían llevado a cabo un espectacular trabajo de camuflaje. La policía siempre utilizaba coches veloces en situaciones como ésta. No servía de nada ver a alguien en la oscuridad intentando cometer un delito si le dejaban escapar. Siempre había un par de coches camuflados grandes en las cercanías. No podían pasar sin ellos.

Entonces se le ocurrió a Hobart que el coche patrulla estaría muy cerca sin ser visible. La puerta del garaje de la casa de los Kramer estaba cerrada. Si había policías dentro, el coche estaría en el garaje, preparado para salir tras él si huía, o para transportarle esposado si le detenían.

Esta vez Hobart aparcó su auto en una calle oscura a tres manzanas de la vivienda de los Kramer. No quería que nadie mirara por una ventana y observara que había reaparecido el coche que había estado aparcado allí la noche que había allanado la casa de los Kramer. Pero en Los Ángeles la gente no sabía qué ocurría a tres manzanas de distancia. Cuando bajó del vehículo, vislumbró una sombra baja que subía por un camino de entrada hasta la parte posterior de la casa: un coyote había esperado hasta estar seguro de sus intenciones.

Hobart respetaba a los coyotes. Cuando era joven, los veía en el desierto si salía solo después de que hubiera anochecido por completo. Siempre detectaban su presencia antes de mostrarse, siempre seguros de los límites de sus capacidades. Se quedaban justo lo bastante lejos para que no pudiera hacerles daño si quería. Veía a uno pasar en paralelo a la carretera, un ejemplar flaco de orejas y hocico puntiagudo, y después cruzaba trotando la calzada para trasladarse desde el punto en el que había pasado el día hasta una zona diferente que no estuviera impregnada del olor de coyote.

El negocio de Hobart consistía en acechar de noche en la ciudad, con la intención de descubrir una forma de entrar en un edificio para matar a alguien que estuviera dentro. Mientras estaba fuera, veía con frecuencia coyotes. Estaban haciendo en la ciudad lo mismo que él: buscar una forma de seguir con vida. Habían florecido en Los Ángeles. Se desplazaban de un lugar a otro siguiendo lechos de río cubiertos de hormigón que corrían desde las montañas de Santa Mónica, en paralelo al borde norte del valle, hasta el mar. Se deslizaban entre los barrotes de hierro de las vallas para beber en las piscinas. Se cruzaba con ellos a menudo cuando rebuscaban en cubos de basura de las callejuelas. De vez en cuando, los veía trotar por alguna acera de las zonas residenciales con un gato muerto en la boca.

Siempre detectaban el peligro y siempre lo valoraban en su justa medida. No huían de un hombre que fuera a pie hasta que se encontraba a menos de doce metros de distancia. Si uno de ellos iba por una calle con su característico trote incansable y aparecía un coche de repente, no importaba el ruido que hiciera, su tamaño, lo cegadoras que fueran sus luces o su velocidad, el coyote se limitaba a desviarse de su ruta e invadía un jardín, donde esperaba a que el vehículo pasara. Sabía que, por aterrador que fuera el coche, no podía saltar la acera y perseguirle hasta el jardín y alrededor de la casa.

La gente se había dedicado a envenenar y tender trampas a los coyotes durante doscientos años, pero ahora había más que nunca. Se acercaban a las trampas, las olfateaban y descubrían el engaño. Daba la impresión de que olían no sólo la comida, sino la pequeña cantidad de productos químicos que le habían añadido, y también algo más. Tal vez sólo se trataba de que el olor de los seres humanos era más fuerte de lo que debería notarse cerca de un pedazo de carne del día anterior. Pero tal vez lo que los coyotes percibían era la maldad, un ingrediente de la mezcla de olores que revelaba el nerviosismo de quien había tendido la trampa. Podía ser la minúscula descarga de adrenalina que se filtraba en el sudor de las manos del trampero mientras pensaba en lo listo que era y en la muerte del coyote. Aunque éste tuviera hambre y las costillas se le marcaran a través del pelaje roñoso de sus costados, olfateaba el cebo y continuaba su camino. No permitía que el optimismo le dijera que no existía peligro porque no viera a nadie vigilándole.

Hobart se acercó a la casa de los Kramer a través del patio trasero del vecino. Se dirigió a la pared de atrás y se sentó en silencio en una silla plegable de plástico cerca de la piscina. Se quedó así un rato, escuchando los sonidos del vecindario. Entrar en un barrio significaba cruzar líneas de fuerza invisibles, invadir el territorio de diversos perros, gatos y demás animales, hacer leves ruidos que perturbaban el sueño de la gente y violaban la tranquilidad del lugar. Era necesario permanecer en silencio y dejar que las ondas causadas se calmaran y dejaran la superficie lisa de nuevo.

La gente y los animales notaban el transcurrir del tiempo, sabían cuánto tardaban las cosas en suceder. Cuando hubo esperado más de lo que habría hecho cualquier intruso, se levantó y saltó la pared de ladrillos del patio de los Kramer. Se acuclilló en una esquina del patio, con el espeso follaje a su espalda, de modo que no destacaba, y miró las ventanas de la casa en busca de alguna señal de que estuviera ocupada. No había ventanas abiertas, ni vio luces en ninguna habitación.

Pasaba de la una, pero cualquiera que estuviera esperando dentro estaría bien despierto. Tal vez tendría una radio encendida para mantenerse desvelado, o pasearía de un sitio a otro para asomarse a puertas y ventanas por si le veía. Hobart no detectó ninguna señal, pero esperó diez minutos más en la esquina antes de calzarse el pasamontañas y los guantes y acercarse a la parte posterior de la casa.

Se movió siguiendo las ventanas y miró desde diferentes ángulos para intentar distinguir alguna luz, y después buscó objetos que no hubieran estado en la sala de estar durante su última visita (una chaqueta, una revista o una taza de café), pero no vio nada. Se desplazó desde el ventanal hasta el garaje y miró por la ventana. El coche de Emily Kramer seguía dentro, pero lo único que significaba eso era que no había conducido ella al marchar. Ningún policía lo utilizaría en una persecución. Siguió la pared hasta la sala de estar, mientras intentaba decidir.

Emily Kramer no estaba, tal como cabía esperar. Su intención había sido aterrorizarla durante su primera visita, y en ningún momento había dudado de su éxito. Pero no estaba seguro de cómo interpretar la aparente ausencia de otras personas. ¿Habría escuchado la policía la historia de Emily Kramer sin deducir que Hobart volvería? Él le había contado el motivo de su visita, y ella le había visto marcharse sin lo que había ido a buscar. La policía debería estar dentro esperándole. Pensó de nuevo en la vigilancia electrónica. Podrían estar vigilando tanto la casa como la oficina desde otro sitio.

Hobart avanzó hacia uno de los lados y alzó la vista, siguió el cable eléctrico desde el poste de la calle hasta la esquina de la vivienda y se desplazó hacia él hasta que encontró el contador y la caja de fusibles al lado. Estaban utilizando electricidad, pero la rueda giraba con mucha lentitud. Era la cantidad de electricidad que alimentaba una nevera y algunos relojes eléctricos.

Miró a su alrededor y eligió un punto situado en la esquina posterior del patio, donde había dos árboles de tronco grueso que parecían brotar del mismo lugar. Accionó el interruptor principal para apagar la electricidad. El chasquido resonó en el silencio y el ruido le espoleó a dirigirse con más rapidez al escondite que había elegido. Se quedó detrás de los troncos bífidos, apoyó el brazo de la pistola sobre el muñón de una rama cortada y esperó. Desde allí podía ver la sala de estar a través de las ventanas traseras y también la caja de fusibles. Si había alguien, saldría para ver qué había pasado, o para barrer el patio trasero con una linterna.

Esperó un cuarto de hora. Después avanzó hacia la puerta corrediza por donde había entrado en la casa la noche anterior. Vio los restos del polvillo que la policía científica había espolvoreado sobre la zona cercana a la cerradura. Nadie se había preocupado de limpiarlo. Hobart utilizó la navaja para subir el pestillo de la puerta, cerró la hoja y la guardó mientras esperaba a ver si alguna de las sombras de la casa cambiaba de forma. Abrió unos centímetros la puerta y escuchó. No oyó pasos ni tablas del suelo que crujieran. Entró.

Se alejó de la puerta corrediza para dar la espalda a la pared y no dejar que su silueta se recortara. Ni sonidos, ni luces. Cerró la puerta.

Si había cámaras de vigilancia u otros aparatos en la casa, estarían conectados a la corriente, de modo que estaba seguro de haberlos neutralizado. Se hallaba dentro, y estaba solo. Ahora podía empezar su búsqueda. Ya se había formado un plano mental de la casa durante su primera visita. La gente solía esconder cosas como papeles y cintas en lugares alejados de la vista, pero en un sitio donde pudieran recuperarlos si iban con prisas. No los ocultaban en donde una limpieza rutinaria los sacaría a la luz, o donde un ratero adivinaría enseguida que guardaban algo valioso, como una caja fuerte.

Phil Kramer había sido astuto. No era la clase de hombre que guarda papeles en una caja de seguridad de un banco y ha de esperar a que la entidad abra para recuperarlos. Debía de guardar papeles con otros papeles, o cintas con otras cintas, y Hobart ya se había formado una teoría acerca de dónde podían estar. Había un pasillo que corría entre la sala de estar y la cocina y se reanudaba después hasta una habitación. Habría sido el cuarto de la criada en otro tiempo, pero ahora era un estudio o una oficina. Salió al pasillo.

—¡Alto ahí!

Hobart giró en redondo, se agachó y disparó en la dirección de la profunda voz masculina. No se detuvo, sino que saltó en dirección a las ventanas corredizas de la sala de estar. Sabía que no podría llegar a la que acababa de abrir, así que corrió hacia la otra. Mientras corría, sostuvo la pistola delante de él y le disparó al cristal hasta que éste quedó destrozado. Consiguió disparar seis veces, cruzó los brazos delante de la cara y se precipitó a través de la cortina de fragmentos que aún seguían cayendo.

En aquel instante, tomó conciencia de oír disparos a su espalda, pero sabía que lo mejor era continuar corriendo. Se dirigió hacia la parte posterior del patio, subió a lo alto de la pared y saltó justo cuando alguien localizaba la caja de fusibles y se encendía una luz brillante, transformando el patio posterior de los Kramer en un resplandor blanco.

Hobart corrió a la calle siguiente, la atravesó y subió por el camino de entrada de la casa del otro lado. Vio una puerta de madera entre las dos casas, pasó la mano por encima para soltar el pestillo y corrió entre las dos viviendas hasta el siguiente patio. Esta vez había una valla de tela metálica con espesos matorrales que crecían a ambos lados, pero saltó por encima, mientras se oían ruidos metálicos y ramas que se rompían, y continuó corriendo.

Llegó a la calle donde estaba aparcado su coche de alquiler. Estaba agotado, pero siguió corriendo hasta el vehículo. Cuando se sentó en el asiento del conductor, oyó el gruñido de un motor. Un coche estaba acelerando cerca, como si estuviera yendo de un lado a otro de las calles que acababa de cruzar.

Ya habían perseguido a Jerry Hobart en otras ocasiones. Sabía que no podía quedarse en su auto aparcado y confiar en que no le descubrieran, y tampoco podía esconderse entre los arbustos en alguna parte del barrio. Su única posibilidad era huir. Encendió el motor y aceleró, intentando salir de la pequeña cuadrícula de calles a uno de los grandes bulevares que le conduciría a la entrada de la autovía. Aumentó la velocidad cuando llegó al primer cruce y después dejó el pie apoyado sobre el pedal del freno mientras miraba a la izquierda para comprobar que nada avanzaba hacia él por aquel lado de la calle. Luego pisó el acelerador de nuevo. Extrajo el cargador de la pistola y puso otro.

Cuando llegó al segundo cruce, miró a su izquierda y vio que otro coche pasaba a toda velocidad por la calle lateral de la otra manzana. Alguien conducía en paralelo a él. Giró a la izquierda. Si el conductor era un policía, afirmaría su inocencia siguiéndole hasta salir del barrio. Si el policía no se lo tragaba, tendría que plantarle cara en lugar de mirar hacia atrás. Cuando llegó a la calle siguiente, giró a la derecha para seguir al otro vehículo.

No vio lo que había esperado. El otro conductor también le

había visto, y el coche estaba tomando un camino de entrada de la izquierda. Vio que era un Toyota verde oscuro, un modelo que la policía no utilizaba. Estaba dando marcha atrás hacia la calle para perseguirle. Hobart oprimió el botón para bajar la ventanilla, asió la pistola con la mano izquierda y condujo hacia su perseguidor. El otro coche aceleró para cortarle el paso.

Hobart disparó contra el conductor. Vio que la ventanilla saltaba en pedazos y que una bala alcanzaba el borde del techo del vehículo y despedía chispas, mientras rebotaba y se perdía en la noche. Después ya no vio al conductor, pero disparó tres balas contra la puerta de éste, y después le adelantó. Cuando estaba a punto de girar en la siguiente manzana para alejarse de las pequeñas calles residenciales, miró por los retrovisores, pero no supo si había alcanzado al hombre o no. El coche aún no se había movido. Después giró a la izquierda por Vanowen, en dirección este. Se quitó el pasamontañas y lo guardó en el bolsillo, mientras sentía el aire frío en su cara sudorosa.

Giró a la derecha por Van Nuys Boulevard para no parar en un semáforo en rojo y después a la izquierda por Riverside. A esa hora de la noche, podía ir a setenta por hora por las calles despejadas sin dar la impresión de que huía de algo. En diez minutos llegó a Lankershim, que le condujo a la entrada del complejo de Universal City. En tres minutos más, estaba acercándose a su hotel de la colina que dominaba los Estudios Universal y el extremo este del valle de San Fernando.

Entregó el coche al encargado del aparcamiento y vio que se alejaba para aparcarlo con los otros centenares de vehículos que abarrotaban el lugar. Mientras Hobart caminaba hacia la entrada del hotel, se detuvo y miró hacia el noroeste, en dirección a la casa de Emily Kramer. A lo lejos, vio un par de helicópteros en el aire que sobrevolaban la cuadrícula de calles anónimas. De vez en cuando, uno de los dos aparatos describía un círculo, y el potente rayo de luz brotaba de su panza e iluminaba algo durante unos segundos, para después continuar adelante.

21

Por un instante Emily se creyó en la cama de su casa, con Phil al lado. La confortable y cálida sensación se disipó, y entonces recordó. Su marido había muerto. Estaba haciendo algo que la había transportado al mundo de aquel horrible hombre del pasamontañas. Sus ojos se abrieron y vio que había un hombre de pie al lado de la cama en la oscuridad. Se incorporó de inmediato y se apretó contra la pared.

—Emily —dijo el hombre. Sabía que le conocía, y entonces recordó qué estaba haciendo allí—. Soy yo, Ray.

—Oh —dijo ella—. Me has asustado. Me debí quedar dormida. —Tenía la voz ronca. Carraspeó—. ¿Qué pasa?

Se sentó con la manta apoyada contra el pecho.

—Ese tipo ha vuelto a tu casa hace un rato. Por lo visto, huyó. Acaban de llamarme.

—¿Todo el mundo está bien?

—Sí. Hubo un tiroteo, pero no alcanzó a nadie. La policía le anda buscando, pero no creo que vayan a tener mucha suerte. —Hizo una pausa—. Siento haberte despertado, pero creo que deberíamos ir a echar un vistazo.

—Por supuesto. —Emily no podía ver su cara, sólo la forma de su cuerpo. Adivinó que estaba esperando sin saber muy bien qué hacer, los músculos tensos. Aún sostenía el teléfono en la mano—. Dame un minuto para vestirme.

—Claro.

Se volvió y caminó hacia su habitación por el pasillo.

Emily se sentó en el borde de la cama y miró a su alrededor para orientarse, antes de ponerse en pie. Se acercó con cautela a la puerta, cerró los ojos y encendió la luz. Entornó los ojos para poder moverse pese al resplandor. Encontró los tejanos que había llevado aquel día y sacó una blusa de la capa superior de su maleta. Cogió las zapatillas de deporte para ponérselas sentada en la cama.

Al principio, no le pareció propio de Ray Hall despertarla para obligarla a marchar, pero enseguida entendió que lo hacía porque no se quedaría tranquilo si la dejaba sola.

Se levantó, sacó el cepillo para el pelo del tocador de Ray Hall y se lo cepilló con pasadas rápidas, enérgicas y dolorosas. Recogió la chaqueta y el bolso y salió a toda prisa de la habitación.

Él ya estaba esperando al pie de la escalera, dando golpecitos sobre su muslo con las llaves y mirándola expectante. Mientras bajaba la escalera, se sorprendió pensando que tenía muy buen aspecto para alguien a quien acababan de sacar de la cama, y lo horrible que sería el suyo sin maquillaje y con el pelo como un rastrillo.

Acompañó a Ray hasta el coche. El aire era frío, y estaba despierta por completo.

—¿Has dicho que todo el mundo estaba bien? —preguntó cuando él puso en marcha el coche y salió del camino de entrada.

—Eso dijo Dewey por teléfono. —Ray subió por la calle y giró hacia Vanowen, más deprisa ahora que se encontraba en calles más grandes y anchas—. Por lo visto, Billy salió zumbando e intentó parar al tipo en su coche, pero le disparó. Alcanzó al coche, pero no le dio a Billy, cosa que no te debería extrañar. Es un blanco mucho más pequeño.

—Jesús —murmuró ella—. Podría estar muerto. ¿Y todo por qué?

—No sé qué busca —dijo Hall—. Si pudiéramos descubrir qué tenía Phil que este tipo considera tan importante, podríamos...

—No me refería a él. Me refería a nosotros. No creo que vayamos a lograr nada por lo que merezca la pena morir. Billy sólo tiene veintidós años, apenas tiene edad legal para beber.

Mientras avanzaban por las calles en dirección a casa de Emily, oyeron el sonido profundo y estremecedor de los helicópteros. Ella vio luces encendidas en casi todas las casas del barrio. Torció el cuello para mirar el reloj del salpicadero de Ray. Eran las dos de la mañana.

Él frenó delante de su casa y ambos se acercaron a la puerta principal. Cuando Hall giró el pomo y abrió la puerta, Emily vio a Dewey Burns en la sala de estar, que movía la mano derecha hacia su espalda, donde debía llevar la pistola.

—Hola, chicos —dijo Ray Hall en voz alta. Entró y sostuvo la puerta para que Dewey y Billy les vieran entrar—. He venido con Emily.

Cuando ella entró, vio que el ventanal del fondo de la sala había volado en pedazos.

—Qué desastre. —Se volvió para mirar a Dewey, y después a Billy—. ¿Estáis bien los dos?

—Sí —dijo Dewey—. Cuando entró, intentamos obligarle a que levantara las manos. Se volvió y corrió hacia la ventana. Le perdí a una manzana de aquí y llamé a la policía. Entretanto, Billy saltó a su coche y trató de interceptarlo. Disparó algunas balas contra el coche. Es una suerte que Billy esté todavía con nosotros.

Emily se acercó al chico y le dio un abrazo.

—Me alegro mucho de que no estés herido. —Después abrazó a Dewey y le soltó—. Los dos podríais estar muertos, y me siento fatal por todo esto.

—Lamento no haber podido pillarle, Emily —dijo Bill.

Dewey frunció el ceño.

—Sabías que iba armado, y tú no llevabas nada. Salir detrás de él fue una estupidez.

—No esperaba que me disparara. Sólo intentaba ver la matrícula o su cara, pero se movió con mucha rapidez, y después empezó a disparar. —Bill contempló el marco vacío de la ventana de la sala de estar y el reguero de cristales rotos que cubría el patio—. Ese hijo de puta está como una regadera. Mira eso.

Emily no sabía qué decir.

—¿La policía lo ha visto?

—Sí —dijo Dewey—. Dos agentes se dejaron caer por aquí para llamar por radio a los demás y contarles los detalles.

—Supongo que debería cubrirla con tablas, de lo contrario entrarán ratas.

—Puedo llamar dentro de un par de horas para que vengan a sustituir el cristal —dijo Ray—. Conozco alguna empresa que se dedica a ello. Es probable que a mediodía haya recuperado su aspecto habitual.

—Supongo.

Emily paseó la mirada por la sala y notó el contraste entre antes y ahora. Ésta era su casa, de ella y de Phil. Se habían mudado cuando eran jóvenes, cuando él acababa de licenciarse de los marines, las posibilidades todavía eran ilimitadas y esa típica casa de Los Ángeles le había parecido un palacio. Habían criado a su hijo allí, y después de perderle, su hogar se había convertido en su refugio.

Ahora daba la impresión de que la casa no era tan segura. El ventanal que había volado en pedazos dejaba entrar la brisa; la vivienda ya no estaba protegida de los elementos. En cualquier instante de todos los años que había vivido allí, habría podido pasar cualquier cosa (¿cómo habría podido impedirlo el cristal?), pero ella se había sentido segura. Qué estupidez. Ahora la casa la había convertido en un blanco y en una víctima fácil.

—¿La policía ya ha terminado aquí? —preguntó.

—Sí, han terminado —dijo Dewey—. Espolvorearon en un par de sitios cercanos a la puerta, pero el tipo llevaba guantes. Confiaban en que tal vez se hubiera cortado al atravesar la ventana, pero no encontraron sangre.

—Deberíamos pensar qué vamos a hacer a continuación —propuso Ray Hall.

—Yo ya lo he hecho —contestó Emily—. Voy a registrar esta casa de cabo a rabo. Me gustaría que me ayudaras, si quieres.

—Miró a los demás—. Me gustaría que vosotros dos fuerais a hablar con April para pedirle que os ayude a registrar la oficina.

Dewey y Bill intercambiaron una mirada de inquietud.

—Lo sé todo —dijo Emily—. Ella me lo contó. Creo que no se sentirá cómoda si hablo con ella ahora, pero no puedo dejar que eso me influya porque necesitamos su ayuda. Querrá saber quién asesinó a Phil, de modo que pedídselo.

—Supongamos que nos presta su ayuda —intervino Bill—. ¿Qué hacemos? ¿Qué hemos de buscar?

—Buscad en todas partes. Tú, April y Dewey iréis a la oficina y miraréis cada hoja de papel y la dejaréis a un lado. Cuando hayáis formado una pila, la guardaréis en una caja de cartón. Voy a alquilar un guardamuebles y, al final de cada día cogeremos las cajas que hayáis llenado y las trasladaremos allí.

Billy frunció el ceño.

—Pero ¿cómo sabremos qué cosas hay que meter en las cajas?

Emily intentaba ser paciente con Bill porque era joven y valiente, y acababa de tener una noche difícil..

—April conoce el sistema de archivo, de modo que nos será útil. Pero no lo vamos a complicar, y utilizaremos las tres categorías de siempre. Están los casos actuales, en orden alfabético por apellido del cliente. Es el grupo más pequeño. Están los casos antiguos, ordenados del mismo modo, y los archivos de asuntos internos, como facturas de teléfono, nóminas y alquileres.

—¿Vas a cerrar Investigaciones Kramer?

Emily miró a Dewey Burns. Su expresión era atenta, pero no sabía si le importaba realmente la respuesta.

—Sólo es mi siguiente maniobra para combatir a ese tipo. Mi intención es apoderarme de lo que busca antes que él. No sé qué pasará cuando esté en nuestro poder. Supongo que dependerá de lo que sea.

Dewey asintió.

—De acuerdo, pero dinos qué crees que puede ser.

—Lo siento, pero no lo sé. Es algo que guardaba Phil. Pensaba que le conocía mejor, pero he descubierto que me equivocaba, de modo que no puedo decir si lo que buscamos es una hoja de papel, una fotografía, una cinta de audio, un vídeo, un disco de ordenador, un fragmento de película o la tarjeta de memoria de una cámara digital. Sólo sé que pondría en una situación comprometida a un hombre poderoso. Eso dijo el hombre que me atacó. Insinuó que había sido el motivo del asesinato de Phil, pero nadie sabe dónde está esa información y él la quiere.

—¿Te dijo si se trataba de algo que Phil había hecho o si era algo que había caído en sus manos por casualidad? —preguntó Bill.

—Podría ser cualquiera de ambas cosas. Puede que consiguiera esa información en un formato y luego lo pasara a otro, o incluso puede que guardara esa información en diferentes formatos. Cualquier cosa es posible. Ya conocías a Phil. Era astuto, reservado.

Dewey Burns estaba mirando a los ojos de Emily con una nueva intensidad que le recordaba a Phil. Se dio cuenta de que había dejado de ser el secreto de su marido y Dewey. Ahora era de Dewey y de ella, y experimentaba la sensación de que lo conocía desde hacía mucho tiempo.

—Deberíamos ir a la oficina —propuso él— y poner manos a la obra.

Los dos hombres se encaminaron hacia la puerta, y Emily les siguió.

—Gracias, chicos, pero no os iría mal dormir un poco antes. Hay hombres de la empresa de seguridad vigilando la oficina, de manera que podríais empezar mañana.

—No —objetó Dewey—. Cuanto antes lo encontremos, antes terminará todo.

Bill y él se fueron, y Ray cerró la puerta.

—Vete a dormir —le sugirió Emily—. Yo voy a empezar aquí.

—No. Ya estoy levantado, así que puedo ayudarte. ¿Cómo quieres registrar la casa?

—Del mismo modo que les dije que registraran la oficina. Empezaremos sacando todo lo del dormitorio de arriba y registraremos la habitación vacía. También registraremos cada mueble, y después los bajaremos aquí. Cuando hayamos terminado con esa habitación, seguiremos con el siguiente lugar más probable, que es el pequeño estudio junto al pasillo.

—¿Todos los muebles terminarán en la sala de estar?

—Durante un tiempo. También irán a parar a un guardamuebles.

—Vas a vender la casa.

—Cuando esto haya terminado.

—No me lo habías dicho.

—No lo supe hasta hace unos minutos. Me di cuenta de que jamás volvería a vivir aquí.

Avanzó hacia la escalera y subió al segundo piso. Al cabo de un momento, Ray oyó que un cajón se cerraba con estrépito y otro se abría.

Subió tras ella.

22

Jerry Hobart se duchó y cambió de ropa para asegurarse de que no llevaba adheridos fragmentos de cristal, así como para eliminar los restos de pólvora de las manos, pero sabía que no iba a dormir. Se sentó en la cama de la habitación de su hotel y miró las luces del valle de San Fernando. La noche estaba despejada, y desde la ventana del décimo piso veía las largas hileras de farolas callejeras alejándose hacia el oeste, donde daban la impresión de perder su definición y convertirse tan sólo en una impresión de que el valle estaba más iluminado que la cordillera del norte o el cielo.

Se sentía frustrado y furioso por no poder volver en busca de Emily Kramer en ese mismo momento. Ahora que había ido a su casa por segunda vez, imaginaba que se habría escondido, probablemente en casa de alguien, y quizás en compañía de un guardia armado. La oficina de Phil Kramer también se encontraba fuera de su alcance. Hobart ya no podría volver.

Pero le había dado una información a Emily Kramer, y ahora albergaba la esperanza de que esa información hubiera empezado a irritarla e intrigarla hasta el punto de no poder resistir ya la tentación de actuar. Aún no estaba seguro de si ella sabía todo cuanto su marido sabía sobre Theodore Forrest. En opinión de Hobart, Phil Kramer no le había contado nada. Ella se había mostrado herida y decepcionada al saber que su marido le había ocultado una valiosa información secreta sobre un hombre rico. Y también había observado que ella no había dudado de la veracidad de sus palabras.

Hobart recreó la imagen de Emily Kramer de pie al lado de la cama, cuando le dijo que acababa de descubrir que su marido la engañaba. Su exabrupto la sorprendió a ella tanto como a Hobart. Era como si el interrogatorio al que la estaba sometiendo fuera para ella sólo una parte de una conversación, mucho más larga y desagradable, que estuviera sosteniendo consigo misma. Confesar que su marido la estaba engañando se le había antojado lógico por un instante. Le había parecido la prueba de que había adoptado la costumbre de mentirle. Hobart suponía que un detective que chantajeaba a gente tampoco le contaría a su mujer lo que estaba haciendo. No eran imaginaciones suyas. Se preguntó qué habría pensado Phil decirle a Emily cuando obtuviera su millón de dólares, o el precio que hubiera fijado.

De repente, se dio cuenta de que su suposición era falsa. Phil Kramer la había estado engañando, y no le había dicho adónde iba la noche que Whitley le había abatido. Kramer no pensaba volver a casa con un saco de dinero y decir: «Cariño, ya estoy en casa. Mira lo que tengo». Había pensado divorciarse de ella sin informarla de la existencia del dinero, o tal vez tenía planeado no volver a casa nunca más. La explicación de que ella pareciera tan derrotada era lo que había averiguado acerca de su matrimonio. El dolor había sido más fuerte que su miedo a Hobart. Había comprendido (o tal vez lo había averiguado aquel mismo día) que, cuando su marido murió, su matrimonio hacía tiempo que había terminado. Ya había llegado a la conclusión de que, si él hubiera cobrado aquella noche, habría ido directo al aeropuerto.

Hobart no pudo evitar incluir en su recuerdo el hecho de que ella estaba desnuda. La había obligado a desnudarse porque era una forma rápida de efectuar progresos en un interrogatorio. Una persona desnuda entre enemigos empezaba a sentirse asustada, vulnerable e indefensa. En el caso de una mujer, era peor, porque se ceñía con exactitud a una pesadilla que había sufrido desde que era una niña. Cuando la conoció, había calculado que se vendría abajo y le entregaría todo cuanto Phil Kramer tuviera sobre Forrest. Ahora ya no estaba seguro de ello, pero sí estaba casi seguro de que ella no tenía lo que él quería, al menos aquella noche.

Pero ahora ella debía de estar buscando la información que él le había pedido. Era casi imposible que no lo hiciera. Ninguna mujer podía descubrir que su marido había sido asesinado a causa de un secreto, sin ansiar descubrir cuál era ese secreto. Nadie podía ser despojado de su ropa, amenazado y humillado, sin desear frustrar y burlar al hombre que le había hecho aquello.

En ese momento, Hobart sólo podía replegarse y esperar a que Emily Kramer encontrara lo que deseaba. Aunque descubriera la información enseguida, sabía que esa noche no podía hacer nada más, porque la policía le estaría buscando hasta el amanecer. Estaba ansioso por apoderarse de esa valiosa información, pero no podía permitirse ser impaciente y meterse en situaciones como la vivida en la casa. Se sentía inquieto e insatisfecho. Lo único que podía hacer era dejar que Emily Kramer buscara, y esperar el momento en que la policía perdiera la paciencia y la dejara sola de nuevo.

23

Era tarde cuando Ted Forrest despertó. Vio que el sol estaba alto, y por lo tanto debían ser más de las diez. Durante la noche, mientras estaba dormido, se le había ocurrido algo y había tomado una decisión. Se levantó y entró en el cuarto de baño. No había llevado ninguno de sus artículos de tocador al cuarto de invitados, pero los cuartos de baño de los invitados siempre estaban repletos de cepillos de dientes, navajas de afeitar y peines. Se duchó y se puso el albornoz para ir desde la *suite* a la habitación matrimonial.

Cuando entró en el dormitorio, vio que las criadas ya habían pasado. Habían hecho la cama, vaciado las cestas de la ropa, descorrido las cortinas y cambiado las flores de la mesa. Se fijaba en esos detalles, y le gustaba que el servicio fuera diligente y eficaz. Detestaba lo contrario.

Forrest dedicó un momento a mirarse en el espejo camino del ropero. Si alguien le hubiera preguntado por qué, habría dicho que trataba de asegurarse de que tenía el mismo aspecto de siempre. No podía haber cambiado, pero tenía tantas cosas en la cabeza que se preguntó si se notaba. Entró en la zona de vestir del gran ropero y se puso unos pantalones grises sin pinza, de aspecto sencillo e informal, una camisa azul y una chaqueta deportiva de cachemira negra. Hizo una pequeña maleta con las cosas que iba a necesitar durante un periodo de un par de días.

Terminó de hacer el equipaje, se acercó a la pequeña caja fuerte de la pared donde guardaba unos cuantos relojes buenos y algo de dinero en metálico y sacó mil dólares. Oyó pasos en el dormitorio y permaneció inmóvil, alerta. Le habían enseñado desde que era pequeño a controlar sus sentimientos. Este momento no era diferente de aquel otro en el que esperaba preparado, con la raqueta de tenis en la mano y las piernas flexionadas, el destello verde de la pelota procedente de la raqueta de su adversario para golpearla por encima de la red. Hasta que sabía cómo debía moverse, cualquier movimiento era erróneo.

Ella entró y se paró a seis metros de distancia, como siempre.

—Estás haciendo la maleta.

—Sí.

—¿Me dejas?

—Me marcho uno o dos días.

—¿Para alejarte de mí?

Estaba rígida, como si su indignación la hubiera paralizado.

—Para alejarme.

—¿Eso es todo lo que piensas decirme?

Vio que tenía los ojos anegados en lágrimas, cosa que le intrigó. Debía estar llorando porque se sentía insultada. Su cerebro estaba plagado de impresiones de injurias inmerecidas que un mundo despreocupado le infligía. Nunca parecía ser consciente de que había hecho cosas que las provocaban, y siempre estaba segura de saber lo que los demás pensaban. Nunca acertaba.

Forrest ejerció el autocontrol.

—No pensaba decirte nada. Retrasé mi viaje para estar presente en tu fiesta de anoche. Ya ha terminado, y ahora tengo cosas que hacer. Adiós.

Recogió su maleta, pero ella no se movió, impidiendo el paso a la puerta del dormitorio. Él dio la vuelta y atravesó la puerta del cuarto de baño para salir al pasillo. Lo recorrió y bajó la escalera a toda prisa, con la esperanza de no darle tiempo para lanzar algún airado comentario, o al menos estar lo bastante lejos para no oírla bien.

Ted Forrest llegó al pie de la escalera, atravesó el vestíbulo y salió por la puerta. La cerró a su espalda con sigilo, para que ella no supiera con certeza por dónde había salido, y después bajó por el sendero de grava hacia el garaje. Depositó la pequeña maleta en el maletero del BMW y lo dejó abierto.

Atravesó la puerta en dirección a la habitación trasera del garaje. Cuando el edificio había sido el establo, ese lado había sido la parte delantera del edificio, donde guardaban los carruajes y los arreos, y adonde llevaban los caballos para engancharlos. Ahora era el taller, y los jardineros guardaban en él los cortacéspedes y los sopladores de hojas, el hombre que se encargaba de la piscina tenía allí filtros y productos químicos y los encargados de mantenimiento amontonaban herramientas y pertrechos. Pegados a la pared de atrás había tres bancos de trabajo, y encima de ellos una estantería con una fila de latas de pintura, con colores correspondientes a cada habitación de la casa, por si había que dar unos retoques. Forrest cogió dos latas de medio galón de aguarrás sin abrir, sujetó el tapón de cada una con cinta adhesiva para impedir escapes indeseados y las guardó en el maletero dentro de una bolsa de plástico. Después cogió un taladro eléctrico y un juego de brocas, y también los guardó.

Puso en marcha el motor, bajó por el largo camino de entrada y salió a la carretera. Desconectó el móvil y lo guardó en el bolsillo. No quería recibir llamadas ni crear un registro de que las torres repetidoras le habían enviado las señales. Al cabo de un momento, extrajo el teléfono de nuevo. Sería prudente hacer una llamada antes de abandonar la zona. Marcó el número con el pulgar.

—Hola. Me temo que debo irme de la ciudad inesperadamente. No estaré en ningún sitio con cobertura, de modo que no llames. Me pondré en contacto contigo en cuanto vuelva. Borra el mensaje. Adiós.

Desconectó el teléfono otra vez y lo guardó en la guantera, para no sentir la tentación de utilizarlo mientras conducía. Tal vez compraría a Kylie un regalo durante su ausencia. Tendría que ser lo bastante modesto para que estuviera en consonancia con su sueldo de Marlene's. El regalo dependería de si ella seguía las instrucciones que acababa de dejarle en el mensaje, por supuesto. Él sabía el código de cuatro dígitos que ella utilizaba para volver a escuchar sus mensajes, y a veces los escuchaba. Por lo general, oía voces insípidas de chicas de catorce y quince años, preguntando si iba a hacer esto o aquello, y qué se pondría. En el pasado, ella había conservado algún mensaje de él para volverlo a reproducir y escuchar su voz en el móvil antes de acostarse. Aquella noche comprobaría que hubiera borrado el mensaje.

Cuando llegó a la autovía Golden State, tomó la rampa de entrada en dirección sur y aceleró para introducirse en el torrente de tráfico. Condujo durante dos horas sin parar hasta llegar a Bakersfield, donde paró en un gran complejo de las afueras en el que había una fila de camiones detenidos en la parte posterior del aparcamiento. Entró en un restaurante, pidió filete y huevos y luego se dirigió a la gasolinera y llenó el depósito. En la carretera de la zona residencial, se detuvo en un *drugstore* Rite Aid y compró una caja de cerillas de madera y dos latas de líquido para encender carbón para barbacoas.

El trayecto desde Bakersfield se le antojó más largo de lo que había calculado, porque desde aquel punto el tráfico era más abundante y lento. Había largos camiones con remolque en el carril de la derecha, autocaravanas grandes como autobuses a su lado, y los carriles de la izquierda estaban atestados de todoterrenos y camionetas que luchaban por avanzar unos centímetros y se iban adelantando unos a otros con la vana ilusión de conseguir una mísera ventaja. Era peligroso y agotador, y Ted Forrest no quería verse involucrado en un accidente ni que un policía de tráfico le parara, de modo que se quedó en los carriles del medio.

Salió de las colinas por Tejon Pass, y se adentró en Castaic y el valle de Santa Clarita, lugares que apenas existían veinte años antes, pero que ahora estaban tan atestados de casas, centros comerciales y restaurantes pertenecientes a cadenas que estaban empezando a adquirir un aspecto sucio, desgastado e insoportable. Después dejó atrás el Cascade, el canal situado al final de acueducto, que en la década de 1900 había convertido el valle de San Fernando en un vergel, y a los patrocinadores y sus amigos, en millonarios. Unos minutos después, Forrest se encontraba en la parte norte del valle, debatiéndose contra el tráfico sobrecargado que se dirigía hacia la ciudad de Los Ángeles.

Cada vez estaba más cerca de su destino, aunque fuera a paso de tortuga, y la impaciencia y la frustración le impulsaron a pensar por qué se estaba tomando tantas molestias por llegar a un lugar en el que no deseaba estar. Había cometido una pequeña equivocación en Los Ángeles ocho años antes, y ahora, con el fin de arreglar la situación, tenía que volver para rematar el paso que faltaba. Pero el problema subyacente era la naturaleza de las mujeres. Se esforzaba por conquistarlas, para luego descubrir que su conquista se había transformado en algo que jamás había deseado.

La especie humana había evolucionado de tal forma que las mujeres maduraban antes que los hombres. Daba la impresión de que crecían y maduraban a un ritmo constante, hasta alcanzar casi la perfección a la edad de catorce años. No se encontraban exactamente en el cenit físico en ese momento, pero lo rozaban, y continuaban mejorando día tras día, sin mostrar la menor señal de deterioro. Su piel era luminosa, el pelo espeso y lustroso, los blancos de los ojos blancos inmaculados. Sus cinturas parecían de una finura increíble, sus pechos y nalgas eran redondos y firmes.

Cuando se hacían mayores, todo eso empezaba a cambiar. Mantener una relación física con una mujer de más de treinta años era un compromiso. Era como comer fruta demasiado blanda. Aún no estaban para tirar, pero ya habían dejado atrás su apogeo, y un hombre tendía a abandonarlas en el cuenco para buscar fruta más nueva. Su piel perdía algo de elasticidad y empezaba a arrugarse alrededor de los ojos y la boca. El pelo perdía brillo. Engordaban. Si dejaban de comer y se castigaban con ejercicio cada día, empezaban a parecer hombres flacos. Si se decantaban por la cirugía e inyecciones, se convertían en seres de pesadilla, con rostros lisos como los de un pez, bocas hinchadas y ojos desmesuradamente abiertos y mirada fija.

A los trece años eran dulces, curiosas y maleables, pero al cabo de una década eran malcriadas, resabiadas, cínicas y estúpidas; todo a la vez. Una mujer que había escuchado desde los catorce años que era hermosa se convertía en un monstruo de presunción y engreimiento cuando cumplía veinticuatro. Sospechaba de los demás como una psicótica y era indulgente consigo misma. Se permitía dignificar cualquier tontería egoísta que se le ocurriera como si fuera una filosofía, pero transformaba lo que el hombre sentía en un crimen.

Había impedido que sus inclinaciones le causaran problemas hasta la fiesta anual de la cosecha de Mendota, nueve años antes. Era el primer día de la fiesta, cuando presentaban a la reina de la cosecha y a su corte. La reina de la cosecha era una chica de nariz respingona, mirada ausente y sonrisa anquilosada porque lucía esa sonrisa desde el amanecer al anochecer desde que tenía tres años, y descubría que la recompensaban por ello. La que era merecedora de ser admirada era una de las princesas, y se llamaba Allison Straight.

Tenía el pelo castaño oscuro, con reflejos rojizos, y enormes ojos verdes. Su cuerpo curvo y menudo era del tipo que le robaba el protagonismo a las princesas altas y flacas que la rodeaban, y su boca tenía unos labios gruesos en forma de arco de Cupido. Incluso con su vestido de princesa, no evocaba una elegancia fría y vacua, sino fecundidad. Alguien que no conociera las pequeñas ciudades del Valle Central se habría asombrado de que no la hubieran elegido reina de la cosecha. Poseía el magnetismo de algunas actrices, una singularidad que servía para recordar al ojo que no todas las mujeres hermosas parecían hermanas. Las mejores parecían haber llegado de un país desconocido situado en los confines de la tierra.

Allison Straight no era reina porque no procedía de una familia local arraigada, no tenía un padre propietario de la agencia Chevrolet o concejal del ayuntamiento. Ted Forrest había nacido en una tierra de hortalizas. Había visto muchos concursos como ése, y siempre miraba la corte con escaso interés, al igual que a la reina elegida, hija de comerciantes locales.

Se había quedado un rato, dándose aires de importancia, mientras los notables conseguían acceder a su presencia. Estos acontecimientos estaban organizados y dirigidos por grupos de aficionados, y esta gente siempre quería asegurarse de que Ted Forrest continuara patrocinando sus mejoras cívicas. En esta ocasión, quien se encargó de él fue una mujer llamada Gail Hargrove. Era la ex presidenta de la cámara de comercio, cuatro veces concejala y, antes de eso, miembro de la junta directiva de educación. Era una mujer alta y rubia, con un casco de pelo rígido y capas de maquillaje, tan asexuada como un proyecto de renovación cívica.

Le condujo hasta una gran mesa donde se degustaban los vinos locales en diminutas copas de plástico, y le consiguió una copa de cristal del cabernet especial que había llegado a su punto culminante aquel año. Le acompañó a ver diversas variedades exóticas de espárragos blancos, grelos, achicoria y berenjena japonesa. Luego le mostró la maqueta de los arquitectos de los nuevos planes de reformas municipales y los comparó con los dibujos que habían hecho en las clases de primaria bajo el título «La ciudad del futuro». Sólo cuando a Gail Hargrove se le empezaron a agotar las novedades, un brillante destello les distrajo. Le guió hacia los flashes, donde estaban la reina de la cosecha y su corte, que se exhibían al otro lado de la sala. Estaban sentadas en falsas butacas Luis XIV de muebles Zinsser, posando para retratos de grupo.

Allison Straight captó su atención de inmediato. Experimentó la misma clase de certidumbre que la primera vez que había visto a Caroline, más o menos cuando contaba la misma edad, veinte años antes. Era el ser humano más atractivo que veía en años, un milagro de la naturaleza.

Gail Hargrove pareció reparar en el efecto que Allison había obrado en él, pero quizá tan sólo estaba siguiendo un instinto protector cuando explicó lo jóvenes que eran las chicas.

—Nuestra reina y su corte son particularmente adorables este año —dijo—, ¿verdad? Por lo visto, lo que comen en el comedor del colegio provoca efectos asombrosos.

—Muy bonitas —dijo él sin mucho entusiasmo. Tenía que ser cauteloso en compañía de mujeres como Gail Hargrove.

Su posición social en la comunidad dependía en parte de su reputación como elegante y experto embajador de los poderosos. Pese a su tibia respuesta, ella dio la impresión de creer que sabía lo que le interesaba, de modo que le ofreció una inspección más detallada. El fotógrafo había terminado su trabajo, y estaba doblando el trípode y guardando el equipo en estuches acolchados, de modo que la mujer tomó a Ted Forrest del brazo y le condujo hasta las chicas.

No sabían muy bien quién era Ted. A una o dos les debía sonar el apellido Forrest porque lo habían visto grabado en placas de edificios y parques públicos. Las otras no lo habían oído nunca. Pero sí sabían quién era Gail Hargrove, y vieron que trataba con deferencia a Forrest, así que debía de ser una visita importante. Todas se espabilaron, tal como les habían enseñado, le miraron a los ojos y le dedicaron sonrisas casi idénticas de buenas estudiantes..., salvo una, cuya sonrisa era muy diferente.

Forrest sorprendió a todo el mundo cuando dobló una rodilla, inclinó la cabeza y dijo:

—Majestad, me siento muy honrado por ser recibido por una reina tan adorable y sus hermosas princesas.

Gail Hargrove y el resto de los promotores cívicos estallaron en carcajadas y aplausos, y cuando el estrépito se calmó un poco, presentó a las chicas.

La reina era Rebecca Sanders, hija del director de la planta de empaquetado y enlatado perteneciente a una cadena de supermercados locales.

—Saluda a tu padre de mi parte —le dijo Forrest.

No se sorprendió cuando supo que los apellidos de tres de las seis princesas eran Milton, Keller y Cole, pues los conocía. Dijo algo cordial a cada una. Otras dos eran Martínez y García, y se limitó a decir: «Encantado de conoceros», como si fuera cierto. Gail Hargrove, con el placer de una política de pueblo a la hora de organizar espectáculos, reservó a Allison para el final.

Cuando Ted Forrest escuchó el apellido, se sintió engañado al principio. Si ella procediera de una familia que él conocía, habría podido arreglárselas para ir a verla a su casa. Si hubiera procedido de una familia con vínculos comerciales con su empresa o intereses acuíferos, habría encontrado alguna excusa para hacerse el encontradizo con ella. Pero nunca había conocido a alguien apellidado Straight.

—Straight. Me suena el apellido. ¿Conozco a tu familia?

Ella le dirigió una mirada traviesa que Forrest pensó haber detectado antes.

—Le suena porque todas las personas que conoce le dicen que son honradas, aunque no sea verdad*.

Ted Forrest rió, las demás chicas le corearon, y medio segundo después los adultos les imitaron, algo nerviosos. Pero la respuesta no divirtió a Gail Hargrove, y tampoco fingió lo contrario. Al cabo de un momento, bastante gente reparó en ello, y la irreverencia fue abortada. Gail Hargrove recuperó su sonrisa petrificada, se llevó a Ted Forrest y le enseñó las calabazas japonesas y las berenjenas japonesas. Al cabo de uno o dos minutos, se había recuperado lo suficiente para lanzarse a solicitar su apoyo para el esfuerzo de renovación municipal.

Forrest la escuchó con atención, pero no concretó cuánto dinero iba a aportar, o para qué partes del proyecto. Con el tiempo, había descubierto que su prestigio social disminuía cuando se alcanzaba un acuerdo. También quería una excusa para prolongar su estancia. Al principio, había pensado regresar a casa a las cuatro, pero decidió quedarse a la fiesta de la noche. Había observado que, con el fin de conseguir lo que deseaba, lo único que necesitaba era paciencia y vigilancia.

Entre los acontecimientos del día y la fiesta, que empezaba a las siete, había una pausa, y aprovechó ese tiempo para reservar por teléfono una habitación, no en Mendota, sino en la interestatal ciento ochenta, en las afueras de Fresno. También fue a una lico-

---

* Entre otras cosas, *straight* significa «honrado» en inglés. *(N. del T.)*

rería y compró una botella de vodka, y después entró en una farmacia para comprar una botella de plástico plana pensada para el equipaje de una mujer. Llenó la botella de plástico con vodka, se la guardó en el bolsillo de la chaqueta y depositó el resto del vodka en el maletero del coche. Luego se encaminó hacia la fiesta.

Se celebraba en las mismas manzanas del centro de la ciudad que la policía había acordonado para los festejos anteriores. Bandas de mariachis recorrían las calles tocando. Había un escenario al final de la calle principal donde dos grupos de baile mexicanos se iban alternando en interpretar danzas folclóricas. Había una carpa donde se vendía cerveza regentada por el bar local, y otra en la que se cataban vinos de una confederación de bodegas, cuyos beneficios se dividían de forma no especificada entre obras de caridad. Si una persona podía abrirse paso entre las multitudes que cercaban ambas carpas, había una larga fila de puestos al aire libre donde se vendían platos calientes.

Ted Forrest soportó un par de horas de cháchara con los políticos y hombres de negocios de la ciudad. Sabía que su paciencia y energía no eran tan prodigiosas como las de él, y les dejó beber a placer. Cuando cada uno expresó su solicitud de apoyo para una parte específica del proyecto de renovación, se quedaron sin palabras, guardaron silencio y, por fin, se marcharon, mientras él siguió esperando. El momento llegó cuando le dejaron en paz.

Paseó por la periferia de la fiesta, al tiempo que examinaba a la multitud. Localizó a la reina y a su corte, rodeadas por un remolino de gente de su edad, se coló en el grupo y pidió a la reina que bailara con él.

Bailaron algo parecido a una polca mexicana, al son de la música del escenario, durante uno o dos minutos, y después la entregó a un chico con el que ella había estado hablando. El muchacho no parecía tener muchas ganas de bailar, pero no tuvo tiempo de pensar en una excusa. Ted Forrest tomó la mano de la princesa más cercana, bailó con ella y luego la entregó a otro muchacho. A continuación los demás chicos empezaron a animarse, aunque quizá fuera que tenían menos miedo de bailar y que las chicas eran más lanzadas, pero observó que casi todas las demás princesas estaban bailando ahora, de modo que se acercó a Allison Straight. Cuando empezaron a bailar, la guió al centro de la corte, para dejar claro que sólo deseaba enseñar a divertirse a los jóvenes tímidos.

—Eres la chica más bonita del país —le dijo.

—Lo sabes, ¿eh?

—Sí.

—Pues gracias.

Probó de nuevo.

—Pareces mucho más sofisticada que las demás. ¿Has viajado, o eres una especie de niña prodigio?

—¿Una especie de qué?

—Niña prodigio. Ya sabes, como un genio.

Ella lanzó una carcajada y se derrumbó contra su pecho.

—Oh, Dios mío —dijo.

—No me habrás entendido mal, ¿verdad?

—Muy bueno lo de ser un genio. Pero no ha sido culpa mía, sino de la banda. Toca muy alto. —Se recostó contra su pecho de nuevo, después se separó y dio unas palmaditas en su chaqueta deportiva—. ¿Qué es esto?

Él se acercó más.

—He traído un poco de vodka para ayudarme a superar esto —le dijo al oído.

Ella le miró con ojos brillantes.

—¿Puedo tomar un poco?

—¿Cuántos años tienes?

Allison aparentó decepción.

—Me has pillado. Tengo dieciséis.

—Si tú crees que tienes edad suficiente, yo también. Cuando termine este baile, ve a buscar un zumo o un refresco. La vodka combina bien con sabores afrutados como el de naranja. —Miró a su alrededor—. Nos encontraremos junto a la fila de árboles del borde del parque.

—Mal sitio. Las parejas van ahí a meterse mano.

—¿Dónde, pues?

—¿Tienes coche?

—Claro.

—Nos encontraremos allí. ¿Dónde has aparcado?

—Calle arriba al doblar la esquina, detrás de la ferretería.

Los ojos de la muchacha se encendieron de excitación.

—Perfecto. Quedamos ahí dentro de..., digamos, cinco minutos.

Tardó tres. Se sentaron en el coche y Forrest añadió un poco de vodka al zumo de naranja de la chica, y después hablaron. Al cabo de media hora, ya se había enterado de que su padre se largó cuando ella tenía cuatro años y de los ineptos intentos de su madre de educarla, que ella consideraba más cómicos que trágicos. Su madre trabajaba esa noche. Era secretaria en la consulta de un dentista de día y camarera en un bar de noche. Cuanto más oía Forrest, más le gustaba Allison Straight. Al cabo de una hora de charla, la besó. Ella le miró unos segundos, como si intentara asegurarse de que no lo había imaginado, y después siguió mirándole unos segundos más para decidir qué debía sentir al respecto. Luego le besó.

Forrest tuvo la impresión de que apenas habían pasado unos minutos cuando empezó a ver pequeños grupos de gente que paseaban por la calle, entrando en los coches para volver a casa.

—Creo que deberíamos largarnos de aquí —dijo.

Ella se agachó y se llevó la mano a la cara.

—No puedo permitir que esa gente me vea contigo así.

—Agáchate mientras paso de largo.

Ella se acuclilló en el suelo del asiento del pasajero, mientras Forrest salía del aparcamiento entre un torrente de transeúntes.

—Esto es genial —dijo ella.

—Mmm... —refunfuñó Forrest—. Hay coches de policía ahí delante. No te levantes.

Ella se quedó donde estaba mientras él pasaba cerca de los policías, de pie, al lado de sus coches, mientras miraban a la gente. Trataban de evitar que alguien condujera bajo los efectos del alcohol.

Salió a la interestatal ciento ochenta y aumentó la velocidad con cautela. Cuando estuvo fuera de la ciudad, y tras dejar atrás el coche del departamento del *sheriff* al acecho de infractores después del segundo paso elevado, dijo:

—Ya puedes sentarte.

Ella obedeció y miró por la ventanilla las tierras de labranza oscuras que la rodeaban.

—¿Adónde vamos?

—¿Quieres volver a casa? —preguntó él.

—La verdad es que no.

—Bien, si te apetece hablar un poco más, el único lugar tranquilo que se me ocurre es mi hotel.

—Genial.

Se quedaron en el hotel hasta después de la una, y después la acompañó hasta la pequeña casa de una sola planta situada en la periferia de Mendota, entre la tienda de alfombras y el restaurante griego. Ella se acostó antes de que su madre volviera a casa del trabajo.

Después de eso, Allison Straight fue suya. A veces, se preguntaba si sería la chica que tendría que haber conocido en lugar de Caroline. Allison y él vivían dos vidas. Ella continuaba siendo una de las chicas más pobres del instituto, cuya madre no podía permitirse el lujo de comprarle ropa tan bonita como la que utilizaban sus compañeras. Pero cuando estaba con Ted Forrest, tenía un ropero como el de una actriz. Examinaba las revistas de moda y él la llevaba a comprar ropa a Los Ángeles y San Francisco. Tenían que guardarla en el ropero del apartamento que Forrest había alquilado en San Francisco. No podía exhibirla en Mendota, porque no podría explicar de dónde la había sacado.

Forrest también alquiló una apartamento cerca de Fresno, adonde podían ir sin preocuparse demasiado porque les vieran. Dijo a los administradores de los dos complejos de apartamentos que tenía una hija adolescente, la cual vivía casi siempre con su madre, y que él pasaba mucho tiempo fuera de la ciudad. Si alguien veía a Ted Forrest y Allison en el apartamento y se hacía preguntas, el casero podría satisfacer su curiosidad. Forrest cuidaba todos los detalles. La llevó a San Francisco y pasaron fines de semana maravillosos. Iban al teatro y a conciertos, y comían en restaurantes, siempre un padre indulgente y su hija.

Aquel verano la contrató para un trabajo imaginario de relaciones públicas en Forrest Enterprises. Ella contó a su madre que estaba trabajando durante los largos y calmos días de verano que pasaban juntos. Él añadió su nombre a la plantilla, para que Allison recibiera un cheque de nómina por correo que su madre pudiera abrir e ingresar en el banco.

Ted Forrest estaba enamorado de Allison Straight, y construyó una realidad separada que ambos podían visitar durante periodos de tiempo limitados. Se esforzó en conseguir que sus ratos compartidos fueran siempre emocionantes y nuevos, lo cual incluía una degustación de lujos que ella no habría podido experimentar jamás si no hubiera estado con un hombre rico. Fue algo terrible (la tragedia de sus vidas, en realidad) que su relación terminara. Estaba seguro de que ello le había cambiado: se había convertido en alguien más triste, más cauteloso, más desconfiado.

Eso fue hace nueve años, y aún estaba intentando recuperarse. Conducía sin prisas, metro a metro, y después paraba de nuevo para esperar, camino de Los Ángeles. Estaba cansado y le sobraba tiempo, pero no quería alquilar una habitación y dejar constancia de que había estado allí. Aparcó en el aparcamiento de un centro comercial y fue a un cine de doce salas.

Vio dos películas. Cuando la segunda terminó, tenía hambre. Forrest decidió comer en un pequeño restaurante chino de unas galerías comerciales. Sostenía la teoría de que a los chinos les costaba distinguir a un caucasiano de otro, pero siempre habían sido demasiado educados para manifestarlo en público. Pagó en metálico, y después fue a dar un paseo por el valle de San Fernando durante una hora, para asegurarse de que sería capaz de localizar las direcciones exactas que necesitaría más tarde.

Se detuvo en un supermercado, compró una caja de chinchetas, un juego de blocs con cubiertas de cartón y una caja de velas. Después fue a otro cine y vio su tercera película del día.

Cuando salió al tibio aire de la noche, era pasada la medianoche por fin. Condujo hasta casa de Philip Kramer, en Van Nuys. Buscó y descubrió que no había coches en el garaje. Se preguntó si Jerry Hobart habría logrado hacer salir a Emily Kramer para matarla, y no se había puesto en contacto con él porque llevaba el móvil desconectado. Pensó un momento y llegó a la conclusión de que daba igual. De todos modos, tenía que hacer lo que había ido a hacer.

Dio la vuelta a la casa y descubrió un ventanal en la parte trasera que llevaba la pegatina de un cristalero, y un montón de rayas blancas y suciedad que aún no habían limpiado. Palpó el borde del cristal y confirmó su teoría: la masilla estaba húmeda todavía. Llevaba una navaja en el llavero, de modo que la abrió y rascó toda la masilla que pudo, después deslizó la hoja detrás del cristal e hizo palanca para sacarlo. Quitó el gran cristal del marco y lo apoyó contra el lado de la casa, y a continuación entró.

Le sorprendió ver tantos muebles apilados en la sala de estar. Parecía un almacén. Dejó en el suelo las bolsas y recorrió la casa provisto de su linterna. El piso de arriba estaba vacío y habían sacado todos los muebles, salvo tres camas que habían desmontado y estaban tiradas en el suelo de una habitación. Dedujo que la señora Kramer estaba mudándose.

Ted Forrest se dispuso a montar sus primitivos artilugios. En primer lugar, perforó un trozo de cartón con una chincheta y la clavó a la parte inferior de una vela, para que ésta se mantuviera erguida. A continuación, colocó velas en las esquinas de todas las habitaciones. Las velas demorarían el asunto. Después distribuyó combustible por toda la casa. En casi todas partes empapó suelos y paredes con líquido para encender carbón para barbacoas, y luego colocó cerillas y papel de escribir arrugado en puntos estratégicos donde la llama de una vela pudiera alcanzarlos. En la sala de

estar, vertió queroseno sobre todos los muebles de madera, las paredes y el suelo, y después distribuyó seis velas por la habitación. A
continuación, recogió sus bolsas de equipo y las dejó fuera, cogió
una caja de cerillas y paseó por la casa encendiendo velas, una a
una. Las últimas que encendió fueron las de la sala de estar, cerca
de las pilas de muebles. Por fin, salió por el marco vacío de la ventana. Luego apoyó en él el enorme cristal para impedir que la brisa
se colara y apagara las velas.

Después Ted Forrest se acercó en coche al edificio de oficinas
donde se había citado con Philip Kramer ocho años antes. Sólo se
le ocurrían dos lugares donde el detective hubiera podido ocultar
el expediente, y en cuestión de pocas horas ambos se habrían convertido en cenizas.

24

Emily y Ray habían pasado todo el día entregados a un duro trabajo físico, embalando y cargando, moviendo cajas con objetos pequeños, así como muebles grandes, desde el dormitorio de arriba
a la sala de estar, que estaba en la planta baja. Trabajar al lado de
Ray consiguió que se sintiera cerca de él, pues la proximidad física
y esa coreografía tan específica de «tú coges ese extremo y yo éste»
forjan familiaridad.

También se conocían lo bastante como para no importarles
estar con una camisa sudada y el pelo revuelto pegado a la frente
húmeda delante del otro, de modo que su aspecto dejó de preocu-
parles durante un rato, porque tenían que concentrarse en el trabajo de vaciar las habitaciones.

Y habían hablado.

La vida privada de Emily había dejado de ser privada en el
momento en que Phil fue asesinado. Incluso antes, la privacidad
había sido una farsa. Ray Hall sabía más sobre algunas parcelas de
su vida que ella misma.

En aquellos días, Phil le contaba su versión de los acontecimientos y ella escuchaba, y fugazmente se preguntaba si le estaba
diciendo la verdad, pero después se recordaba que su deber era
creer en sus palabras. No quería ser la enemiga que le esperaba en
su propia casa, la persona que intentaba sorprenderle con las manos en la masa.

Hoy se había alejado otro paso de aquellos tiempos y, mientras
tanto, se dio cuenta de que Ray Hall había estado tan engañado
como ella. Tal vez habría conocido las infidelidades de Phil, pero
todavía vivía a tenor de las mismas reglas de conducta que ella.

Ninguno de los dos podía aceptar la verdad sin pruebas irrefutables. Ninguno había sabido la verdad hasta que Phil murió.

Ray y ella se habían pasado todo el día hablando de cosas que no eran importantes o trascendentales, y por lo tanto resultaban más íntimas que los grandes asuntos que se habían visto obligados a comentar desde la noche en que Phil no volvió a casa.

Emily hablaba de los objetos que iban metiendo en las cajas. Casi toda la ropa que guardaba eran trajes que había comprado para ocasiones especiales. Había libros comprados, pero no leídos. Había un cuadro de las montañas de Santa Mónica que nunca le había gustado, pero que había conservado colgado en la pared del pasillo, donde no hacía mucho daño, como una vieja mascota fea, pero cariñosa.

Ray le habló de que había trabajado en una empresa de mudanzas cuando iba a la universidad. Descubrió que, durante todo ese primer verano, el dinero casi no importaba, debido a su intensa curiosidad por los montones de cosas que la gente poseía. Se especializó en la tarea, en teoría tediosa, de embalar objetos delicados o valiosos en cajas, para poder verlos y averiguar lo que pudiera sobre las vidas e historias de sus propietarios. Había fingido odiar el trabajo, en parte para que los demás transportistas no le consideraran raro y le impidieran hacerlo. Pero el segundo verano ya conocía tan a fondo el contenido de las casas que la sorpresa se había desvanecido. Todas estaban llenas de las mismas cosas, con unas variaciones tan insignificantes que poco revelaban, salvo la diferencia de ingresos. A Emily le gustó que se riera de su propia curiosidad.

Hablaron durante largos ratos, y después guardaron silencio en otros, y el silencio también forjó una especie de intimidad, porque mientras trabajaban al unísono cada uno pensaba en el otro y en lo que había dicho.

Había momentos en que uno de ellos se detenía al mover un objeto (en una ocasión, una maleta vieja quedó olvidada en el ropero del cuarto de invitados) y luego se daban cuenta al mismo tiempo de que aquél podía ser el escondite, y lo registraban juntos.

Cuando uno sacaba un libro de una estantería, el siguiente movimiento consistía en sacudirlo, darle la vuelta y pasar las páginas. Cada vez que algo caía al suelo, ambos se detenían, experimentaban la misma emoción al mismo tiempo y después exhalaban el aliento contenido decepcionados.

Las cosas de la casa (casi todas en ese momento) eran de ella, no de Phil. Cuando él había muerto días atrás, ella había registrado su ropa. Pensó que la buena ropa no podía desperdiciarse, pero sabía que no debía limitarse a bajar las prendas de las perchas y regalarlas. Phil era muy capaz de haber cosido algo en el forro de una prenda. Cuando servía en los marines, se había ido a veces de permiso con dinero cosido en el forro de una chaqueta. Por lo tanto, Emily había registrado toda su ropa, palpado las costuras doblado las prendas con cautela, y las había donado a Goodwill*.

A las diez y media de la noche, después de trabajar juntos durante catorce horas, cargaron lo que Ray había bautizado como «los objetos de valor» de Emily en la camioneta que Billy había alquilado. Descubrió que eran cosas de ella que había guardado durante años sólo porque esperaba vivir siempre en esa casa, pero que no deseaba trasladar o pagar para guardarlas. Acabaron cogiendo muy pocas cosas: su mejor ropa, una docena de álbumes de fotos, algunos cuadros y grabados y unas cuantas cosas que había conservado sólo porque no deseaba regalarlas, además de las armas de fuego y munición de Phil, una colección de monedas de oro que él había atesorado durante años, una pequeña caja lacada que contenía joyas baratas, un par de relojes, dos radios y dos televisores. Ray llenó el resto del espacio de la camioneta con algunos de los muebles favoritos de Emily. Fueron con la camioneta al guardamuebles, descargaron y volvieron a casa de Ray.

---

* Organización benéfica fundada en 1902. *(N. del T.)*

Ya era tarde, más de las tres, y Emily estaba tumbada en una de las camas de la casa de Ray Hall. Era la segunda noche que pasaba en su cuarto de invitados, y observó que había empezado a mantener una nueva relación con la habitación. La primera noche, se le había antojado ajena, vacía y fría, como casi todos los cuartos de invitados. No había muchos muebles. Las sábanas y el cubrecama desprendían un sutil olor a un detergente diferente al de ella y adivinó que nadie había dormido nunca sobre aquel colchón.

La primera noche había puesto la maleta sobre una silla, la había abierto para sacar las cosas que necesitaba y luego la había vuelto a cerrar. Esa noche se había producido un cambio. Había colgado la ropa en el ropero para evitar las arrugas, y el lavabo del cuarto de baño estaba abarrotado de frascos de champú, estuches de maquillaje, cepillos de dientes y cepillos para el pelo.

Cuando Ray y ella habían llegado por la noche, se sentía agotada y sucia. Cenaron en el bulevar cercano al barrio, donde la camarera tuteó a Ray y le miró con excesivo interés mientras se acercaba mucho a él para tomar nota con exactitud.

Emily había tomado un baño caliente y tras meterse en la cama se durmió profundamente. Pero ahora estaba despierta. Desde la muerte de Phil, había sido incapaz de dormir después de las primeras horas, el tipo de sueño que no era más que desmoronamiento. Una vez agotado ese sueño, problemas insistentes acudían a su mente. Pensaba durante horas sólo en una cosa: dónde habría escondido Phil la prueba sobre el hombre poderoso anónimo. Hasta el momento, las teorías y conjeturas que habían alumbrado el cerebro de Emily eran inteligentes, como Phil, y todas erróneas.

Al cabo de poco tiempo se descubrió pensando de nuevo en Dewey Burns. Había muchas cosas en que pensar, y había desechado el tema durante todo el día y casi toda la noche. Dewey era hijo de Phil. Dewey tenía una madre. ¿Cómo y cuándo la había conocido su marido? ¿Cómo había Phil dejado embarazada a una joven negra cuando acababa de casarse con Emily?

Intentó recordar qué había sucedido entre ella y Phil veintidós años antes, o veintiuno, pero le costaba mucho revivir lo que sentía entonces. Recordaba que habían discutido a veces cuando eran muy jóvenes. En años posteriores, había descubierto que era mejor no hacer hincapié en las cosas que no salían como a ella le habría gustado. ¿Habría podido ser ése el problema? ¿Se habrían peleado y Phil se había ido con la decisión de vengarse en silencio, o había ido en busca de otra mujer para consolarse? Esta idea era demasiado hiriente. Tal vez había salido a celebrar un caso solucionado. Se había emborrachado en algún garito y había conocido a una chica guapa. Mirando a Dewey, Emily había llegado a la conclusión de que su madre debía ser guapa. Aquellos grandes ojos castaño claro y los pómulos salientes no los había heredado de Phil.

Lo que más le molestaba era no recordar qué había pasado entre ella y Phil en aquel tiempo. Tendría que haberse dado cuenta de que algo iba mal, pero no había recibido tal impresión.

Al principio, pensó que los pasos en el pasillo pertenecían a un sueño, y que se había sumido en una repetición de pesadilla de lo sucedido hacía tan sólo una noche. Entonces se dio cuenta de que el sonido de pasos era real. Se sentó y vio que la puerta se abría.

—¿Emily?

—¿Qué pasa, Ray?

—Más problemas.

—¿Cuáles?

—Tu casa otra vez. Por lo visto, se ha incendiado.

—Estoy lista enseguida.

Apartó las sábanas, saltó de la cama y se encaminó al cuarto de baño, pero entonces cayó en la cuenta de que sólo llevaba una camiseta y que ya había andado demasiado para retroceder. Se dijo que daba igual. La habitación estaba a oscuras. Él ya debía haberse dado la vuelta antes de que ella se moviera. Los dos eran adultos. Se trataba de una emergencia. Entonces cayó en la cuenta de que le daba igual que Ray la viera desnuda.

Su casa. Se puso ropa limpia y se sentó en la cama para atarse las zapatillas de deporte. Su casa. El hombre habría vuelto con la intención de encontrar lo que ella se había pasado todo el día buscando. Sintió miedo, pero al mismo tiempo impaciencia. Quería ir a verlo con sus propios ojos.

Se encontró con Ray en el rellano de arriba. Esta vez cogió el bolso, porque dentro llevaba la pistola de Phil. Sabía que era ilegal portar un arma, pero le dio igual. Siguió a Ray escaleras abajo y vio que también había cogido su arma. Debía estar pensando lo mismo que ella: cualquier cosa podía ser un truco, una añagaza para obligarla a salir. Subió al coche de Ray y se dirigieron hacia su barrio, pero ninguno de los dos habló al principio.

Cuando estuvieron cerca de la calle de Emily, no hubo necesidad de decir nada. El cielo poseía un resplandor anaranjado y fragmentos de cenizas negras flotaban en el aire y remolineaban en la corriente cálida. Emily vio un gran sicomoro silueteado contra la luminiscencia naranja. Al otro lado, daba la impresión de que el cielo brillaba, mientras oleadas de llamas se elevaban del segundo piso y destellaban alrededor de las tejas a prueba de incendios del tejado. Las ventanas habían estallado y de ellas surgía humo negro, pero el fuego iluminaba las habitaciones. Había una pared al rojo vivo detrás de cada ventana, como si todo hubiera prendido a la vez.

Ray acercó el coche al bordillo. Delante había un caos de vehículos de bomberos aparcados y, sobre la calzada, un complicado laberinto de mangueras que partían de las bocas de riego en dirección a la casa. Bomberos con chalecos amarillos provistos de franjas de cinta reflectantes arrastraban más mangueras. Comprendió que los coches habrían llegado pocos minutos antes que ellos.

Miró a Ray.

—¿Crees que él está aquí?

—No lo sé. Los bomberos tomarán vídeos de la multitud, y probablemente de los coches aparcados cerca. Siempre lo hacen cuando existe la posibilidad de que el incendio sea provocado. Dudo que alberguen muchas dudas sobre éste.

Emily y Ray bajaron del coche. Ella se quedó cerca de él, pero empezó a mirar en todas direcciones, salvo en la del fuego. Se había congregado una pequeña muchedumbre, y reconoció a algunos de sus vecinos, de pie en la acera cerca de sus casas, con los rostros iluminados por el fuego. Algunos iban en bata y otros vestidos con la ropa que se habrían quitado unas horas antes.

Buscó entre la multitud a algún desconocido que pudiera ser el hombre que había irrumpido en su dormitorio con un pasamontañas, pero no vio a nadie que la aterrara. Distinguió a los O'Connor, los siete alineados en su jardín delantero, contemplando las chispas que se alzaban en el aire recalentado sobre las llamas que devoraban la casa de Emily. Denny había conectado la manguera del jardín a la espita situada en una esquina de su casa. Confió en que las chispas no prendieran fuego al tejado de algún vecino.

Los Weiler vivían al otro lado. Todos sus hijos estaban en la escalinata delantera, como si fuera una tribuna descubierta. Los padres debían estar en un lateral de la casa o en el patio posterior. Al cabo de un momento, vio que el coche de los Weiler salía del garaje en marcha atrás poco a poco y se paraba justo encima de la acera. Probablemente, era una precaución prudente. El fuego podía propagarse con facilidad a su garaje, y de esta manera salvarían el coche. Si pensaban sacar algo de su casa, éste era el momento.

Vio que un par de bomberos caminaban en paralelo a la hilera de personas que ocupaban la acera y advirtió que uno de ellos llevaba sujeta una cámara al cuello. Tal como Ray había dicho, debía disponerse a grabar a los espectadores de la casa en llamas.

Una mujer se desgajó de la hilera y habló con el bombero unos cuantos segundos. Señaló a Emily, y el bombero la miró. La mujer cruzó la calle a toda prisa. Se trataba de Margaret Santora.

—¡Oh, Dios mío, Emily! —exclamó—. Teníamos mucho miedo de que no consiguieras salir. Estábamos muy asustados. ¿Cómo lo lograste?

—Yo... no estaba en casa —dijo Emily.

Emily no pasó por alto que los ojos de Margaret se desviaron hacia Ray Hall, y después volvieron hacia ella.

—Margaret, te presento a Ray Hall, uno de los detectives de la agencia.

—Encantada de conocerle —dijo la mujer. No lo parecía, y se llevó la mano al cuello de la bata para juntar los lados en un gesto inconsciente—. Bien, me alegro mucho de que estés bien, eso es todo. El resto es asunto de la compañía de seguros, supongo.

Esperó un momento a ver la reacción de Emily.

No había pensado en las pérdidas económicas, ni en el seguro. Estaba pensando en el poder destructivo, en el calor de las llamas, en la maldad del hombre que había intentado quemarla viva mientras dormía.

La distrajo el bombero que había hablado con sus vecinos. Se había materializado a escasa distancia.

—¿Señora Kramer?

—¿Sí?

—Soy el capitán Rossman. He de hablar con usted unos minutos.

Emily se alarmó por su forma de dirigirse a ella; parecía más insistente de lo que había esperado. Pero también reparó en que Ray se había puesto al lado del hombre, un paso atrás, y estaba asintiendo.

—Claro —contestó—. ¿Aquí?

—Vamos a mi coche.

Se dio la vuelta y estuvo a punto de tropezar con Ray.

—Es Ray Hall —dijo Emily—. Un... colega mío.

—Hola —dijo el capitán Rossman. Estrechó un momento la mano de Ray, sin apenas mirarle. Guió a Emily hasta el Ford Crown Victoria que parecía un coche de la policía pintado de rojo, le abrió la puerta y se sentó al volante.

—¿Es usted el que investiga el incendio? —preguntó ella.

—Uno de ellos.

—¿Ya sabe cómo ha sucedido?

—Sí. Había aguarrás en todas las esquinas de todas las habitaciones. La primera persona que entró dijo que olía como si toda la casa estuviera empapada.

—Me lo temía.

—¿Ah, sí? —dijo el hombre—. ¿Se lo temía? ¿Por qué?

—Es complicado. Mi marido era propietario de una agencia de detectives. Le asesinaron hace nueve días. Un disparo en plena calle. Hace dos días un hombre armado con una pistola y provisto de un pasamontañas entró en mi casa por la noche. Quería cierta información que, en teoría, mi marido guardaba sobre alguien.

—¿De qué se trataba?

—No tengo ni idea.

—¿Sobre quién era la información?

—Tampoco lo sé. Pero el hombre del pasamontañas me dijo que me mataría si no se la entregaba. Creo que lo habría hecho, pero por suerte apareció uno de nuestros detectives y le asustó. Anoche volvió, pero los chicos no pudieron detenerle.

Rossman estaba escribiendo en su libreta, pero ella estaba segura de que llevaba una grabadora. Había introducido la mano en el bolsillo cuando entraron en el coche y no había sacado nada de él.

—¿Llamó a la policía? —preguntó por fin.

—Sí. Estuvieron aquí hace dos días, y también anoche.

—¿Existe un informe policial?

—Supongo que sí, o que piensan hacerlo. —Emily le miró fijamente—. ¿Le cuesta creerme?

Él se volvió a mirarla.

—Lamento darle esa impresión. Sólo estoy recogiendo datos, es importante en esta primera fase, cuando todo es reciente. Los bomberos me han dicho que la casa estaba desordenada. Había muebles amontonados en la sala de estar y el resto estaba vacío. ¿Por qué?

—Padecí una experiencia horrible en esa casa. Cuando el hombre entró la segunda noche, supe que, pasara lo que pasara, no volvería a vivir aquí. Pero también sabía que era el lugar más probable donde mi marido podía haber escondido lo que el hombre del pasamontañas buscaba. El señor Hall y yo estábamos registrando los muebles, sobre todo los cajones y los armarios, para después enviarlo todo a un guardamuebles y poder registrar luego la casa. Ya habíamos enviado dos cargamentos. Los muebles de la sala de estar iban a salir mañana.

—¿Alguien más sabía lo que estaban haciendo?

—Sí. Los otros empleados de la agencia de detectives. —Diversos pensamientos cruzaron por su mente. No podía decirle que April amaba a Phil y que Dewey era su hijo—. Son amigos míos y de mi marido. Estuvieron todo el día registrando la oficina de la agencia.

Rossman la miró un momento, pero esta vez de una manera diferente, menos desconfiada.

—Supongo que debo ser yo quien se lo diga, señora Kramer. Su oficina también ha ardido esta noche.

25

Jerry Hobart paseaba por la calle, mirando por encima de los tejados bajos de los edificios más pequeños el incendio de la oficina. El humo del inmueble de oficinas parecía negro en contraste con el cielo, pero dentro de la negrura había llamas, que al principio parecían pequeños relámpagos en el interior de una nube oscura. Pero mientras se acercaba al edificio, dio la impresión de que las llamas se abrían paso con más rapidez, se elevaban por encima del tejado del edificio y destellaban sobre el humo.

Los bomberos hormigueaban alrededor del inmueble, pero Jerry Hobart estaba seguro de que el incendio había empezado más arriba de la cuarta planta, donde se hallaba la oficina de Investigaciones Kramer. Los bomberos habían subido por largas escaleras y habían roto ventanas para introducir las mangueras, pero se dedicaban sobre todo a rociar los pisos inferiores al lugar donde se hallaba el foco del incendio porque no podían llegar más arriba.

Impermeables amarillos pasaban ante las ventanas de arriba de vez en cuando, pero Hobart supuso que estaban buscando a gente atrapada en el interior y que aquellos bomberos no tardarían en verse obligados a salir. Se detuvo a casi dos manzanas del edificio y contempló el espectáculo unos momentos. Oyó más sirenas. No eran de la policía, pero decidió que había llegado el momento de irse. Cruzó la calle y dobló la esquina en dirección a su coche, y después oyó las sirenas más cerca. Miró hacia atrás y vio que una ambulancia pasaba a toda velocidad.

Hobart subió a su coche y se alejó del incendio, y de la dirección de la que habían llegado los vehículos de bomberos. Pensó en

la ambulancia. Costaba saber lo que significaba. Los edificios antiguos eran presa fácil de las llamas. En su construcción abundaba la
madera barnizada cincuenta o sesenta años antes, que se había ido
secando con el aire desde entonces. Los bomberos que había visto
trabajando en los pisos superiores del edificio estaban rodeados de
vigas y escaleras... Tal vez alguno había resultado herido. La persona que corría más peligro en un incendio intencionado era el pirómano, por supuesto. Era él quien iba esparciendo gasolina y encendiendo cerillas.

Mientras Hobart se alejaba del edificio de oficinas, intentó so-
breponerse a su sorpresa. Le costaba imaginar a Emily Kramer
quemando la agencia de detectives de su marido. No lo había previsto. Había intentado aterrorizarla, irritarla, obligarla a encontrar
la información sobre Theodore Forrest que su marido había ocultado. Pero tal vez se había excedido. Tal vez la había impulsado a
deshacerse de todas las piezas del juego. Quizá se había dado cuenta de que contar con información que podía perjudicar a un hombre como Forrest carecía de valor para ella. Lo único que deseaba
era que la dejaran en paz, de modo que cabía la posibilidad de que
hubiera eliminado el incentivo de Jerry Hobart para acosarla. En
tal caso, no había pensado en el siguiente paso: que Jerry Hobart la
mataría por haber arruinado sus probabilidades.

Tenía que saber la verdad. Fue con el coche de alquiler hasta
Winnetka y después tomó la autovía ciento uno hacia la ciudad.
Tomó la salida de Van Nuys Boulevard y condujo hacia el norte, en
dirección a la casa de Emily Kramer.

Se le ocurrió que tal vez el incendio no era una noticia tan
mala. Tal vez la mujer había descubierto lo que él estaba buscando
y ahora estaba intentando despistarle, obligándole a creer que se
había quemado. Después podría llegar a un acuerdo con Theodore
Forrest sin preocuparse por Jerry Hobart.

Aquél la haría rica, y ella se iría a vivir lejos. ¿Qué otra cosa
podía hacer si el negocio de su marido se había quemado? Además,
cualquier trato con Forrest implicaría entregarle la información que

Phil Kramer tenía de él. Nunca más volverían a molestarla, ni tampoco Forrest. Lo que éste hubiera hecho quedaría olvidado para siempre.

Hobart condujo hasta la casa de Emily Kramer. Cuando se encontraba todavía a varias manzanas de distancia, vio que también estaba ardiendo. El cielo estaba iluminado a causa del incendio y de los destellos luminosos de los coches de bomberos y los vehículos de emergencias. Aparcó en Vanowen, pasado el cruce con la calle que atravesaba la de ella. Miró a uno y otro lado, cruzó y se encaminó hacia el resplandor. Mientras se acercaba a pie, sintió la extraña brisa que provocaban los incendios. Daba la impresión de que un fuego de grandes dimensiones creaba su propio clima, engullía aire y lo expulsaba en feroces remolinos.

Cuando llegó a la manzana de Emily Kramer, ya se había congregado una multitud de gente que contemplaba las maniobras de los bomberos, arrastrando mangueras hasta los lados y la parte posterior de la casa. El tejado y el piso de arriba, donde la había acorralado un par de noches antes, habían ardido hasta derrumbarse en el gran espacio vacío de la sala de estar, y ahora las llamas estaban devorando mampostería astillada, así como tablones y vigas partidos. El fuego estaba ardiendo con tal ferocidad que la mayor preocupación de los bomberos debía consistir en impedir que las chispas se propagaran a las casas y patios vecinos.

Hobart no prestó más atención al fuego. Avanzó por la calle con la idea de buscar a Emily Kramer. Se abrió paso entre los curiosos, gente en bata, pijama y pantalones de chándal, procurando no dar motivos de que nadie le mirara. Se mantuvo entre ellos y el resplandor del incendio, de manera que tuvieran la cara iluminada y la de él fuera una forma oscura que pasaba a toda prisa delante de sus ojos.

Entonces la vio. Siguió caminando mientras la miraba. Estaba sentada en un coche oficial rojo a media manzana de la casa. Abrió la puerta del pasajero y bajó, avanzó unos pasos y miró en dirección a su casa. Se detuvo, como si fuera una máquina que se hubiera quedado de repente sin electricidad. Lo que estaba mirando ya no parecía una casa, y dio la impresión de que intentaba recordar cómo había sido una hora antes.

El conductor del coche rojo bajó. Llevaba una chaqueta de bombero amarilla y sostenía una tablilla. Vio a Emily Kramer parada y siguió su mirada hacia el incendio, y él también se quedó mirando. Hobart supuso que aquel hombre la habría estado interrogando en el coche, y ninguno de los dos veía la casa desde hacía rato. Por lo visto, los progresos del fuego les habían sorprendido. El bombero volvió al coche para recuperar su casco y después cerró la puerta.

Otro hombre bajó de un vehículo aparcado cerca, caminó hasta Emily Kramer y rodeó su espalda con el brazo, como si la estuviera consolando. La reacción de ella fue reveladora. No alzó la vista hacia aquel tipo ni habló, y tampoco expresó sorpresa. Se limitó a dejar que él la abrazara y se quedó donde estaba, con la vista clavada en el fuego. Dio la impresión de que se recostaba un poco contra él, como se apoyaría una mujer que estuviera cansada o tuviera frío en su pareja.

El fuego había llegado a una especie de clímax, ahora que grandes fragmentos de madera habían formado una pila. La casa era como una hoguera gigantesca. Hobart continuó caminando. Daba la espalda a las llamas mientras avanzaba por la calle, y después dobló por la primera esquina para volver al lugar donde había dejado su coche de alquiler.

Dio la vuelta hacia el cruce con la calle lateral, con el fin de ver si algún vehículo se alejaba de casa de los Kramer en dirección al bulevar. Aún no estaba seguro de si Emily Kramer había prendido fuego a su casa y a la agencia de su marido o no. Si lo había hecho, era una actriz consumada. Pero lo cierto era que los incendios se habían declarado, ¿y qué otra cosa podía ser el bombero que había hablado con ella en el coche, sino un investigador de incendios provocados? Puede que ella no lo supiera todavía, pero estaba bajo sospecha.

Hobart bajó la ventanilla del coche, encendió un cigarrillo y escuchó. De vez en cuando, por encima del constante retumbar de los motores y las bombas del gran camión, se oían gritos. El humo que se elevaba del incendio era todavía un remolino negro. Aún no habían aparecido las nubes blancas de vapor que suceden al humo negro de un incendio en activo. Jerry Hobart imaginó que cuando el fuego se hubiera extinguido ya no importaría. La casa de los Kramer sería un montón de cenizas.

Inhaló el humo del cigarrillo y lo expulsó poco a poco hacia el aire de la noche. Fuera cual fuera el origen de los incendios, significaban un problema para él, al igual que la aparición de ese nuevo hombre. Había esperado que Emily Kramer no estuviera interesada en competir con él por el dinero de Theodore Forrest. Tal vez ese tipo la había convencido. Plantar cara a Hobart no parecía una idea propia de la mujer.

Tiró el cigarrillo y se descubrió pensando en Valerie. Siempre podía traer su rostro a su memoria, incluso reproducirlo en diferentes momentos de sus vidas. La veía a los quince, los veinte o los treinta años, pero siempre le parecía mejor que la última vez. A medida que se ensanchaba, había adoptado el aspecto de una mujer y el envejecimiento de su rostro le confería una expresión más inteligente y dulce. Odiaba que se burlara de sí misma diciendo que era vieja y que había perdido su belleza. Era como si le estuviera recordando su propia edad (la misma de ella), tildándole de feo, al mismo tiempo que le llamaba idiota y patético por salir con una mujer como ella, en lugar de irse con alguna jovencita. Se la imaginó ahora, apoyada contra la ventanilla del coche, cuando él se preparaba para marchar unos días antes.

Vio los haces en forma de cono de un par de faros delanteros que aparecían desde la dirección de la casa de los Kramer, y se dio cuenta de que las nubes de humo debían estar más bajas y se estaban esparciendo como niebla por el bulevar. Subió la ventanilla. El coche apareció en el cruce delante de él y se paró. Vio al conductor. Era el hombre alto que había rodeado con el brazo a Emily Kramer.

Hobart esperó a que el hombre doblara a la derecha por Vanowen y puso en marcha el motor. Esperó hasta ver que el vehículo se alejaba. Vio que había una segunda persona, más menuda, en el asiento del pasajero. Hobart mantuvo los ojos clavados en el coche mientras dejaba que se alejara más. Un par de autos pasaron en la misma dirección. Cuando el vehículo casi se había perdido de vista, encendió los faros y lo siguió.

Acortó distancias hasta situarse a medio kilómetro. Cuando apareció un camión detrás de él, dejó que le adelantara y después se colocó detrás, para que el hombre que iba con Emily Kramer, si miraba por el retrovisor, viera los faros del camión, pero no los de él.

Hobart siguió al camión durante unos tres kilómetros, con la vista fija en el coche donde iba Emily Kramer. Cuando el camión giró a la derecha, aceleró un poco y se sumó a una camioneta y un todoterreno, como si fuera un vehículo más en el tráfico. El todoterreno pasó al carril de giro a la izquierda, y unas cuantas manzanas después la camioneta se desvió por el camino de entrada a una gasolinera.

Hobart se quedó en el carril derecho y mantuvo la distancia, hasta que el hombre dobló a la derecha por una calle lateral. Entonces disminuyó la velocidad. No creía probable que el conductor hubiera reparado en sus faros más que en los demás, pero en una calle residencial, a altas horas de la noche, no habría más coches que el de él. Giró en persecución del vehículo, frenó en el bordillo, apagó las luces y siguió con la vista los faros posteriores del coche hasta que volvió a girar.

Hobart avanzó poco a poco hasta que llegó a la esquina en la que había girado el otro coche. Se detuvo en la señal de *stop* y vio que el vehículo seguía un camino de entrada que había junto a una casa. Esperó un cuarto de hora, dio la vuelta a la manzana para pasar por delante del camino de entrada que había tomado el coche y tomó nota del número de la casa. La puerta del garaje estaba cerrada. Había una tenue luz visible en el segundo piso, pero entonces se apagó.

Jerry Hobart giró a la izquierda en la esquina, encendió las luces y volvió hacia Vanowen. Estaba cansado, con ganas de llegar al hotel y acostarse, pero la noche había sido productiva. Emily Kramer debía haber encontrado la prueba contra Forrest que su marido había escondido. Prender fuego a su propia casa y a la oficina sólo podía tener como objetivo convencer a Hobart de que esa información inculpatoria había sido destruida. Sabía que parte de su tiempo lo pasaba con un hombre, pero sabía exactamente dónde vivían. Podría raptarla cuando quisiera.

26

Ted Forrest llegó a la carretera treinta y tres y pasó al oeste de Mendota justo cuando la noche empezaba a dar señales de ceder el paso a la tenue luz grisácea que precedía el amanecer. Mientras conducía por el Valle Central, su coche atravesaba de vez en cuando algún banco de niebla. Era lo que la gente mayor llamaba la niebla de las alubias. En los días anteriores a la irrigación intensiva y eficaz, la niebla era una gran fuente de agua gratis para los cultivos de verduras.

Conocía esa carretera tan bien que atravesaba los bancos de niebla sin aminorar la velocidad. Se creía capaz de detectar cualquier obstáculo que bloqueara su carril con antelación suficiente, y si no pudiera, se saldría de la carretera y dejaría que el coche agotara su aceleración en las hileras de alcachofas y rábanos que había estado viendo durante los tres últimos kilómetros.

Cuando llegó a una elevación y reconoció la larga carretera que le esperaba, sacó el móvil de la guantera y lo encendió. Mientras despertaba, oyó el tono musical familiar, y casi al instante el que anunciaba un mensaje. Contempló la pantalla: trece mensajes y veintiuna llamadas perdidas.

Forrest se sentía cansado y nervioso por lo que había hecho, y escuchar los mensajes se le antojaba una tarea insoportable. Decidió dejarlo para más tarde. En cualquier caso, no tardaría en llegar a casa. Después cambió de opinión. Tenía que saber si Kylie había llamado, y era peligroso dejar sus llamadas en el buzón de voz. Marcó el número de mensajes y el código y escuchó.

«Ted. —Era la voz de Caroline, no la de Kylie—. Creo que deberías volver a casa ahora mismo. Sabes que hemos de hablar, y posponerlo no servirá de nada.»

Apretó la tecla del tres para borrarlo, y dejó su dedo sobre la tecla mientras escuchaba el siguiente mensaje.

«Ahora son las siete. Voy a salir a cenar con unas amigas. Supongo que habrás escuchado mi anterior mensaje y decidido ignorarlo. O quizás has dejado desconectado el móvil todo el día, que para el caso es lo mismo. No llegaré a casa antes de las diez, pero puedes llamarme al móvil.»

Escuchó la siguiente llamada. Al principio, había casi silencio, pero después oyó la respiración de una mujer y sonidos que podían ser de tráfico.

«Siento no haber oído su llamada en horas de oficina. —Era Kylie—. Aún estaba en clase de violín, y después fui a trabajar, de modo que no pude mirar si había mensajes. Estaré libre y esperando su llamada desde ahora hasta mañana. —Tuvo la impresión de que no sabía cómo terminar su mensaje—. Soy Kylie Miller. Mi número es...»

Apretó el tres y lo borró.

A continuación, había ocho llamadas más de Caroline, cada una de tan sólo uno o dos segundos. «Llámame», «Soy Caroline», «Otra vez yo» y, en una ocasión, «¡Mierda!» Su última llamada era de las tres de la mañana (consultó su reloj), unos tres cuartos de hora antes. Eso estaba bien. Lo más probable era que se hubiera rendido y acostado. Podría entrar, ocupar uno de los cuartos de invitados y dormir un poco.

Recordó que al marcharse había decidido controlar el buzón de voz de Kylie para asegurarse de que había borrado su llamada de ayer. Apartó los ojos de la carretera un momento para marcar el número de su buzón de voz y después el número de teléfono. A la primera llamada, la voz de una chica joven dijo: «Hola, Kyl. Soy Tina. Dime algo sobre la fiesta de esta noche». La hora de la llamada era las seis y cuarto. ¿Por qué no tenía Kylie el teléfono conectado a las seis y cuarto? Ah, sí. Recordó. La clase de violín. Había dejado su mensaje por la mañana, de modo que si ella hubiera olvidado borrarlo ya lo habría escuchado.

Pero no colgó todavía.

El siguiente mensaje era de la misma voz: «¿Kylie? ¿Aún quieres que te lleve en coche esta noche? Llámame». Ted Forrest se dio cuenta de que apenas respiraba, y de que tenía una sensación de vacío en el estómago. Se dijo que todo iba bien. La había llamado temprano para decirle que se iba. Ella había borrado el mensaje, intentó llamarle, y después decidió ir a una fiesta con una amiga llamada Tina. Había oído hablar de Tina, pensó. Kylie no paraba de hablar, pero era como los ronroneos de un gato, un sonido continuado que emitía porque se sentía a gusto y satisfecha. No había escuchado sus anécdotas con suficiente atención para saber todos los nombres de sus amigos con certeza.

Sabía que debería sentirse contento. No era bueno para una chica joven aislarse de los amigos de su edad. Hasta podía conseguir que se sintiera inquieta y cansada de él, y su joven mente reaccionara para lograr lo que necesitaba, como hacía un cuerpo en crecimiento cuando le faltaba un nutriente. Ir a una fiesta era bueno por una docena de razones. Kylie era gregaria y tenía montones de amigos. Si alguno empezaba a fijarse en que casi ninguna noche estaba libre, podrían desatarse las habladurías. Ése era el peligro que más debía preocuparle, porque no lo controlaba. Si hablaban, los chismorreos acabarían llegando a los oídos de la madre de alguna amiga.

Pero no podía evitar sentir una especie de celos ciegos y galopantes. Sabía que no existían esperanzas reales de mantener alejada a Kylie de los chicos de su edad, y absolutamente ninguna de que no despertara el interés de alguno.

Continuó escuchando.

«Kylie, soy Mark. Quería saber si haces algo el viernes. Mi número es...»

Forrest borró la llamada.

Borró dos llamadas más de chicos, y una de una chica que reía demasiado para ser una compañía sensata y segura, y que invitaba a Kylie a «salir por ahí», a ver si se encontraban con Hunter y Shane.

Cuando hubo escuchado todos los mensajes, guardó el teléfono en el bolsillo y empezó a sentir una energía maníaca. Sabía que era tan sólo el nerviosismo de demasiadas horas al volante. Había conducido hasta Los Ángeles, pasado una noche en vela y regresado, en estados cambiantes de preocupación, miedo y nerviosismo.

Pero lo había conseguido. Había conseguido prender fuego tanto a la casa como a la oficina de Kramer en una sola noche. Había destruido la prueba que el detective había querido utilizar para chantajearle, y probablemente cualquier copia secreta que no hubiera tenido la intención de entregar. Si Philip Kramer había sido lo bastante astuto para esconder la prueba en un tercer lugar, había salido derrotado. Si no había aparecido todavía, era que no había dicho dónde la había escondido. Permanecería oculta siempre.

Era una jugada maestra, el tipo de gran idea y acción decisiva y audaz que ganaba guerras. La certeza de que había dado el golpe y vuelto a casa sin que le descubrieran empezó a embriagarle. Estaba libre, estaba a salvo, era invulnerable. Jerry Hobart todavía estaba tramando el asesinato de Emily Kramer, y eso era bueno, pero ahora que había quemado la prueba, ya no era esencial. En cuanto pagara a Hobart, se olvidaría de muchas cosas desagradables.

Mientras conducía por el tramo cada vez más familiar de la carretera en dirección a su casa, sabía que iba a adelantarse al sol por un amplio margen. En cuanto hubiera luz suficiente para trabajar, siempre habría peones en los campos que tal vez recordarían haber visto pasar un coche al amanecer. Para entonces, Forrest estaría dormido. Al cabo de unos minutos, vio su casa sobre una loma, al final del largo camino de entrada.

La puerta estaba cerrada. Buscó el mando a distancia en el hueco de la puerta, oprimió el primer botón y la puerta se deslizó a un lado. Luego volvió a apretar el botón para cerrarla. Era estupendo sentirse protegido de nuevo por la verja de acero.

Forrest subió con parsimonia por el largo camino de entrada y rodeó la mansión hasta el garaje. Sintió un momento de tensión cuando oprimió el botón que abría la puerta del garaje. ¿Y si estaba vacío, a excepción de la camioneta y la cortadora de césped que utilizaban los jardineros? ¿Y si Caroline había subido a su Jaguar para dirigirse hacia la visión de futuro que su mente egocéntrica había construido durante su ausencia? El hecho de que la idea hubiera surgido de la nada se le antojó profética. La corriente del universo había obrado en su favor durante las últimas veinticuatro horas. ¿Sería un último regalo?

Apretó el segundo botón.

En cuanto la puerta empezó a alzarse, reconoció los neumáticos del Jaguar en su plaza y después el metal reluciente. Su premonición sólo había sido una fantasía. Detuvo su coche en el espacio contiguo al Jaguar, oprimió el segundo botón del mando a distancia para cerrar la puerta y después apagó el motor del vehículo.

Se quedó inmóvil un momento, con la vista clavada en la pared posterior del garaje. En ella estaba la puerta del antiguo cobertizo de los arreos, la cual le recordó las cosas que se había llevado. Apretó el botón que abría el maletero, bajó, recogió su pequeña maleta y echó un vistazo al interior. El coche estaba limpio. Cerró el maletero y salió por la puerta lateral del garaje al camino de piedra que conducía a la casa. Aún estaba oscuro, pero oyó los gorjeos de los pájaros, heraldos de la salida del sol.

Tomó la precaución de sujetar las llaves contra la palma de la mano para que no tintinearan cuando abriera la puerta principal. Se preparó para teclear el código que desactivaba la alarma antes de que sonara y después empujó la puerta hacia dentro. La alarma estaba desconectada y exhaló un suspiro de alivio. Sin duda, Caroline había decidido que no quería que la despertara.

Entró en el amplio vestíbulo de la casa y notó la superficie resbaladiza de las losas de mármol, el dibujo en blanco y negro apenas visible a la tenue luz de las estrellas que se filtraba por la claraboya. La presencia sustancial y pesada de la arquitectura consiguió que se sintiera todavía más protegido e invulnerable que antes. La casa no sólo consistía en grandes espacios interiores y gruesas paredes. Hardinfield era inexpugnable. Sabía muy bien que montones de personas vivían en la costa, al sur y al norte —gente de los estudios de cine y multimillonarios de la informática— y que esa gente tenía dinero suficiente para construir varias casas como las de él. Pero no habría sido correcto, y daba la impresión de que hasta ellos se daban cuenta. Cuando abrían las ventanas, no veían el panorama de tierra desnuda que se alejaba hasta las laderas de las colinas. Veían las casas de los demás ricos, amontonadas en las calles de Beverly Hills o San Francisco, o bien pegadas unas a otras en Malibú.

—Veo que has vuelto.

Su cabeza se volvió hacia la voz de Caroline. Un sofá colocado al otro lado del arco abovedado de la sala de estar había sido desplazado hasta el vestíbulo. Cuando sus ojos se adaptaron a las sombras de la pared del fondo, vio que su mujer vestía unos tejanos y una sudadera; tenía un edredón amontonado a su lado.

—¿Qué estás haciendo aquí? ¿Has dormido ahí?

—No quería que te escaparas.

—Muy interesante. Ya me lo contarás en otro momento. Me voy a la cama.

Se dirigió hacia la escalera.

—Quiero hablar ahora, Ted. No hay criados en la casa. Le dije a Maria que le concedía descanso el resto de la semana, así que podemos arreglar esto. Vamos a empezar ahora mismo.

Forrest casi había llegado a la escalera, pero el tono de su voz le impulsó a detenerse.

—¿Ah, sí? ¿Algo urgente?

—No lo dudes. Muy urgente. Me gustaría que dejaras tu maleta y me acompañaras a la biblioteca, donde podremos vernos bien y hablar.

—¿Y qué pasará si esperamos a que haya dormido un poco, me haya duchado e incluso desayunado algo?

—¿Intentas obligarme a decir algo que te conceda la excusa de escaparte? No quiero amenazarte.

—Me parece estupendo. Creo que en este momento no puedes amenazarme con gran cosa, ¿verdad? ¿O acaso piensas decirme que habrá menos sexo, o que serás más extravagante y exigente? En este último caso, te resultaría imposible encontrar tiempo para ello.

—Sólo querías herirme, y siempre te sale bien, porque lo que me hiere es que quieras hacerlo. Pese a eso, pese a todo lo sucedido durante los últimos años, he descubierto que eres más importante para mí que cualquier otra persona. Siempre que hago algo o pienso en algo, te estoy buscando en parte, para asegurarme de que te has dado cuenta. Sé que es un acto reflejo, porque hace años que no me ves ni me escuchas. Lo que más me duele es la injusticia.

—¿Qué es injusto?

—No mantenemos una relación mejor porque tú no lo has querido. Cuando empecé a buscar cosas para mantenerme ocupada, no las elegí para sustituirte. Estaba llenando un hueco. —Bajó la vista y sacudió la cabeza, como si desechara una distracción—. Da igual. No quiero pelear, sólo quiero salvarte.

Forrest tenía la mandíbula tensa, pero habló en voz baja.

—¿De qué coño estás hablando?

—He escuchado tus mensajes telefónicos.

—¿Cómo?

—Ya me has oído. Estás manteniendo una... Ni siquiera sé cómo llamarla. ¿Se puede mantener una relación con una niña?

Forrest experimentó la sensación de que se le había paralizado el corazón, pero después notó que volvía a latir. Apenas podía respirar.

—¿Por qué demonios dices eso?

—¡Jesús, Ted! He oído su mensaje. Pregunté a la hija de Maria si la conocía del colegio, y así era. Esa chica apenas tiene catorce años, Ted... Es una niña. Te has estado acostando con una niña. —No pudo decirlo sin que su boca se deformara, de modo que su rostro se convirtió en una máscara de horror y desesperación—.

Hay un médico, un psiquiatra, especializado en estas cosas. Burt, el primo de Diane Bidwell, ha recurrido a sus servicios, y ella opina que le ha salvado la vida. Fue absolutamente confidencial.

—Hasta que Diane lo descubrió.

—Me acuerdo del nombre del médico, de modo que no tendremos que pedir las referencias a otro. Puede ser algo...

—Basta ya —interrumpió Forrest—. No te molestes en terminar. La respuesta es no.

—No es tan sencillo. El problema no va a desaparecer de un día para otro. No puedes acostarte con niñas. Si alguien lo descubre, irás a la cárcel. Y si esta tal Kylie Miller te va dejando mensajes en tu buzón de voz, ¿cuánto tiempo durarás? Sus padres, profesores, amigos lo descubrirán.

—Muy divertido —resopló Ted Forrest—. Te equivocas de cabo a rabo. Es tan sólo una cría que quiere un empleo de verano en la oficina de Forrest Enterprises. Fue a hablar con Denise, y Denise ha estado intentando concertar una entrevista. Eso es todo.

Sabía que su voz era demasiado inexpresiva, pero esperó que ella no se hubiera dado cuenta.

—¿Denise da tu número de teléfono personal a las aspirantes a un empleo?

—A veces. ¿Por qué no? Es una chica de instituto, no una acosadora.

—Ted, no se trata de un juego. No se trata de la infidelidad habitual. Estoy acostumbrada a eso. Cuando dejaste de desearme, sabía que estabas manteniendo relaciones sexuales con alguien, y durante algunos años intenté saber siempre con quién. Me enteré de lo de las esposas de tus amigos porque me encaré con una y me lo contó. Sabía lo de las amantes de tu oficina debido a la forma en que me tratabas. Sabía que debía haber otras porque vi facturas de habitaciones de hotel de San Francisco y Sacramento que habías utilizado de día. Siempre me eché la culpa por no ser lo bastante atractiva, divertida o lo que fuera, y callé. Esta vez no. Has de someterte a terapia cuanto antes.

—Ya, tú lo que quieres es que ingrese en un hospital para gastarte mi dinero mientras a mí me tienen sedado hasta el punto de ser incapaz de salir por la puerta, ¿verdad?

—Estoy intentando salvarte.

—¿De qué?

—Es una niña.

—Es un par de años más joven que tú cuando nos conocimos.

—Ahora veo lo nuestro de forma muy diferente a como lo veía cuando yo tenía diecisiete años y tú treinta. La gente hablaba, y ahora sé que tenía razón. Tienes un problema, y has de admitirlo y ver a un médico.

—Eres una mujer celosa que quiere encerrarme. ¿Qué tipo de terapia me recomiendas? ¿Castración química? Es la perfecta fantasía vengadora.

—Mis fantasías no son ésas, Ted. Sueño con llevar una vida decente y normal.

—¡Genial! Hazlo. Compórtate como lo habrías hecho si nunca me hubieras conocido. Lleva una vida decente y normal. Te pagaré un sueldo. Búscate un buen chico. También le pagaré un sueldo.

—¿Estás tan ciego que no lo ves? Te has metido en un lío. Si inicias una terapia voluntaria antes de que alguien se entere, podríamos impedir que fueras a la cárcel. Hasta podríamos resolver extrajudicialmente la denuncia que presenten sus padres cuando se enteren. Cosa que harán, no te quepa duda. Esa chica carece de sentido del decoro.

Forrest paseó por el recibidor un momento y después se detuvo delante de Caroline.

—Escúchame con atención. Te equivocas con Kylie, y te equivocas conmigo. Has escuchado un mensaje telefónico en el que una joven de los alrededores a la que ni siquiera conozco llamó para concertar una entrevista de trabajo. Tu imaginación y tu amargura lo han magnificado todo hasta convertirlo en una gran historia. Pero te equivocas.

—El mensaje que yo he escuchado no tiene nada que ver con

una entrevista de trabajo. —Caroline compuso una expresión de asombro, y después de perplejidad—. No parece que... —Calló—. ¿No lo has oído? Oh, Dios mío. Supongo que no. Llamó a tu oficina. Guardé el mensaje después de escucharlo para oír los demás.

Cruzó el vestíbulo en dirección a una pequeña puerta situada al lado de la biblioteca, entró y regresó con el teléfono inalámbrico del escritorio. Tecleó los botones de mensajes. Se detuvo a escasa distancia de él y se lo dio.

Forrest cogió el teléfono y dio media vuelta.

«No tiene mensajes nuevos, y hay cuatro mensajes guardados. Para oír sus...» Apretó la tecla y escuchó: «Hola, Ted. —Era la voz de Kylie—. He llamado a tu móvil, pero debía estar desconectado, así que probé tu línea privada. Esta noche te he echado de menos. Esperaba estar en la cama en este momento. Pero no sola, sino contigo, tonto. En cambio, acabé en una estúpida fiesta con Tina. No pude soportarlo, de modo que volví a casa temprano y ahora estoy tumbada pensando en ti». Ya había oído bastante. Apretó el tres y oyó: «Mensaje borrado».

No se le ocurrió nada que decir. Caroline sabía quién era Kylie y había descubierto su edad. De pronto, Forrest se sintió agotado, el cuerpo entumecido de estar tantas horas sentado en el coche, y aunque su mente parecía funcionar a toda máquina, no aportaba ninguna idea. Caminó hasta la escalera, dejó el teléfono sobre un escalón, recogió la maleta y se dispuso a subir.

—¿Ted? —Al principio, lo dijo en voz baja, pero luego subió el tono—. ¿Ted?

—Ahora no tengo ganas de hablar.

—No tienes otra alternativa.

—No tengo nada que decirte.

Subió el primer peldaño, y por el silencio juzgó que le estaba siguiendo.

Habló desde atrás.

—Tienes una única oportunidad, Ted. Una, y luego se acabó.

Puedes ayudarme a intentar arreglar esto: rompe con la chica, págale si es necesario y sométete a terapia. Si no lo haces, tendré que llamar a la policía.

Forrest giró en redondo. Sentía el pulso en el cuello y las sienes. Vio a Caroline como envuelta en una niebla rojiza. Vio que retrocedía, y su expresión de alarma pareció revelarle lo que debía hacer. Ella se dispuso a correr.

Al instante siguiente se abalanzó sobre ella. Rodeó su cintura con un brazo, la levantó del suelo y después empezó a cruzar el vestíbulo arrastrándola.

—¡Me estás haciendo daño! —chilló Caroline.

La empujó hacia el pasillo que conducía a la cocina sin soltar su cintura. Abrió la puerta contigua a la despensa, la retuvo en lo alto de la escalera que descendía al sótano y encendió la luz. Ella empezó a gritar y a debatirse, como si pensara que iba a arrojarla escaleras abajo, pero él cerró la puerta a su espalda, la sujetó con más fuerza y la obligó a bajar. Caroline dejó de chillar. Le costaba respirar debido a su esfuerzo por luchar contra un contrincante más grande y fuerte.

Ted Forrest la introdujo en la sala de cata de vinos, con sus paredes de piedra y el falso techo de aspecto teatral que los decoradores de Caroline habían añadido, dejó atrás la larga mesa rodeada de sillas de cuero y las vitrinas de la cristalería, y se encaminó al fondo de la estancia. Abrió la pesada puerta de roble que daba a la bodega y encendió la luz. La empujó al interior de la larga y estrecha habitación forrada de botelleros que llegaban al borde del techo arqueado y cerró la puerta a su espalda. Ella empezó a gritar de nuevo.

—¡Cierra el pico! —ordenó Forrest—. Nadie puede oírte.

Ella tenía los ojos abiertos de par en par y el pelo desordenado.

—¿Qué estás haciendo? ¿Estás loco?

—Ya hemos hablado de esto. No, no estoy loco. Sólo te estoy concediendo la oportunidad de estar calladita un rato y pensar, antes de que cometas una estupidez de la que no puedas volver atrás cuando te tranquilices. Quiero que te serenes y reflexiones sobre el hecho de que estás furiosa porque he estado saliendo con una mujer más joven.

—No es una mujer. Es una niña.

Él hizo caso omiso del comentario.

—Tus celos te están haciendo perder el sentido de la proporción. Estás lanzando terribles amenazas y exigencias desaforadas. ¿No va esto de «quién es el más bueno»? No es que estés interesada por mí y luches por recobrar mi afecto. Es que no quieres perder, aunque no desees el premio.

—Se trata de un delito, Ted. Un delito grave.

—¿Es eso lo que te da miedo? Sabes que durante todo este tiempo que has vivido en mi casa hemos sido capaces de tolerarnos mutuamente, y te he tratado bien. Quiero continuar así, si te place. Si no, pactaremos un divorcio con un acuerdo justo, y podrás hacer algo que te guste más. —Hizo una pausa—. Sin embargo...

—¿Sin embargo?

—Sí. Has de saber que jamás permitiré que me encierres en una institución mental o que me detengan. Eso no va a suceder.

—¿Lo vas a impedir encerrándome?

—¡Oh, por favor! Estás en la bodega de nuestra propia casa.

Ella le fulminó con la mirada, pero mantuvo la distancia, y retrocedió un paso hasta que su espalda entró en contacto con uno de los botelleros que iban del suelo al techo. Forrest adivinó que ya estaba empezando a sentir el frío de la bodega. El termostato que sus decoradores habían insistido en instalar mantenía la habitación a una temperatura constante de trece grados.

Forrest salió de la habitación, cerró la puerta y giró la llave, pero la dejó en la cerradura como de costumbre. Oyó que ella golpeaba la puerta mientras se dirigía a la larga mesa de madera situada en el centro de la sala de catas, y cogió el cubo de plata que Caroline había facilitado a sus invitados para que escupieran el vino durante la ridícula cata que había celebrado el mes pasado.

Cuando ella oyó que la llave giraba en la cerradura, dejó de dar golpes.

Forrest abrió la puerta y la vio de pie a dos metros de distancia, con una expresión de suficiencia en la cara. Le ofreció el cubo.

—He pensando que tal vez lo necesitarás en algún momento.

—Hijo de puta.

Forrest cerró la puerta con llave. Subió a la planta baja y luego siguió el pasillo hasta los aposentos donde vivía Maria, el ama de llaves. Llamó con los nudillos a la puerta, y luego volvió a llamar.

—¿Maria? Soy el señor Forrest.

No hubo respuesta, de modo que abrió la puerta y se asomó. Atravesó la pequeña sala de estar donde la mujer tenía el televisor y la mesita auxiliar sobre la que descansaba su costura y algunas revistas en español. Entró en su dormitorio y vio la cama hecha, el tocador con los habituales productos de cosmética y cepillos para el pelo. Después se acercó al ropero y abrió la puerta corredera. La maleta que la mujer utilizaba siempre cuando iba a ver a su familia en Ventura no estaba. Miró la ropa que colgaba de las perchas y vio que también faltaban algunos trajes con los que estaba acostumbrado a verla.

Caroline había dicho la verdad.

27

Emily entornó los ojos bajo el sol de la mañana, delante de la puerta del edificio de apartamentos de estuco verde, y tocó el timbre. Le sonó terriblemente ruidoso, y la impulsó a mirar atrás para asegurarse de que no había nadie cerca. Los edificios de tres pisos eran idénticos, cada uno con la misma puerta de entrada gruesa y pesada, protegida por arriba con un pequeño saliente curvo parecido a la mitad de un barril, y ventanas cuadradas al lado, dos arriba y dos encima de éstas. Sabía que debía haber imaginado que la estaban vigilando. ¿Cómo podía aquel hombre vigilarla? Si él podía verla, ella podría verle a él.

Durante casi toda su vida había pensado en un acosador como en una presencia espectral, quizás un asesino escondido en el asiento trasero del coche cuando lo ponía en marcha, o sentado entre los matorrales cerca de su casa cuando se esforzaba por introducir la llave en la cerradura. Sentía un escalofrío en la nuca, como si alguien le estuviera echando el aliento encima, y se giraba al instante para protegerse. El acosador nunca estaba, de forma que no había concedido al enemigo una forma específica. Hasta ahora.

No era como si el hombre del pasamontañas hubiera aparecido por accidente y se hubiera transformado en el desconocido que ella siempre había temido. Era como si siempre hubiera estado allí, y ella hubiera cometido al fin la equivocación de volverse demasiado deprisa, antes de que él pudiera desvanecerse. En cuanto había abierto los ojos aquella noche y le había visto de pie junto a su cama, lo había convertido en un ser real.

Se oyó un chasquido en el altavoz de la pared y escuchó la voz de April.

—¿Sí?

Emily se acercó más al enrejado del micrófono.

—¿April? Soy yo, Emily. Siento venir tan temprano, pero es importante.

Se hizo un momento de silencio, como si la joven estuviera reprendiéndose por haber contestado al timbre.

—Emily —dijo—, lo siento, pero no me apetece. No quiero hablar.

—Por favor, April, corro un peligro terrible. Mi casa y la oficina se han quemado esta noche. Necesito tu ayuda.

Esperó a que la chica contestara. Transcurrieron unos segundos, y después el zumbido ruidoso le indicó que había abierto la cerradura eléctrica de la entrada. Abrió la puerta y entró a toda prisa. No pudo impedir mirar atrás una vez más, casi esperando ver la figura espectral abalanzándose sobre ella antes de que la puerta se cerrara. Esperó hasta oír el chasquido, salió del pequeño vestíbulo, dobló la esquina y subió un par de peldaños hasta el pasillo alfombrado.

Se le ocurrió la malhadada idea de que estaba siguiendo los pasos de Phil. Habría recorrido este pasillo con frecuencia, pisado esta alfombra. Reprimió la mezcla de dolor y furia y continuó. Cuando localizó el apartamento y alzó la mano para llamar, April abrió la puerta. Emily recordó apartamentos en los que había vivido, primero sola y luego con Phil. Siempre oía a alguien acercarse a la puerta del apartamento desde el momento en que pisaba el vestíbulo, algo concreto sobre la dirección de sus pasos, y también algo audible en sus intenciones.

April llevaba un chándal rosa y se estaba pasando los dedos por su largo pelo rubio desordenado.

—Entra.

Dio media vuelta y Emily vio «ACTRIZ» escrito en la parte posterior de los pantalones.

Entró y cerró la puerta. La sala de estar tenía unos cuantos muebles baratos, lo bastante pequeños para que una mujer los moviera y montara sola, algunas fotografías enmarcadas de camelias rosa y narcisos amarillos muy ampliadas. Había revistas en los asientos de cada butaca, dispuestas en homenaje al televisor, y Emily vio que April aún no había quitado la mesa después del desayuno.

—Siento muchísimo molestarte.

—¿Has dicho que hubo un incendio?

—Dos incendios al mismo tiempo. Mi casa y la oficina quedaron destruidas. No sé si la persona que lo hizo intentaba hacerme salir a la oscuridad para matarme, o si sólo intentaba asustarme... Un hombre vino a mi casa hace dos noches para reclamar algo que Phil tenía. Dijo que se trataba de información sobre un hombre poderoso. Cuando le dije que yo no la tenía, quiso secuestrarme, pero entonces llegó Dewey a mi casa y le asustó.

—Lo siento —dijo April—. Me enteré de eso, y estuve a punto de llamarte, pero no estaba segura de que quisieras hablar conmigo.

—Desde que Phil fue asesinado, he estado buscando algo que lo explicara, tal vez un caso que se le escapó de las manos, o una disputa personal. Después de que aquel hombre entrara en mi habitación, Ray me ayudó a poner la casa patas arriba para encontrar lo que él buscaba, y les dije a Dewey y Billy que hicieran lo mismo en la oficina.

—Me siento fatal —dijo April—. Dewey me pidió que les ayudara a registrar la oficina, pero no pude. Era demasiado para mí. —Se puso a llorar—. Quiero dar por concluida esta etapa de mi vida. Siento lo que te hice..., lo que te robé. Si tuviera que hacerlo otra vez, no lo haría. Pensé que una agencia de detectives sería emocionante, y luego pensé que amaba a Phil. Ahora sé que fui una estúpida.

—April, no he venido a sermonearte. No me has hecho nada. No fuiste la primera. Si hubo una robamaridos, fue hace veinte años. Lo que quiero no es...

—Lo sé.

—¿Qué?

April sacudió la cabeza. Su rostro empezó a derrumbarse de nuevo.

—Pensaba que era la única, y que nos habíamos enamorado. Eso me dijo él.

—Oh, no me extraña. ¿Qué te hizo cambiar de opinión?

—Ray Hall.

Emily se quedó estupefacta un momento, y después comprendió que no tenía por qué.

—¿Ray te habló de Phil? ¿Cuándo?

—Después de que tú y yo habláramos. Me hizo ver que las cosas no eran como yo creía. Me dijo que habían existido otras mujeres, a las que Phil les había contado la misma historia.

—Supongo que todas le creíamos. Escucha, April, creo que tienes razón en querer dejar atrás todo esto lo antes posible. No me gusta lo sucedido entre Phil y tú, pero ahora él ha muerto. Vació nuestras cuentas bancarias, lo cual significa que pensaba abandonarme, y no me dejó dinero para pagar el sueldo a la gente que trabajaba en la agencia. He de saber algunas cosas, y he de hacerte preguntas.

—De acuerdo.

—¿Pensaba huir contigo?

April compuso una expresión de incertidumbre.

—Lo he pensado, pero no lo sé. No lo creo. No me preguntó si quería irme con él. —Contempló la mesita auxiliar que tenía delante de las rodillas como si estuviera intentando distinguir las letras pequeñas de una revista—. Como he estado pensando desde que murió, me he dado cuenta de algo. Creo que yo no me habría ido con él. Creía que estaba enamorada de él, pero debía estar equivocada.

—Comprendo.

—En los últimos tiempos me he dejado crecer el pelo y he ahorrado dinero para ir a un gran estilista, Adrian Nolfi. Concerté una cita hace meses en su peluquería de Beverly Hills, no en la del oeste de Los Ángeles, donde están sus ayudantes. Phil lo sabía. No dijo: «Cancela la cita», ni nada por el estilo. —Hizo una pausa y miró a Emily—. Creo que también me iba a dejar a mí.

—Ya no estoy enfadada contigo ni te culpo de lo ocurrido —dijo Emily—. Antes de que nacieras, Phil ya había inventado toda clase de trucos para conseguir que las mujeres hicieran lo que él quería. Creo que no le importaba mucho mentirnos.

—No me cabe duda —dijo April—. Pero me siento fatal.

—En este momento tengo un problema terrible, y tal vez podrías ayudarme.

—¿Qué puedo hacer?

—El tipo que entró en mi casa todavía cree que Phil me dejó cierta información acerca de un hombre poderoso, y la quiere para él. No me cabe la menor duda de que me matará para conseguirla. Creo que los incendios de anoche fueron un primer intento de asesinarme, o bien una forma de obligarme a salir indefensa. Estoy más aterrorizada que nunca.

—Pensaba que la información se había quemado.

El corazón de Emily se aceleró. Intuyó que April estaba mintiendo. ¿Significaba eso que ella tenía lo que estaba buscando?

—Ojalá pudiera estar segura. Antes de los incendios, ya había registrado toda la casa y la oficina. Ray, Billy, Dewey y la policía también lo hicieron. Sigo pensando que tiene que estar en otra parte, en un lugar que nadie más, aparte de Phil, conocía.

—Aquí no está.

Emily estudió el rostro de April. Daba la impresión de ser lo bastante consciente y culpable para desear ayudarla.

—¿Alguna vez habló de que tenía algún proyecto de trabajo especial, de que iba a ganar mucho dinero, o de algo por el estilo? —preguntó.

—No lo creo. Siempre hacía lo mismo. Nunca decía gran cosa sobre lo que hacía, incluso cuando estábamos en el despacho, lo que me resultaba algo raro.

—¿Alguna vez te dio algo, una caja, un estuche, para que se lo guardaras?

—No —contestó ella al instante, pero algo inquieta—. Ah, espera. Sí que lo hizo. Pero fue hace mucho tiempo. Unos seis meses, más o menos. Era una caja.

—¿Qué había dentro?

—La verdad es que no lo sé. Me dijo que no lo mirara. Era una de esas cajas de artículos de escritorio elegantes. La puso..., mmm..., debajo de mi cama, y dijo que me olvidara de su existencia.

—Pero miraste qué había, ¿verdad?

—Al principio, sólo había el expediente de un caso, escondido debajo del papel de carta. De vez en cuando añadía cosas. Había un sobre de papel Manila y un par de cintas de casete. Después volvía a esconder la caja debajo de la cama, y nos olvidábamos de ella.

—¿Dónde está la caja?

—No lo sé. Un día, pasó por aquí, la sacó y se la llevó.

Mientras April hablaba, Emily se imaginó a su marido dejándose caer por el apartamento un momento para llevar a la joven a un restaurante o algo por el estilo, pero cuando dijo «pasó por aquí», la imagen cambió. Estaba en el dormitorio con ella. Tenía que haber sido a primera hora de la tarde, cuando podían fingir que habían salido a comer, así que habían bajado las persianas para protegerse del sol. Los dos estaban desnudos porque habían hecho el amor. Phil debió consultar su reloj, se levantó, se puso los pantalones, y después se arrodilló para coger los calcetines que habría tirado. Seguramente sacó entonces la caja de debajo de la cama. Cuando volvió al trabajo con April, no dijo nada de la caja, sólo se la llevó con él. Emily tuvo ganas de llorar, pero se reprimió.

—¿Puedes decirme qué aspecto tenía?

—¿La caja?

—Sí.

—Tenía el tamaño de un paquete de folios. La parte de abajo era blanca, pero la de encima era de color marrón, con letras doradas que ponían algo, el nombre de una marca.

—¿Te acuerdas cuál era?

—Lo siento. Sólo eran palabras, ni dibujos ni nada. Sólo me acuerdo de eso. En aquel momento no me pareció importante.

—¿Todavía había papel de carta dentro?

—Algo. Siempre que añadía cosas, sacaba suficiente papel para que la caja pudiera cerrarse. Cuando se la llevó, sólo había una tercera parte de papel de carta.

Emily reconoció la forma de actuar de Phil. Había llevado sus papeles al apartamento de la amante de turno. Y después escondió la información sobre ese hombre poderoso en una caja de papel. Muy propio de su marido.

—Lo escondió aquí para que estuviera a salvo. ¿Dijo de quién era?

—No.

—¿Explicó por qué se la llevó?

—No lo sé.

De pronto, Emily cayó en la cuenta.

—April, ¿otras personas de la oficina sabían lo vuestro?

—Ray Hall. Estoy segura de que lo sabía entonces, pero ahora dice que sólo lo sospechaba, que no lo sabía cierto.

—¿Alguien más?

—No. Y Ray dice que nadie más lo sabía. Yo nunca se lo conté a nadie, y éramos muy discretos. Phil era muy desconfiado. No le gustaba que la gente supiera cosas de él. Si hubiera podido sostener una relación conmigo sin que yo lo supiera, lo habría hecho. Quiero decir, estaba casado y...

Hizo una pausa, sin saber cómo terminar la frase.

—Lo sé. Dime otra cosa. ¿Alguna vez oíste hablar de otra mujer con la que se hubiera liado?

—No. Phil me aseguró que nunca había estado con otras. Ray me dijo que sí, pero no me dio nombres. Nadie dijo nada delante de mí al respecto.

—¿Ni siquiera Ray?

—Sólo después de que Phil muriera. Creo que nadie, excepto

THOMAS PERRY

Ray, sabía cosas personales de Phil, pero era su amigo. Nunca cotilleaba sobre él.

Emily se levantó con brusquedad.

—He de irme.

—¿Ocurre algo?

—He de irme —repitió—. Gracias por decirme la verdad. Puede que eso me salve la vida.

28

Hobart vio que Emily Kramer abandonaba el edificio de apartamentos. Daba la impresión de que iba con prisas. No cesaba de preguntarse por qué había salido en una mañana como ésa, después de los incendios, para ir a ver a otra mujer. Cuando había abandonado la casa donde había pernoctado, en Van Nuys, había supuesto que llevaría puestos los mismos tejanos y la misma sudadera que vestía durante el incendio, pero iba vestida con pantalones negros, una chaqueta negra y zapatos planos. Al ver su ropa, había empezado a inspeccionar las manzanas circundantes, por si veía al investigador de incendios provocados que la mantenía vigilada. Si la policía hubiera estado vigilando, su ropa habría sido el argumento decisivo. Una persona que el día anterior se lleva su mejor ropa antes de que arda la casa es un pirómano.

Hobart estaba sentado en su tercer coche. Había devuelto el vehículo de Whitley, alquilado uno con el que había conducido hasta el incendio y ahora tenía otro. Era un todoterreno pequeño, un Lexus cuyo color costaba definir. Su tono era metálico, y a veces le parecía gris y otras tostado, de modo que casi parecía fundirse con la carretera. Lo había elegido porque tenía las ventanillas tintadas, con lo cual la persona que iba dentro se convertía en una silueta tenue.

Hobart había dedicado casi toda la primera parte de la mañana a ultimar sus preparativos. Sabía que tendría que haber matado a Emily Kramer. Habría sido facilísimo. Podría haber esperado sentado en una silla plegable de su patio trasero y haberle disparado en la cabeza una bala del calibre trescientos ocho. Se habría desplomado como una marioneta con los hilos cortados. El disparo habría sido escandaloso, pero los vecinos dormidos que escuchaban un solo disparo no solían levantarse a investigar. En cambio, se quedaban quietos, sin apenas respirar, a la espera de escuchar la siguiente detonación: «¿Ha sido eso un tiro? Chisss. Escucha». Y Hobart habría ido a casa de Theodore Forrest, recogido sus segundos doscientos mil dólares y continuado su vida.

No. No habría continuado su vida. Estaba tan cansado que cada vez se le hacían más cuesta arriba estos trabajos. Tal vez por eso no había podido resistir la tentación de matar a Whitley. Era sin duda lo que le había decidido a buscar la información sobre Theodore Forrest. Cuando sumara el dinero que podía obtener de Forrest a la cantidad que ya había conseguido ahorrar a lo largo de los años, tendría suficiente.

Hobart suponía que no vivía tan mal como algunas personas, pero había ahorrado. Cuando terminaba un trabajo, ingresaba casi todo el dinero. Al principio, había albergado la esperanza equivocada de que Valerie le perdonaría por haber ido a la cárcel. Cuando esa esperanza se reveló vana, continuó ahorrando. El dinero se convirtió en algo más simbólico que práctico. Necesitaba acumularlo para superar la sensación de inutilidad y vacío que arrastraba desde el día de su detención. Intentaba sentirse como si hubiera triunfado y ganado el dinero, en lugar de haber estado en la cárcel.

Vio que Emily Kramer se dirigía a su Volvo. Había aparcado frente al edificio de apartamentos. A esa hora del día, era algo inteligente. La distancia hasta el inmueble de apartamentos era muy corta, a plena vista bajo las ventanas de una docena de inquilinos del edificio y de dos docenas de fincas cercanas. Había conseguido que fuera casi imposible para él abordarla. Ahora estaba pensando con lucidez, como si supiera que corría peligro.

Era más inteligente e independiente de lo que había imaginado, y el descubrimiento le convenció más que nunca de que había intentado engañarle acerca de la información sobre Forrest. Había provocado los incendios para librarse de él, y eso significaba que estaba preparando una maniobra contra el californiano ricachón.

Habría enviado a Ray Hall, el hombre con el que se alojaba, para que hablara con Forrest en persona, mientras ella iba de un lado a otro, tal vez ocultando copias de las perjudiciales pruebas contra Forrest, cerrando cuentas bancarias y preparando un viaje.

Hoy iba vestida con elegancia. Daba la impresión de que una profesional había peinado su pelo oscuro, aunque sabía que no habría podido hacerlo sin que él se enterara. No podía olvidar su aspecto cuando estaba desnuda, una distracción que le impulsaba a arrepentirse de haberla obligado a hacerlo. Se mostraba reticente a dañar aquel hermoso cuerpo, y no podía evitar sentir una atracción sexual hacia ella que no era del todo afecto, sino aprecio. No podía permitirse vacilaciones. Hoy tendría que ser duro con ella. Tenía que convencerla de que le entregara los documentos que tenía, se rindiera y le dejara a Forrest.

Vio que el Volvo se alejaba del bordillo y avanzaba por la calle. Por la forma de acelerar de Emily, Hobart dedujo que estaba nerviosa y angustiada, pero estaba seguro de que aún no le había visto. En algunas ocasiones, había observado que las personas que debía matar parecían detectar su presencia. Daba igual que carecieran de motivos racionales para saber que alguien deseaba su muerte. Daba igual que nunca hubieran visto a Hobart o no sospecharan que debían temerle. Incluso las había visto ponerse nerviosas, ignorarle y mirar a otro. No cabía duda de que intuían que algo iba mal, pero no sabían quién o qué era el culpable de esa intuición. A veces cambiaban de planes: se demoraban más en una fiesta o en un bar porque no querían abandonar la luz o la compañía, o salían de un cine y volvían a la taquilla para comprar la entrada de una película que estaban proyectando en otra sala.

Hobart esperó a que ella doblara la primera esquina para poner en marcha el todoterreno y seguirla. En la esquina, dejó que pasaran algunos coches antes de girar. La siguió desde lejos durante unos minutos. Era fácil deducir que no le había detectado. No hacía movimientos bruscos para obligarle a revelar su presencia. Se mantuvo lejos de ella y la siguió hasta la autovía de Ventura.

Al cabo de unos tres kilómetros, Emily Kramer atravesó el paso elevado sobre la autovía de San Diego, pero no giró. Hobart pensó que tal vez se dirigía hacia el Valle Central para reunirse con Forrest. Esa idea le impidió respirar un momento. No debería ir a verle sola.

Theodore Forrest era rico, el miembro más importante de una familia poderosa. Si Emily Kramer iba a verle e intentaba conseguir que le diera dinero a cambio de lo que tenía sobre él, Forrest no sólo no le daría el dinero, sino que se quedaría con la prueba que tanto podía perjudicarle, y probablemente lo único que quedaría de Emily sería un par de fragmentos de su Volvo antiguo en el depósito de chatarra local. El Valle Central era su feudo, y ella jamás conseguiría acercarse a él. Desaparecería a manos de cualquier matón a sueldo. Se le ocurrió a Hobart que el matón a sueldo era él. Había aceptado el trabajo de asesinar a Emily Forrest, pero aún no lo había llevado a cabo.

Vio que tomaba la salida de Westlake y se sintió aliviado. Cuando la siguió, y mientras bajaba por la rampa, vio que giraba a la derecha por Westlake Boulevard. Al cabo de unos minutos y un par de giros, la alcanzó a tiempo de ver que se acercaba a la puerta de una pequeña casa con fachada de ladrillo. Cuando pasó de largo, la puerta se abrió y un hombre negro alto con tejanos y una camiseta roja la dejó entrar.

Hobart estaba seguro de que era el otro detective, el hombre que le había interrumpido cuando había intentado llevarse a Emily Kramer de su casa. Empezó a buscar un buen lugar para aparcar y esperar.

No podía permitir que transcurriera otra noche sin tenerla en su poder.

29

Emily entró tan deprisa que Dewey Burns tuvo que retroceder para que no tropezara con él. Cerró la puerta.

—¿Qué pasa? —preguntó.

—No lo sé. Un poco de todo. Supongo que ya sabes que la oficina y mi casa han ardido.

—Por supuesto —dijo Dewey—. Ray nos llamó a Billy y a mí sobre las cuatro de la mañana. Aún quedan las cosas que llevamos al guardamuebles. Es posible que pasáramos por alto lo que estamos buscando y que siga escondido dentro de algo.

—Si estaba, lo pasamos por alto, en efecto. Y si volvemos a mirar, lo pasaremos por alto de nuevo.

—No estoy tan seguro. Trasladamos todos los documentos que examinamos. Creo que sabemos cuáles podemos eliminar, pero hay algunos que todavía contienen una posibilidad. Todavía no hemos encontrado nada, pero es demasiado pronto para decir que no lo conseguiremos.

—No, no lo es. Tú y Ray sois unos profesionales. No pasáis por alto esas cosas. Yo fui la esposa de Phil durante veintidós años, pero eso no ha servido de nada. Lo escondió muy bien, y la información parecía otra cosa, exactamente otra cosa. Phil escondía las cosas así. Pero creo que el motivo de que no hayamos encontrado lo que buscamos ni en mi casa ni en la oficina es porque no estaba allí. Necesito tu ayuda.

—Tú dirás.

—Acabo de estar en casa de April. Hemos hablado de Phil y de sus planes. Ella sabía algunas cosas que yo ignoraba. En su momento no las supo todas, pero las ha deducido últimamente.

Me di cuenta de que eso era parte de mi problema. Mi marido guardaba muchos secretos. Cada persona que conocía a Phil conocía a un Phil diferente. Si quieres que sea sincera contigo, estoy segura de que sólo me mentía a mí.

—No te pongas así.

—No me pongo de ninguna manera. Tengo un problema. Hay un hombre que quiere matarme. Quiere la prueba que Phil guardaba contra un hombre poderoso, y yo no la tengo todavía.

—Lo sé. He intentado ayudarte.

—Es casi seguro que Phil debió de guardar múltiples copias. Debió entregar una, o al menos una parte, a ese hombre poderoso para demostrarle que estaba en poder de algo que le interesaba, ¿no?

—Supongo —dijo Dewey—. Le enseñaría una muestra, al menos, para asustarle. Y debió de entregarle algo tangible cuando le pagó, diciéndole, claro, que guardaba algo para evitar que le asesinara.

—Y eso salió mal.

—Por lo visto. Le asesinaron. No parece que nos haya dejado nada por descubrir después de su muerte, a ti, a mí o a quien sea. Tendría que haber algo. Si no la prueba, al menos una carta.

—Creo que existe —dijo Emily.

—¿La pasamos por alto y se quemó anoche?

—April la guardó en una ocasión.

—¿Qué? ¿Dónde?

—Phil escondió una caja debajo de su cama durante un tiempo, mientras reunía las pruebas.

—¿Por qué no nos dijo que la tenía?

Emily se dio cuenta de que Dewey estaba irritado.

—No iba a decirme que mi marido escondía algo debajo de su cama. Al principio, ni siquiera supo qué era. No lo dedujo hasta después de que Phil muriera y el hombre fuera a buscarla a mi casa. Para entonces, ya no la tenía.

—Bien, ¿dónde está ahora?

—Phil fue a su apartamento un día y se la llevó a un sitio que él debía considerar más seguro.

—¿Qué sitio podía ser más seguro que ése?

Emily habló en voz baja y con cautela.

—Dewey, tú dijiste que Phil debía saber que estaba haciendo algo peligroso, y que habría dejado la prueba contra ese hombre en algún sitio donde tú, yo o April pudiéramos encontrarla. Pero hay alguien importante a quien estás dejando fuera del asunto. Y podría ser la persona más importante de todas.

—No —contestó Dewey. Estaba irritado, incómodo.

—Sí. Sería la persona perfecta porque nadie conocía su relación con Phil.

—Ella no está implicada en esto. Es un chantaje. Es indecente. Debe ser lo peor que Phil hizo en su vida, un lapso momentáneo cuando estaba sufriendo la crisis de la mediana edad, tal vez problemas económicos. Ella nunca se habría implicado en eso, o en cualquier cosa que él hiciera.

—He de verla —dijo Emily.

—No.

—He de hablar con ella, Dewey. Phil guardaba la caja en casa de April porque estaba más segura que en nuestra casa o en la oficina. Pero había alguien mucho más de confianza que April. La única persona que conocía su existencia era su único hijo vivo.

—Ella no la tiene.

—Déjame hablar con ella. Por favor. Tengo derecho a conocerla. Y ella tiene derecho a conocerme. Si he de examinar todos los expedientes guardados para encontrar su nombre y dirección, lo haré. Si es necesario, contrataré a un detective para que te investigue.

Dewey dio media vuelta y entró en la cocina. Ella oyó que ponía platos en el lavavajillas, y después guardó silencio durante medio minuto.

Por fin, volvió a la sala de estar.

—La llamaré.

30

Lee Anne Burns era hermosa, de suave piel color caramelo y ojos castaño claro veteados de oro. Debía tener la misma edad que Emily, pero aparentaba treinta, con sus extremidades largas y delgadas y el cuello elegante. Emily se esforzó por reprimir los celos. Había esperado otra persona, alguien a quien pudiera compadecer, pero esa mujer era formidable.

—Me mira y ve a la otra, ¿verdad? —dijo Lee Anne.

—Lo siento. No era mi intención mirarla de una forma rara —se disculpó.

—Yo no soy la otra, es usted.

Emily respiró hondo. Las palabras no parecían contener el mismo significado para las dos mujeres.

—¿Qué quiere decir?

Lee Anne Burns le sostuvo la mirada. Vaciló, como si estuviera decidiendo qué podía decir.

—Él no estaba casado con usted cuando le conocí. Aún no se habían conocido.

Esta vez Emily comprendió. Lee Anne estaba revelando un secreto que había guardado durante mucho tiempo, un secreto tan familiar para ella que estaba harta de él. Y estar harta de él no había servido de nada, porque aun así debía vivir con él y pensar en él.

—Oh, Dios mío —dijo Emily—. No lo sabía. Él nunca dijo nada, nunca habló de...

Sabía cuánto le dolería a Lee Anne oír aquellas palabras. Aunque era algo que ya sabía; de hecho lo sabía todo, de modo que debía ser como si te golpearan una y otra vez en el mismo lugar, hasta que el morado y el dolor nunca desaparecían.

Lee Anne le dirigió una mirada compasiva.

—No sienta pena por mí. Esto no es una novedad para mí, aunque lo sea para usted. ¿Nunca echó un vistazo al expediente personal de Dewey?

—No. Yo no trabajaba en la oficina cuando le contrataron. Fui un día a la oficina por un recado, y allí estaba Dewey. Phil contrataba a muchos jóvenes que querían trabajar con él para obtener la licencia. No tenía ningún motivo para sentir curiosidad por él.

—Tiene veinticuatro años.

—¿Veinticuatro?

—Nació dos años antes de que usted se casara.

—No sabía que Phil era su padre. No lo sospeché hasta hace unos días. Dewey fue quien vino a verme y me salvó de aquello..., del hombre que entró en mi casa. Y mientras le veía comprobar puertas y ventanas, me di cuenta. Se movía del mismo modo. Tuve la sensación de estar viendo a Phil. Era como activar un interruptor. Antes no lo había visto, pero de repente lo tuve claro. —Se hizo un silencio violento para ambas mujeres. Emily habló para romperlo—. De modo que usted estuvo con Phil al menos dos años antes de que yo le conociera.

—Unos tres años y medio. —Lee Anne Burns guardó silencio durante unos segundos—. Debería explicar algo. Sé lo que quiere que le diga. En cierto modo, creo que tiene el derecho, o al menos un deseo legítimo, de saberlo. Pero, al mismo tiempo, no lo tiene. Me encuentro aquí sentada, pensando que tal vez estoy a punto de contarle cosas que nunca he contado a Dewey. Aunque es probable que él lo sepa todo ya, por haber vivido conmigo, por lo que Phil pudo decirle y por otras formas de averiguar cosas que domina. Siempre fue así, incluso de pequeño. Daba la impresión de descubrirlo todo sin ayuda, como si pudiera observar cualquier diminuto detalle y deducir el resto. En muchas ocasiones descubrí que lo que yo creía que era demasiado joven para saber hacía años que lo sabía, o lo que yo creía oculto era diáfano para él.

—Todos dicen que tiene talento para ser detective —admitió
Emily—. Pero también tiene talento para guardar secretos. No
puedo decirle lo que sabe porque nunca me ha dicho nada. Tampoco he venido aquí para reivindicar el derecho a saber cosas. Tal
vez ya sé todo cuanto debería saber acerca de Phil.

—Yo le quería —dijo Lee Anne—. Eso es lo principal, supongo. No fue una aventura o algo por el estilo. Yo vivía con mis padres, en Oakland, cuando iba a la escuela de enfermería. Eldon, mi
hermano mayor, estaba en los marines. Siempre tenía un plan me-
tódico para su vida. Incluso cuando era pequeño, sabía que se gra-
duaría en el instituto, ingresaría en los marines, y después iría a la
universidad. A mí siempre me pareció que era tentar al destino,
una forma segura de atraer el desastre y averiguar que las cosas no
eran tan sencillas. Cuando fue a los marines, me quedé aterrorizada, porque pensaba que ése sería el momento, pero no pasó nada.
Eldon fue al servicio militar, lo pasó bien e hizo buenos amigos. En
una ocasión, volvió a casa desde una gran base naval en Filipinas, y
vino con un amigo íntimo que también estaba de permiso.

—¿Phil?

—Phil. Era una situación extraña. Pienso mucho en eso, incluso ahora. Fue como si mi hermano mayor, Eldon, hubiera traído
algo a casa que yo no habría conocido nunca de no ser por esa
circunstancia, una especie de sustancia, como una droga, y era algo
contra lo que no estaba inmunizada.

—¿Se sintió atraída por Phil enseguida?

—Me pilló por sorpresa. En aquella época estaba interesada en
un chico, y muy ocupada con la escuela de enfermería, aparte de
que trabajaba y estudiaba muchas horas. Pero llegué a casa una
noche, y allí estaba. —Dio la impresión de que sus ojos se desenfo-
caban un momento, como si estuviera viendo la escena de nuevo,
pero después volvieron a centrarse en Emily—. No hace falta que
se lo explique. Tenía ese sentido del humor que te hacía reír cuando sabías que no debías, y cuando lo recordabas después, volvías a
reír y la gente te miraba perpleja.

—Lo sé —dijo Emily—. Querías decirle algo, y eso era como echarle de menos, y te morías de ganas de volver a verle.

—Yo estaba desprevenida porque empezó siendo un marine, un amigo de Eldon, no alguien que hubiera ido a verme, sólo un tipo que se había quedado a dormir para continuar su permiso en casa. Pero empezó a gustarme. Luego fueron trasladados a Camp Pendleton, y descubrí que, en cuanto tenía vacaciones en la escuela de enfermería, me entraban unos deseos irresistibles de volar a San Diego para ver a Eldon. Pasaba casi todo el tiempo con Phil. Una noche, después de salir un par de veces, nos encontramos en la habitación de mi hotel de Oceanside, y sucedió lo inevitable.

—¿Se quedó embarazada?

—Oh, no. ¿No le he dicho que no fue tan sencillo? Esa parte sí que fue sencilla, lo de aquella noche. Ninguno de los dos lo había planificado. Yo necesitaba que alguien me acompañara en coche y él subió conmigo a mi habitación. Después de aquella noche, todo se aceleró y cambió. Estaba enamorada de Phil.

—¿Y él de usted?

—Creo que sí, pero ha de comprender que, en aquella época, yo deseaba estar enamorada, y más adelante también, y eso fue lo que convertiría mi vida en una tragedia, y no tan sólo en la triste historia de una chica estúpida que no sabía comportarse y recibió su merecido. Él decía que me quería, y actuaba como si fuera cierto. Pero Phil era un hombre muy reservado.

—¿Qué pasó? —preguntó Emily.

—Continué yendo a ver a Eldon en Oceanside. Sólo que llegaba un par de días antes, después fingía volver a casa y pasaba unos cuantos días en Escondido o Capistrano con Phil, antes de regresar a Oakland. Mi madre y Eldon hablaban por teléfono de vez en cuando, y ella decía algo así como: «¿Lee Anne y tú os lo habéis pasado bien?» Nunca decía: «¿Lee Anne ha ido a verte?», porque eso significaría que me estaba controlando. Creo que, aunque Eldon hubiera sospechado algo, nunca le habría dicho nada. Estábamos muy unidos y sabía lo que era vivir en casa y procurar no decepcionar nunca a nuestros padres. A veces, Phil se cogía permiso y aparecía en mi escuela de enfermería de San Francisco. Yo salía de clase o del hospital, y le veía esperándome. Esto se prolongó durante mucho tiempo, un año y medio, y después no tuve la regla. No necesitaba hacerme la prueba, pero me la hice de todos modos.

—¿Se lo dijo a Phil enseguida?

—No exactamente. Tenía que pensarlo. Esperé hasta la semana siguiente, porque iba a verle en persona. Fui en coche hasta Oceanside.

—¿Qué dijo él?

—Fue como si los dos hubiéramos vivido en un sueño, un sueño dulce y bonito, y despertáramos el mismo día. Yo iba a la universidad de San Francisco, tal vez la ciudad más tolerante del país, y estudiaba enfermería, y estaba rodeada de personas muy diversas procedentes de todo el país: pacientes, enfermeras, médicos, técnicos. Cuando iba a Oceanside, todas las personas que conocíamos o veíamos eran marines o familiares de un marine. Una característica de los militares es que no son racistas. Si eres sargento de artillería, te tratan como a cualquier otro sargento de artillería, mejor que a un cabo, pero no tanto como a un teniente. Phil y yo habíamos estado en sitios donde las personas eran personas, y nadie tenía mucho tiempo ni motivos para pensar en el color. Pero como ya he dicho, cuando me quedé embarazada, despertamos de nuestro sueño y todo nos pareció diferente.

—¿Por qué?

—Por la raza. Se lo conté a mi madre, y estuvo a punto de darle un ataque. Me suplicó que rompiera con él. La idea de tener a un hombre blanco en la familia y un bebé mulato la asqueaba. Se puso a llorar a pleno pulmón mientras se mecía atrás y adelante abrazándose. Desde la mañana, cuando se lo dije, hasta casi las cinco de la tarde, no paró. Después, a las cinco menos cuarto, dejó de mecerse, se dio un baño y procuró serenarse para que mi padre no supiera que algo iba mal.

—¿Salió bien?

—Sí. Tenía miedo de que mi padre hiciera daño a alguien, puede que a mí, o a Phil, o a sí mismo, y que eso fuera el final de nuestra familia, que lo era todo para ella. Cuando él se fue a trabajar de nuevo, empezó a insistir otra vez. Quería que abortara, cosa que podría haber hecho aquel mismo día en el hospital. Nadie me habría hecho preguntas.

—¿Se le pasó por la cabeza?

—Al principio no. Era enfermera, de modo que no me sentía intimidada ni nada por el estilo. Sólo detestaba la idea de que mi madre pensara que yo no era lo bastante fuerte para solucionar mis problemas.

—¿Cuáles?

—Cualquiera de ellos. Ser la esposa de un marine destinado a setecientos cincuenta kilómetros de mi casa, ocuparme del bebé mientras estudiaba las asignaturas más difíciles del programa de enfermería, trabajar para pagar mis préstamos mientras mi marido era enviado a un destino lejano. Era capaz de resistir, y así se lo dije. Ya había pasado lo peor, y las cosas mejorarían. Pero era la historia lo que la preocupaba.

—¿La historia?

—La historia que todo el mundo ha escuchado un millón de veces. La chica negra inteligente y guapa con un gran futuro por delante. Acaba la escuela de enfermería, y quizá después de trabajar unos años se plantea matricularse en la facultad de medicina. Pero algo ocurre. Acaba con un bebé, en este caso el bebé de un hombre blanco, y frustra su futuro.

—¿Quería estudiar en la facultad de medicina?

—Lo había pensado. Lo principal era que ella y yo veíamos las cosas de manera diferente. Yo pensaba que estaba considerando la posibilidad de casarme y fundar una familia. Ella pensaba que yo estaba a punto de convertirme en otra chica negra sin dinero que criaba un hijo sola. Yo le dije que no era así. Ella dijo que yo vivía en un mundo de fantasías. No era tan fácil ser la esposa negra de un hombre blanco. Insistí en que yo era lo bastante fuerte y entonces mi madre me preguntó: «¿Y él?»

Lee Anne calló y clavó la vista en Emily, que comprendió de repente.

—Exacto. Mientras mi madre hablaba conmigo, su familia y amigos hablaban con él. Estaba intentando imaginar su futuro, al igual que yo. Y cuando terminó de pensar, obtuvo una respuesta diferente a la mía. Recuerdo con mucha claridad el día que me lo dijo. Tuvo la previsión de citarme para hablar en Oakland, con el fin de que estuviera a tres kilómetros de mi familia, en mi apartamento, cerca de la escuela. Lo único que tuve que hacer cuando se marchó fue cerrar la puerta, tumbarme en la cama y llorar. Si hubiera estado a nueve o diez horas de casa, rodeada de extraños en un hotel barato de Oceanside, no sé qué habría hecho. Para entonces, mi hermano Eldon había sido ascendido y enviado a Camp Lejeune, en Carolina del Norte, para seguir un entrenamiento especial, de modo que no habría podido contar con él.

—Lo siento muchísimo —dijo Emily—. Siento vergüenza ajena. Quiero que sepa que nunca me enteré de nada de esto.

—Claro que no. Oh, no fue tan malo. Durante los siguientes veinte años o así, llegué a comprenderle mejor, y tal vez a darme cuenta de que su punto de vista no era del todo egoísta y cobarde. Contribuyó con dinero al sostén de Dewey desde aquel momento hasta que creció y se enroló en los marines. Incluso después, me enviaba cheques, por si quería mandarle algún dinero. A veces, venía el día del cumpleaños de Dewey, y siempre nos visitaba por Navidad.

Emily se quedó estupefacta.

—Tenía la impresión de que siempre se ausentaba por Navidad. Me había convencido de que era el mejor momento para descubrir más cosas sobre los sujetos de las investigaciones. Todos apartaban las suspicacias a un lado.

—Bien, ahora ya lo sabe. Parte de ese tiempo lo pasaba aquí.

—¿Y la otra parte?

—La verdad, Emily, no lo sé. Nunca fui su confidente. Puede que trabajara. Después de romper, hace más de veinticuatro años, ya no volví a sostener relaciones íntimas con él. Le trataba con deferencia, pero no le pedí nada ni intenté ser su amiga. Lo único que teníamos en común era a Dewey. Todo era por el bien de Dewey, no de él.

Emily había hundido la cabeza entre las manos. La tensión que la había mantenido en pie y activa la había abandonado.

—Siento haberla molestado —dijo—. No era mi intención husmear en su vida personal para poder sobrellevar la mía. Créame, nada de lo que he descubierto hoy me ha hecho feliz. —Levantó la cabeza—. Supongo que Dewey le habló del hombre del pasamontañas.

—Sí. Debió de ser horrible.

—Dewey me salvó la vida. El hombre estaba a punto de sacarme a rastras cuando él llegó. Hoy alimentaba una tenue esperanza de que usted pudiera conocer la respuesta a las preguntas de ese hombre.

—¿Yo?

—Usted era el secreto de Phil. Nadie sabía que usted y él habían tenido... una relación. Usted sería la persona ideal para guardarle algo. Sería una caja, como las de papel de carta.

Lee Anne se levantó, nerviosa de repente. Caminó hasta el otro extremo de la sala y volvió.

—Oh, Dios mío. No lo sabía.

—¿Qué?

—Me la dejó.

—¿Dónde? ¿Aquí?

—Sí.

—¿No se lo dijo a Dewey?

—No se lo dije a nadie. No quería tener nada que ver con sus secretos. Pero dijo que lo único que debía hacer era guardar en el fondo de un cajón un gran sobre acolchado. Lo abrió para demostrarme que no contenía dinero, drogas o cualquier otra cosa que pudiera causarme problemas. Lo único que había en la caja era un expediente, grueso, un sobre con algunas fotografías, de gente que yo nunca había visto, y un par de cassettes.

—¿Puedo verlo?

—Ya no la tengo.

—¿Qué ha sido de él?

Lee Anne no esquivó su mirada.

—Cree que habría debido dárselo. Cree que, porque se casó con usted, todo cuanto dejó es suyo. No la culpo. Tendría que haber sido para usted. Pero llevaba sellos y una etiqueta con una dirección. Dijo que si alguien preguntaba por el sobre, o le pasaba algo a él, debía enviarlo por correo. Cuando Dewey me llamó aquel día y me dijo que Phil había muerto, me acordé de la caja. Pensé en enviársela a usted, pero no quise. Tal vez porque lo único que podía hacer por Phil era respetar su voluntad. Su muerte me llevó a pensar en lo que había sido de mi vida, y quizá me sentí algo resentida con usted. De modo que fui a la oficina de correos y envié el sobre.

—Por favor, Lee Anne. El hombre del pasamontañas, el que intentó secuestrarme, anda detrás de lo que hay dentro de ese pobre. Creo que si no lo encuentro antes que él, acabará matándome. Se trata de documentos perjudiciales para el hombre que ordenó asesinar a Phil. ¿Se fijó en la dirección? ¿Sabe a quién iba dirigido?

—Seattle. Era una dirección de Seattle.

—¿El nombre era Sam Bowen?

—Puede que sí. ¿Quién es?

Emily ya se había puesto de pie y había cogido el bolso.

—Es un ex detective que trabajó con Phil hace años. —Se acercó más a Lee Anne—. Siento muchísimo la forma en que Phil la trató.

—Yo siento lo sucedido a todos nosotros —contestó Lee Anne.

—Tiene un hijo maravilloso —dijo Emily, y desvió la vista—. He de irme. Gracias por su ayuda.

31

Por la celeridad con la que Emily Kramer salió de la casa de la mujer negra, Hobart adivinó que estaba más preocupada que antes. No se detuvo a comprobar si alguien la vigilaba ni tomó precauciones. Mientras caminaba hacia su coche, no la perdió de vista. No vio nada en su mano ni debajo del brazo, con lo cual no pudo sentirse seguro de que llevara la prueba encima, pero algo había ocurrido. Tal vez la llevaba en el bolso. Tenía que hacerlo ahora.

La siguió en el coche. Notó que adoptaba un estado mental familiar. El mundo que le rodeaba parecía poseer un brillo y una claridad anormales. Se creyó capaz de retener en su conciencia la trayectoria de todos los objetos que se movían en los ciento ochenta grados de su campo de visión, y de pasar revista mental a aquellos que había detectado en una mirada anterior. Pensó que sería posible predecir el resto de movimientos e interceptar cualquiera de ellos, pero todo cuanto necesitaba era estar en el punto de destino de Emily Kramer.

Mantuvo el Volvo de la mujer en su campo de visión mientras conducía, pero se concentró en impedir que reparara en él. Después de verla conducir durante varios minutos, se convenció de que iba a casa de Ray Hall, donde se alojaba. Tal vez Hall la estaría esperando, pero también podía estar en el norte, obligando a Theodore Forrest a pagar por la prueba. La idea le convenció más que nunca de que tenía que actuar en ese momento. Hobart dobló en la siguiente esquina y aceleró en dirección a la casa. Era crucial que llegara antes que ella. Detuvo su todoterreno alquilado a una puerta de la casa de Hall.

Bajó, se dirigió al camino de entrada y lo siguió hasta el garaje, donde entró por la puerta lateral. No había coches, de modo que Hall no estaba en casa. Hobart se detuvo a la tenue luz, percibió el olor del polvo que flotaba, un leve aroma a barniz, un tufillo a aceite de motor. Se colocó a un lado de la gran puerta del garaje, para que no le vieran si se abría. Al cabo de un minuto, oyó el ruido de otro coche. Era el inconfundible zumbido metálico de un motor de cinco cilindros Volvo.

El vehículo se detuvo fuera. Oyó que una puerta se cerraba. Escuchó. Emily Kramer caminaba por el camino de entrada de hormigón hacia la parte posterior de la casa. Debía tener llave. Se desplazó hacia la puerta lateral del garaje, la abrió unos centímetros y miró. Sólo llevaba el bolso.

Esperó con la puerta apenas entreabierta. Cuando la vio acercarse, Hobart empezó a moverse. Salió a toda prisa del garaje y se colocó detrás de ella. Con un solo movimiento, deslizó la correa de su hombro y le arrebató el bolso. Por el peso, dedujo que no se había equivocado al suponer que llevaría una pistola. Hasta una novata como ella sabría que no debía encontrarse con Theodore Forrest desarmada.

Hobart la obligó a seguir andando, aunque la desvió en otra dirección a mayor velocidad. Tenía la cabeza sobre el hombro izquierdo, los labios casi pegados a su oído.

—No intente mirarme. Ya sabe quién soy.

—Suélteme —contestó ella en voz alta.

Hobart sabía que estaba poniendo a prueba su valentía, su capacidad de chillar. Le apretó el brazo con más fuerza con la mano derecha y le hundió el dedo índice de la izquierda entre las costillas. Ella lanzó un leve grito de dolor.

—Ahora ha de estar muy calladita, de lo contrario la mataré. Hablaremos después.

—No tengo lo que usted quiere.

Hobart sopesó la posibilidad de matarla. Incluso podía sacar la pistola del bolso y pegarle un tiro con su propia arma. Pero su voz era serena, el tono normal, así que no lo hizo. Cualquiera que mirara, pensaría que estaban caminando mientras sostenían una conversación cordial.

—Ya hablaremos de eso más tarde. Ahora suba al todoterreno.

Abrió la puerta del asiento posterior del coche alquilado y ella subió. Cortó una tira de cinta americana, le tapó los ojos con ella y le colocó unas gafas de sol. Le sujetó las muñecas a la espalda y las esposó. Le puso el cinturón de seguridad y lo abrochó. Después se sentó al volante y salió a la calle. Giró a la izquierda en la esquina, fue hasta Vanowen y dobló a la derecha. Circularon respetando el límite de velocidad.

Hobart la miraba por el retrovisor mientras conducía. Tenía el cuerpo algo inclinado hacia delante, pero el cinturón la apretaba cada vez más. Ella intentó mover las dos manos a un lado para alcanzar la hebilla del cinturón. Era imposible que consiguiera soltarla con las manos esposadas a la espalda, porque el cinturón la apretaba más cada vez que se movía. Condujo por la calle intentando sincronizar la velocidad de forma que no tuviera que parar en los semáforos. Siempre que no podía atravesar en verde un cruce giraba a la derecha, para que Emily Kramer no notara que se detenía y tratara de saltar del coche. Estaba casi seguro de que no podría soltarse, y en caso de que lo lograra, no creía que fuera a saltar. Había mucha gente capaz de saltar de un coche en marcha, incluso esposada. Poca lo haría con los ojos vendados. Mantuvo la velocidad.

—No tengo lo que usted quiere —dijo ella—. He buscado, pero no lo he encontrado.

—Entonces es usted una mujer muy desafortunada.

Emily intentó superar la sorpresa. No podía permitir que el miedo la convirtiera en un ser indolente y estúpido. El hombre se había materializado de la nada a su lado cuando iba a entrar a casa de Ray, mientras su manaza se cerraba alrededor de su brazo, con la cara pegada a su cuello. Casi se había desmayado, pues el dolor la había dejado incapacitada para pensar o moverse.

Llevaba la pistola en el bolso, para poder sacarla en un abrir y cerrar de ojos. No se le había ocurrido pensar que guardarla allí no era una buena idea. Vestía pantalones negros ceñidos y chaqueta corta a medida. El único lugar donde podía portar la pistola era el bolso. El hombre se había limitado a quitárselo y la había dejado desarmada. Se encogió y notó que la cinta se tensaba sobre sus pómulos y cejas. Dolía. Estaba furiosa consigo misma. Por primera vez, olvidó la incomodidad y la sorpresa, y comprendió que iba a morir casi con toda seguridad.

Phil la había advertido de que si un hombre intentaba alguna vez meterla por la fuerza en un coche, debía hacer todo lo posible por oponer resistencia. Debía darse cuenta al instante de que estaba luchando por su vida. Lo que tuviera que hacer para salvarse debía suceder antes de subir al coche. Después todo sería cuestión de suerte, tal vez un segundo de distracción de su secuestrador. Emily no había aprovechado su oportunidad, no se había resistido. Prácticamente, le había entregado la pistola.

Percibió que el coche giraba a la izquierda de nuevo y que su cuerpo se apoyaba contra la puerta. El movimiento provocó que el cinturón se tensara un poco más. Intentó mover las manos una vez más, pero ni siquiera las pudo extender tanto como antes.

Quería mover las manos lo suficiente para soltar el cinturón de seguridad. Después lo sujetaría con los dedos y frotaría la mejilla contra el respaldo de cuero del asiento delantero, como si se hubiera desplomado a causa de la desesperación. De esa forma, tal vez conseguiría levantar la cinta americana de un ojo y ver lo suficiente para abrir la puerta, asomarse y caer sobre la calzada.

Era consciente de que rodaría y daría volteretas, pero debía procurar que su cabeza no golpeara la calzada o el bordillo, de lo contrario moriría. Si huía, quizás el hombre dispararía contra ella, pero no lo creía. Disparar contribuiría a aumentar el peligro que ya corría, aparte de que no le reportaría la información codiciada.

Este último pensamiento atrajo su atención. Había tenido la intención de tranquilizarse, pero cuando reflexionó, se dio cuenta de que no era consolador. El hombre no quería matarla porque se quedaría sin la información que deseaba, pero ahora Emily sabía muy bien lo que quería, o al menos dónde estaba. Era muy capaz de obligarla a confesar. Y después ¿qué? ¿Qué otra cosa podía hacer, salvo matarla?

Desde el asiento trasero con los ojos vendados, sólo podía detectar la presencia de su captor gracias a leves sonidos: su respiración, el pie derecho cuando se levantaba del pedal del freno y se desplazaba hacia el acelerador. Todavía no había visto su cara.

Emily cayó en la cuenta de que estaba llorando. Tal vez la empezaría a matar hoy, pero alargando el proceso a su capricho. En Los Ángeles, una mujer raptada en un coche podía desaparecer como si se la hubiera tragado la tierra. Nadie se preguntaría dónde estaba Emily hasta que Ray Hall volviera por la noche y encontrara el coche aparcado delante de su casa. Eso sería dentro de... ¿cuánto? Seis horas.

Muchas cosas podían ocurrirle a una persona a lo largo de seis horas. Ese hombre era un experto en atemorizar a la gente. Era como si supiera lo que más la asustaba. No, la palabra «asustar» no era la adecuada. Era aterrador imaginar lo que podía hacer para obtener la información que deseaba. No, pensó. Debía expulsar ese pensamiento de su mente. En cuanto cediera y se lo dijera, era mujer muerta.

Sabía que el hombre podía conseguir con facilidad que la elección fuera más ambigua. ¿Qué debería hacerle antes de que estuviera dispuesta a confesar dónde estaba la prueba codiciada y morir? ¿Estaría tan ansiosa por seguir viviendo después de que le hubiera arrancado los ojos o infligido espantosas quemaduras? En las circunstancias adecuadas, lo más probable sería que suplicara una muerte rápida.

Se dio cuenta de que estaba haciendo su trabajo por él. Su imaginación había empezado a torturarla en cuanto había sentido su presa y oído su voz, tan familiar, no porque le hubiera oído hablar aquella noche, sino porque la había oído una y otra vez todas las noches posteriores.

Emily notó que el coche desaceleraba, percibió la diferencia en el ruido del motor y rezó para que fueran a pararse en una señal, o quizás estaban en un embotellamiento de tráfico. Oyó un camión. ¿Estaban en una zona de obras? ¿La oiría alguien si gritaba? Podía inclinarse a su derecha y golpear la cabeza contra la ventana. Intentó tomar una decisión, pero el coche volvió a moverse, mucho más deprisa. Esperó mientras transcurrían los minutos, y la siguiente vez que notó que el vehículo volvía a desacelerar se preparó. Cuando el coche se detuvo, gritó a pleno pulmón y golpeó el cristal con la cabeza, pero no se rompió. Balanceó su cuerpo hacia la izquierda y probó de nuevo.

La puerta de su lado se abrió al instante, y su cabeza no encontró nada. Cayó de costado, pero el cinturón la sujetó. Sintió una brisa que parecía libre de obstáculos, sin casas o árboles que impidieran su paso, y oyó el canto de un pájaro. Estaba lejos, tal vez a sesenta o noventa metros, pero después otro pájaro contestó con la misma llamada. Percibió olor a plantas.

Sintió que el miedo la invadía como si fueran náuseas. Cada segundo de esperar a que el hombre la matara intensificaba la sensación de pérdida. Pensó en sus padres, en Phil, en su hijo Pete. Todos estaban muertos, y dentro de pocos minutos ella también lo estaría. Era el último miembro de la familia que sabía lo que habían hecho por ella y por cada uno, y pronto sería como si ninguno hubiera existido. No serían más reales que la gente de las fotografías antiguas que nadie era ya capaz de identificar.

El hombre desabrochó el cinturón, le puso algo sobre los hombros, una especie de jersey grande, y después casi la levantó en volandas del asiento. La puso en pie y sintió su mano sobre el hombro. Era como si un hombre paseara con una mujer por la que sintiera afecto, incluso amor. Sabía que lo estaba haciendo para ocultar las esposas que sujetaban sus brazos a la espalda, de modo que se encogió de hombros repentinamente, dio media vuelta e intentó soltarse. Él había previsto cada movimiento, y se limitó a aumentar su presa alrededor de los hombros y a tirar de ella hacia delante. Emily no dejó de resistirse, pero al parecer sus esfuerzos no influían en su secuestrador.

Siguió empujándola pendiente arriba, y después la detuvo. Oyó que sacaba unas llaves y luego que una puerta se abría.

—Suba —le ordenó su secuestrador.

Emily intentó retroceder, pero él la rodeó con sus brazos, la levantó del suelo y la hizo girar. Ella se encontró en el aire durante un segundo, intentó prepararse para la caída, pero con las manos sujetas a la espalda fue imposible. Cayó al suelo sobre el hombro y la cadera, y después se golpeó la cabeza. Se quedó inmóvil, aturdida por el dolor unos segundos, preguntándose si se había roto un hueso. Le costaba respirar porque se había quedado sin aire, pero no creyó que se hubiera roto las costillas.

Oyó los ruidos metálicos indicadores de que el hombre estaba cerrando la puerta con llave y pestillos. Se apoderó con fuerza de su brazo y la obligó a sentarse. Su cara estaba muy cerca de la de ella.

—Estúpida. No puede vencerme intentando huir. Ha de matarme. ¿Se siente con fuerzas para ello? —Emily no contestó—. ¡Arriba! —le ordenó—. Póngase en pie.

Emily hizo un intento, pero sólo lo consiguió porque él la levantó.

—Me ha secuestrado por nada —dijo.

Él la arrastró por el brazo. Emily oyó que se abría otra puerta. Percibió un olor peculiar. Se le antojó húmedo, mohoso, como algo que hubiera estado cerrado mucho tiempo. La guió a través de la habitación. Tropezó y comprendió que se había enganchado el zapato con un borde de linóleo viejo levantado. La guió a través de otra puerta hacia lo que podía ser el centro de una habitación vacía.

—Siéntese.

La empujó hacia un asiento con brazos, después abrió la esposa de la muñeca izquierda y la cerró alrededor del brazo de madera de la silla. Le ató una cuerda a la muñeca derecha para sujetarla al otro brazo de la silla.

La mente de la mujer continuaba sugiriendo diferentes tipos de dolor: descarga eléctrica, hierro al rojo vivo, cortes. Se quedó inmóvil, a la escucha, consciente de que, fuera lo que fuera, administraría la primera dosis sin previo aviso. Intentó decidir si hablar con él retrasaría el inicio de la sesión y le concedería más tiempo, o si le enfurecería e impulsaría a infligirle peores daños.

—Se equivoca.

—¿En qué? —preguntó ella.

—Sólo vamos a hablar un momento.

Emily quiso decir algo, pero sabía que debía estar engañándola. La última vez, había aprendido a hablar sólo si él esperaba una respuesta.

—Ha estado ocupada —dijo él—. Lo he visto. Tiene la prueba que le había pedido, ¿verdad?

—Es probable que la hubiera encontrado si usted no hubiera quemado mi casa y mi oficina.

—¿Yo?

—Sí. Usted. Si me hubiera concedido tiempo para encontrarla, es probable que ahora la tuviera en mi poder. —Hablar ayudaba a Emily. Daba la impresión de confortarla, de conseguir que su sangre volviera a circular—. Quemar mi casa era innecesario. Yo ya estaba bastante asustada. Dedicaba cada minuto de mi tiempo a buscar la prueba.

—No me venga con tonterías. Usted quemó su casa y la oficina de su marido.

—¿De qué está hablando? ¿Bromea? ¿Por qué iba yo a quemar mi propia casa?

—Tal vez para destruir los lugares donde habría podido estar escondida la prueba, pensando que si ésta desaparecía, no volvería a verme el pelo.

—Yo no lo hice; y ni siquiera se me pasó por la cabeza.

—Entonces lo hizo porque ya había encontrado la prueba.

—Yo no lo hice. Le diré exactamente lo que hice: busqué en todas partes lo que describió la noche que irrumpió en mi casa: papeles, el expediente de un caso, tal vez cintas o fotografías, algo que pondría en apuros a un hombre poderoso. No dijo de quién se trataba, y eso no me fue de ayuda. Pero busqué por todas partes.

—¿Está diciendo que no encontró nada?

—Encontré cientos de expedientes de casos, cientos de cintas, cientos de discos que llevaban una etiqueta y podían ser cualquier otra cosa. Pero no apareció nada misterioso sobre un hombre poderoso. Había los casos habituales de divorcio y custodia de hijos, de empleados que robaban a sus jefes, de personas desaparecidas que debían dinero a alguien. —Hizo una pausa—. La última vez que apareció quedó claro que no soy el tipo de persona capaz de utilizar la información que Phil tenía para chantajear a alguien. También ha de saber que no soy una persona que correría el riesgo de ir a la cárcel por provocar un incendio. Ambos lo sabemos. El único capaz de eso es usted.

Oyó que caminaba a su alrededor, y sus pasos resonaron sobre el suelo de linóleo, de modo que la madera tembló bajo su silla. Se preparó, a la espera de un repentino movimiento que presagiara una bofetada.

Su voz sonó sobre ella.

—Si no quería encontrar la información, ¿por qué la buscaba?

—Por muchos motivos.

—¿Cuáles?

—Aún quiero saber quién asesinó a Phil, y qué secreto intentaba proteger.

—Pensaba que su marido se estaba tirando a otras mujeres.

—Es cierto. Pero aún quiero saber quién lo mató.

—La otra noche le eché un buen vistazo sin ropa. Su marido

debía ser muy estúpido. —Hizo una pausa—. A menos que usted le diera largas. ¿Fue eso lo que pasó?

Emily estaba empezando a sudar. No podía permitir que supiera cuánto la aterrorizaba el tema, porque abundaría en él.

—Yo le quería, y pensaba que era un buen matrimonio. Después de la muerte de Phil, me quedé sorprendida al descubrir que no lo era.

—¿Por qué otros motivos deseaba encontrar la prueba?

—Usted. No quería que se apoderara de ella. —Sabía que era peligroso decir aquello, pero era verdad, y debía utilizar la verdad—. Le odio.

—No la culpo. Es normal que me odie por lo que le estoy haciendo y por estar ahí sentada mientras piensa que yo podría hacerle cosas mucho peores.

Sabía que si no contestaba, él pensaría que debía demostrarlo.

—Exacto.

—Mmmmm.

Emily esperó. Chillaría con la esperanza de que alguien la oyera, aunque él debía estar preparado para eso. Se revolvería con todas sus fuerzas, aunque sabía que sería inútil y que él la reduciría en pocos segundos. Y después moriría.

Su voz llegó desde muy lejos.

—¿Qué le dijo el investigador de incendios?

—Sólo que el de mi casa fue intencionado. Dijo que había aguarrás por todas partes. Por eso prendió de aquella manera.

—¿Qué le preguntó?

—Por qué había muebles apilados en la sala de estar. Los bomberos opinaban que lo habían hecho para alimentar el incendio. Les conté todo: que habían asesinado a mi marido, que usted había entrado en mi casa y que después mis amigos y yo intentamos encontrar lo que había ido a buscar.

—Eso no explica por qué estaban apilados los muebles.

—Pensaba trasladarlos a un guardamuebles.

—¿Por qué?

—Estaba registrando cada mueble, cada mesa, silla o cama con el fin de vaciar la casa y poder buscar a fondo. Quería descubrir escondites que Phil hubiera podido utilizar, pero no lo logré. Tal vez había lugares en las paredes, debajo de los suelos o algo por el estilo.

—Tenía muchas ganas de encontrar esa prueba, ¿verdad?

—Sí.

—No podía vivir en esa casa sin muebles.

—No.

—Así que tenía un plan. ¿Cuál?

—Iba a esperar hasta que esto hubiera terminado para vender la casa y marcharme.

—¿Cuándo decidió quemarla?

—Yo no lo hice.

—Es muchísimo más fácil que venderla. Y sabía que, mientras la casa siguiera en pie, yo podía volver. Daba igual que hubiera cambiado de propietario. Aún podía seguir pensando que la prueba estaba oculta en algún lugar de la casa. Y usted no lo podía permitir. No quería hacerse responsable de los nuevos propietarios, y no quería que yo encontrara esa maldita información. Así que quemó la casa.

—No, no lo hice. Nunca lo habría hecho.

—¿Por qué?

—Porque es ilegal. La idea ni se me pasó por la cabeza.

—Pero en cuanto descubriera la prueba, la casa se convertiría en un estorbo. Si no pueden demostrar que le prendió fuego, cobrará el dinero del seguro.

—Yo no lo hice.

Emily oyó que el hombre respiraba hondo y expulsaba el aire.

—De acuerdo. Volveremos a hablar del tema. Ahora la llevaré al cuarto de baño. No puede escapar por la ventana, y no hay nada allí que pueda utilizar como arma. Lo he sacado todo. Le advierto que no intente nada. Si hace cualquier cosa que le permita verme la cara, tendré que matarla. ¿Lo ha entendido?

—Sí.

La condujo al cuarto de baño y sujetó una esposa al toallero atornillado al mueble de madera de los lavabos.

—Cerraré con llave la puerta. Volveré cuando menos se lo espere.

Oyó que caminaba hacia la puerta y la cerraba con llave. Esperó y escuchó conteniendo la respiración. No oyó que se cerrara otra puerta, no oyó ningún coche.

—¿Sigue ahí? —susurró.

No hubo respuesta, pero no estaba segura de que se hubiera marchado. Esperó minuto tras minuto, a la espera de oír su respiración o algún leve movimiento, pero no oyó nada.

Emily era consciente de que gente en su situación imaginaba que transcurría mucho más tiempo del real, así que empezó a contar. Recordó que nunca se le había dado bien contar segundos. Intentó pensar «Mil uno, mil dos», pero aún era demasiado rápido, porque estaba impaciente y asustada. Contó hasta cien en lugar de hasta sesenta, y decidió que era un minuto. Al cabo de diez de sus minutos, aún no había oído nada, de modo que utilizó la mano libre para tirar de la cinta que tapaba su ojo izquierdo. Estaba sola. El cuarto era antiguo, con baldosas blancas octogonales de dos centímetros y medio de anchura y una bañera con patas que habían pintado de rosa, después de un tono dorado, y después de blanco otra vez.

Sintió una repentina necesidad de orinar. El hombre se había ido, pero podía regresar en cualquier momento, y no volvería a quedarse sola. Consiguió utilizar la mano libre para bajarse las bragas y los pantalones y orinó. Luego se subió los pantalones y se ciñó el cinturón, mientras vigilaba la puerta y temía su regreso.

Paseó la vista por la habitación. Vio que habían atrancado una ventana pequeña. Todo habría estado sumido en una oscuridad total si él no hubiera encendido la luz para ver cuando había entrado con ella. Examinó con cuidado el toallero al que estaba esposada. No descubrió tornillos en este lado, y no podía estirar la mano lo suficiente para abrir el armario. La esposa era como las de Phil. Nunca utilizaba nada que no fuera material propio de la policía o algo mejor.

Emily había intentado quitársela cuando tenía las manos sujetas a la espalda, sin suerte. Lo probó de nuevo, pero estaba demasiado apretada. Casi pudo ponerse de pie, inclinarse un poco y volver a medias la cabeza hacia el botiquín, pero no había espejo. ¿Creía el hombre que lo rompería y utilizaría los fragmentos como armas contra él... o contra ella? ¿Qué pensaba hacerle para que temiera que ella quisiese suicidarse?

Se sentó de nuevo, prestó oídos y esperó, preparada para quitarse la cinta de los ojos otra vez. Tenía que existir una forma de salir. Se puso en pie y examinó el retrete, en busca de algo que pudiera desatornillar o arrancar para utilizar como arma. La tapa de la cisterna había desaparecido y las partes internas eran de plástico, no de cobre como antes.

Tiró del toallero con ambas manos, pero resistió sus esfuerzos. Lo agarró y utilizó las piernas para hacer presión, pero no se movió. Debía estar sujeto con pernos muy fuertes. Lo examinó con detenimiento y se dio cuenta de que, en realidad, no era un toallero. Tenía líneas grabadas para que el acero no resultara resbaladizo. Era un asidero, para que personas débiles o minusválidas pudieran sentarse en el retrete y volver a levantarse. Estaba fabricado para soportar el peso de una persona.

Siguió buscando. Tal vez podría levantar una baldosa vieja y practicar un agujero en la madera del armario. Lo intentó, pero todas estaban bien sujetas. Quizá podría desatornillar el grifo, o al menos una de las llaves. No pudo alcanzarlas. Se preguntó si podría arrancar las tablas de la ventana y llamar la atención de alguien que pasara cerca. Apoyó una rodilla sobre la superficie del lavabo, pero tampoco consiguió llegar a la ventana. Tal vez el edificio no era independiente. Tal vez era un edificio de apartamentos. Si se ponía a golpear las tuberías o el suelo, enviaría una señal de socorro. No contaba con nada duro, de modo que se quitó el zapato y golpeó el grifo con el tacón. Produjo un ruido sordo que apenas pudo oír.

Golpeó el suelo con los pies. Chilló. Aporreó la barra con las esposas y llamó con los nudillos a la pared. Al cabo de un rato, dedujo que la casa era independiente y que no había vecinos. Las horas transcurrieron mientras intentaba atraer la atención.

Sus temores aumentaron a medida que se iba quedando sin fuerzas. Cuando su mente se desvió a la pregunta de por qué había insistido ese tipo en que ella había provocado los incendios, no pudo dejar de pensar en ello. El hombre habría podido preparar una especie de fuego retardado para que ella muriera en el incendio y después marcharse. En esos momentos, tal vez se encontraba a cientos de kilómetros de distancia. No veía luz fuera, pero estaba casi segura de que había anochecido. Dentro de poco rato tal vez vería filtrarse humo por debajo de la puerta del cuarto de baño. Él había provocado los incendios de su casa y su oficina. En teoría, todos los pirómanos estaban locos. Tenían algún problema de tipo sexual, y no le costaba imaginar al hombre quemándola. También era práctico eliminarla de esa forma. No dejaría huellas dactilares, pelos o hilos. No tendría que cargar con un cadáver pesado y ensangrentado. Esperó, pero no se produjo ningún incendio, ni siquiera después de un par de horas.

Pensó en Ray Hall. Ya habría descubierto el Volvo aparcado delante de su casa, registrado todos los lugares en los que ella pudiera estar y llamado a la policía. El hombre que la había secuestrado no había cometido equivocaciones, no había dejado huellas, no había tocado nada. Se había salido con la suya, y ahora nadie podía hacer nada por Emily. Estaba perdida.

32

Ray Hall había estado corriendo y se sentía agotado y sudoroso. Había ido de un vecino a otro, llamado a las puertas y formulado preguntas, pero no había averiguado nada. Tenía una idea que tal vez no le llevara a ninguna parte, pero sabía que tenía que probar, por si acaso. No podía desechar ninguna de las ideas, porque dentro de pocas horas quizá sería demasiado tarde. En cuanto se le había ocurrido, había corrido a la casa que estaba enfrente de la suya, a una manzana de distancia en dirección norte.

Llamó con los nudillos a la puerta. Era una casa antigua, más alta que el resto de las del barrio, en teoría de dos pisos, pero rematada por una buhardilla. En ella vivía una anciana. La había visto muchas tardes, sentada ante la ventana posterior del dormitorio del segundo piso, mirando a las madres e hijos que volvían a casa del colegio, al cartero o al hombre que vivía al lado de Hall cuando sacaba a pasear al perro.

Llamó con más energía. Los policías estaban yendo de casa en casa, peinando el barrio de la forma habitual, preguntando a una persona de cada vivienda qué había visto, qué había oído, a qué hora había llegado a casa y si el Volvo blanco ya estaba aparcado allí. Sabía que estaban haciendo lo correcto. La minuciosidad reportaba recompensas, y con frecuencia los investigadores averiguaban tanto de lo que no se había visto ni oído que de lo contrario. La policía ya sabía que no se habían producido disparos, ni refriegas ruidosas, ni señales de que Emily Kramer hubiera resultado herida.

Aún cabía la posibilidad de que estuviera bien, de que el hombre del pasamontañas no la hubiera secuestrado. Tal vez le había visto y ella había corrido a esconderse en alguna parte, o incluso cabía la posibilidad de que estuviera llevando a cabo alguna investigación sin su coche. Ray Hall miró al otro lado de la calle y vio que las largas sombras se iban transformando e iba ganando terreno la oscuridad. El sol se estaba poniendo.

Llamó con los nudillos a la puerta y oyó una voz aguda desde el interior de la casa.

—¡Ya voy!

Esperó, y se le antojó un rato tan largo que se preguntó si la mujer se había olvidado o había mirado por la mirilla sin verle y había llegado a la conclusión de que se había ido.

La puerta se abrió unos centímetros y vio un ojo azul descolorido. Le recorrió de arriba abajo.

—¿Qué?

—Hola, señora Kelly. Soy Ray Hall, su vecino de la otra manzana.

—Le he reconocido, de lo contrario no habría abierto la puerta. ¿Qué está haciendo la policía por aquí?

—Están recabando información sobre lo sucedido a una amiga mía, alguien que vino a verme. Lamento molestarla, pero me he fijado en que desde su ventana de arriba hay una buena vista de la manzana de mi casa.

—¿Ah, sí?

—Sí.

Parecía irritada y retrocedió, como si fuera a cerrar la puerta.

—Por favor, creo que han raptado a mi amiga y me preguntaba...

—¿Raptado?

La mujer parecía escéptica, pero no sorprendida, tal como él había esperado.

—Sí. Habrá sucedido después de la una, más o menos. Aparcó su Volvo blanco delante de mi casa y...

—Ah, ésa. Se equivoca. La vi marcharse.

—¿Iba con un hombre?

La señora Kelly olvidó sus precauciones y dejó que la puerta se abriera de par en par. Ray Hall vio que sus viejos ojos azules se teñían de tristeza.

—Oh, lo siento, querido —dijo—. Iba con un hombre, pero él no la obligó a nada. Sólo iba con él. Bajaron por el camino de entrada, se encaminaron al bordillo que hay delante de la casa contigua a la de usted y subieron al coche de él.

—¿Ninguno de los dos actuó de manera extraña?

Ella le dirigió una mirada de profunda compasión.

—Lo siento. Él la llevó rodeada del brazo durante todo el rato. Cuando subieron a su coche, él abrió la puerta y la ayudó a ponerse el cinturón de seguridad. Estuvo muy pegado a ella durante bastante rato. No estoy segura de por qué... Cuando se sentó al volante, ella llevaba puestas unas gafas de sol. Y se fueron.

—¿Vio si el hombre llevaba algo en la mano?

—No.

—La rodeaba con el brazo. ¿Vio sus dos manos?

—Bien, no.

—¿Vio si ella sacaba las gafas de sol del bolso?

La mujer pensó un momento.

—Es curioso, pero no recuerdo su bolso. Supongo que debía llevar uno. —Parecía confusa, casi insegura—. Lo siento.

—No, lo está haciendo muy bien. Su mente se resiste a añadir cosas inexistentes. Bien, pero aun así me sería de gran ayuda que pudiera recordar algún detalle del coche.

—Era un todoterreno.

—¿De qué color?

—Indescriptible. Uno de esos colores nuevos que a veces parecen beis y a veces parecen gris.

—O sea, podríamos decir gris beis. ¿Sabe qué marca o modelo era?

—Sólo sé que era un todoterreno. A mí todos me parecen iguales. Lo siento. Nunca me han interesado los coches. Estaba demasiado lejos para ver la matrícula, y tampoco tenía motivos para fijarme en ella.

—¿Había alguien más por los alrededores en ese momento?

—Bien, sí. Su vecino de al lado, el calvo. Llegó a casa justo en aquel momento. Se detuvo al lado del todoterreno, creo que porque estaba aparcado justo delante de su casa. Me parece que le echó un buen vistazo, como si pensara que era de un ladrón o algo por el estilo. Después entró en su camino de acceso. Estuvo dentro un rato, salió y se marchó en su coche.

—Gracias, señora Kelly. Me ha sido de enorme ayuda. He de seguir la investigación. Gracias de nuevo.

Se volvió y corrió hacia su casa.

El hombre que vivía al lado de él era Ron Salvatore, el profesor de manualidades del instituto. Un par de años antes, Ray y él habían intercambiado las llaves de casa y el número de los móviles por si se producía una emergencia. Ray entró corriendo en su casa, abrió la puerta y registró los cajones del aparador contiguo a la pared del comedor hasta que encontró el número. Marcó, y al cabo de un momento oyó la voz de Ron.

—¿Hola?

—¿Ron?

—Sí.

—Soy Ray Hall. Tengo una emergencia. A primera hora de la tarde llegaste y viste un todoterreno aparcado delante de tu casa. De color beis gris. Te paraste a mirarlo. ¿Puedes describirlo?

—¿Han entrado en mi casa o en la tuya?

—No han entrado en ninguna... ¿Fue así?

—Bien, sí. Era un Lexus GX 470. Nuevo. Me paré a mirarlo porque quiero comprame un todoterreno, y ya me he decidido por el modelo, pero intentaba decidirme por el color. Ese color se llama «arena plateada». El del concesionario me dio un folleto.

—¡Estupendo! Ron, ¿te importa que la policía te llame a este número? ¿Puedo darles tu número de móvil?

—Claro que sí.

—Gracias. Ya te lo explicaré después.

Minutos después Ray Hall estaba con Ed Gruenthal, el detective responsable de la investigación sobre el asesinato de Phil Kramer y el incidente en casa de Emily.

—Tengo algo. El coche utilizado esta vez es un todoterreno Lexus GX 470 nuevo y el color se llama arena plateada.

—¿Quién lo vio?

—La mujer se llama Ruth Kelly. Vive a una calle de distancia, pero por las tardes se sienta a mirar desde la ventana trasera de arriba. La luz es buena en ese momento del día y la ventana domina su jardín. También proporciona una estupenda vista de mi calle y la parte delantera de mi casa. —Entregó a Gruenthal una hoja de su libreta de bolsillo—. Aquí tiene el nombre y la dirección. No supo darme más datos del vehículo, pero se fijó en que mi vecino de al lado se paraba y lo examinaba. Le llamé y me lo contó. El otro nombre del papel, Ron Salvatore, es mi vecino, y el número es el de su móvil. Ya sabe que usted querrá hablar con él.

Gruenthal echó un vistazo al papel con aparente desinterés.

—Ordenaré que alguien se encargue de averiguar si esto conduce a alguna parte.

Ray Hall reprimió su ira y tardó un momento en disimularla. Se recordó que este tipo de ira era, en realidad, otra cosa. En este caso, preocupación y miedo por Emily.

—Creo que el todoterreno puede ser de alquiler. Ese hombre parece conducir un coche diferente cada vez que aparece. Si sólo iba a dispararle desde el vehículo, habría usado uno robado, pero nunca iría conduciendo por ahí en un coche robado.

—Puede que tenga razón.

—La señora Kelly no sólo vio el coche —dijo Ray con cautela—. Vio que el tipo metía a Emily dentro y se marchaba. Ron Salvatore examinó el todoterreno casi con un microscopio, porque quiere comprar uno igual. No es que existan ochenta y cinco posibilidades. Emily ha sido secuestrada y sólo podemos seguir una pista. Una. Por favor. Haré todo cuanto pueda por ayudar, pero carezco de autoridad.

—Escuche, Ray, me ha acorralado hace menos de un minuto.

No he tenido la oportunidad de ordenar a nadie que haga algo, pero pienso hacerlo. Así que no me presione tanto. Concédame la oportunidad de hacer algo antes.

—Lo siento. Empezaré intentando localizar agencias que alquilen todoterrenos Lexus.

—Bien. —Gruenthal le dio su tarjeta—. Llámeme al móvil si descubre algo. Si descubre alguna pista, por ínfima que sea.

—Lo haré.

Hall se encaminó hacia su casa para empezar a investigar en los listines telefónicos. Los dos policías que habían ido de casa en casa se acercaron.

—¿Han descubierto algo? —preguntó.

—Aún no —dijo el más viejo—. ¿Tiene alguna foto de su amiga que podamos utilizar?

Hall pensó un momento.

—Sí. Tengo una que alguien tomó hará unos dos años, pero no ha cambiado.

Entró corriendo, se dirigió al gran aparador y abrió un cajón. Se quedó algo sorprendido de verla encima de las llaves, monedas y plumas que guardaba dentro. A veces, las cosas emigraban hacia la superficie, pero muy a menudo se hundían en el desorden general.

Era una foto que la novia de Billy Przwalski había tomado en la fiesta de jubilación de Sam. Emily llevaba el vestido rojo y estaba mirando a Ray Hall. Se había vuelto a medias cuando percibió la cercanía de la chica, vio la cámara y casi sonrió. Se la entregó al agente de policía.

—Me gustaría... —Enmudeció. No necesitaba que le devolvieran la foto—. Ahora tiene el mismo aspecto. Puede que haya otras fotos, pero no serán mejores.

El policía miró, y Hall adivinó que estaba pensando en lo bonita que era Emily.

—¿Es posible que se trate de un admirador o de alguien que ella conozca? —preguntó.

—Sólo puede ser el tipo que entró en su casa, el que disparó contra un par de hombres de nuestra agencia. Ella no le conoce.

—De acuerdo. Se la devolveré cuando la haya escaneado e introducido en el sistema.

—Muy bien —dijo Hall. Antes de que los dos policías salieran de su casa ya estaba marcando el número de la primera agencia de alquiler de coches—. Hola. Llamo porque me gustaría saber qué marcas y modelos de todoterrenos ofrecen en alquiler.

Siguió bajando por la página, apuntando los modelos en una lista. Siempre que se producía una espera porque el empleado acudía a su ordenador para ver la selección de coches, o tenía que atender a un cliente, Ray pensaba en Emily. Se estaría preguntando en aquel mismo momento si alguien sabía que había desaparecido, o si alguien estaba siguiendo una pista. Estaría asustada. Tal vez su vida corriera peligro. Quizá ya estaba muerta.

Hall continuó llamando a agencias de alquiler de coches, siguiendo la columna del listín telefónico. Reprimió la desesperación de su voz porque sabía que obraba un mal efecto sobre la persona con la que hablaba. Casi siempre una persona desesperada estaba loca o trastornada. La gente se sentía incómoda y deseaba interrumpir el contacto lo antes posible. Necesitaba que le dedicaran más tiempo para obtener la información que precisaba, de modo que se mostraba afable, cordial y sereno. Así conseguía caerles bien. Detrás de sus maneras imperturbables, su mente estaba confusa, mientras intentaba pensar en otra forma de llegar hasta Emily.

Y entonces marcó el número correcto. La voz del otro extremo de la línea era de una mujer joven.

—Everyday Car Rentals.

Hall preguntó si Everyday alquilaba todoterrenos Lexus GX 470.

—Sí —dijo la chica—. Tenemos algunos todoterrenos Lexus. Sólo cuestan unos doce dólares más al día que un sedán de tamaño normal.

—¿Puede decirme qué colores tienen disponibles, por favor?

—¿Colores?

—Sí, si no le importa.

—Bien, de acuerdo: negro, marrón, verde y blanco. También blanco. Y beis.

—¿Beis? ¿Beis plateado? Creo que lo llaman «arena plateada».

—Bien, sí. Ése es el color. No lo digo porque nadie sabe qué significa.

—Pero ¿tiene uno?

—Sí. Tenemos uno, pero en este momento está alquilado. No estoy segura de cuándo lo devolverán, pero usted podría alquilar otro coche y yo le llamaría cuando nos devolvieran el arena plateado para cambiarlo.

—¿Puede decirme quién lo alquiló?

—Lo siento, señor, pero no podemos facilitar información sobre nuestros clientes. ¿Le gustaría alguno de los demás colores?

Su voz era más fría. Se había pasado.

—Sólo me interesa ese color. ¿Hay otras agencias que tengan el mismo modelo y color?

—No puedo asegurarle lo del color. He oído que Everyday es la única empresa que alquila el mismo modelo. Supongo que Everyday llegó a un acuerdo al comprar una flota entera. A veces lo que pasa es que alguna empresa hace un pedido especial y después lo cancela, el modelo no se vende, o algo por el estilo. No obstante, estos coches son estupendos. Yo he conducido uno. Hay otra agencia de Everyday cerca de Marina, y otra en Fountain Valley. Podría preguntarles si tienen el color que le gusta.

—Si devuelven el de ustedes, ¿podría llamarme y reservarlo?

—Claro. Déjeme su nombre y número.

—Le prometo que se llevará una gran propina.

Facilitó la información y después le preguntó a la chica su nombre.

—Carrie.

El tono de su voz le recordó al de una persona que había aceptado una apuesta que no esperaba ganar.

Ray Hall marcó el número del móvil que constaba en la tarjeta del detective Gruenthal.

—Creo que he encontrado la agencia donde ese tipo alquiló el coche —dijo—. Es la Everyday Car Rental de Hollywood Way, en Burbank. Afirman ser la única empresa que alquila Lexus GX 470, y sus demás tiendas están en Fountain Valley y Marina del Rey.

—¡Fantástico, Ray! —dijo Gruenthal—. Una gran noticia.

—Sólo tiene uno de color arena plateada, y está alquilado en este momento.

—Todavía mejor. Necesitaré una orden judicial para averiguar el nombre de la persona que lo ha alquilado, pero la conseguiré lo antes posible. Tendrá que esperar; no obstante, le llamaré en cuanto tenga esa orden.

—Será una tarjeta de crédito robada o un nombre falso. Concéntrese en conseguir permiso para que los chicos de robo de coches localicen el automóvil por vía satélite. Se lo ruego, este tipo podría matarla.

33

Hobart había terminado de cavar la tumba. Medía unos dos metros de profundidad, de manera que el túmulo de tierra de cada lado tenía al menos un metro de altura cuando tocó piedra. Le gustaba trabajar en la oscuridad. Le gustaba sentir la noche en las afueras de la ciudad, los sonidos y los olores. Había cavado ese tipo de zanjas unas cuantas veces, así que sabía muy bien lo que hacía. Una tumba profunda era la mejor manera de esconder un cadáver, porque la policía nunca contaba con suficientes fondos y siempre tenía demasiado trabajo como para permitirse cavar hasta el lecho rocoso de una zona amplia.

Por lo general, habría utilizado la pala para cavar una estrecha pendiente que le permitiera salir de la tumba, pero esta vez no quiso hacerlo. Perjudicaría la apariencia rectangular de la tumba. Clavó la pala en el montículo de su izquierda, apoyó ambas manos sobre el suelo liso del borde, saltó y se izó a tierra.

Había dedicado mucho tiempo a Emily Kramer. La había acechado y observado en momentos de absoluto terror que habrían reducido a otras mujeres a la histeria, pero ella daba la impresión de mantener siempre una lucidez temblorosa. Respetaba a la gente que se aferraba a la vida de esa forma, pero necesitaba concluir el asunto de Emily Kramer esa noche. Tendría que matarla, ir a reunirse con Theodore Forrest y recoger sus doscientos mil dólares.

Dejó la pala y atravesó el campo en dirección a la casa con cierta sensación de orgullo por el trabajo bien hecho. No se veía luz en ninguna ventana, aunque había dejado encendida la del cuarto de baño. Ser un forajido exigía destreza. La única gente que la reconocía y respetaba era la gente que la poseía y la gente que se ganaba la vida persiguiendo a los malos, pero un hombre que hacía las cosas bien duraba más.

De pronto sintió la vibración del móvil contra el muslo. Introdujo la mano en el bolsillo, lo sacó y abrió.

—¿Sí?

La voz que oyó no era la que había esperado, sino más bien la que temía escuchar.

—Hola. ¿Puede hablar un momento?

Theodore Forrest.

—Sí —contestó en voz baja Hobart—, pero preferiría no hacerlo.

—¿Está solo?

—De momento.

—Temía que se hubiera metido en algún lío. Esperaba su llamada.

—Ayer le dije que le llamaría después de haber solucionado el problema. Creo haberle dicho que no quería que me llamara.

—Lo sé, lo sé, pero surgieron circunstancias especiales. Eso fue antes de que yo prendiera fuego a la casa y la oficina. Y ahora creo que voy a necesitarle para otra cosa.

Dio la impresión de que la mente de Hobart se oscurecía, y después corría con celeridad de un paso a otro, cambiando cada uno de los temas que le habían tenido ocupado durante los últimos días.

—¿Usted provocó los incendios?

—Sí. Kramer tenía algunas cosas en su poder que no podía dejar sueltas por ahí mucho tiempo más. Tenían que estar en su casa o en la oficina.

—Le dije que yo me ocuparía de todo.

—Era un problema independiente por completo. Usted ocúpese de Emily Kramer. Yo tenía que preparar el siguiente paso. Tras su muerte, lo primero que haría la policía sería registrar su casa y la oficina de su marido de arriba abajo. No podía permitir que mi nombre se relacionara con los Kramer o con la agencia. De modo que solucioné el problema.

Hobart percibió el orgullo en la voz de Forrest, le encantaba comunicarle, con su tono distendido, que él en persona se había ocupado del problema. Se detuvo y permaneció inmóvil en el campo a oscuras, a cien metros de la casa. Se volvió para mirar la autovía lejana. La vio, pero sólo porque pasó un coche. El cono brillante de sus faros delanteros iluminaba la carretera de trecho en trecho.

—Me sorprende que haya hecho algo semejante —dijo—. Espero que lo lograra sin llamar la atención.

—Estoy seguro de que fue así. Pero no le he llamado por eso. ¿Cuándo terminará lo que está haciendo ahí?

—Da la casualidad de que estoy en ello. Acabo de terminar de cavar la tumba.

—¡Estupendo! Maravilloso. En cuanto acabe, venga aquí.

—Ya pensaba hacerlo. Ése fue nuestro trato. ¿Tiene preparada mi paga?

—Por supuesto.

—De acuerdo. Estará muerta y enterrada dentro de una media hora. ¿Qué es eso otro que quiere que haga?

—El mismo tipo de trabajo.

—La misma paga.

—Éste es muchísimo más fácil. Ya la tengo encerrada. No se trata de perseguir o acechar.

—Eso no es lo difícil, lo complicado es impedir que la gente sepa por qué. Eso es lo que el dinero le compra: no tener que cargar nunca con la culpa. Iré a que me pague por este trabajo. Es probable que esté ahí mañana por la noche. Si quiere que haga algo más, estupendo. La paga será la misma. Si decide que no, estupendo también. ¿Estamos de acuerdo?

—Sí. Tendré preparado el dinero de ambos trabajos.

—Como ya he dicho, el segundo depende de usted. A partir de

este momento, seré yo el que le llame. Y pasado mañana tendrá que deshacerse de ese móvil.

—Lo haré. Hasta mañana.

Hobart guardó el teléfono. La llamada de Forrest no suponía tan sólo una sorpresa, sino una violación de las leyes del universo. Podía aceptar que hubiera pensado que le convenía quemar la casa y la oficina, pero nunca hubiera imaginado que se desplazaría en coche hasta aquí y provocaría él mismo los incendios, o que fuera capaz de llevar a cabo el trabajo y volver sin que le detuvieran.

Hobart había actuado basándose en el axioma de que Theodore Forrest nunca haría nada peligroso, sobre todo cuando no existían garantías de que la prueba quedaría destruida. El sicario había asumido que los pirómanos tenían que ser Emily Kramer y su novio, el detective de la agencia. Había interpretado los incendios como una señal de que ya habían encontrado la prueba y querían despistarle.

La llamada de Forrest lo cambiaba todo.

Era muy posible que Emily Kramer no hubiera encontrado nada y que Theodore Forrest hubiera logrado destruir la prueba con sólo encender dos cerillas. Hobart había invertido mucho tiempo y esfuerzos para lograr apoderarse de una gran cantidad de dinero. Habría podido liquidar a Emily Kramer el primer día, pero no lo hizo. Había corrido riesgos, exhibido su cara por toda la ciudad, alquilado coches y habitaciones de hotel. Ahora volvía a partir de cero. Mientras iba dando vueltas como una peonza, intentando descubrir las pruebas de lo que Theodore Forrest había hecho en el pasado, le había concedido tiempo para quemarlas.

Odiaba a Theodore Forrest. Había hecho algo, de acuerdo. Casi se lo había soltado por teléfono. Había hecho algo tan vergonzoso que había venido hasta aquí solo y había corrido el riesgo de que le pillaran provocando dos incendios para ocultarlo. ¿Qué había hecho ese tipo para que no le importara arrostrar tanto peligro? Tenía que haber matado a alguien, como mínimo. Saber eso consiguió que Hobart se sintiera peor. Habría podido obligar a Forrest a pagar millones por mantener oculto el asunto, pero ese ricachón le había ganado la mano.

Pensó en Emily Kramer y se enfureció todavía más. Tendría que enterrarla aquella noche. Continuó andando a través de las malas hierbas hacia la casa. Esa mujer le había empezado a gustar. Sabía que su aspecto físico le afectaba, pero no era culpa de ella. No era el tipo de mujer lo bastante bonita para haber sido tratada de manera especial durante su vida. Se había casado con un detective privado perdedor, en lugar de con algún multimillonario. Pero le atraía. Detestaba el hecho de que fuera a morir pronto. Theodore Forrest les estaba dando por el culo a él y a Emily Kramer.

Se encaminó hacia el todoterreno y sacó la pistola y el pasamontañas, que se puso y ajustó para poder ver bien. Luego deslizó la pistola en el cinto y volvió a la granja. Subió al porche, y cuando pisó las tablas inclinadas, su cabeza estuvo a punto de rozar el techo sobresaliente. Casi todas las casas de labranza de lugares como ése eran pequeñas. El granjero construía un pequeño edificio para él y su mujer, y si el matrimonio perduraba y las cosechas eran buenas, añadían más habitaciones para los niños. El matrimonio de esta granja habría fracasado. Atravesó la sala de estar desnuda, oyó que las tablas crujían bajo su peso, abrió la puerta del cuarto de baño y entró.

Ella estaba sentada donde la había dejado horas antes, con el antebrazo apoyado sobre el lavabo para aflojar la presión de la esposa que la sujetaba a la barra.

—Hola, señora Kramer —dijo.

—Hola.

Alzó la cabeza hacia él. Hobart dedujo que se había levantado la cinta de los ojos para poder ver, y se la había vuelto a poner cuando oyó que llegaba al porche. Extendió la mano hacia la esquina que ella había retirado. Cuando la tocó, Emily se encogió y lanzó un grito de miedo.

—Voy a quitarle la cinta.

—No lo haga, por favor.

—¿Por qué no?

—Si no veo su cara, aún podrá dejarme en libertad. Y si no me deja en libertad, no me hace falta ver lo que se avecina.

Hobart la examinó un momento.

—Llevo puesto el pasamontañas.

Retiró la parte de la cinta que apenas estaba adherida, y luego dio un rápido tirón para despegar el resto.

—¡Ay!

Continuó con los ojos cerrados un par de segundos y luego los abrió y parpadeó.

Hobart buscó la llave en el bolsillo y después abrió las esposas.

—Levántese.

Ella obedeció. La obligó a volverse, sujetó su mano libre a la espalda y cerró la esposa a su alrededor. Después retrocedió, pero verle con el pasamontañas pareció paralizarla.

—Vamos.

Tomó su brazo y la condujo hacia la puerta. Ella no opuso resistencia, cosa que intrigó a Hobart. Esperaba que preguntara adónde iban, pero mientras la guiaba a través de la casa y abría la puerta principal, ella no dijo nada. Por lo visto, se había dado cuenta de que, dijera lo que dijera, no le disuadiría de sus intenciones, de modo que se limitaba a caminar. Más adelante, intentaría luchar. Tenía las manos esposadas a la espalda, estaba desarmada contra un enemigo mucho más grande y fuerte, pero no dejaría de luchar.

Hobart y ella bajaron los peldaños del porche hasta el suelo seco y polvoriento que se extendía delante de la casa y después se internaron en el campo invadido de malas hierbas. Al pisarlas azotaban la tela de sus pantalones mientras andaban. Percibió el olor de los tallos partidos en el aire oscuro de la noche.

Después de recorrer unos cien metros se dio cuenta de que ella había visto la tumba. Se quedó sin respiración, rígida por un segundo. Luego avanzó vacilante un par de pasos, pero intentó disimular, hasta que se puso a llorar.

Emily iba a morir. La tierra, la calma, el aire tibio de la noche, el olor mezclado del polen, las raíces de las malas hierbas y el intenso aroma de los tallos rotos, todo se le antojaba de lo más vívido. Pensó que llorar era lo apropiado, pero consiguió detener las lágrimas. Llorar significaba agotar su energía.

—Le aseguro que yo no quemé mi casa —dijo en voz baja—. Le he dicho la verdad.

—Lo sé.

—¿Y le da igual?

—Claro que no. Yo no provoqué esos incendios, y usted tampoco. Él lo hizo: el hombre al que se refiere la prueba. Lo hizo mientras yo perdía el tiempo con usted. Mala suerte para los dos.

—Así que va a matarme y enterrarme en un agujero en plena noche. Mi fam..., mis amigos nunca sabrán qué fue de mí.

—Ése es el plan.

—Pero eso no le servirá de nada, sólo le ayudará a él. Si yo muero, nadie sabrá que él mató a mi marido para ocultar algún delito. No quedará nadie que sepa su relación con nosotros.

—Hice lo que pude. De haber encontrado la prueba, ese tipo no se habría salido con la suya. La busqué, la ataqué por su culpa, entré en la oficina de su marido. La asusté para que intentara localizarla. El tiempo se ha agotado y aún no la tengo. Se ha acabado mi tiempo y el suyo.

—No se ha acabado. Podemos seguir buscándola.

—Él ya la ha destruido. Ha tomado el control de la situación. Lo único que puedo hacer es matarla y recoger mi dinero.

Emily sopesó la posibilidad de confesar. Sabía dónde estaba la prueba. Sabía que no había sido destruida. Conocía el aspecto de la caja, y más o menos lo que contenía. Pero sabía que la idea de canjear esa prueba por su vida era una fantasía. Si se lo decía a ese hombre, la mataría. Y después mataría a Sam Bowen para apoderarse de la caja. Tenía que sacarse aquella idea de la cabeza. No podía ceder, no podía rendirse.

Sólo podía intentar luchar. Intentaría golpearle con la frente en la cara. Aprovecharía la momentánea confusión producida por el dolor y la sorpresa para darle una patada e intentar arrojarle a la tumba. Después, tuviera éxito o no, correría hacia la autopista. Se dio cuenta al instante de que tener un plan, por insensato que fuera, le confería más fuerzas.

Mientras caminaba, pensó en diversos detalles. Tendría que sorprenderle cuando llegaran a la tumba. Cuando corriera, tendría que hacerlo a toda velocidad durante uno o dos minutos, con las manos sujetas a la espalda. Sería difícil que no se cayera. Confió en que andar esposada la entrenaría para aquella circunstancia. En cualquier caso, no podía hacer más. Se concentró en odiarle, imaginó que le golpeaba la cara con la cabeza.

—Si me dice dónde está la prueba —dijo él—, la dejaré con vida. Subiré a mi coche y me iré. Usted tardará una hora o así en llegar a la ciudad y despertar a alguien, o en parar un coche en la carretera. Ese tiempo me bastará. La dejaré en paz.

Emily adoptó el papel de la perfecta mentirosa. No cabía duda de que el hombre iba a matarla, y contarle lo de la caja sólo serviría para que muriera más gente.

—Si la hubiera encontrado, se la habría dado. No la he encontrado. En este momento, me pregunto si esa prueba existe. Puede que Phil dijera que la tenía y que sólo fuera un farol. No lo sé. Dentro de pocos minutos ya no importará, al menos a mí no. Estaré muerta, ¿verdad?

El hombre del pasamontañas la obligó a seguir caminando hacia la tumba, y Emily distinguió su forma y contornos exactos. El agujero parecía profundo y oscuro. Había dos pilas altas de tierra (una a cada lado), pero los extremos estaban despejados. Caminó hacia lo que consideró la cabecera del hoyo, con la esperanza de que él hiciera lo mismo, como así fue.

Faltaban tres pasos. Dos. Uno. Giró en redondo y utilizó las piernas para saltar hacia su cara, pero era como si se hubiera transformado en humo. Ya no estaba. Se había colocado a un lado. Le hizo la zancadilla y la empujó, de manera que cayó cuan larga era al lado de la tumba. Al cabo de un instante se puso a horcajadas sobre ella. Notó el cañón de la pistola apretado contra su mejilla.

—No ha sido un movimiento muy eficaz —dijo él.

Ella estaba temblando un poco, a la espera. Se preguntó si llegaría a oír el disparo.

Entonces notó que la pistola se alejaba de su cara. Pensó que la estaba guardando fuera de su alcance. Había llegado el momento: iba a violarla antes de matarla. Notó que el peso del hombre descendía, hasta que apoyó el cuerpo encima de sus muslos. Se preparó para el momento en que empezara a arrancarle la ropa.

El tipo estaba manipulando las esposas. Se oyó un chasquido y después otro. Sus muñecas quedaron libres de las esposas.

—No puedo permitir que camine por una carretera como ésa con las esposas puestas —dijo él—. Si un coche no la viera, podría acabar muerta.

—¿Me va a dejar en libertad?

—No tiene lo que yo quiero.

—Pero la tumba... Pensé...

—Necesitaré media hora o así para alejarme lo suficiente. Tardará ese tiempo en salir. Levántese.

Emily obedeció. Él tomó su mano y la bajó a la tumba. Ella levantó la vista y la inquietó ver el cielo convertido en un rectángulo de luz tenue, con el hombre del pasamontañas enmarcado en él. Lo único que debía hacer era sacar la pistola, disparar y enterrarla.

—Siento haberla hecho sufrir por nada, sobre todo siento haberla obligado a desnudarse aquella noche. Pensaba que tenía lo que yo necesitaba.

Emily no dijo nada.

El hombre dio media vuelta, y por un momento ella le oyó andar entre las malas hierbas.

Emily retrocedió hasta la pared de tierra que había al pie de la tumba. No era una mujer alta, y pensó que la abertura estaba muy por encima de su cabeza. Esperaba oír el sonido de los pasos del hombre al volver, pero no fue así. La tierra olía a humedad y arcilla, aunque hacía meses que no llovía. Imaginó que habría gusanos e insectos, pero la tumba se le antojó un refugio en aquel momento.

Después de lo que consideró un tiempo muy largo, oyó el motor de un coche y el sonido de neumáticos sobre grava, con el chasquido de las piedrecillas arrojadas contra el chasis de acero. Después escuchó el sonido más profundo del motor al acelerar. No supo qué dirección había tomado, y supo que lamentaría no tener mejor oído. El sonido se desvaneció en la distancia.

Emily se permitió experimentar un poco de alivio vacilante, y después, como si hubiera abierto una ventana en una inundación, una oleada de alegría la invadió. Tomó una bocanada de aire que se le antojó interminable y sus pulmones se llenaron hasta los límites de su caja torácica. Expulsó el aire durante un larguísimo momento. Pero hasta su voz sonaba asustada.

—Estoy viva —dijo en voz alta.

Después apoyó la cabeza en las manos y se permitió llorar. Al cabo de un rato, pensó que se había quedado sin lágrimas. Se quitó la chaqueta y se secó las lágrimas en la manga.

Emily miró a su alrededor. Tendría que salir empleando las manos, tal como él había dicho. Intentó saltar y tirar algo de tierra en el agujero, pero no llegó lo bastante arriba. Lo intentó tres veces más, pero cada salto le salió peor que el anterior. Trató de cavar una serie de puntos de apoyo en la pared de tierra situada al final de la tumba, como los peldaños de una escalera. Le costó mucho rato y se hizo daño en los dedos. Al parecer, no conseguía practicar agujeros lo bastante profundos para sostener su peso, y cada vez que intentaba trepar, el punto de apoyo se rompía y ella caía al suelo. Por fin, localizó un lugar en la pared, hasta el que podía llegar alzando el pie, y se concentró en practicar en él un gran agujero.

Cuando alcanzó la máxima profundidad posible, apoyó el pie derecho en el hueco, levantó el cuerpo y posó ambas manos sobre el borde de la tumba. Agarró las gruesas malas hierbas, empujó con el pie y logró alzar el pecho hasta la superficie. Utilizó las dos manos para aferrar otras masas de hierbajos que estaban a su alcance, hundió los pies en la tierra y se izó. Se quedó inmóvil un rato, mientras recobraba fuerzas y aliento. Después levantó la cabeza para mirar a su alrededor lenta y cautelosamente.

Vio la pequeña casa donde había pasado el día y la noche esposada y aterrorizada. Ahora se le antojó inofensiva y vacía. Se puso de rodillas y dirigió una larga y cautelosa mirada en todas direcciones, por si veía regresar al hombre. Se levantó y miró de nuevo. Después empezó a caminar hacia la lejana carretera.

Al cabo de pocos minutos Emily oyó el sonido de motores de coches en la distancia, y después vio una hilera de faros que iluminaban la oscura carretera. Caminó hacia ellos y luego se puso a correr. Cuando las luces se aproximaron, vio que estaban demasiado juntas, espaciadas con demasiada regularidad para significar tráfico normal. Se acercaban a gran velocidad. Cuando los coches llegaron a la larga carretera de grava que conducía a la granja, todos se detuvieron en la cuneta. Dos hombres saltaron del primer vehículo, iluminados por los faros, y vio que se trataba de un coche de policía. Los dos hombres abrieron una verja metálica. Los demás autos rodearon al primero. Cuatro siguieron la carretera más allá de la casa, pero todos los demás se desviaron por el camino de grava.

Los faros de los coches patrulla barrieron los campos invadidos por la maleza. Cuando cruzaron el camino de grava, iluminaron las nubes de polvo que sus neumáticos habían levantado. Uno de los haces la barrió, se detuvo y volvió a posarse en ella. Después los demás haces le imitaron, proyectando tal resplandor que se vio obligada a cerrar los ojos. Permaneció inmóvil y levantó las manos por encima de la cabeza.

Oyó la voz de un hombre amplificada electrónicamente.

—¿Es usted Emily Kramer?

—Sí —gritó, y cabeceó repetidas veces para que la pudieran ver desde lejos.

Oyó el sonido de unos pies que corrían, pasos pesados, el azote de las hierbas contra las piernas.

—¿Dónde está el hombre que la secuestró? —preguntó una voz, más cerca.

—Se ha marchado. No sé cuánto tiempo hace. Tuve que salir del agujero sin ayuda. Tardé media hora o cuarenta minutos, como mínimo, tal vez una hora.

Dio la impresión de que las luces se atenuaban un poco, de modo que abrió los ojos. Vio que estaba rodeada de siluetas altas y negras. Una se reunió con las demás y de repente la envolvió en sus brazos.

—Emily —dijo.

—Hola, Ray. Sabía que, si alguien me iba a encontrar, serías tú.

—¿Estás bien?

—Estoy bien. Sólo me esposó y me hizo unas cuantas preguntas. Estoy muy cansada.

—Podrás descansar. Te llevarán al hospital; allí podrás ducharte y comprobarán que te encuentras bien.

Una nueva silueta apareció.

—Ya está a salvo, señora Kramer. —Era la voz del detective Gruenthal—. Señor Hall, me gustaría que acompañara al agente Daniels. La señora Kramer vendrá con nosotros. Hemos de hablar.

Emily tomó la decisión en aquel momento, y ni siquiera supo muy bien por qué. Tal vez se debía a aquel «Ya está a salvo» que había oído antes y al que ya no le concedía crédito. Les contaría todo acerca del secuestro y el hombre del pasamontañas. Pero la otra parte (la parte que ella había descubierto y ocultado al hombre del pasamontañas) no era para la policía. Todavía no, al menos. Era cosa de ella.

34

La policía estuvo hablando con Emily hasta las siete de la mañana. Ray Hall estaba sentado en el pasillo cuando la dejaron en paz, esperándola para llevarla a casa. Atravesaron el denso tráfico matutino en dirección a su casa.

—Ray, ¿tienes el número de teléfono de Sam Bowen? —preguntó ella en cuanto entraron.

Él la miró un momento, y después se acercó al aparador, abrió un cajón y sacó de él una agenda. Localizó la página y le entregó la agenda.

—Gracias —dijo ella. Marcó el número y esperó—. Hola, Sam. Soy Emily Kramer... Oh, ha habido mucho ajetreo desde el funeral, pero es una larga historia, y en este momento no me quedan fuerzas.

Escuchó unos segundos, con la vista clavada en el suelo y sin dejar de cabecear.

—¿Por qué no lo has abierto? —preguntó después. Escuchó unos cuantos segundos más—. Bien, pues ábrelo y léelo. Me presentaré ahí en cuanto encuentre un vuelo. No sé los horarios. Te llamaré desde el aeropuerto.

Colgó el teléfono.

—Sé que no estás de acuerdo con lo que estoy haciendo —dijo a Ray—. Te habrás dado cuenta de que no te lo he consultado.

—Supongo que estás diciendo que Sam tiene la prueba en su poder. ¿No se lo has dicho a la policía?

—Tiene un paquete. Voy a ir a casa de Sam para ver lo que contiene.

—Ese tipo sigue suelto por ahí. Habrá abandonado el todoterreno a los diez minutos de dejarte, de lo contrario le habrían detenido. Y está como una cabra. Podría estar esperándote ahí fuera.

—En ese caso, la mejor forma que tienes de protegerme es acompañarme al aeropuerto y verme partir.

Descolgó el teléfono de nuevo.

Era una casa de dos habitaciones de chilla marrón en las afueras de Seattle, con vistas al estrecho de Puget. Había una terraza de madera encajada entre dos pinos y un *jacuzzi*. En un día frío, Sam Bowen podía salir del *jacuzzi* y entrar en casa en dos zancadas.

El hombre vestía unos tejanos y una camisa de franela verde con solapas abotonadas sobre los bolsillos de la pechera. Estaba sentado en una silla Adirondack mirando el agua. Había un vaso vacío sobre la mesa, y al lado la caja de artículos de escritorio con una tapa marrón y letras doradas.

—No la abrí hasta que me llamaste, Emily —dijo Sam—. Llegó hace un par de días, pero la letra de la etiqueta era de Phil. Imaginé que era una de esas gestiones internas que a veces hacía. Si no quería guardar algo en la oficina, o deseaba decirle a alguien con toda la sinceridad del mundo que él no tenía lo que buscaba, se lo endilgaba a alguien como yo.

—¿Ni siquiera sentiste curiosidad? —preguntó Emily.

—Mierda, Em. Tengo setenta y tres años. Fui policía durante veinte años y después investigador privado durante un periodo de tiempo similar. Estoy curado de espantos. Ya no me interesa que me aporreen en la cara o estar levantado hasta altas horas de la noche, y me he enterado de toda clase de secretos.

—Pero ahora sí que lo has leído, ¿verdad?

—Sí. Es sobre un caso que llevamos.

—¿Qué tipo de caso?

—Uno bastante feo. Era uno de esos trabajos que vacilas en aceptar, que probablemente nunca aceptarías, pero cuando te has enterado, el cliente ya está sentado en la oficina. Está tan abatido que apenas soportas mirarle, y ha acudido a ti sólo porque ya ha intentado todo lo que tuviera probabilidades razonables de triunfo.

—De modo que fue un hombre el que fue a veros —observó Emily.

—A mí no, a Phil. Yo no me habría enterado, de no ser porque él me llamó a la oficina como testigo. Me presentó y dijo: «Quiero que mi socio, el señor Bowen, esté presente». Fue un mal presagio. Nunca llamaba a nadie socio a menos que la persona estuviera a punto de hacer algo doloroso.

—¿Qué dijo?

—Me senté, cerré el pico y escuché. El hombre era rico. Lo supe con sólo mirarle los zapatos. Eran Mephisto, hechos a mano. Para mí, fue revelador. Anunciaban que tenía bastante dinero para comprar lo que le diera la gana, pero no estaba interesado en impresionar al personal. Esa gente es diferente. Tenía un buen corte de pelo, un reloj que parecía caro, pero con un nombre francés que yo no había visto nunca. Supuse que Phil había detectado las mismas señales, de modo que dejé de pensar en lo que íbamos a hacer y escuché la historia.

—¿Cuál era?

—Nada especial. Una historia que todos hemos escuchado mil veces. A veces pienso que una tercera parte de mi vida laboral la dediqué a hijas que buscaban a sus padres y otra tercera a padres que buscaban a sus hijas.

—¿Era ése el caso? —preguntó Emily—. ¿Estaba buscando a una hija desaparecida?

Sam asintió.

—Era propietario de muchas tierras en el valle de San Joaquín y vivía en una mansión con un terreno enorme, el tipo de lugar en el que si quieres chismorrear en la valla de atrás has de ir en coche.

—¿Cómo se llamaba?

—Theodore Forrest algo. No sé si el cuarto o el quinto.

—¿Y la hija? ¿Qué contó de ella?

—Se llamaba Allison. Dijo que, al principio, había sido una cría estupenda, el tipo de niña que siempre era feliz, un poco sabihonda, incluso, que iluminaba una habitación en cuanto entraba. Trajo un par de fotografías antiguas de ella a la edad de cinco y diez años, además de las otras, y comprendí a qué se refería. Era una niña muy guapa, de mirada inteligente.

—Has dicho «al principio». ¿Cuál fue el problema posterior?

—Dijo que hacia los trece años o así empezaron los problemas. Su personalidad experimentó un cambio. De repente, ya no le interesaba la familia, sólo quería quedarse en su habitación. Sus notas se fueron al carajo. Sus antiguas amistades pasaban de ella, y fueron sustituidas por un tipo de chico diferente.

—Eso me suena muy habitual. ¿Qué clase de chico?

—El que hace novillos, consume drogas, todo eso. Para mí no era nada nuevo, pero sí para él, de modo que escuchamos. Dijo que, en su opinión, las chicas eran las peores. Eran de las que daban mucho que pensar a un padre. Nos contó que había oído cosas acerca de un par de ellas. Eran promiscuas de ese aterrador modo autodestructivo que a veces adoptan las chicas cuando parece que les importa un bledo meterse en cosas que pueden matarlas, porque si no lo harán otras. Cuanto más intentaba él librarse de ellas, más le gustaban a Allison. Huía a escondidas para encontrarse con ellas. La trasladó a un colegio privado, y ella escapaba de noche para salir con ellas. Un día desapareció.

—¿Cuántos años tenía entonces?

—Dieciséis. Aparentaba más edad. Cuando su padre fue a vernos, vimos las fotos, y recuerdo haber pensado que nos costaría encontrarla, porque podía aparentar veintidós años o más con la ropa adecuada.

Emily intuyó que Sam callaba algo.

—Cuéntame algo más de las fotos.

—Aquí hay unas cuantas.

Sam abrió la caja y sacó de una carpeta un sobre de laboratorio fotográfico. Dejó el sobre encima de la mesa delante de ella, y Emily empezó a mirar las fotografías.

Una mostraba a un hombre cuarentón de aspecto atlético en una elegante cabaña o rancho (posiblemente algún tipo de complejo turístico), sentado a una mesa con el brazo alrededor de la chica. Ambos sonreían a la cámara con expresión similar, y Emily estudió con detenimiento las dos caras, intentando detectar un parecido familiar. No observó ninguno. La chica tenía largo pelo castaño, grandes ojos verdes y una cara bonita, pero era una especie de cara hermosa con labios de Cupido que relacionaba con las mujeres irlandesas que había conocido. El padre tenía la cara larga y puntiaguda y una nariz estrecha que le recordó a los ingleses. Se descubrió forjando teorías acerca de la madre de Allison.

Continuó mirando las fotografías, y entonces reparó en una semejanza. Había montones de lugares (una casa flotante en un lago, rodeado de un paisaje carente de árboles que tenía que ser Arizona, una playa de arena blanca junto al mar, un bosque de secoyas, un lugar que parecía un restaurante, en un balcón que dominaba una laguna, delante de un apartamento), pero sólo salían ellos dos. En algunas fotos, Allison estaba sola y en otras con su padre, pero nunca salían amigos, ni de su edad ni de la de él. Y en ninguna salía su madre.

—¿Era la madre quien tomaba las fotos? —preguntó Emily.

—Creo que estaba fuera del marco, literalmente. Yo nunca vi a la madre, ni fotos de ella, tampoco aparecía en las fotografías de la chica cuando era un bebé. Creo que todas las habían tomado gente a la que él daba la cámara para que apretara el botón.

Emily encontró una de Allison en traje de baño, y comprendió lo que Sam había dicho antes. La chica poseía una figura excepcional, que la hacía parecer mayor de sus dieciséis años, pese a su cara dulce y serena.

—Era muy guapa.

Emily devolvió las fotografías al sobre y lo dejó sobre la mesa.

—Nos dio las fotos —dijo Sam—. Nos enseñó la partida de

nacimiento y la fotocopia en blanco y negro del permiso de conducir de la chica. Después del primer encuentro, pedimos cosas. Cualquier cosa que pedíamos, nos la enviaba por correo de un día para otro. Phil desconfiaba de él.

—¿Qué quieres decir?

—Bien, un padre del norte va a verte y dice que su hija de dieciséis años ha desaparecido hace dos meses. La policía local ya está investigando el caso y ha contratado detectives allí. Han hablado con los amigos y parientes de la chica, registrado su habitación y la taquilla del colegio, y todos los lugares que frecuentaba. Ahora va a Los Ángeles y contrata a un detective para descubrir si su hija está en esa ciudad. Lo primero que se te ocurre es que estás buscando un cadáver. Phil fue a buscar huellas dactilares de cosas que había tocado a un rancho propiedad de la familia al que nadie había ido desde su desaparición.

—¿Para identificar el cuerpo?

—Bien, si la policía encuentra algún cadáver y no lo pueden identificar, por lo general le toman las huellas dactilares, si pueden. Nuestra teoría era que podríamos acabar con la incertidumbre de aquel tipo examinando algunos archivos. No tuvimos éxito.

—¿Qué hicisteis después?

—Nos pusimos a buscar a una chica viva, con la idea de que probablemente la encontraríamos muerta. Era una de esas historias que habrías preferido no saber. La castigaba por culpa de sus notas. La chica se escapó de casa una noche entre semana y la pasó en compañía de varios amigos de ambos sexos. Bebieron y, sospechaba él, tomaron drogas. Se puso más estricto. Dijo que no la dejaría salir el resto del año y que tendría que ganarse su confianza si quería salir durante el último curso.

—¿No se pasó un poco?

—Pensaba que tal vez se le había ido un poco la mano. Después de estar hablando con él una o dos horas, comentó que tal vez la había insultado en alguna ocasión, utilizando palabras que no volvería a emplear si se presentaba la ocasión. —Sam hizo una pausa—. Sólo que no lo hizo. Durante una semana o así convivieron en la casa. No hablaron mucho. Su historia encajaba con algo que yo había observado algunas veces en esta profesión. Es muchísimo más fácil esquivar a la gente si eres rico. Vivían en una mansión con montones de habitaciones alejadas entre sí, y criados que servían la comida a la chica para que no tuviera que comer con su padre. Tener criados a tu alrededor todo el rato convierte la casa en un escenario demasiado público para prestarse a un gran enfrentamiento que aclare las cosas. Después desapareció.

—¿Desapareció? ¿Así de sencillo? ¿Sin dejar ningún mensaje?

—Eso dijo él. Como de costumbre, se pasaba todo el día fuera, y cuando llegó, ya avanzada la noche, pensó que estaba dormida. Cuando se levantó a la mañana siguiente, a eso de las diez, imaginó que había ido al colegio. Mientras estaba comiendo, sonó el teléfono, y era el profesor de matemáticas, para preguntar si Allison iba a estar indispuesta un día más, porque en tal caso le daría deberes. Dijo que había tardado un día y una noche en darse cuenta de que la chica no sólo había hecho novillos, sino que seguramente estaba desaparecida desde la mañana del día anterior, o incluso desde que saliera de clase el día anterior. No cogió el coche, ni siquiera tarjetas de crédito, de modo que no le entró el pánico todavía. Después descubrió que se había llevado tres mil dólares de una cuenta de ahorros que su abuela le había abierto. Se había largado.

—¿Llamó a la policía?

—Ése fue el primer paso. Por lo visto, durante la primera semana investigaron a todos los amigos y entrevistaron a criados, profesores, parientes. En aquel momento, estaba loco de preocupación. Es un hombre rico, de modo que ofreció una recompensa y contrató a una gran agencia de detectives que trabaja en San Francisco. Es probable que hayas oído hablar de ella, Federal Surety & Safety Internacional. Tenían oficinas en Fresno, Modesto y Sacramento, y contaban con gente que iba por todas partes enseñando la fotografía de la chica y haciendo preguntas. Nada. Todo esto necesitó tiempo. Al finalizar el mes, la policía estaba preparando al padre para la probabilidad de que estuviera muerta. Sus detectives, por supuesto, no estaban dispuestos a rendirse. Tenian un cliente que seguiría pagando hasta el fin de los tiempos, y ya sabes cómo es este negocio. Siempre hay otra puerta a la que puedes llamar, y cuando se acaban, siempre hay otra ciudad donde puedes volver a empezar desde cero. Un cliente que puede pagar puede disponer de tanto tiempo como le dé la gana.

—¿Qué le condujo hasta Phil?

—No lo sé. Dijo que había encargado a sus abogados que consultaran con sus colegas del sur de California. El nombre de Phil salió a relucir.

—Pero ¿por qué el sur de California?

Sam se encogió de hombros.

—Si se hubiera parado a pensar, lo habría hecho antes. Los Ángeles es uno de los destinos más probables para los chicos que se fugan de casa.

—¿Phil aceptó el caso de inmediato, o esperó?

—Era un especialista en eso. Dijo enseguida que no quería mantener sobre ascuas al pobre padre. Intentaría ayudarle. Después dijo todo lo que cabía esperar de un investigador ético: que la policía sabía de esas cosas y que, al cabo de un mes, cualquier cosa que hubiéramos descubierto era probable que no le hiciera feliz. Pero el señor Forrest contestó que ya lo sabía, más otras cosas que la policía le había dicho. Sólo quería encontrar a la chica, y no estaba dispuesto a rendirse. Contundente. Nos pusimos a trabajar.

—¿Qué hicisteis?

—Fotocopiamos las fotos y las fuimos enseñando y haciendo preguntas. Fuimos a garitos nocturnos y encontramos a chicas dispuestas a echar un vistazo a cambio de una recompensa. Eran cien mil dólares, de modo que no recibimos muchos noes. Después probamos con las chicas de la calle, siempre ojo avizor, siempre codiciosas. A continuación, descubrimos jóvenes de clase alta que paseaban delante de tiendas caras, y también despertamos su interés. Fue idea de Phil. Si piensas en el ambiente donde había crecido Allison, ése sería el que buscaría. Y con su aspecto físico no hubiera tenido problemas para introducirse donde fuera. También hablamos con las autoridades, cualquier persona que pudiera toparse con alguien como ella. Fuimos a ver a los voluntarios que se encargan de asilos y clínicas, a algunos policías de Hollywood que yo conocía, vendedores callejeros, putas, taxistas, cualquiera que quisiera hablar con nosotros. Descubrí que los tipos que se dedican a cargar las máquinas de periódicos son buenos observadores. A uno de ellos le toca el turno de tres a seis de la madrugada. Ha de desplazarse en coche a cada punto, bajar de la camioneta, abrir la máquina, vaciar la caja de monedas, sacar los periódicos atrasados y poner los nuevos. Tarda uno o dos minutos, y siempre está ojo avizor para que no le roben. Ve montones de cosas.

—¿Cuánto tiempo dedicasteis a eso?

—Esa fase de la investigación nos mantuvo ocupados a Phil y a mí un mes. Íbamos enseñando las fotos día y noche, por turnos. Probamos con gente que dormía de noche y gente que dormía de día. Después volvimos a empezar. Por fin, al cabo de un par de meses, logramos algo.

—¿Qué fue?

—Un territorio. Cuando buscas a personas que hayan visto a alguien, encuentras algunas o ninguna. Si todo va bien, sueles conseguir una, y después unas cuantas más. Si lo logras, descubres el barrio en el que se mueve. Analizas dónde la vieron y cuándo, y empiezas a hacerte una idea de en dónde estuvo en determinada hora del día y qué estaba haciendo.

—Así que estaba viva, al fin y al cabo —dijo Emily.

—Exacto. El territorio de Allison era un largo y delgado trecho de acera. La vieron en varios clubes de Hollywood Boulevard, cerca de Highland. Durante el día se movía por grandes almacenes y cafeterías de Melrose. Lo más al oeste que la vieron fue Fairfax, en Farmers Market, y lo más al este, Crescent Heights. Si estaba en

Wilshire, se aventuraba un poco más lejos, al menos hasta el museo de arte. Era como el territorio de un gato, y por los mismos motivos. Siempre se desplazaba a pie, y evitaba las guaridas de animales salvajes. Iba donde se sentía segura.

—¿Se escondía?

—No quería que la encontraran, pero no era más que una cría. Pensaba que le bastaba con viajar a un sitio nuevo y cambiarse el nombre. En cuanto llegó a Los Ángeles, se olvidó de la discreción y empezó a frecuentar lugares donde otra gente la viera. Era como vivir una aventura en la gran ciudad. Creo que jamás pensó que Forrest contratara a alguien para que la encontrara.

—Pero ¿la encontrasteis?

—Sí. Una vez localizado su territorio, elegimos unos cuantos lugares como escondites.

—¿Escondites?

—Un lugar donde esperar a que pasara. Teníamos una furgoneta blanca sin ventanas detrás. Cada día poníamos un letrero diferente en el lado, aparcábamos y esperábamos. Imaginamos que debíamos concentrarnos en la noche, desde que oscurecía hasta las dos de la mañana. Era el mejor momento para localizarla, porque no había tanta gente en la calle, y también era el mejor momento para lo que estábamos planeando.

—¿Qué era?

—Íbamos a saltar de la furgoneta, exhibir algunas placas, esposarla mientras la deteníamos y salir pitando.

—¡Dios mío, Sam! ¿Habríais podido hacer algo más ilegal que eso?

—Lo sé. Si nos pillaban con las manos en la masa, no podríamos justificar las placas ni nada. Pero cuando el objetivo es una menor, y llevas encima el permiso por escrito del padre para utilizar la fuerza necesaria con el fin de recuperar a su hija, gozas de una cierta carta blanca.

—¿Lo conseguisteis?

—Al principio no tuvimos mucha suerte. Nos sentamos, fumamos cigarrillos, observamos a toda la gente que pasaba por la calle y nos fuimos a casa. La siguiente noche repetimos. Después de que no apareciera durante siete noches seguidas en un lugar, nos trasladamos al siguiente. Ya llevaba mucho tiempo desaparecida. Imaginamos que tendría un trabajo o un novio, un lugar donde vivir, una falsa identidad, de modo que no íbamos buscando a una persona extraviada haciendo esquinas. Tenía posibilidades. Pero la cuestión era que teníamos mucho tiempo para hacerlo bien, porque nos respaldaba mucho dinero.

—¿Qué dijo Forrest?

—Cuando llamamos para decirle que algunas personas la habían visto en fecha reciente, que su hija no había muerto, tendrías que haberle oído. Todos estábamos contentos. Escucharle consiguió que nos sintiéramos de coña. Si le hubiéramos pedido un millón de dólares, habría extendido el cheque en aquel mismo momento. Después de que colgara, volvimos a pasar la grabación, y reí tanto que pensé que iba a darme un ataque.

—¿Grabación? ¿Phil grabó la llamada? ¿Por qué?

—Bueno, piénsalo bien. Estamos a punto de hacer algo que podría provocar nuestra detención. El padre había redactado una nota en la que nos concedía permiso, pero Phil no quería correr ningún riesgo. ¿Y si después decía que era una falsificación, o que no sabía quiénes éramos?

—Supongo que vuestra detención significaría la condena.

—Eso pensábamos nosotros también. Además, el tipo estaba dispuesto a desplazarse hasta aquí para estar en la furgoneta cuando nos apoderáramos de ella. Como puedes imaginar, Phil no se lo consintió.

—¿Por qué?

—Sabíamos dónde había estado ella una semana antes y dos días antes, pero no aquella noche. Además, él era un aficionado, un novato. Intentábamos secuestrar a una joven en plena calle, y la única forma de hacerlo era haciéndonos pasar por polis de manera convincente. Yo había sido policía, de modo que lo mío no era interpretación. Phil fue policía militar en los marines, así que tampoco iba a resultarle difícil. Contábamos con la ventaja de que Allison nunca nos había visto. Si veía a su padre en la calle, aunque fuera a seiscientos kilómetros de casa, le reconocería y saldría cagando leches.

—¿Esperabais que opusiera resistencia? —preguntó Emily—. ¿No sería más plausible que al verle quisiera volver a casa?

—En ese caso, sabía el número de teléfono. Y si quería darle una sorpresa, sabía cómo volver a casa.

—Pero secuestrarla contra su voluntad...

—Tú ya sabes cómo son estas cosas, Emily. En este estado, una persona de dieciséis años carece de libre albedrío. Hace lo que sus padres le ordenan.

—No estoy hablando de ficciones legales.

—Ni yo. ¿Conoces alguna historia sobre una muchacha fugada que triunfara en Los Ángeles? No estábamos seguros de cómo había llegado tan lejos, pero a ninguno de los dos se nos ocurría un futuro posible para ella que no fuera un desastre. Sólo contaba con una cosa para negociar. Estábamos convencidos de que le íbamos a salvar la vida.

Emily guardó silencio.

—Así que lo hicimos. Una noche, acertamos con el sitio. Aquella noche la furgoneta llevaba un letrero de «FONTANEROS 24 HORAS». Aparcamos frente a Hollywood, en el bordillo, con conos de seguridad naranja detrás. Teníamos la puerta posterior abierta, de modo que podía verse una de las máquinas limpiadoras que Phil había alquilado aquel día, y el efecto fue estupendo. Quiero decir, ¿qué impostor tiene uno de esos trastos?

—¿Y?

—Aparece Allison. Alrededor de la medianoche. Llega por la acera desde uno de esos apartamentos antiguos de Fountain. No sé si se estaba follando allí a alguien a quien había conocido o si sólo le gustaba la ruta. La levantamos en volandas y la metimos en la parte posterior de la camioneta. Phil se quedó con ella y yo conduje.

—¿Se resistió, chilló o algo por el estilo?

—Durante un par de segundos, oí que pataleaba... Pero entonces Phil la esposó y sujetó sus tobillos con una tira de plástico. Mientras tanto, le iba recitando sus derechos fundamentales. Es una forma estupenda de calmar a alguien. Le intimida, pero también le convence de que nada espantoso le va a suceder. Todavía existe un mundo en el que, si algo se tuerce, vas a juicio. También le comunica tu convencimiento de que todo cuanto le dices es importante, que la verdad es importante. De modo que se quedó quieta y callada un largo rato. Estábamos en la autovía, cerca de Camarillo, cuando comprendió que no la llevábamos a comisaría. Se puso muy alterada y tuvimos que darle algo para calmarla.

—¿La drogasteis? —Emily estaba horrorizada—. ¿Con qué?

—Phil le puso una inyección de algo. Creo que es eso que te dan los médicos antes de anestesiarte. Tiopentato de sodio o algo por el estilo.

—¿De dónde demonios lo sacó?

—Ya sabes cómo era Phil. Tenía contactos con todo el mundo. La gente hacía cosas por él.

—Sé que me engañaba, Sam. Creo que podemos asumir que convenció a alguna enfermera o farmacéutica para que le diera la droga.

Sam la miró con tristeza.

—Se sentía mal, Emily. Siempre se sentía fatal después. Te quería de verdad.

—Limítate a contarme la historia.

Los ojos de Sam no se apartaron de su cara.

—A veces es reconfortante perdonar a la gente esas cosas. Todos tenemos debilidades.

—Desde luego —replicó ella—. Phil consiguió que una enfermera corriera el peligro de ir a la cárcel al darle una jeringuilla llena de sedante y él se arriesgó a matar a la hija de su cliente al inyectarle esa mierda en la parte posterior de una furgoneta. ¿No es así?

—Es así. La chica se portó bien durante el resto del viaje, y no se resistió ni se mostró asustada. Él se quedó detrás, vigilando su pulso y su respiración. Había recibido clases de primeros auxilios en el campo de batalla, y yo había sido policía durante veinte años. —Hizo una pausa—. Veo esa expresión en tu cara, y estás equivocada, Em. De haberse producido algún problema, él me lo habría dicho, y habríamos corrido al hospital más cercano, aunque eso significara que la próxima parada fuera la cárcel. Estábamos haciendo un trabajo, devolver a una chica joven y descarriada a su familia, que contaba con recursos para ayudarla, ya fuera con rehabilitación, con ayuda psiquiátrica o enviándole un cheque por varios miles de dólares cada mes.

—¿Cómo terminó?

—La entregamos a su padre en un rancho del Valle Central. Lo reconocí por algunas fotos que nos había dado. Había un letrero en la puerta principal que ponía: «ESPINOZA RANCH». Tenía una enorme sala de estar que él llamaba la «sala grande», con vigas hechas de troncos de árboles, una chimenea de piedra, arañas Tiffany y alfombras orientales.

—Qué raro —dijo Enily—. ¿Por qué allí? ¿Por qué no en la casa familiar?

—El hombre tenía sus motivos. Por lo visto, pensaba que ella montaría una escena por haber sido secuestrada en plena calle de aquella manera y que se pondría histérica. No quería que los criados y las visitas se enteraran. Creía que no sería bueno para nadie, y no deseaba que ella se convirtiera en la comidilla de los chismes locales. Yo lo comprendí.

—¿Había más gente allí?

—No vi a nadie más, pero sin duda la había. Era un lugar muy grande. Cuando pasabas el portalón, había un camino de grava que serpenteaba alrededor de una colina y se perdía detrás de un bosque de robles viejos. La casa estaba allí. Y al otro lado había un riachuelo. Hace falta gente para mantener una casa de ese tamaño y evitar que se llene de polvo y moho. Era un refugio privado.

Quería estar un tiempo con ella para hablar y comprender en qué había fallado, y así empezar a enmendarlo. Siempre había pensado enviarla al este, a una universidad de la Ivy League. Dijo que al haberse fugado durante el primer curso había destruido probablemente esa posibilidad. Pero había aprendido que daba igual. Ella estaba en casa y daba la impresión de encontrarse bien, y eso era lo único que contaba.

»Aún seguíamos allí cuando ella empezó a recobrar el conocimiento. Estaba sana y era fuerte. Comenzó a revolverse enseguida y a gritar. Le insultó, pero el hombre dijo que se calmaría en cuanto no hubiera público. Phil y yo nos ofrecimos a quedarnos o a ir a buscar ayuda, pero él dijo que ya se había puesto en contacto con un psiquiatra que tenía mucho éxito con chicos fugitivos. Había desprogramado a jóvenes que se habían unido a sectas y trabajaba en una institución que les ayudaba a otros a dejar las drogas. El médico y tres o cuatro miembros de su equipo llegarían dentro de un par de horas. Dijo que le daba igual lo que costara o cuánto tardara, pero iba a salvar a Allison. Volvimos a casa muy satisfechos por lo que habíamos hecho.

Emily esperó. Dio la impresión de que Sam se distraía un momento, con la vista clavada en una masa de niebla que estaba avanzando hacia el estrecho desde el mar.

—Tengo que enseñártelo —dijo.

—¿Enseñarme qué?

—Todo lo que acabo de contarte era mentira.

—¿Mentira?

—Exacto.

—¿Todo?

—Todo. Nada era verdad.

—No comprendo.

Sam levantó la caja de la tapa marrón, sacó una carpeta y la dejó sobre la mesa entre ellos. Emily la alzó. Era un paquete de hojas de papel, mecanografiadas a un solo espacio, con una línea blanca entre párrafos.

—Lee eso.

Ella empezó a leer.

«Me llamo Philip R. Kramer, y soy el propietario e investigador principal de Investigaciones Kramer, Van Nuys Boulevard, Los Ángeles, California. Juro bajo pena de ser castigado por perjurio que todo cuanto contiene esta declaración es cierto...»

35

Mientras Emily leía el informe de Phil, reconoció el estilo seudoauoritario que solía utilizar cuando redactaba declaraciones para clientes y ella hacía las veces de mecanógrafa.

En ciertos casos he incluido fotografías, copias de documentos oficiales, cintas de audio y recortes de periódicos. Creo que bastarán para corroborar este conjunto de datos. Pero no son los únicos que obran en mi poder. Si existen lagunas o discrepancias entre este informe y las demás versiones de la historia, podré aportar otros documentos, fotografías, grabaciones o informes independientes de otras personas que certifiquen lo que afirmo aquí.

Me encontré por primera vez con el señor Theodore Forrest el 23 de octubre de hace ocho años. Llamó a mi oficina a las nueve y cuarto de la mañana y concertó una cita para hablar conmigo del caso de una persona desaparecida. Mi colega Samuel Bowen y yo nos reunimos con el señor Forrest a la una y media de aquella tarde en mi despacho. Nos dijo que vivía en una finca a las afueras de Fresno y que su hija Allison, de dieciséis años, estaba desaparecida desde finales de julio.

Emily reconoció que estaba leyendo la misma historia que Sam acababa de contarle. Pero ahora era Phil quien la contaba. Se lo imaginó mientras leía, y entonces llegó al final de la historia que Sam le había narrado. Él y su marido habían entregado la muchacha a Theodore Forrest en el Espinoza Ranch, y tras recibir la paga en forma de talón bancario, regresaron a casa.

Una vez concluido el asunto, ésa fue la última vez que vi o hablé con Theodore Forrest durante ocho años. Yo no inicié ningún contacto con él, ni tampoco mis empleados.

El 14 de junio de este año estaba ocupado en un proyecto destinado a aumentar los ingresos de Investigaciones Kramer. Durante los últimos veinte años, la agencia Kramer había trabajado para muchos clientes satisfechos. Habíamos ayudado a algunos sólo una vez: un divorcio, una demanda, la búsqueda de bienes desaparecidos, una defensa contra acusaciones delictivas. Pero me pareció que sería útil recopilar una lista de correo de antiguos clientes y recordarles que la agencia seguía existiendo por si necesitaban algo.

Emily oyó la voz de Phil pronunciando las palabras, como si se las estuviera dictando. Le había estado oyendo desde que empezara a leer, pero ahora también le veía. Era el 14 de junio, hacía muy pocos meses. Phil estaba sentado en la oficina, detrás de su escritorio, en la habitación de paredes acristaladas. Le vio gracias a la redacción farragosa y oficial que estaba tecleando en el ordenador, y después, sin quererlo ni esperarlo, empezó a añadir las demás partes que Phil había dejado fuera. Bastante de lo que veía era un recuerdo, y adonde no llegaba la memoria, su imaginación aportaba el resto, y él revivió de nuevo en su mente.

En su imaginación, Phil vestía los pantalones gris claro de pura lana virgen que ella le había comprado por Pascua. Llevaba una camisa azul y, colgada en la silla situada en un lado de la habitación, estaba su chaqueta cruzada azul marino. Sólo se ponía chaqueta cuando recibía a un cliente o acudía a los tribunales. Hacía calor desde el 10 de mayo, aunque mayo y junio solían ser frescos y nublados en Los Ángeles. Ese año, Phil opinaba que el clima había cambiado, y el pequeño cambio que junio había aportado se había interrumpido.

Emily le imaginó mirando hacia la puerta a través de la pared de cristal. ¿Qué podía mirar, sino a April? Estaba lejos, al otro lado, y mientras la miraba, se le habría antojado inalcanzable. A Phil le gustaba tocar, apoyar la mano sobre un hombro menudo o alrededor de una cintura delgada, pero ahora no podía. Ella debía estar hablando por teléfono, recordando a los clientes que había llegado el momento de pagar. Emily había reparado en que tenía una bonita voz, de cantante, y daba la impresión de desarmar a los clientes remolones y obligarles a enviar un cheque al instante (con frecuencia a modo de pago simbólico), como si le estuvieran haciendo un pequeño regalo.

Phil debía sentir una especie de regocijo cínico cada vez que veía una sonrisa aparecer en su rostro, porque sabía que eso significaba que había conseguido la rendición de uno de los clientes. Habría dicho: «Esos estúpidos hijos de puta». Eso también le describía a él, más que a cualquiera de ellos. Sabía que era tan susceptible a una mujer bonita como un chico de catorce años. Era un hombre que tomaba decisiones, pero todas se iban al garete cuando se presentaba la primera tentación. Las resoluciones nunca debían durar lo suficiente para decidirle a rechazar a una mujer y verla escaparse para siempre. Imaginó que habría mirado a April a través del cristal durante unos segundos más, para luego perdonarse. Habría pensado que no perjudicaría a nadie, a menos que Emily se enterara, y siempre tomaba precauciones para que ella no sospechara. La había mantenido en la inopia, resignada a una vida que, en realidad, ella no comprendía.

Emily se detuvo. Había una nota falsa. Phil jamás la habría llamado ignorante en sus pensamientos. Se habría engañado a sí mismo mucho tiempo atrás, creyendo que estaba protegiendo a su esposa de recibir heridas. Habría dicho que la promiscuidad masculina era una fuerza de la naturaleza inevitable, pero que no existían motivos para herir los sentimientos de Emily.

Pero probablemente no habría estado pensando en Emily en aquel momento, sólo en April. Era dulce y encantadora, y cuando miraba a Phil, él debía sentirse joven otra vez, y atractivo. Había pasado mucho tiempo desde que Emily le había mirado de aquella manera. La muerte de Pete había sido el momento más importante de su vida. Desde entonces había mirado a Phil como un compañero de esperanzas y decepciones, un viejo amigo que sufría con ella.

Él había meditado mucho durante el último año. Emily supuso que se estaba preparando para efectuar un cambio en su vida. Iba a cumplir cuarenta y cinco años dentro de poco tiempo, y por algún motivo le estaba afectando más que cualquier cumpleaños anterior. Tal vez se debía a Pete, como le sucedía a Emily. Iban a cumplirse cinco años del accidente, un número redondo y rotundo.

Phil siempre se había implicado en su trabajo desde un punto de vista intelectual y emocional, pero hacía poco le había dicho que veía el final del negocio de las agencias de detectives. Le estaban acosando. Por un lado, estaban las grandes agencias de seguridad que proporcionaban un servicio protector contra las cosas desagradables. Controlaban sistemas de alarma y vigilancia para empresas, barrían oficinas y teléfonos en busca de micrófonos, se encargaban de triturar y quemar documentos, investigaban a empleados, rivales y clientes. Proporcionaban guardaespaldas para viajes al extranjero, y especialistas forenses que prestaban declaración en los tribunales.

Por otra parte, estaban los pequeños profesionales de poca monta. Esos tipos intervenían teléfonos, robaban documentación de oficinas y domicilios particulares, amenazaban o apalizaban a testigos del otro bando. Daba la impresión de que pasaban cada día con un pie en una celda de la cárcel. Pero el otro pie estaba en el banco, camino de cobrar un buen cheque.

Phil no estaba seguro de qué deseaba hacer a continuación, pero sí había dicho que participaba en un juego en el que iba perdiendo poco a poco, y lo único que cabía hacer era intentar que las fichas duraran lo máximo posible. Tal vez había decidido que había llegado el momento de levantarse e ir a cobrar.

Según Ray, durante un par de años Phil no había sido capaz de concentrarse en los casos que llegaban. Daba la impresión de que ocupaba su tiempo en buscar grandes estrategias y atajos. Si hubiera podido volver a trabajar (a trabajar de verdad), tal vez no se habría sentido de aquella manera.

Durante una de estas conversaciones, Emily se había preguntado en voz alta si estaba padeciendo la crisis de la mediana edad. Él se había sentido insultado. ¿Qué coño era la crisis de la mediana edad? ¿Sólo surgían problemas cuándo eras un crío o un hombre agonizante? Suponía que, si conseguía llegar a los noventa, cuarenta y cinco era la definición exacta de la mediana edad. Y por supuesto que estaba en crisis. Tenía que hacer algo que funcionara, y pronto.

Según el relato de Phil, «Durante varios años, Investigaciones Kramer había mostrado déficits. Había recortado gastos, sin sustituir al personal que se marchaba. Había tirado adelante el negocio utilizando los ahorros de mi familia para mantener la oficina abierta y pagar a los empleados». Emily se detuvo. Allí estaba la explicación de adónde había ido a parar el dinero, y la forma poco entusiasta de dirigir la oficina. Había intentado mantenerla con vida.

Phil continuaba: «Había puesto en marcha el proyecto de examinar los archivos de la empresa para encontrar clientes con cuentas abiertas». Estaba leyendo los expedientes de los casos antiguos de la agencia, en busca de dinero. Confeccionó una lista de morosos. Impulsó una política de volver a enviarles las facturas, aunque los casos contaran diez años de antigüedad. Emily se sintió muy tristemente cerca de él, porque había visto las cartas en los expedientes. En mayo, el éxito no había sido excesivo, pero las artes de April habían cosechado algunos dólares. Después, mientras él iba descubriendo cuentas abiertas, había observado otro tipo de cliente: aquellos a los que sus detectives habían hecho grandes favores y cuyos negocios podían necesitar ayuda de nuevo.

Empezó a confeccionar una lista de correo de clientes satisfechos, con el fin de recordarles que Investigaciones Kramer todavía existía y pensaba en ellos. Muchas empresas empleaban ese método y florecían. Al cabo de unas semanas de trabajo, topó con el expediente de Theodore Forrest. Habían transcurrido ocho años. Phil admitía que no estaba muy seguro de qué servicios necesitaría un hombre como Forrest después de ocho años. Pero mientras examinaba el caso, escribió que «se sentía orgulloso de la eficacia demostrada por Investigaciones Kramer». Sam y él habían encontrado a la hija de Forrest cuando varios cuerpos de policía y grandes empresas de seguridad habían fracasado en la empresa. Sam y él habían conseguido apoderarse de ella en plena calle y entregarla sana y salva a su padre, sin dejar la menor huella de lo sucedido. La chica podría continuar su vida como si jamás se hubiera ido de casa. Phil pensó que, durante los ocho años transcurridos, el tiempo también habría pasado para Allison. Tendría veinticuatro o veinticinco años. Casi con toda seguridad habría ido a la universidad, se habría graduado y rehecho su vida.

Mientras Emily leía la siguiente parte, adivinó que montones de ideas habían bullido en la mente de Phil, cada una de las cuales inspiraba la siguiente. Forrest estaba obsesionado con su hija. Había deseado de tal forma su regreso que había estado dispuesto a lo que fuera, a pagar por todo. Y Phil Kramer se la había devuelto. Cuando todo terminó, no se aprovechó, no hinchó la factura. Podría haberse inventado diez o quince ayudantes imaginarios, o recibido miles de dólares a cambio de recompensas a informantes imaginarios. Podría haber hecho casi cualquier cosa, y Forrest le habría pagado y dado las gracias. Tal vez ese hombre estaría dispuesto a pagar ahora unos honorarios por un servicio de seguridad global permanente, como el que ofrecían las grandes compañías.

Ocho años era mucho tiempo. Quizás a esas alturas Allison se habría casado. Tal vez tenía un marido al que Forrest deseaba vigilar. Hasta era posible que tuviera uno o dos hijos. Forrest sería el tipo de abuelo que pagaría por asegurarse de que sus nietos no sufrieran ningún daño. ¿Y en quién podía confiar más Forrest que en la agencia de detectives que había salvado a su hija de terminar como prostituta adolescente o como cadáver sin identificar en la morgue de Los Ángeles?

El hecho de que Investigaciones Kramer nunca hubiera intentado sacar provecho del caso sería de gran ayuda. En ocho años, Phil nunca había utilizado a Theodore Forrest como referencia. Había mantenido lo ocurrido en secreto para proteger la privacidad de la familia. Emily sabía que lo había hecho por la chica. A Phil le gustaban mucho las mujeres, y la idea de comprometer la reputación de una joven habría sido impensable para él. Pero ahora no estaba en situación de rechazar trabajo adicional si resultaba que los Forrest sentían una gratitud que él se había ganado a conciencia.

Estaba claro que consideraba a la familia Forrest una solución potencial de muchos de sus problemas económicos. Seguramente necesitaba proteger grandes y complicados intereses comerciales de la familia. Sin duda, habría que vigilar fincas e investigar empleados. Abundarían las transacciones en que sería conveniente someter a la otra parte a sigilosas y discretas investigaciones.

Aquel día dejó constancia de su incertidumbre acerca de cómo abordar a Theodore Forrest. Buscó su teléfono en el expediente, localizó el número de su casa y empezó a marcar, pero luego se detuvo. Habían pasado ocho años. ¿Y si había sucedido algo durante ese tiempo que debería saber? De haber ocurrido algo importante, tal vez Forrest diría: «Detective de pacotilla», y colgaría. Ocho años era tiempo suficiente para que se produjeran cambios fundamentales, y tiempo más que suficiente para que Forrest hubiera olvidado cuánto le había complacido el trabajo de Phil.

Encendió el ordenador y empezó a buscar. Al principio, sólo descubrió que Forrest Enterprises salía mencionada algunas veces al año en periódicos regionales de Fresno, Stockton, Sacramento e incluso San José. Pero Theodore Forrest casi nunca aparecía en los artículos. Phil probó a teclear el nombre de la chica: Allison Forrest, Fresno, California.

Phil describía en su relato todo el proceso. La pantalla de su ordenador había anunciado: «Su búsqueda de Allison Forrest, Fresno, California no ha dado resultados». Borró la petición y escribió «Allison + Desaparecida». Al cabo de pocos segundos obtuvo docenas de referencias: «Allison desaparecida», «Sin pistas todavía de la chica desaparecida». Los periódicos locales habrían hablado del caso en su momento, por supuesto. Su desaparición era el motivo de que él conociera a Theodore Forrest. Los detectives privados y los policías conocían a gente rica sólo cuando ocurría un desastre. Siguió buscando algo que fuera más reciente. Por fin, encontró una *web* titulada: «La historia de Allison».

Emily imaginó la escena. Al principio, la página de presentación aparecía en una pequeña ventana en el centro de la pantalla. Phil clicaba sobre el símbolo de ampliar y la cara pálida se precipitaba hacia él como un nadador que emergiera del fondo de un lago. La foto era la reproducción de un artículo periodístico. El titular: «ENCONTRADO CADÁVER DE CHICA DESAPARECIDA».

Había una página de la *web* impresa en el expediente que Emily estaba leyendo. Vio que era una foto de la misma joven. Imaginó que ver de nuevo su rostro debió suponer una conmoción para Phil.

Casi pudo oírle lanzar una exclamación de sorpresa, apenas un «Oh» casi silencioso, como si hubiera tropezado. Se habría vuelto instintivamente para compartir su estupor con alguien, pero no había nadie. Tras jubilarse dos años atrás, Sam Bowen se había instalado en Seattle. Ray, Dewey y Bill debían estar trabajando fuera de la oficina, y Phil nunca había contado a Ray gran cosa sobre el caso Forrest. La única persona que siempre estaba en la oficina a mediodía era April, y se encontraba al otro lado de la pared de cristal, ocupada con el teléfono. Aunque debía sentir afecto por ella, la idea de contarle algo del caso debía ser imposible para él.

Phil describía la dificultad de intentar comprender el artículo. El nombre era Allison y la foto era de Allison Forrest, pero decía que había muerto. ¿Podía el periódico haber cometido una imperdonable equivocación en la época en que la chica estaba desaparecida, tal vez habían supuesto que un cadáver no identificado era el de ella y publicado su foto? Miró la fecha del artículo. Era del noviembre de hacía ocho años, pocos meses después de que devolviera a Allison sana y salva. Era absurdo. Tal vez la equivocación se debía a que otra chica desaparecida había aparecido muerta, pero el periódico había utilizado por accidente una foto antigua de la época en que Allison Forrest había desaparecido.

Phil decía que miró la pantalla y se obligó a leer el artículo, tal como Emily lo estaba leyendo ahora. En él se afirmaba que el nombre de la chica era Allison Straight. La habían encontrado en un canal de riego abandonado en una granja situada a quince kilómetros de Mendota. El canal no era más que una zanja de un metro y medio de ancho y uno veinte de profundidad que corría paralela a un enorme campo vacío, a unos quinientos metros de una carretera. La zanja formaba parte de un antiguo sistema de irrigación que había sido cavado a mano a principios del siglo XX.

Un cazador había entrado en el terreno sin permiso, y estaba caminando junto a las zanjas en busca de los animales que se ocultaban en los canales. Se topó con unos restos humanos. Al principio pensó que la chica había caído en la zanja durante una tormenta y se había ahogado. Pero el forense dictaminó que había muerto después del chaparrón, y un agente de la policía y el forense creyeron reconocer a la joven. Gracias a fotografías y registros dentales, fue identificada sin la menor duda como Allison Straight, una chica de Mendota de dieciséis años que había desaparecido de su casa hacía unos seis meses. Phil imprimió el artículo y buscó más.

Debía estar sudando. Se trataba sin la menor duda de la chica que Sam Bowen y él habían secuestrado en plena calle aquella noche de hacía ocho años, en Hollywood. Mantuvo la vista clavada en la pantalla e hizo clic en los demás artículos. La historia se repetía una y otra vez. Había un artículo publicado en un periódico de Stockton mucho antes, cuando la chica había desaparecido. Citaba a la madre de la muchacha, Nancy Straight, de Mendota. Emily imaginó a Phil mascullando para sí «¿Qué demonios?» una y otra vez, mientras ideaba posibles explicaciones.

Tal vez la madre de Allison había sido esposa de Theodore Forrest. No, el apellido de la chica seguiría siendo Forrest. Pero en el periódico ponía Straight. Tal vez la madre era una novia que se había quedado embarazada. Pero Phil había visto la partida de nacimiento que ponía Forrest.

¿Tenía esposa Forrest? Jamás había hablado de ella durante sus conversaciones con Phil y Sam. Creyó recordar alguna referencia a que ella estaba «angustiada», y después de eso no había vuelto a referirse a ella. Muchos de sus clientes elegantes no querían que sus esposas hablaran con alguien de tan baja estofa como un detective privado. Seguía pensando en explicaciones que pudieran aclarar todas las contradicciones, y después las iba rechazando una a una. Emily supuso que Phil intentaba eliminar sus sospechas. Todo el mundo podía darse cuenta de que era una historia terrible y triste, pero él quería que fuera una clase especial de historia triste, una tragedia familiar corriente.

Quería que Theodore Forrest fuera el padre amantísimo que le había contratado para que encontrara a su hija descarriada, Allison, y la devolviera a su confortable y seguro hogar. Quería que la hija fuera una de esas muchachas que tenían la virtud de meterse en los peores líos. Chicas como ésas desaparecían todo el tiempo, y tal vez dos años después, o veinte, alguien encontraba un montoncito de delicados huesos femeninos en el bosque.

Era una historia horrible, pero horrible de una forma banal y cotidiana. Era casi rutinaria. En muchos de esos casos, el asesino ya estaba en la cárcel por el asesinato de otra chica antes de que alguien encontrara los huesos de ésta. Phil no podía evitar que la historia fuera horrible, pero Emily sabía que no quería que fuera horrible de la forma que él temía. Quería que Theodore Forrest fuera lo que aparentaba. Quería haber concedido la oportunidad a aquel hombre triste e infortunado de ver otra vez a su hermosa hija (aunque sólo fueran uno o dos meses), y que la hija tuviera un breve aplazamiento, una oportunidad de madurar y vivir.

Phil estuvo trabajando con el ordenador durante una o dos horas más, y después estudió todo el contenido del antiguo expediente antes de estar seguro. A continuación, escribió la cruda verdad, sin intentar sacudirse de encima su parte de responsabilidad. Theodore Forrest no le había contratado para encontrar a su ingenua y alocada hija. Había contratado a Kramer para encontrar a una chica (la hija de otra persona) que había escapado de su influencia, de sus maltratos. Phil no paraba de recordar que, cuando Sam Bowen y él habían localizado a la chica, la habían amordazado y drogado a toda prisa. Jamás había tenido la oportunidad de contar su versión de la historia, de decirles la verdad acerca de su identidad. Theodore Forrest la había asesinado y había enterrado su cuerpo en una zanja, en la periferia de un campo remoto.

Emily imaginó cómo se habría sentido Phil. También sabía, gracias a años de observación, que su marido debía estar furioso. Su ira se habría convertido en indignación y asco por aquel crimen horrible, pero aún más intenso sería su odio hacia Forrest por utilizarlo para ayudarle a cometerlo. Aquel tipo había engañado a Phil de una forma terrible con propósitos terribles. Lo había manipulado para que encontrara y capturara a su víctima y se la entregara atada y drogada, indefensa y carente de toda esperanza.

Emily percibió la ira en la forma en que había escrito su relato.

Había construido la primera parte de la historia con paciencia y meticulosidad, empezando con las partes que Sam Bowen ya le había contado, pero ahora las frases eran breves y concisas: «Contaba con los siguientes datos: Theodore Forrest no era el padre de Allison. Los documentos que aportó eran falsificaciones. El nombre verdadero de su víctima era Allison Yvonne Straight».

Phil continuaba con la lista de pruebas sumadas al expediente en aquel punto:

He incluido copias de la verdadera partida de nacimiento a nombre de Allison Straight que obtuve buscando en el registro civil del condado de Fresno, la partida de nacimiento falsificada a nombre de Allison Forrest que Theodore Forrest me facilitó, la carta firmada por Theodore Forrest en la que daba permiso a Investigaciones Kramer para hacerse cargo y trasladar por la fuerza a su hija Allison, fotocopias de los cheques bancarios que entregó para pagar los servicios de la agencia, doce fotografías del señor Forrest y Allison Straight juntos en diversas localidades, y copias de las llamadas telefónicas grabadas en cinta de Theodore Forrest a Investigaciones Kramer.

Emily les echó un vistazo, y por su aspecto debían ser lo que Phil afirmaba. Aunque le habían parecido extrañas, eran grabaciones en cinta. Hasta ella sabía que era ilegal en California grabar una conversación telefónica sin el consentimiento de la persona. Tal vez su marido pensaba que, si este expediente salía a la luz, no podrían acusarle de nada.

Continuó leyendo. Observó que Phil redactaba la siguiente parte con un estilo más moderado, extrayendo deducciones a partir de lo que había establecido como hechos comprobados.

Llegué a la conclusión de que el motivo de que Allison Straight estuviera en Los Ángeles era huir de Mendota para finalizar una relación con Theodore Forrest. Se trataba de una relación secreta, y creo que era de naturaleza sexual. Theodore Forrest no contrató a la agencia Kramer por la preocupación que le causaba la muchacha, sino motivado por su extrema posesividad y el rechazo a permitir que ella cortara la relación. En algún momento posterior a que Allison Straight volviera a estar bajo su control, provocó su muerte y enterró su cuerpo en un canal de riego situado en un terreno de su propiedad llamado Espinoza Ranch.

Emily notó que el odio de Phil aumentaba a cada nueva fase de la investigación. Sabía que se habría controlado con dificultad, intentando contener su ira. Escribió:

Debido a los descubrimientos de este día, inicié una investigación de lo sucedido hace ocho años, después de que dejara a Allison con Theodore Forrest. Recogí pruebas que me ayudaran a comprender el crimen y las circunstancias que lo rodearon.

Emily miró el siguiente fajo de papeles. Phil tenía una copia del pago de impuestos del Espinoza Ranch, la cual demostraba que su propietario era Theodore Forrest. Tenía fotografías del lugar donde habían encontrado el cadáver de la chica y un plano de la propiedad que mostraba el punto preciso. Había fotografías del Espinoza Ranch. A Emily le pareció un lugar bonito.

Después encontró una copia del informe de la autopsia de Allison Straight. Causa de la muerte: disparo. Forma de la muerte: homicidio. Mientras Emily miraba los formularios, se sintió como siempre que llegaban papeles de ese tipo a la oficina, años antes: una aprensiva sensación de alarma al ver cada una de las marcas que el patólogo había hecho en el sencillo dibujo de una mujer. Pero esta vez fue peor. Imaginó el tormento que la chica había padecido antes de morir, y también intuyó lo que Phil habría sentido cuando lo descubrió y supo que era responsable en cierta medida. Había marcas alrededor de sus muñecas y tobillos, señales de maltratos que habían curado en parte. La idea le provocó náuseas a Emily, porque sabía que sólo podía significar que los maltratos se habían prolongado durante mucho tiempo. Intentó serenarse leyendo los párrafos de más abajo, los resultados de los diversos análisis practicados al cuerpo, la mayoría rutinarios en todos los casos. Pero entonces leyó la frase al final del tercer párrafo: «En el momento de la muerte, la víctima estaba embarazada».

Emily continuó leyendo. El feto tendría unos tres meses. Se

habían conservado muestras de tejidos como pruebas para la investigación por homicidio. Imaginó la sorpresa de Phil y su sombría excitación cuando leyó aquellas palabras. Si habían conservado tejido del feto, sería posible practicar la prueba del ADN.

De pronto, comprendió el significado de todo el paquete de pruebas. Le había sorprendido la enorme cantidad de las mismas, la minuciosidad del trabajo de Phil. Cuando había visto las palabras «la víctima estaba embarazada», se había preguntado por qué Phil se había tomado la molestia de reunir el resto de pruebas. La policía podría comparar el ADN del feto con el de Theodore Forrest y demostrar así que había dejado embarazada a una chica de dieciséis años cuyo cuerpo había sido enterrado en un alejado rincón de un terreno del que era propietario. Era evidente que la había asesinado para impedir que su relación saliera a la luz.

Pero entonces por la mente de Emily empezaron a desfilar los obstáculos. Theodore Forrest era un hombre rico y poderoso, con una reputación al menos aceptable. Phil tendría que presentar unos hechos muy sólidos para que un juez ordenara que se sometiera a la prueba de ADN, con el fin de compararlo con el feto de la víctima de un asesinato cometido ocho años antes. Por lo tanto, se había dedicado a reunir con paciencia el tipo de pruebas circunstanciales que convencerían a un juez.

Después Emily pensó que existía otra posibilidad. Phil estaba muy seguro de que Forrest había asesinado a Allison y, de manera inevitable, había provocado la muerte del feto. Pero no podía saber si el feto era hijo de Theodore Forrest. La chica había huido y desaparecido durante un par de meses. Era muy posible que el bebé hubiera sido engendrado por alguien a quien Allison hubiera conocido después de escapar. La prueba del ADN podía demostrar tanto que Forrest era el padre como que no. Phil desconocía las circunstancias precisas. Tal vez Forrest había matado a Allison porque era el padre de su hijo, o por el motivo contrario. Phil no tenía pruebas que demostraran que Theodore Forrest hubiera sabido que Allison estaba embarazada. Y Forrest debía saberlo, si el bebé era el motivo de su asesinato.

Phil había reunido numerosas pruebas de que Theodore Forrest mantenía una relación sospechosa con Allison Straight. Si un jurado le creía (y creía también a Sam Bowen, quien sería llamado a testificar), tal vez creerían como Phil que Forrest había matado a Allison. Pero también cabía la posibilidad contraria. Phil era un detective privado de la gran ciudad, que se veía obligado admitir su participación en el rapto de una chica asesinada uno o dos meses después. Además, su credibilidad también tendría que sobrevivir a una minuciosa investigación de los detectives privados de Forrest, quien podría permitirse los mejores abogados para presentarse como una víctima.

De modo que Phil continuaba recogiendo y sumando pruebas. Mientras tanto, había dejado la caja debajo de la cama de April. Debía temer que Theodore Forrest estuviera enterado de sus repetidas visitas al Valle Central para recoger más pruebas.

Phil había continuado su investigación durante meses. Desde hacía tiempo había delegado todo el trabajo real de la agencia de detectives a Ray y Dewey. Bill Przwalski era todavía un aprendiz, pero era espabilado, enérgico e inteligente. Ellos podían ocuparse de los casos, y April era lo bastante atractiva para conseguirles tiempo cuando un cliente se impacientaba, y para lograr que algunos clientes pagaran. Phil había dedicado todo su tiempo a Theodore Forrest.

Emily se sentó en la terraza de madera, con la caja de las pruebas sobre el regazo mientras contemplaba el estrecho de Puget. El sol estaba bajando y parecía una bola de color rojo pálido a través de la niebla.

—¿Qué opinas? —preguntó Sam—. ¿Intentaba chantajear a Forrest? ¿Va de eso el rollo?

—No lo sé —contestó ella—. Creo que al principio se puso furioso. Lo noto. Intentaba reunir todas las pruebas que pudiera encontrar para demostrar que Forrest asesinó a Allison. Utilizó su estilo más oficial para describir lo ocurrido. Creo que no lo hizo para impresionar a Forrest. Trabajó mucho y descubrió cosas en el norte que desconocía, hasta reunir todo este paquete de pruebas. Creo que no necesitaba fotos del rancho de Forrest para demostrar nada a éste. Creo que estaba intentando meter en la cárcel a ese hombre.

—¿Qué crees que ocurrió? —preguntó Sam.

—Estoy convencida de que hizo todo cuanto pudo, y pensó que había fracasado.

—Yo también. Creo que recabó toda la información posible, la guardó en esta caja y, cuando ya no pudo averiguar nada más, estudió el conjunto. Y cuando lo hizo, se dio cuenta de que no era suficiente.

—¿Estaba en lo cierto?

—Creo que sí. Es difícil ir a una ciudad ajena y conseguir que un jurado local condene a uno de sus ciudadanos más destacados, cuando además se trata de un delito castigado con la pena de muerte. Ya han pasado ocho años, y todas las pruebas son circunstanciales, pero Phil estaba muy afectado. Nunca más podría mirarse en un espejo sin ver a un hombre que había perseguido a una joven que huía del peligro, y la había devuelto por la fuerza para que la asesinaran. Es una información tan dolorosa y horrible que al principio creo que ni se le ocurrió contármelo. No quería que yo sintiera lo mismo que él, al menos hasta que fuera inevitable. No supe nada de él durante ese tiempo. Es una señal de lo muy dolido que estaba.

—Pero dejó la caja a alguien, y le pidió que te la enviara por correo si él no volvía a buscarla.

Sam se encogió de hombros.

—Soy el único que le acompañó durante la primera parte de la historia. Debió imaginar que si no volvía a por la caja estaría muerto, y yo sería el único testigo que daría fe de la veracidad de los hechos. No podía permitir que Forrest escapara.

—Cuando le mataron, iba solo a la una y media de la madrugada, y al parecer volvía de reunirse con alguien. Estaba subiendo a su coche. Y el hombre que me secuestró dijo que Phil había intentado chantajear a Forrest.

—Estoy seguro de que Phil quiso que pareciera un chantaje, pero no creo que persiguiera dinero. No habría existido suficiente dinero en el mundo para que se callara lo de la chica. Ésa es la cuestión. Cuando chantajeas a alguien, te conviertes en su mejor amigo. Tomas las medidas oportunas para que nunca sea castigado.

—Entonces, ¿qué crees que estaba haciendo? Quiero saber si piensas lo mismo que yo.

—¿Qué es? —preguntó Sam.

—Creo que Phil se dio cuenta de que no contaba con la prueba definitiva, la que convierte una convicción en una seguridad, y que eso le estaba reconcomiendo. Seguía buscando, pero ya no había nada más que descubrir. Imagino que llamó a Theodore Forrest y le dijo que quería reunirse con él. Creo que quería conseguir la prueba que sería determinante.

—¿Crees que quería grabar una cinta de Forrest sobornándole?

—Sí, incluso admitiendo su culpabilidad. Pero aquella noche no. Estoy convencida de que Phil fue a ver a Forrest y le enseñó algunas cosas del expediente. Tal vez todas las copias. Le debió de enseñar lo suficiente para obligarle a pagar el chantaje. Pero se trataba de un crimen enorme, así que la cantidad de dinero que le debió de pedir también debía serlo, de lo contrario Forrest nunca hubiera creído que se trataba de un chantaje. Demasiado dinero para que Forrest lo llevara encima sin ver la prueba. Creo que Phil planeaba volver a reunirse con él para recibir el dinero, tal vez con un micrófono o una cámara de vídeo, y quizá también con algunos agentes de policía esperando para detenerle.

Sam asintió y tomó otro sorbo de su bebida.

—Eso creo yo también. Phil sabía que Theodore Forrest era culpable, que nos había utilizado para ayudarle a matar a aquella pobre chica, pero también que sólo él podía infligirle el castigo que merecía. De modo que decidió tenderle una trampa.

Emily lloraba.

—Oh, Sam. No sabes cuánto me gustaría estar segura de ello. Creo que es cierto, pero necesito estar segura.

—No lo sé todo —dijo él—. Sí sé que cuando era policía, la única forma de descubrir si alguien era culpable de algo era que estuviera en posesión de un dinero cuya procedencia no pudiera explicar. Quiero decir, Forrest no era la primera persona de la que Phil conocía maldades. Podría haber extorsionado a centenares de personas. ¿Te dejó mucho dinero, Em?

Ella rió entre lágrimas.

—No. Me declararía en bancarrota si pudiera permitirme un abogado.

—Bien. En tal caso, sabemos que era un hombre honrado.

—No creo. No fue honrado conmigo.

—Te quería, y engañarte era algo que le resultaba muy doloroso, porque sabía que la verdad te habría expulsado de su lado. Pero si no tenía dinero, es que no estaba extorsionando a ningún millonario.

—No parece probable, ¿verdad?

—Hay algo que lo demuestra. Ya has leído la declaración de Phil. Descubrió lo de Allison el catorce de junio. Tenía suficiente para chantajear a Forrest desde el primer día, pero no lo hizo. Trabajó en el caso durante meses, recogiendo toda clase de indicios que no servían para cometer chantaje, pero que serían de ayuda a la policía. Perseveró hasta que sólo le faltó la última prueba que eliminaría toda duda acerca del caso. Necesitaba que Forrest se condenara a sí mismo. Necesitaba que admitiera en una cinta haber asesinado a la chica. No cabe duda de que Phil estaba intentando hacer lo correcto. Lo único que me decepciona de él es que intentara hacerlo solo.

Emily imaginó a Phil acudiendo a la entrevista con Theodore Forrest. Procuró que nadie susceptible de preocuparse por él supiera adónde iba. No podía permitir que nadie le siguiera y despertara las suspicacias de Forrest. Tal vez llevaba en el bolsillo una de las grabadoras diminutas de la oficina, pero lo más probable fuera que no, porque debía de temer que Forrest le cacheara antes de hablar. Ya había reunido las copias de las pruebas para Forrest antes de llevar los originales a casa de Lee Anne.

Imaginó que Phil se había encargado de que todo cuanto llevara a Forrest hubiera sido fotocopiado, incluso las fotografías. Todo era en blanco y negro, y granulado. Sabía que lo había hecho así porque no quería que Theodore Forrest pensara, ni por un segundo, que él conservaba los originales. Al fin y al cabo, ese hombre era un asesino.

36

Ted Forrest estaba sentado en la cocina de su casa y trataba de perfilar sus siguientes movimientos. Esta noche la casa parecía enorme. Incluso la cocina, que a veces se le había antojado demasiado angosta, parecía cavernosa y fría, con sus largas y vacías encimeras de granito con hileras de armarios idénticos, y los fregaderos y campanas de acero inoxidable. Estaba sentado a la mesa de madera maciza que había al fondo de la habitación, porque era lo único que parecía construido a escala humana.

Pensaba que debía estar donde pudiera escuchar a Caroline si conseguía salir del sótano, aunque no albergaba ninguna idea definida de cómo podría lograrlo. Tal vez rompería una botella de vino y utilizaría un fragmento afilado a modo de navaja para conseguir atravesar la madera de la puerta, o quizás utilizaría alguna pieza del botellero para forzar la cerradura. El herraje era de latón pesado y pulido, pero supuso que no había sido diseñado para aguantar un ataque serio.

Fue al escritorio de Caroline, que estaba en la sala de estar frente a la biblioteca, para consultar su agenda. Le tranquilizó ver que no había apuntado nada que fuera preciso cancelar. La página del día albergaba una lista de cosas con las que pensaba iniciar la jornada: hacer llamadas y enviar notas.

Forrest no recordaba un momento en que la casa le hubiera parecido tan vacía. De vez en cuando miraba por la ventana de delante, sólo para asegurarse de que ningún jardinero o encargado de mantenimiento se hubiera despistado y venido a trabajar. Pero no vio a nadie. Caroline había tomado las medidas necesarias para que ningún criado pudiera oír lo que pensaba decirle.

En realidad, los criados eran de Caroline. Siempre era ella la que se había ocupado de la casa a diario. La habitaba y utilizaba como marco de la identidad social que medio había heredado medio se había inventado. Había escogido a los criados por su idoneidad, para luego adiestrarlos y sobornarlos de manera que obedecieran el menor de sus caprichos. Maria era el ama de llaves principal, la informadora número uno de Caroline. La gente daba por sentado que espiaba a los demás criados, pero los invitados ignoraban que también escuchaba sus conversaciones, y luego informaba a Caroline de sus pesquisas.

Forrest pensó que ya no podría conservarlos. Después de lo que sucediera a continuación, tendría que deshacerse de ellos para siempre. Era posible que tuviera que encargar una remodelación de la casa y abandonar el país mientras se llevaba a cabo. Eso le proporcionaría una excusa para despedirlos a todos el mismo día.

Era capaz de planificar lo que haría dentro de un mes, pero el siguiente paso, lo siguiente que necesitaba llevar a cabo, todavía constituía un misterio para él. Una posibilidad era entregarla a Jerry Hobart y partir de inmediato. O, muerto de preocupación, informar de su desaparición a las autoridades y procurar que su versión se adaptara al estado del cuerpo. Podía arrojar el cadáver al mar. Algunos cuerpos se encontraban, pero había miles que nunca aparecían. Hasta podía deshacerse del cadáver en las montañas y decir que se había ahogado.

Pero se le había ocurrido otra idea que le atraía más. Consistía en esperar a Jerry Hobart, ordenarle que matara a Caroline, y después matarle a él. Había estado pensando en Hobart como una forma de ahorrarse nerviosismos, porque sin él tendría que deshacerse del cadáver y borrar toda huella de lo sucedido. Pero si mataba a Hobart, le bastaría con llamar al 911 desde el teléfono más cercano, y la policía vendría a ocuparse de los cadáveres y a limpiarlo todo. Hacerlo de esta forma disiparía cualquier sospecha sobre su participación en la muerte de Caroline.

Hobart era el tipo de persona que debía utilizar. Iría armado.

Tenía un historial delictivo. Le había dicho que fue por atraco a mano armada. Eso era suficiente, pero Forrest había oído o leído en algún sitio que la gente condenada por delitos con violencia tenían historiales repletos de otros delitos graves por los que no habían sido juzgados, con frecuencia abusos sexuales. Eso sería ideal.

Ted Forrest podía convertirse en el marido que llegaba a casa y encontraba a su amada esposa asesinada por un depredador sexual, al que no puede evitar matar. Forrest sería al mismo tiempo un hombre inocente, un viudo desconsolado, un héroe y, pensándolo bien, el beneficiario de una póliza de seguro sustanciosa. Lo había olvidado. Era tan antigua como el matrimonio, suscrita con la idea de que llegarían hijos. Cuando Caroline tenía veintipocos años, el coste del seguro no significó casi nada para él. Había pagado una sola prima por una póliza para cada uno, y con el paso de los años casi la había olvidado.

Matar a Caroline y después a Hobart era una idea tan atrayente que su mente no paraba de volver a ella y perfeccionarla. Si tenía éxito, también se libraría de la necesidad de pagar a Hobart por el asesinato de Emily Kramer, o por el de Caroline. Forrest no creía que existiera un riesgo muy alto de que la policía le responsabilizara a él de lo sucedido. Hobart era un asesino profesional. Ted Forrest tenía más de cincuenta años, y nunca había hecho nada que suscitara sospechas de ningún tipo. Caroline sería la víctima perfecta. Se había labrado una reputación de dama bondadosa a la que sólo podían aspirar las mujeres muy ricas propensas a actos de filantropía muy espectaculares.

A Forrest le atraía muchísimo la idea de que Hobart fuera el malvado intruso, el violento criminal que había irrumpido, atacado y asesinado a la virtuosa Caroline. La beatificaría para siempre en el papel exacto que se había inventado: una santa seglar. Pero ¿sería capaz Forrest de sacar adelante el engaño? Una vez que Hobart hubiera disparado contra Caroline, daba igual que Ted Forrest le matara de una forma tosca y poco eficaz. En cualquier estado, y desde luego en el estado de California, si un hombre entraba en tu casa y mataba a tiros a tu mujer, no costaría mucho que la policía considerara la muerte del intruso defensa propia, fueran cuales fueran los ángulos de los agujeros de bala. Lo único que debía recordar Ted Forrest era decir la verdad sobre la ubicación de las tres personas en aquel momento, y ser consecuente sobre el orden de los acontecimientos. Lo único que debía hacer era no contradecirse con relación a lo que vería la policía.

Forrest se levantó, abrió la puerta que daba a la escalera del sótano y escuchó. Pensó que debería oír algo, gritos o golpes, pero no fue así. Bajó la escalera con cautela y atravesó con sigilo la sala de catas. Aplicó el oído a la puerta de la bodega y escuchó.

—Te oigo, Ted —dijo ella—. Ya sé que crees que es divertido y estás siendo muy listo, pero no es verdad. Al final, tendrás que responsabilizarte de tu comportamiento con esa chica. Es ilegal.

Él no dijo nada.

—Sé que estás ahí.

—Por supuesto que estoy aquí, Caroline.

—¿No tienes nada que decir?

—No te estoy llevando la contraria. Sé que es ilegal. Bien, siéntate y espera.

—¡Muy divertido! —gritó ella—. Sólo estás consiguiendo cabrearme y ponerte las cosas más difíciles. Si me sueltas ahora, puede que no enseñe a la policía los moratones que me hiciste anoche.

Forrest subió la escalera con estrépito, pero se detuvo cerca del final, se sentó en un peldaño, cerró la puerta y escuchó. No oyó sonidos de arañazos, ni golpes contra la puerta. Tal vez Caroline ya había abandonado toda esperanza de salir sin ayuda. Se levantó, abrió la puerta y salió al pasillo contiguo a la despensa.

Hobart había dicho que se presentaría esa noche, de modo que quedaba mucho tiempo para los preparativos. Forrest se dedicó a ellos en cuerpo y alma. Como Hobart llegaría en coche, atravesaría la verja, subiría por el camino de entrada y aparcaría en el círculo de delante de la casa. Se dirigiría a la puerta principal.

Forrest fue a la puerta principal y la estudió, y después se encaminó a la puerta de atrás, que se abría a la despensa. Por esa puerta se realizaban las entregas, y sería la primera que vería un desconocido. Empezó a trabajar en ella. Sacó una navaja grande que guardaba desde hacía años en el fondo del cajón del escritorio, salió y se dirigió a la puerta de la despensa. Rascó algo de pintura y después hurgó en la madera al lado del pomo. Continuó así hasta que pudo introducir la hoja en la madera por detrás de la placa metálica y empujar a un lado el pestillo para abrir la puerta.

Forrest retrocedió. No estaba seguro de si había hecho un buen trabajo, pero ése era el aspecto que presentaba el pestillo de la puerta de Investigaciones Kramer la noche que prendió fuego a la oficina, de modo que estaba seguro de que daría el pego. No tenía motivos para creer que Hobart fuera cerrajero o ladrón de cajas fuertes, de modo que confiaba en que la policía creyera que había entrado por allí. Hobart nunca vería esa puerta.

Forrest se detuvo y paseó la mirada alrededor de la cocina un momento, mientras intentaba analizar su plan. ¿Era preciso hacerle esto a Caroline? Sí. Sabía lo de Kylie, y pretendía utilizar a la chica para obligarle a cederle el control de su fortuna y su libertad. Cuando se había enfurecido y la había inmovilizado, no albergaba la intención de matarla. Sólo había sido víctima de la necesidad imperiosa de callarle la boca. Había necesitado serenarse y pensar. Pero tras haber reflexionado, no veía ninguna forma de salir de aquélla con Caroline viva. Estaba dispuesta a llamar a la policía. En ese momento, tal vez estaría en el sótano autolesionándose, con el fin de presentar tantas marcas en el cuerpo que impresionaran a las autoridades y le dejaran a él como a un maltratador.

Oyó al fiscal: «Ella no pudo hacerse esas marcas. ¿Quién lo hizo?»

Nadie conocía a Caroline como él. Nadie sería capaz de imaginar lo oportunista y calculadora que era. A lo sumo, pensarían que era una esposa vengativa que había sido sustituida por una mujer mucho más joven. Y la cruda visión de la ley de la vida humana exigía que hubiera una víctima y un criminal. Caroline era una experta actriz y sería la víctima que la ley exigía. Forrest estaba seguro de que, si abría la puerta ahora, la encontraría cubierta de cardenales.

Ya le iba bien. La historia de que alguien había entrado por la fuerza explicaría a las mil maravillas los moretones. Serían recientes. Estaba seguro de que los médicos lo atestiguarían, así como que ella nunca había presentado semejantes contusiones. Sólo un intruso habría podido causar aquellas marcas. Cuanto más pensaba en la situación, más seguro estaba de que la versión del intruso era la mejor forma de explicarlas.

Tendría que preparar varias cosas antes de que Hobart llegara. Forrest necesitaba reunir el dinero del asesino a sueldo. Eso sería lo que el hombre pediría ver primero. Pero él había estado reuniendo y guardando ingentes cantidades de dinero en la casa durante semanas, desde que Philip Kramer se había puesto en contacto con él. Corrió arriba y abrió la caja fuerte, sacó los fajos de billetes de cien sujetos con una goma elástica y los dejó sobre la mesa para contarlos. Introdujo doscientos mil en una bolsa grande que utilizaba para ir al gimnasio. Era el pago por solucionar el problema de Emily Kramer. Después contó la misma cantidad por lo de Caroline. Tal vez podría meterlos en la misma bolsa, pero decidió que era mejor hacerlo en dos. Así Hobart tendría las dos manos ocupadas en un momento dado.

Forrest encontró una bolsa en el ropero de Caroline. Era del tamaño adecuado, y se le antojó que podía ser un toque elegante. Si se manchaba de sangre o algo por el estilo, hasta podría dejar el dinero dentro y abandonarla con los cadáveres, como si Hobart la hubiera obligado a abrir la caja fuerte antes de matarla. Si encontraban en ella las huellas digitales de Forrest, daba igual. Al fin y al cabo, el dinero era de él.

Todo encajaba perfectamente. No quedaba nada peligroso, nada feo, nada complicado o inconveniente. Pensar en su plan deparó a Ted Forrest una muestra de la felicidad que iba a sentir.

Necesitaba una pistola, por supuesto. Había dos en la casa. Sacó una de su mesita de noche, una Beretta M9 de nueve milímetros. También había otra pistola en el dormitorio principal. La había comprado para Caroline años antes, cuando aún existía cordialidad entre ambos. Encajaría en la historia que estaba inventando si aparecía en algún sitio, pero no le gustaban tantas complicaciones innecesarias. Analizó la historia. Caroline oye ruidos abajo, se levanta para investigar y se lleva la pistola. El intruso la ataca desde atrás o le dispara (no, la ataca y golpea, si en verdad presenta moratones). Acaba muerta. Ted oye los disparos o lo que sea, baja y dispara contra el asesino. No, demasiadas armas. Decidió olvidar la de ella.

Miró a su alrededor para comprobar que no había nada fuera de sitio. Nadie había dormido en la cama por la noche. Seguía hecha, las mantas remetidas y las almohadas decorativas dispuestas encima del edredón, tal como las había dejado la criada. Trasladó las almohadas al sofá, donde Caroline solía dejarlas, después deshizo la cama y golpeó las almohadas de pluma para dejar marcas, como si alguien hubiera dormido con la cabeza apoyada sobre ellas. Apagó la luz y corrió abajo. Había tardado demasiado. Tendría que haberse quedado en un sitio desde el que pudiera vigilar la parte delantera de la casa y oír los ruidos procedentes de la bodega.

Aplicó el oído a la puerta del sótano, pero no oyó nada. Abrió. Bajó la escalera hasta la sala de catas, pero todo estaba en silencio. Tampoco se oía nada tras la puerta de la bodega.

Pensó que había pasado por alto otro problema. No había ventilación verdadera allí abajo. Nadie había pasado mucho rato en la bodega. La nueva unidad de refrigeración funcionaba bombeando agua a través de un sistema cerrado, no proyectaba aire. Podría estar asfixiándose. Extendió la mano hacia la puerta, pero se detuvo. ¿Y si se estaba asfixiando? Su versión coincidiría de maravilla. Pero si abría la puerta, entraría aire y la reviviría. Se pondría difícil y rebelde.

Dio media vuelta en dirección a la escalera y subió. Cuando llegó al tercer peldaño, sonó su móvil. Le sobresaltó, porque había olvidado que lo llevaba encima, y después se dio cuenta de que se encontraba en un subterráneo. Tal vez estaría sonando desde hacía un minuto o más. Contestó enseguida.

—¿Hola? —dijo—. ¿Hola?

Oyó al mismo tiempo la voz de Kylie y un grito ahogado procedente del sótano.

—Hola, cariño —dijo la chica, mientras Caroline chillaba.

—¡Déjame salir, hijo de puta!

Forrest salió al pasillo y cerró la puerta.

—Hola, nena. ¿Qué pasa?

—¿Qué ocurre ahí?

—Nada. Esta noche he llegado muy tarde y estaba dormido.

—He oído a alguien.

—Es una criada que está gritando a los jardineros desde la puerta de atrás. Esta casa es un manicomio a veces. Es muy grande, y siempre hay gente accionando máquinas o chillando. En ocasiones, da qué pensar.

—Pobre cariñín —dijo ella—. ¿Cuándo vendrás a buscarme para que te relaje?

—Ay, me encantaría ir a buscarte ahora mismo, pero no puedo. Caroline está en casa hoy y, bueno, ya sabes...

—Lo sé. Tal vez cuando sea mayor las cosas irán mejor.

—Lo prometo. Ahora he de irme. Te llamaré cuando pueda. Te quiero.

—Te quiero —contestó ella—. Adiós.

Forrest cortó la comunicación, y después consultó su reloj. Le había sorprendido escuchar la voz de Kylie, pero ya eran las cuatro menos veinte. Ya había salido del instituto. Intentó calcular. Había llamado a Hobart a eso de las cuatro de la mañana y él le dijo que casi había terminado con Emily Kramer. Necesitaría deshacerse del cadáver y tal vez ocuparse de algunas dificultades imprevistas. Dos horas para eso. Después dedicaría una hora a ducharse, hacer la maleta y pagar el hotel. Para entonces serían las siete de la mañana. Si Hobart venía en coche, tardaría al menos seis horas, y con paradas, mucho más. Digamos las cuatro de la tarde, lo más pronto. Si llegaba a las cuatro o las cinco, querría registrarse en un hotel, cambiarse de ropa, quizás alquilar un coche diferente, cenar en algún sitio. No llegaría a la casa hasta el anochecer, tal como había afirmado por teléfono.

Y Forrest estaría preparado.

Fue de un lado a otro de la casa examinando puertas y ventanas, y después volvió a echar un vistazo a la puerta de la despensa, por donde la policía concluiría que Hobart había entrado. Dejó las dos bolsas con dinero en dos armarios de la planta baja. De esa forma, podría sacar la correspondiente al trabajo de Emily Kramer cuando Hobart llegara y reservar la otra para inducirle a matar a Caroline. Ver tanto dinero cegaría a ese tipo y no le permitiría darse cuenta de que algo no encajaba.

Forrest pasó una hora ensayando delante del espejo de cuerpo entero del guardarropa del vestíbulo. Habló a un imaginario Hobart, buscando en su propio rostro una expresión furtiva, al acecho de un tono falso en su voz. Por fin, compuso y memorizó la frase que diría en el mismísimo momento de sacar su pistola: «No sé cómo darle las gracias por haber solucionado mi problema».

37

Ted Forrest vio acercarse el coche por la autopista a oscuras cuando aún se encontraba a un kilómetro de distancia, incluso antes de que atravesara el lecho del río que era la frontera oeste de la propiedad Forrest. El río no recibía agua desde hacía años, pero todavía era fácil verlo desde lejos, debido a los árboles viejos que flanqueaban las orillas.

Al principio se preguntó cómo sabía que era Hobart, pero en este terreno liso los faros podían divisarse desde kilómetros de distancia, y había reparado en la velocidad decidida del coche, y después observó que desaceleraba un poco cuando el conductor divisó la casa. El vehículo siguió la alta verja de hierro hasta encontrar el portón abierto, y después giró por el largo camino de entrada.

Llegó al círculo que había frente a la puerta principal, se detuvo y las luces se apagaron. Hobart bajó del coche y se encaminó a toda prisa hacia la puerta principal. No tuvo que llamar porque Forrest ya la había abierto para dejarlo pasar. Había mantenido a baja intensidad la luz del vestíbulo, la única encendida en la parte delantera de la casa. Sería difícil observar la llegada de Hobart desde la carretera.

Las cosas iban bien. Hobart había llegado con un coche negro grande de alguna marca norteamericana, tan parecido a uno de los de Forrest que desde lejos pasaría desapercibido. Cerró la puerta.

Hobart vestía una camisa de manga corta y una chaqueta deportiva, que había recogido del asiento del pasajero. El recién llegado era más grande, alto e imponente de lo que Forrest recordaba. El millonario era atlético y siempre había estado en forma, pero ver los brazos desnudos de Hobart le recordó que existía gente ajena a su círculo de amigos jugadores de golf y tenis. En la cárcel, los hombres dedicaban sus ratos libres a levantar pesas y pelear.

—Hola —dijo—. ¿Algún problema?

Extendió la mano para estrechar la de Hobart.

Éste eligió aquel momento para ponerse la chaqueta deportiva, y no pareció ver la mano.

—No muchos —contestó—. ¿Tiene mi dinero?

—¿Ella ha muerto?

—Claro.

—El dinero está aquí.

Forrest se dirigió hacia una puerta que Hobart no había visto aún, practicada en la madera adornada que se alzaba hasta dos metros por encima del suelo de mármol de la gran sala. La abrió y Hobart vio que era un armario. Forrest salió con una bolsa de gimnasia y se la entregó.

El sicario la cogió con la mano izquierda, se agachó para dejarla en el suelo y abrió la cremallera.

Para Forrest, sus movimientos constituyeron una mala noticia. No lo perdía de vista en ningún momento, y conservaba la mano derecha libre y desocupada. Hobart era muy consciente de que aquél era el momento perfecto para que Forrest alterara los términos de su acuerdo.

Por supuesto, pensó Forrest. Hobart hacía esto de una forma rutinaria, así se ganaba la vida. Conocía todos los aspectos del negocio, incluida la punzada de remordimiento de comprador que un cliente podía experimentar después de que la persona que había amenazado su felicidad estuviera muerta y enterrada. Desde el momento en que Hobart concluía un trabajo, hasta que cogía el dinero y se perdía de vista, estaba en peligro, y él lo sabía.

Terminó de comprobar que toda la bolsa estaba llena de fajos de cien. La cerró y se levantó con ella en la mano izquierda.

—Estupendo —dijo.

Forrest extendió de nuevo la mano derecha para estrechar la

de Hobart, pero éste hizo caso omiso. El millonario se sintió inquieto. Hobart ya había caído en la cuenta de que, si le estrechaba la mano, tendría ambas ocupadas, pero el otro contaría con una libre. Incluso eso, pensó Forrest. Hobart conservaba una calma total. No demostraba exceso de confianza, ni despiste alguno.

—¿Costó matar a Emily Kramer? —preguntó Forrest.

—Usted y yo acordamos un precio, que acaba de pagar. El tiempo y las molestias que tuve que invertir son mi problema.

Hobart se encaminó hacia la puerta. Forrest observó que no le perdía de vista en ningún momento.

—No se vaya —dijo—. Cuando hablamos por teléfono, le mencioné la posibilidad de otro trabajo.

—Ah, sí. Voy a guardar esto en el coche, y después hablaremos del asunto.

Forrest comprendió que era inútil decir «Puede dejar el dinero en el vestíbulo», o intentar disuadirle o distraerle. Era un experto. El dinero de Hobart no estaría seguro hasta acabar en su maletero, y sólo él tenía la llave. Era posible abrir los maleteros y forzar las cerraduras del coche, pero no sin que el sicario lo advirtiera.

Pero Hobart ya había vuelto. Entró y cerró la puerta.

—De acuerdo. Cuénteme.

—Se trata de mi mujer, Caroline.

—¿Quiere que mate a su mujer? ¿Por qué?

—Es una larga historia. Me ofrecí a mantenerla en caso de ruptura, pero ella prefiere destruirme.

—¿Podría hacerlo?

—Eso da igual. Dejar vivir a alguien que desea acabar con mi reputación sería una locura.

Hobart paseó la mirada a su alrededor, examinó el techo abovedado, y después sus ojos siguieron la escalinata curva que subía al segundo piso.

—¿También piensa quemar esta casa?

—¿Qué? ¿Por qué?

Hobart se encogió de hombros

—Supongo que ella tiene pruebas comprometedoras para usted, ¿verdad?

—No, sólo sospechas, resentimiento y una provisión inagotable de furia. Si la dejo con vida, dedicará todo su tiempo y mi dinero pagando a gente para que desentierre algo o lo falsifique. No puedo permitirlo. Usted no puede permitirlo. Si me investigan, es probable que descubran algo relacionado con nuestro mutuo negocio. No nos interesa a ninguno de los dos.

—¿Dónde la tiene encerrada?

—En la bodega. Estaba descontrolada. Me dijo que estaba dispuesta a llamar a la policía, me amenazó con todo lo que se le pasó por la cabeza, y se negó a escucharme.

—¿Está atada o inmovilizada?

—No. La metí en la bodega y cerré la puerta con llave. Lleva mucho tiempo ahí abajo.

—¿Cuánto?

—Vamos a ver... La encerré a eso de las cuatro de esta madrugada, de modo que debe de llevar unas dieciséis horas.

—De acuerdo. Yo me ocuparé de eso. Lo que dirá a la policía después es que entró un intruso, robó algo y se fue. Piense en algo que quiera que le roben.

Forrest se sintió reivindicado. Se parecía tanto a la idea que se le había ocurrido a él que al principio no supo qué decir. Después lanzó una risita.

—No será difícil encontrar algo caro que sólo le gustara a ella. Pero no lo empeñe ni nada por el estilo, ¿de acuerdo?

—No soy estúpido. ¿Necesito llave?

Forrest no podía permitir que lo hiciera de aquella manera. Tenía que estar presente cuando la matara. Tenía que disparar contra Hobart para que cayera sobre el cuerpo de Caroline. Si disparaba a éste en otro sitio, no daría la impresión de que había intentado salvar a su mujer, ni de que había sorprendido a Hobart con las manos en la masa. Si lo hacía en el vestíbulo o fuera, daría la impresión de que había disparado al hombre por la espalda. La venganza no era un motivo legal para matar a nadie.

—Bajaré y le acompañaré —dijo.

—De acuerdo.

Hobart siguió a Forrest hasta el pasillo que conducía a la cocina. Oír los pasos del sicario detrás de él consiguió que el millonario se sintiera nervioso e inquieto. Tenía que disimular lo que sentía. Hobart debía de ser un experto en detectar el miedo.

Bajó la escalera del sótano, con la esperanza de que la pistola oculta bajo su chaqueta deportiva no formara un bulto que llamara su atención. Se acercó a la puerta de la bodega.

Hobart se puso un pasamontañas y después indicó con un cabeceo a Forrest que continuara.

Estaba desconcertado. Empezó a pensar que no existían razones prácticas para que un hombre ocultara su rostro a una mujer a la que estaba a punto de matar, pero Hobart era un asesino y tal vez le gustaba trabajar así. Un hombre como él debía estar loco, debía obtener algo más que dinero de sus actos. Tal vez el pasamontañas era un elemento fundamental para él. Forrest abrió la puerta y retrocedió.

Hobart volvió a cabecear en su dirección.

—¿Caroline? —llamó Forrest a través de la puerta—. He vuelto. Puedes salir.

Se produjo una demora que se le antojó larga, y empezó a odiarla todavía más.

—Caroline —llamó de nuevo—. Caroline, escucha, voy a dejarte salir.

Al cabo de cinco segundos más, extendió la mano hacia la puerta, pero el pomo giró. La puerta se abrió hacia dentro y ella apareció en el umbral. Parecía muy cansada. Tenía el pelo desordenado, con mechones alborotados que no parecían pertenecer a su peinado. Entornó un poco los ojos a causa de la luz.

—¿Quién es usted? —preguntó a Hobart.

—Un amigo mío —contestó Forrest—. Le he invitado.

—¿A qué?

—Ha venido para demostrarte que no tendrías que haberte portado como mi enemiga.

—¿Tanto me odias? ¿Has traído a este hombre enmascarado? ¿Qué va a hacer? ¿Matarme?

Forrest se volvió hacia Hobart.

—La misma paga de antes. Proceda.

—¡Oh, Dios mío! —exclamó Caroline—. Le has traído para que me asesine.

—¿Qué esperabas?

—No intentaba perjudicarte. Intentaba librarte de la cárcel. ¡Esto es una locura!

—Esta discusión no es nueva. Adelante. Mátela.

—De acuerdo.

Con un movimiento sereno y relajado, Hobart introdujo la mano en la chaqueta, sacó una pistola y alzó el brazo para apuntar a la frente de Caroline.

Ted Forrest se apartó un poco para situarse detrás de él. Sólo tenía que esperar a que Hobart apretara el gatillo, para que el hombre pertinente la matara con el arma pertinente. Se recordó que el disparo sería muy ruidoso y que debería ser veloz, aprovechar el estampido, sin perder tiempo en parpadear o encogerse.

Hobart se volvió y le disparó a Ted Forrest a la cabeza. El sonido fue fuerte y penetrante, y una salpicadura de sangre apareció en la pared de piedra que había detrás del millonario antes de que cayera.

Caroline chilló una vez y se quedó petrificada, con la vista clavada en el horripilante espectáculo del cuerpo de su marido sobre el suelo. Al cabo de unos segundos, alzó sus ojos confusos y aterrorizados hacia Hobart.

—¿Por qué ha hecho eso?

—No es asunto suyo. Si grita o me sigue hasta la escalera, o hace algo durante los siguientes quince minutos, la mataré a usted también. ¿Me ha comprendido?

Ella asintió, pero su cabeza apenas se movió.

El hombre se arrodilló y palpó los bolsillos de Ted Forrest. Cogió la pistola y el móvil del muerto, se levantó y caminó hacia la escalera.

—Recuerde lo que le he dicho. Ésta es la hora más afortunada de toda su vida. Consiga que se prolongue mucho tiempo.

Subió la escalera y desapareció.

38

Hobart empezó a deshacerse de cosas. Condujo hasta el aeropuerto de San José para devolver el coche que había alquilado, después fue a otra compañía y alquiló otro distinto con una tarjeta de crédito a nombre diferente. Condujo hacia el este en dirección a las montañas y empezó a tirar objetos. Lo primero fueron los dos móviles: el de él y el de Theodore Forrest. Los desmontó para quedarse las tarjetas SIM, pasó el coche por encima de ambos teléfonos y tiró las piezas por un precipicio. Cortó las tarjetas SIM en diminutos fragmentos y los arrojó por la ventanilla a merced del viento.

Lo siguiente fue su pistola. La desmontó: cargador, corredera, muelle recuperador, cañón, armazón, cachas, gatillo y asiento del martillo. Tiró los muelles, el gatillo y el asiento del martillo a un lago de las Sierras, enterró el armazón y hundió en la tierra de un bosque el cañón con la ayuda de una piedra. Sometió la pistola de Theodore Forrest al mismo tratamiento cuando llegó al lado este de las Sierras y la tierra fue más seca y rocosa.

Se desprendió uno a uno de los objetos que había utilizado durante las últimas semanas. La maleta con su ropa dentro, la bolsa que Theodore Forrest había utilizado para guardar el dinero y la ropa que había llevado en casa del millonario, todo terminó en contenedores de basura situados detrás de comercios en ciudades que le venían de paso. Atravesó Nevada hasta llegar a Utah, sin dejar de tirar cosas.

Hobart compró un coche en Salt Lake City y entregó el que había alquilado en San José. Compró ropa nueva, fue a una barbería elegante y pidió que le dejaran el pelo mucho más corto que antes, además de hacerse la manicura. Bebió tan sólo agua y comió muy poco durante esos días. Cuando estuvo preparado, volvió a Nevada a través de Utah. Siguió la interestatal quince hasta estar de vuelta en California y después se dirigió a la interestatal diez. A las tres de la madrugada de la noche siguiente, entró en el aparcamiento de remolques de las afueras de Cabazon y aparcó. Se encaminó hacia el remolque de Valerie, abrió la puerta con la navaja y entró.

—Valerie, soy yo —dijo—, Jerry.

Oyó ruidos procedentes del dormitorio.

—¿Jerry?

—Siento haberte asustado, pero no me pareció muy lógico quedarme sentado solo fuera, esperando el resto de la noche a que te despertaras.

Ella apareció en la puerta del dormitorio con una manta alrededor del cuerpo y el cabello rubio alborotado y enredado.

—¿Cómo sabes que estoy en la cama sola?

—No lo sé. Espero que lo estés, pero no tengo derecho a esperarlo. Si quieres que me vaya una hora o así para arreglar eso, iré al casino y me tomaré un café o algo, pero después me gustaría volver para hablar contigo.

Ella abrió de par en par la puerta del dormitorio.

—Ah, será mejor que entres. No hay nadie.

—De todos modos, puedo volver más tarde.

—Ya me has despertado y no podré dormir preguntándome qué quieres.

Valerie se sentó en la cama y encendió la lamparilla de leer de la mesita de noche. Después la movió para poder verle.

—Te has aseado. —La luz aumentó de intensidad—. Bonita ropa. Te has cortado el pelo. Muy guapo, sobre todo a las... ¿Qué hora es? ¿Las tres o así?

—Sí.

Ella resopló.

—Loción para después del afeitado cara de una barbería, encima. Hueles como una puta. ¿Quién puede saberlo mejor?

—Tú no.

Valerie dejó que la luz les iluminara unos segundos más, y después la apagó.

—¿Qué te trae por aquí?

—Es mi última visita —dijo Hobart—. Las cosas son así. Siento haber robado aquella tienda hace veinte años. Pido disculpas por hacerlo e ir a la cárcel. Lo hice porque quería vivir bien contigo.

—Habría sido una vida bonita.

—Pensé que el dinero nos ayudaría a escapar, y que eso sería lo mejor para nosotros. Era joven y estúpido. Te pido perdón.

—Eras joven. Te disculpaste entonces y te disculpaste después. Pero si alguien rompe algo, da igual por qué o cómo. Se ha roto. Hablar de ello una y otra vez no consigue que deje de estar roto. Después del primer día, ni siquiera importa de quién fue la culpa.

—Sí que importa.

—No. Fuiste a la cárcel, y allí pasaron cosas que te cambiaron. Yo me quedé aquí y cambié de una forma que no habría ocurrido si tú hubieras estado conmigo. Ya no somos las mismas personas. No podemos vivir como queríamos.

—Eso es sólo amargura.

Ella negó con la cabeza.

—Pienso en eso todo el tiempo, en ti y en mí juntos entonces. Aún nos veo. Es como si fuéramos los primeros seres humanos. No es el tiempo lo que se ha esfumado, sino la inocencia. La perdimos y no podemos recuperarla.

—De acuerdo. No podemos.

—Has dicho que era tu última visita. Doy por supuesto que has encontrado a alguien que te gusta más.

—No. Tú eres la mujer que siempre he querido, y voy a quererte hasta que me muera. Quiero que hagas lo que tendrías que haber hecho hace quince años y te cases conmigo.

—Oh, Jesús, Jerry.

Ella exhaló un suspiro de cansancio.

Hobart se arrodilló delante de ella, introdujo la mano en el bolsillo y agarró su muñeca.

—Te he comprado un anillo.

—Si es una broma, no me hace gracia.

Hobart puso el anillo en su mano y después se inclinó sobre la cama para encender la lamparilla. La levantó para enfocarla sobre el anillo. Era un solitario de tres quilates y a la intensa luz blanca parecía enorme.

—Ahora sí que me hace gracia —dijo ella. Parecía terriblemente triste, y empezaron a rodar lágrimas sobre sus mejillas—. ¿Por qué lo has hecho?

—Nos descarriamos hace mucho tiempo. Fue culpa mía. Ahora sólo trato de que los dos volvamos a la senda perdida. No podemos empezar de cero como cuando teníamos dieciocho años, pero podemos aprovechar lo que nos queda por vivir a los treinta y ocho.

—No lo creo.

—¿Por qué?

Valerie extendió la palma de la mano con el anillo.

—Veo que tienes dinero. Si no me fijé antes, lo hago ahora. ¿De dónde lo has sacado?

—Vendiendo componentes eléctricos. —Vio que la cara de Valerie se descomponía y sus ojos se endurecían—. De acuerdo, es un botín. Lo gané cometiendo crímenes. Pero eso ha terminado. Tanto si vuelves a verme como si no, se ha terminado.

—¿Por qué?

—Porque esto no es vida. Es lo que haces cuando no tienes agallas para acabar con tu vida y esperas que alguien lo haga por ti.

—Eso quiere decir que es tu última visita porque ahora tienes agallas. Si te rechazo, irás al desierto y te pegarás un tiro.

—Yo no he dicho eso.

—No hace falta que lo digas. Oigo tus pensamientos. —Hizo una pausa—. Tendrás que prometerme algo.

—¿Qué?

—Si decides matarte, mátame primero a mí. —Deslizó el anillo de diamantes en su dedo—. Lo he reconocido. Es el que te enseñé en la revista cuando éramos unos críos. El mismo corte, el mismo engarce.

—Sí.

—Cuando vayamos a pasear, el sol lo iluminará como si fuera fuego.

39

Emily voló a San José y alquiló un coche para recorrer el resto del trayecto. No le gustaba el vehículo porque era más nuevo que su fiel Volvo y tenía montones de chismes en el salpicadero y la consola que consideró infantiles y ostentosos. Todo el acolchado en sitios raros le pareció diseñado para ahogar los sonidos de un motor y una transmisión que no eran de confianza.

De todos modos, Emily emprendió el camino, pese a la sensación de que, a cada kilómetro que pasaba, el coche se iba consumiendo como un lápiz o una vela. Se encontró en la autovía ciento uno, en dirección a la Golden State Freeway, después tomó la ciento cincuenta y dos hasta la ruta treinta y tres, que se dirigía hacia el sur y el este, hasta llegar al Valle Central. Una vez que estuvo en la carretera correcta, tiró el plano en el asiento de al lado.

Atravesó el terreno despejado, mientras miraba los anchos campos. Estaban flanqueados de hileras largas y rectas de plantas frondosas inidentificables, que se extendían hasta perderse de vista.

Conducía con brío, pero no porque tuviera prisa, sino porque las carreteras estaban hechas para eso. Se acostumbró a desviarse al carril adecuado para dejar pasar a los veloces camiones, porque consideraba que la carretera no era de ella, sino de ellos.

Cerca de las ciudades (Los Banos, Dos Palos, Firebaugh) había puestos de frutas y verduras que vendían sus productos a gente como ella, que recorría la autopista entre grandes ciudades. Siempre le había gustado parar en esos lugares, cobertizos de madera pintados de blanco con rótulos más grandes que los puestos, donde adolescentes y abuelos atendían a los compradores porque todos los demás estaban trabajando. Los puestos estaban situados al borde de parcelas de tierra tan grandes que, desde la carretera, Emily no veía los edificios de las granjas.

Cuando llegó a Mendota, tardó sólo unos minutos en localizar la comisaría de policía y aparcar. Bajó del coche, caminó hasta el maletero y lo abrió. Sacó su bolsa y se dirigió hacia la entrada de la comisaría, subió los escalones y entró en el pequeño vestíbulo.

Detrás del mostrador había dos agentes de policía, un hombre al teléfono y una mujer ocupada con un ordenador. La mujer fue la primera en fijarse en Emily. Se levantó y caminó hacia el mostrador.

—Hola, señora. ¿En qué puedo ayudarla?

—Me pregunto si podría hablar con el agente que se encargó de un caso de asesinato ocurrido aquí hace ocho años.

Dio la impresión de que los hombros de la mujer se hundían un poco. Se inclinó hacia delante, y Emily vio una mirada inexpresiva y cautelosa en sus ojos.

—¿Qué caso de asesinato es ése?

—El nombre de la víctima era Allison Straight. Sólo tenía dieciséis años cuando la asesinaron.

La mujer policía se volvió a mirar al hombre sentado ante el otro escritorio. Emily vio que el agente llevaba galones de sargento sobre los bíceps. Se levantó y caminó hacia la puerta abierta detrás del mostrador. Cuando pasó junto a la mujer, cabeceó.

—El detective que llevó el caso es el teniente Zimmer —explicó la mujer—. El sargento ha ido a buscarle.

Dos minutos después el sargento regresó acompañado de un agente alto y delgado, vestido con una chaqueta deportiva.

—Entre, por favor —dijo.

Levantó una sección articulada del mostrador para que Emily pudiera entrar en el recinto. Le siguió hasta un despacho, le acercó una silla al escritorio y después se sentó.

—Soy el teniente Zimmer. Tengo entendido que quería verme por el caso de Allison Straight.

—Sí —dijo ella—. Me llamo Emily Kramer. Le he traído esto.

Introdujo la mano en la bolsa, sacó la caja de papel de escritorio marrón y la dejó sobre la mesa.

—¿Qué es esto?

—Mi marido, Philip Kramer, era propietario de una agencia de detectives privados en Los Ángeles. Hace dos semanas y media fue asesinado, tiroteado en plena calle. Desde entonces he descubierto que el motivo de su asesinato fue que sabía lo sucedido a Allison Straight. Lo que contiene la caja son las pruebas que reunió para demostrarlo.

Estuvo sentada pacientemente mientras el teniente Zimmer abría la caja y examinaba las fotografías y las declaraciones escritas y luego echaba un vistazo a los planos y gráficas y al informe de la autopsia.

Al cabo de un tiempo, alzó la vista, la miró a los ojos y Emily vio que la tristeza oculta en su rostro había aparecido de nuevo.

—¿Sabe usted que Theodore Forrest fue asesinado a tiros hace dos días, cuando intentaba matar a su mujer? —preguntó.

—Sí. Lo han publicado los periódicos, incluso de otras ciudades. Lo leí en Seattle esta mañana.

—Ya nadie puede hacerle nada. ¿Por qué me trae esto?

—Porque ustedes, la policía, han de saberlo. Porque intentar recoger más pruebas para ustedes fue lo último que hizo mi marido en vida. Esto era lo último que podía hacer por él. —Hizo una pausa—. Temo que me espera un largo recorrido y he de coger un avión. Me gustaría marcharme.

—Antes tendré que ver su permiso de conducir —dijo el teniente Zimmer, casi en tono de disculpa—. Espero que lo entienda.

Ella sacó el billetero del bolso y le entregó el permiso. El hombre lo examinó un momento, se levantó, fue a la fotocopiadora e hizo una copia.

—Cuando haya terminado de leer todo esto y de verificar los datos —dijo mientras se lo devolvía—, ¿puedo localizarla en este número de teléfono?

—Mi teléfono no funciona —explicó Emily—. De momento, la forma más fácil de localizarme es llamar a Investigaciones Kramer. El número consta en el expediente.

—De acuerdo. Gracias por traerme esto.

—Era necesario.

Emily se levantó, salió del despacho, levantó la sección articulada del mostrador, atravesó el vestíbulo y se encaminó hacia su coche alquilado. Al cabo de pocos minutos, estaba atravesando el valle verde en dirección a San José.

Visite nuestra web en:

www.umbrieleditores.com